Ingrid Davis
Aachener Intrigen

Von der Autorin bisher bei KBV erschienen:
Aachener Todesreigen
Aachener Intrigen
Aachener Gangster
Aachener Untiefen
Aachener Abgründe
Aachener Abrechnung
Aachener Zwietracht
Aachener Hindernisse
Aachener Scheinheilige
Aachener Finsternis
Aachener Narren

Ingrid Davis ist gebürtige Aachenerin und begann bereits im Alter von zehn Jahren mit dem Schreiben. Ihr Weg führte sie nach dem Studium Englischer Literatur und Geschichte jedoch zunächst nicht in die Schriftstellerei, sondern erst an die RWTH Aachen und später ins Marketing und Projektmanagement.

Wenn sie nicht gerade nicht für einen Britta-Sander-Krimi recherchiert oder an einem schreibt, verbringt sie ihre Zeit gerne mit Reisen, Lesen, Sport und Strategiespielen. Ingrid Davis lebt in der Städteregion Aachen.

Aachener Intrigen ist der zweite Band der mittlerweile elf Bände umfassenden Reihe um die schlagfertige Privat-Ermittlerin Britta Sander, die ein verhängnisvolles Talent besitzt, in gefährliche Situationen zu geraten.

www.ingrid-davis.de

Ingrid Davis

AACHENER INTRIGEN

Britta Sanders zweiter Fall

KBV

1. Auflage 2018
2. Auflage 2023
3. Auflage 2026

Originalausgabe

Am Markt 7 · DE-54576 Hillesheim · Tel. +49 65 93 - 998 96-0
info@kbv-verlag.de · www.kbv-verlag.de

Bei Fragen zur Produktsicherheit wenden Sie sich bitte an unsere Herstellung:
info@kbv-verlag.de · Tel. +49 65 93 - 998 96-0

Umschlaggestaltung: Ralf Kramp unter Verwendung von
© celeste clochard und © Markus - Fotolia.de
Lektorat: Volker Maria Neumann, Köln
Druck: Druckhaus Nord GmbH, Bremen
Printed in Germany
ISBN 978-3-95441-412-3 (Taschenbuch)
ISBN 978-3-95441-422-2 (eBook)

Für Marcel. Danke!

PROLOG

Er saß im Bademantel auf der abgewetzten Couch, die nackten Füße auf dem klapprigen Couchtisch, den er im Wohlfahrtsladen für ein paar Euro ergattert hatte. Wenigstens die Couch aus seinen Studententagen, die jahrelang im Hobbykeller stand, hatte seine Ex ihm gnädig überlassen – wo sie schon alles andere eingesackt hatte. Das Haus, das teurere der beiden Autos und die Kinder. Vielleicht hätte er sich doch einen Anwalt nehmen sollen, wie seine Ex. Der gestriegelte Typ im teuren Anzug hatte ihm nach allen Regeln der Kunst die Hosen ausgezogen, und als er es gemerkt hatte, war es schon zu spät. Ein Scheidungsanwalt aus Düsseldorf. Bezahlt mit seinem Geld, von dem er jeden Monat den größten Teil bei seiner Ex abliefern durfte.

Seit über einem halben Jahr wohnte er jetzt in dieser elendigen Drecksbude, mehr konnte er sich einfach nicht leisten. Wenigstens ein paar der Nachbarn waren nett, das war aber auch schon alles. Papierdünne Wände, durch die man live und in Farbe mitbekam, warum es hieß: Pack schlägt sich, Pack verträgt sich.

Komm schon, im Moment sieht es doch gar nicht so schlecht aus, schalt er sich innerlich.

Er hatte sich wirklich gewundert, wie viele Sachen er für die erste Zahlung, die er vor einigen Tagen erhalten hatte, tatsächlich hatte kaufen können. Vielleicht lernte er doch langsam, mit weniger Geld auszukommen und mehr herauszuschlagen. Feilschen wäre ihm früher nie in den Sinn gekommen. Heute kaufte er nichts mehr, ohne zu feilschen. Und es klappte, fast immer. Zufrieden wanderten seine Augen über den riesigen Flachbildfernseher, den er einen Tag zuvor zusammen mit seinem Nachbarn die Treppe hochbugsiert hatte. Die Kinder würden vielleicht Augen machen, wenn sie das nächste Mal zu Besuch kamen – falls seine Ex sie denn in diesem Leben noch jemals zu ihm lassen würde. Ständig fiel ihr etwas Neues ein, warum er die Kinder am vereinbarten Wochenende nicht haben konnte. Wie heute auch. Und er hatte sich so drauf gefreut. Darauf, die Xbox zusammen mit den Zwergen auszupacken und der Kleinsten dabei zuzugucken, wie sie ihre neuen Duplosachen auswickelte. Vielleicht sollte er die zweite Zahlung, die jetzt anstand, besser für einen guten Anwalt ausgeben, der seine Besuchsrechte gegen seine Ex durchsetzte. Was nützte es schließlich, wenn er das Geld hatte, um Spielzeug zu kaufen, aber die Kinder nie da waren, um damit zu spielen. Na ja, wenigstens hatte das Geld noch für das Gerät gereicht, das er in all der Zeit am allermeisten vermisst hatte – eine richtige Kaffeemaschine. Zwölfhundert Euro war natürlich eine Menge Holz für einen Kaffeeautomaten, aber immerhin hatte er dreißig Prozent Rabatt herausgeschlagen. Nach den langen Monaten des Knapsens musste das einfach sein, und jeder Kaffee in den letzten drei Tagen war ein wahres Fest der Sinne gewesen.

Er hatte immer gewusst, dass seine Kenntnisse im Umgang mit Computern ihm ein gutes Auskommen sichern würden.

Dass eine kleine IT-Dienstleistung von vielleicht zehn Minuten so gut bezahlt sein würde, dass sie, zumindest für eine Weile, aus seinem selbstverschuldeten Schlamassel heraushelfen würde, hätte er nicht gedacht. Okay, ganz legal war es natürlich nicht, aber soweit er es überblicken konnte, würde niemand wirklich zu Schaden kommen. Es ging nur um Geld. Und Geld war das ausschlaggebende Argument gewesen.

Er drehte sich nicht um, als er hinter sich Schritte durch die Türe kommen hörte. Sein Besuch hatte darauf bestanden, die Sektgläser höchstpersönlich abzuwaschen und wegzuräumen. Dagegen würde er sich ja nicht wehren – wann kam das schließlich schon mal vor?

Er hörte, wie sein Besuch den Jackenreißverschluss zuzog und von hinten an ihn herantrat, um sich zu verabschieden. Bevor er sich über den kalten Luftzug wundern konnte, krachte etwas Schweres mit Wucht auf seinen Hinterkopf und brach ihm den Schädel. Als der zweite Schlag niederging, kippte er wie ein Mehlsack zur Seite.

Dass die Wohnungstür zuklappte und sich schnelle Schritte durch das Treppenhaus entfernten, hörte er schon nicht mehr. Seine toten, gebrochenen Augen starrten unverwandt auf den neuen, glänzenden Flachbildfernseher.

DONNERSTAG, 10. NOVEMBER

17:00 Uhr

Ich hatte die Tür zur Detektei kaum aufgezogen, als Sammy schon durch den Türspalt schlüpfte und wie ein fellbesetzter, schwarzer Kugelblitz den Flur entlang in die Gemeinschaftsküche gefegt war.

Eins … zwei … dr…

»SAMMY!«, quietschte es erwartungsgemäß in schrillem Tonfall, »du kommst jetzt SOFORT … BRITTAAAAH!«

»Komme schon, komme schon«, rief ich meiner Kollegin Silke zu, die sich vermutlich gerade Sammys stürmischer Avancen erwehrte – die selbstverständlich Silkes Nachmittagssnack galten, nicht Silke selbst. »Alte Frau ist schließlich kein D-Zug.«

Ich beschleunigte meine Schritte etwas, und prompt ertönte Erics Stimme aus seinem und Marcs Büro. »Ach, hör mal, Marc. Käpt'n Ahab ist zurück! Klick, KLOCK, Klick, KLOCK.«

Beim letzten Klock traf Sammys vollgeschnuddelter Tennisball Erics Tastatur wie eine Bombe und verteilte den frischen Hundesabber gleichmäßig in alle Richtungen.

»Haben wir das Buch nicht zu Ende gelesen, Herr Lautenschläger? Käpt'n Ahab versteht nämlich bei seinem Holzbein überhaupt keinen Spaß«, grinste ich, zufrieden über den gelungenen Abwurf.

Außerdem ist das mit dem Humpeln gar nicht mehr sichtbar. Na ja, fast nicht mehr. Na gut, noch ein bisschen.

Eric und Marc guckten allerdings nicht auf mein Bein, das vor ein paar Monaten durch einen herabstürzenden Deckenbalken ordentlich in Mitleidenschaft gezogen worden war und sich immer noch in der Restgenesung befand. Stattdessen starrten sie entgeistert auf meine Arme, meine Jacke und das, was mal meine Jackenärmel gewesen waren. Die hingen traurig herunter und waren noch mit dem Unterholz gespickt, das ich noch nicht herausgeklaubt hatte.

»Was hast *du* denn gemacht?«, fragte Marc und vergaß dabei das Sandbrötchen, das er noch in der Hand hielt.

»Mit Sammy per Fahrrad jemanden observiert«, seufzte ich. »Es lief auch alles ganz super. Ehrlich, er lief ganz brav neben dem Rad her. Bis dieses Kaninchen vorbeigehoppelt kam. Dummerweise hatte ich die Leine nicht in der Hand, sondern am Lenker fest…«

»Lass mich raten«, gackerte Eric. »Ein plötzlicher Ruck und Sammy samt Fahrrad und Britta unterwegs Richtung Unterholz?« Wiehernd schlug er sich auf die Schenkel, den nassen Tennisball auf seinem Schreibtisch vergessend.

Marc grinste über alle vier Backen, wusste aber, was gut für ihn war, und biss hastig in sein wiederentdecktes Sandbrötchen.

»Du bist doch hoffentlich nicht auf dein lädiertes Bein gefallen?«, hörte ich hinter mir Silkes erschreckte Stimme.

»Nein, nein, alles okay«, beruhigte ich sie und drehte mich um. »Aber apropos lädiert – du hast doch hoffentlich nicht Sammy mit was Essbarem alleine in der Küche gelassen?«

Silkes schreckgeweitete Augen sagten alles, ebenso wie die zufriedenen Schlabbergeräusche, die jetzt unweigerlich an unsere Ohren drangen.

Seufzend wollte ich mich Richtung Küche aufmachen, als mein Handy die Star-Wars-Titelmelodie erklingen ließ.

»Wäre der Walkürenritt nicht der bessere Klingelton für dich?«, schlug Eric mit Unschuldsmiene vor, während ich aufs Display schaute und seine Frage geflissentlich ignorierte. Meine Schwester Petra.

»Pe, was gibt's?«

»Du hast es nicht vergessen, oder?«

Vergessen, vergessen, was denn …

»Aaaaaaaaaaaahhh, der Martinszug. Ich bin in zehn Minuten da!« Ich beendete das Gespräch und wetzte durch den Flur zurück zur Eingangstür.

»Alles Weitere morgen, liebe Leute«, rief ich über die Schulter zurück, »ich hab Tick, Trick und Track versprochen, mit ihnen zum Martinszug zu gehen.«

Ich öffnete die Tür und sah mich um. Kein Sammy. Also rief ich das Zauberwort:

»SAMMY, Leckerchen!«

* * *

Eine halbe Stunde später trudelte ich mit meinen drei Neffen im Schlepptau bei Sankt Gregorius ein, wo sich schon eine beachtliche Menschenmenge tummelte und eine fröhliche Ansammlung bunter Laternen in der Dunkelheit herumwippte. Auch das Pferd war schon da, nur vom Heiligen Martin war noch nichts zu sehen. Vor dem *Café Middelberg* versammelte ich die drei kleinen Strolche um mich, die gerade die Reste von ihren Weckmännern verputzten.

Ich bemühte mich um einen angemessen strengen Blick: »KEINER bewegt sich auch nur einen Schritt von meiner Seite, ist das klar?« Drei Engelsgesichter sahen mich unschuldig an und klimperten unisono mit den Wimpern, um zu signalisieren, dass sie selbstverständlich kein Wässerchen trüben konnten. »Keinen Schritt, Pip«, sagte ich zum Jüngsten, der mit seinen vier Jahren jetzt schon berühmt-berüchtigter war als seine Brüder.

»Ja, Tante Britta«, piepste er mit einem unschuldigen Augenaufschlag. Das hätte mir zu denken geben müssen.

»Ich verlass mich auf euch«, ermahnte ich den fünfjährigen Finn und den sechsjährigen Felix.

»Ja, Tante Britta«, trällerten die beiden im Chor. Das hätte mir noch mehr zu denken geben müssen.

»Gut, dann mal auf ins Getümmel, und passt auf, dass ihr in dem Gewühl nicht eure Laternen quetscht.« Finn und Felix würden mit ihren Wilde-Kerle-Laternen nicht weiter auffallen. Was der Heilige Martin allerdings zu Pips Darth-Vader-Laterne sagen würde, blieb abzuwarten.

Sammy hatte ich bei Petra und Gregor gelassen – drei Rabauken unter meinen Fittichen reichten für einen Abend. Als wir auf der anderen Straßenseite ankamen, zog ich mein Feuerzeug aus der Tasche und zündete die drei Laternenkerzen an. Darth Vaders grimmige Maske flackerte bedrohlich im Kerzenlicht, und als ein kleines Mädchen sich schreiend hinter ihrer Mutter versteckte, strahlte Pip zufrieden.

»So, so«, kratzte hinter mir eine knurrige Reibeisenstimme, »die dunkle Seite der Macht hat es auch noch rechtzeitig zum Martinszug geschafft. Fehlt ja nur noch der Imperator.«

Als ich mich umdrehte, stand hinter mir ein ungefähr siebenjähriges Mädchen mit blonden Zöpfen und einer wunderschönen, farbenfrohen Kugel-Laterne. Die Reibeisenstimme gehörte natürlich nicht ihr, sondern dem mittelgroßen, schwarzhaarigen und wie immer unrasierten Mann Mitte dreißig, der sie an der Hand hielt.

»Körber«, grinste ich. »Was machst du denn hier?« Kriminaloberkommissar Matthias Körber und ich waren uns im vergangenen Sommer bei den Ermittlungen zu einer mysteriösen Mordserie hier in Aachen begegnet und hatten uns trotz anfänglicher Meinungsverschiedenheiten schnell angefreundet.

Körber zog an seiner unvermeidlichen Zigarette und nickte mit dem Kopf in Richtung der drei Orgelpfeifen. »Ich nehme an, das Gleiche wie du – aufpassen, dass der Heilige Martin nicht von den kleinen Hosenscheißern überwältigt wird.«

»Ach, und da musstest du schon handfest eingreifen?«, konnte ich mir mit Blick auf das saftige Veilchen um sein rechtes Auge herum nicht verkneifen.

Körber blies den Rauch aus der Nase und brummelte etwas von einem widerspenstigen Übeltäter, den er in einem Handgemenge dingfest gemacht habe, als sich das Mädchen mit großen Augen zu ihm umdrehte und piepste: »Aber Onkel Matthias, Mama hat gesagt, du hättest einen Fußball aufs Auge bekommen.«

»Emmaaa«, stöhnte Körber.

»Aber Onkel Matthias«, sagte das kleine Mädchen stirnrunzelnd. »Du sagst doch immer, man soll nur die Wahrheit sagen.«

»Ja schon«, knurrte Körber, »aber doch nicht, wenn … ach, lassen wir das«, seufzte er. »Darf ich vorstellen, mein Patenkind und einzige Nichte Emma.«

Ich beugte mich zu Emma herunter und gab ihr die Hand. »Hallo, Emma, freut mich sehr, dich kennenzulernen. Ich bin Britta. Und das hier …« Ich drehte mich um und erstarrte mitten im Satz. Statt dreier vermeintlich unschuldiger Augenpaare war da nur noch eins.

O nein.

»Sag mal, waren das nicht eben noch drei?«, fragte Körber hilfreicherweise.

»Felix, wo sind Finn und Pip?« Hektisch ließ ich meine Augen über die wogende Menschenmenge schweifen.

»Ich weiß nicht genau, Tante Britta, irgendwo da hinten«, antwortete Felix mit einer wagen Kopfbewegung in Richtung des wohlbeleibten Heiligen Martin, der gerade mit viel Mühe und der Hilfe zahlreicher schiebender Hände auf seinen Gaul kraxelte. Zeigen konnte Felix nicht, denn er versuchte krampfhaft, die drei Laternen so zu halten, dass keine davon in Flammen aufging.

Oh-oh.

Ich drehte mich zu Körber um, der eine spöttische Augenbraue hob. »Ganz die Tante, wie? Kaum dreht man sich um …«

»So wie ich meine Neffen kenne, solltest du die Umgebung schon mal weiträumig absperren«, stöhnte ich. »Felix, du bleibst bei Onkel Körber hier und rührst dich nicht vom Fleck, ist das klar?«

Felix nickte ergeben und rückte ein paar Schritte näher an Körber heran, der ihm mit geübtem Griff zwei der Laternen abnahm. Als ich mich in die Menschenmenge stürzte, um die beiden Rabauken ausfindig zu machen, hörte ich gerade noch, wie Felix fragte: »Du bist wirklich ein echter Kommissar? Kann ich mal deine Pistole sehen?«

Entschuldigungen murmelnd, quetschte ich mich durch die wenigen Lücken in der Menge. An ein schnelles Vorankommen war bei dem Gewimmel überhaupt nicht zu denken. Ich blieb immer wieder stecken, hielt aber den Heiligen Martin fest im Blick. Ich hatte nicht den geringsten Zweifel daran, dass der dicke Heilige mit dem hochroten Kopf das Ziel meiner abtrünnigen Neffen war. Die Frage war nicht, *ob* sie etwas im Schilde führten, sondern *was.* Nur gut, dass jemand mit Pferdeverstand dafür gesorgt hatte, dass ein angemessener Abstand zwischen Pferd und Menschenmenge eingehalten wurde.

Ich hatte mich fast bis zu meinem Ziel vorgearbeitet, als das Rätsel gelöst wurde. Irgendwo rechts hinter dem lammfrommen Schimmel ertönte ein ohrenbetäubendes Knallen. Wie nicht anders zu erwarten, machten nicht nur die Umstehenden, sondern vor allem der Schimmel einen gewaltigen Satz, was den Heiligen Martin wie eine Kanonenkugel nach hinten aus dem Sattel schießen ließ. Na ja, vielleicht eher wie einen Mehlsack.

Nachdem sich der erste Schreck gelegt hatte, wurde der Heilige Martin von fünf oder sechs Vätern mit einem lautstarken »Zuuu-gleich« wieder auf die Füße gehievt. Es sah Gott sei Dank so aus, als hätte außer seiner Würde nicht viel gelitten. Der etwas zu klein geratene Helm saß seitlich auf seinem Kopf wie ein Schluck Wasser in der Kurve, und der rote Mantel hing ihm in zwei Teilen von den Schultern.

Da hat er sich ja ein bisschen Arbeit gespart.

Im gleichen Moment entdeckte ich Finn und Pip, die sich gerade hochzufrieden abklatschten. Die beiden waren so stolz auf sich, dass sie mich erst bemerkten, als ich von hinten an sie herantrat und jedem ein Ohr lang zog – Strafe muss sein. »Wo habt ihr den Böller her?«, knurrte ich.

»Papa«, quiekte Pip und versuchte, den Zug auf sein Ohr zu verringern, indem er sich auf die Zehenspitzen stellte.

»Netter Versuch, Pip, aber ich weiß zufällig, dass euer Vater euch mit Sicherheit keinen Böller in die Hand drücken würde. Also?«

»Na jaaa, gegeben hat er ihn uns nicht direkt«, begann Finn vorsichtig.

»Aha. Also?«

»Ja also, Papa hat doch in seinem Bastelkeller diesen Schrank«, seufzte Finn.

»Du meinst den mit dem Sicherheitsschloss, von dem ihr die Finger lassen sollt?«

»Ja, Tante Britta, der, bei dem uns Papa mit der Todesstrafe droht, wenn wir drangehen«, piepste Pip fröhlich, nicht im Geringsten vom angedrohten Strafmaß beeindruckt.

»Und wie seid ihr an den Schlüssel gekommen?«, seufzte ich.

»Papa ist vorgestern der Schlüsselbund aus der Tasche gefallen, und er hat es nicht gemerkt. Wir wollten nur mal gucken, was in dem geheimnisvollen Schrank drin ist, ehrlich!«

»Und da waren die restlichen Silvesterböller von letztem Jahr drin«, schloss ich resigniert.

»Wir haben nur einen einzigen genommen, Tante Britta. Und … ähm … ein paar Wunderkerzen … und … ähm …«

»Okay, okay, den Rest will ich gar nicht mehr hören«, stöhnte ich. »Habt ihr noch irgendwas von dem Zeug dabei?«

Tapfer schüttelten beide trotz lang gezogener Ohren die Köpfe.

»Indianerehrenwort?«

»Indianerehrenwort«, krähten beide im Chor.

»Na gut«, knurrte ich. »Her mit dem Feuerzeug und dann ab zum Heiligen Martin, euch entschuldigen.«

Zwei entgeisterte Augenpaare starrten mich an.

»Ja, was habt ihr denn gedacht? Der arme Mann ist euretwegen mit Karacho vom Gaul geflogen und hätte sich wer weiß was brechen können. Also los jetzt – wer Sch… Mist baut, hat dafür geradezustehen.« Energisch schob ich die beiden in Richtung des gewaltigen Heiligen, dessen Kopf inzwischen eine noch dunklere Rotschattierung angenommen hatte.

»Ich sag ja, ganz die Tante«, erklang Körbers Stimme hinter mir. Er schob sich neben mich, in der rechten Hand immer noch die Laternen der beiden Übeltäter, im Schlepptau Emma und Felix, die sich unterhielten und zusammen kicherten, als würden sie sich seit Jahren kennen.

»Der Herr Heilige hat bestimmt ein Knalltrauma«, seufzte ich.

»Und der Gaul erst«, bemerkte Körber trocken und beobachtete interessiert den Heiligen Martin, der unterstützt durch die halbe Gemeinde und einen Haufen lauter Flüche immer noch versuchte, den wild schnaubenden Schimmel wieder einzufangen. »Wenn ich mir allerdings das Format unseres Heiligen ansehe, könnte es auch sein, dass das arme Viech einfach froh ist, die hundertvierzig Kilo vom Puckel zu haben.«

Schwergewichtig mochte der Heilige Martin sein, aber offenbar hatte er auch ein großes Herz für Lausbuben. Die beiden Attentäter kamen gerade bei ihm an, als er wieder auf sein Ross gehievt wurde – diesmal schoben drei von hinten, und drei weitere zogen von der anderen Seite.

Nächstes Mal vielleicht eine Seilwinde?

Als sich Finn und Pip mit gesenkten Köpfen und brav auf dem Rücken gefalteten Händen aufrichtig entschuldigten und dem verschreckten Schimmel einen Apfel anboten, war der gute Mann so gerührt, dass die drei Knallfrösche samt Emma den Martinszug direkt hinter ihm anführen durften. Das großmütige Lächeln gefror dem Heiligen Martin zwar etwas, als er die Darth-Vader-Laterne sah, aber er gab sich einen mannhaften Ruck, klopfte seinem Pferd den verschwitzten Hals, und endlich konnte der Zug, begleitet von inbrünstigem Gesang, beginnen. Nur gut, dass Körber seinen Lebensunterhalt nicht mit Singen verdienen musste …

FREITAG, 11. NOVEMBER

08:05 Uhr

Silke fuhr gerade ihren PC hoch, als ich Sammy in unser Büro folgte. Die unvermeidliche Wartezeit, bis Silkes alte Gurke startklar war, vertrieb sie sich damit, Sammy an den Ohren zu zupfen, der dabei vor Verzückung fast in Ohnmacht fiel.

Als ich an den großen Schiebeschrank hinter meinem Schreibtisch herantrat, wurde Silke aufmerksam.

»Nanu? Der große Kleiderschrank? Hab ich was verpasst?«

Ich zuckte mit den Schultern. »Mal sehen. Wir haben gleich einen Kundentermin – irgendeins von diesen Technologie-Unternehmen hat einen Maulwurf, der ihre Forschungsergebnisse an die Konkurrenz verkauft. Wenn alles gut läuft, kommt der ganze Kram hier vielleicht mal wieder zum Einsatz.«

Ich zog die Schiebetür der großen Schrankwand auf und warf einen skeptischen Blick auf die diversen Hosenanzüge und Kostüme, Blusen, Pumps und Handtaschen. »Ich wusste, es gab einen Haken«, seufzte ich. Allein der Gedanke, bei den Außentemperaturen in Kostümchen und Blüschen herumzustöckeln, verdarb mir schon die Laune. Und beim Blick auf die hochhackigen Schuhe hätte ich schwören können, dass sich mein ramponiertes Bein protestierend zu Wort meldete.

Während ich noch zwischen den verschiedenen Kleiderbügeln herumwühlte, um die richtige Wahl für den anstehenden Termin zu treffen, fragte Silke: »Warum hast du den ganzen Kram eigentlich hier im Büro?«

»Na, kannst du mir mal verraten, was ich zu Hause mit dem ganzen Plunder soll? Fällt mir ja nicht im Traum ein, so was freiwillig anzuziehen.« Ich zog ein graues, schlicht geschnittenes Kostüm aus dem Schrank. »Das hier?«

»Ja, sehr gut«, bestätigte Silke. »Und dazu die pinke Bluse.«

»Wirklich?«, stöhnte ich gequält.

»Doch, doch«, feixte Eric von der Tür her. »Der Inbegriff der Eleganz in Grau und dazu ein dezenter Farbtupfer, der Ihren Teint ganz sanft zur Geltung bringt«, näselte er in bester Modefachverkäuferinnenmanier.

»Das nennst du DEZENT?«, kreischte ich, als ich das pinkfarbene Ungetüm aus dem Schrank zog.

»Na ja, vielleicht nicht ganz so dezent wie … öhm … es zuerst im Schrank aussah«, gab er grinsend zu. »Warum hast du das Ding denn überhaupt gekauft, wenn dir schon das Anfassen einen Herpes ins Gesicht zaubert?«

»Ach, was weiß denn ich? Rein ins Geschäft, ein paar Sachen gegriffen und nix wie wieder raus«, nuschelte ich. »Ich HASSE Klamotten kaufen.«

»Das sieht man«, konterte Eric trocken und klatschte sich mit Marc ab, der natürlich unweigerlich den Stimmen gefolgt war, um zu sehen, ob er was verpasste.

»Hier – ein kleiner Gruß aus der Küche«, antwortete ich, während die pinkfarbene Bluse samt Kleiderbügel auf Erics Gesicht landete.

»Also meine Herrschaften!« Marc klatschte in die Hände. »Wenn ich denn hier doch mal um ein bisschen Disziplin und

Ernsthaftigkeit bitten dürfte. Britta, nimm die blaue. Herpes beim ersten Kundentermin ist immer ganz schlecht. Und dann wollen wir mal zu den wirklich wichtigen Fragen übergehen: Welche Perücke?«

»Wie, welche Perücke?«, protestierte ich. »Ich brauch doch keine …« Mein Blick fiel in den frauhohen Spiegel auf der Innenseite der Schranktür. Nachdem ich einige Wochen zuvor in einen Hausbrand geraten war, hatte nur noch eine Notrasur geholfen. Immerhin hatten sich schon wieder drei Zentimeter Haare nach draußen getraut. »Na ja, vielleicht doch was dran«, brummte ich missmutig.

»Außerdem hat eine Perücke den Vorteil, dass dich auch keiner so schnell erkennt. Immerhin warst du neulich groß in der Lokalzeitung, mit Frisur Marke gerupftes Huhn. Die nachgewachsenen Augenbrauen alleine machen nicht wirklich eine gute Tarnung«, klugscheißerte Marc weiter.

»Schon gut, schon gut.« Resigniert schob ich eine weitere Schiebetür im Inneren des Schrankes auf, und dahinter kamen zwei Perückenköpfe mit Bedeckung zum Vorschein. Ich griff reflexartig zur kastanienroten Langhaarperücke.

»Nix da«, protestierte Silke. »Die kurze, blonde ist viel besser.«

»Meinst du?« Ich beäugte die elegante Kurzhaarfrisur skeptisch. »Bei Kurzhaarfrisuren sieht man immer so schnell, dass es eine Perücke ist.«

»Nicht, wenn du mich machen lässt.«

Ich hörte, wie hinter mir Sammy unsanft von seinem Platz vertrieben wurde, dann tauchte Silke neben mir auf.

»Setzen«, befahl sie und zeigte auf meinen Bürostuhl.

Aus dem Augenwinkel sah ich, dass Sammy sich gehorsam auf den Hintern setzte und uns treuherzig ansah. *Unglaublich.*

Silke nahm die Perücke und die zugehörige Perückenkappe aus dem Schrank und machte sich an die Arbeit. Erst stülpte sie mir die Perückenkappe fachgerecht über den Kopf, setzte danach mit viel Brimborium die Perücke drauf, und nach einigem Ziepen und Zupfen hier und da saß das Ding bombenfest.

Ich drehte mich um und sah wieder in den Spiegel. »Nett, Sie kennenzulernen«, grinste ich, während ich den Kopf hin und her drehte, um meine Tarnung von allen Seiten zu begutachten. »Ich erkenn mich jedenfalls nicht wieder.«

»Prächtig«, sagte Silke zufrieden. »So soll das sein.«

»Jetzt muss nur noch das Benehmen zur Frisur passen«, kalauerte Eric.

»Und jetzt noch ...« Silke ignorierte Erics Einwurf elegant, drehte sich um und zog suchend ein paar Schubladen auf. »Hier war doch irgendwo … aaaah ja.« Zufrieden wühlte sie in einer flachen Schublade herum und tauchte mit einer großen, schwarzen Hornbrille wieder auf, die sie mir wie ein Optiker mit einem geübten Schwung auf die Nase setzte. »Perfekt. Groß genug, um dein Gesicht in der Wahrnehmung deutlich zu verändern, aber 08/15, weil jede zweite Frau in unserem Alter genau diese Brille trägt.«

Ich nahm das Ungetüm wieder ab. »Entweder ich hab Grauen Star, oder das Ding muss erst mal gewienert werden.« Skeptisch beäugte ich das Fensterglas im Rahmen gegen das graue Novemberlicht, das durch unser Bürofenster fiel, und rieb es dann ein paar Mal an meinem T-Shirt rauf und runter.

»So putzt man doch keine Brille«, stöhnte Silke, nahm mir das Nasenfahrrad ab und unterzog es einer gekonnten Generalreinigung.

»Ja, was weiß denn ich, wie man eine Brille putzt«, maulte ich. »Stört doch nur, das doofe Ding.«

»Mag sein«, sagte Eric, »aber du brauchst mehr Tarnung als sonst. Wenn du brav bist, nehme ich das passende Herrenmodell. Dann gehen wir im Partnerlook.«

»Na, das hätte mir gerade noch gefehlt«, schnaubte ich. »DU musst wahrscheinlich keine Perücke tragen, wie?«

»Mich kennt ja keiner«, feixte Eric. »Aber ich will ja mal nicht so sein – dir zuliebe nehme ich auch eine Brille. Ich weiß schon das perfekte Modell für den Herrn Unternehmensberater«, schloss er zufrieden.

»Als was gehst du denn diesmal?«, fragte mich Silke gespannt, als würden wir über mein nächstes Karnevalskostüm reden.

Ich grinste, setzte meine neue Brille wieder auf und drehte mich zum Spiegel zurück: »Das müssen wir noch mit dem Kunden besprechen, aber ich glaub, mir ist heute mal nach Marketing-Tante.« Beim Blick auf mein Spiegelbild, das nicht mehr viel mit mir zu tun hatte, konnte man es sogar fast glauben. »So, und jetzt raus hier, die Herren. Ich muss mich umziehen – ich habe schließlich nicht mehr viel Zeit, um herauszufinden, wie ich in diesen Mörderschuhen gehen soll, ohne mir das Genick zu brechen.«

* * *

Um Punkt zehn Uhr klingelte es an der Tür. Eric und ich hatten es uns in unseren Undercover-Kostümen im Konferenzraum bequem gemacht und dem Printenarrangement bereits beträchtlichen Schaden zugefügt. Als es klingelte, versuchten wir hektisch, die auffällig großen Löcher auf dem Printenteller wieder zu schließen, was nur mittelprächtig gelang.

Wenn wir uns inkognito in ein Unternehmen einschleusten, machten wir es – wenn irgend möglich – so, dass auch der Kunde, der uns beauftragte, unsere wahre Identität erst nach Ende der Ermittlungen erfuhr. So war sichergestellt, dass sich keiner verplapperte oder sonst wie unbeabsichtigt verriet, dass die Namen, unter denen wir unterwegs waren, nicht die unseren waren.

Eric war schon seit einigen Jahren als selbstständiger Unternehmensberater Roderich Müller-Schwan unterwegs. Mit dem vermeintlichen Beratungsschwerpunkt »Prozessmanagement« konnte er sich in fast jedem Unternehmen nützlich machen und bei der Suche nach Lug und Betrug in fast alle Unternehmensbereiche hineinschauen. Der Nachteil dieser Rolle war, dass viele Mitarbeiter einem Unternehmensberater erst einmal misstrauisch gegenüberstanden, denn Beratungsprozesse bedeuteten für die Belegschaft nicht unbedingt eine Verbesserung. Sie fürchteten um ihre Position oder schlimmer noch um ihren Arbeitsplatz, und da niemand wusste, ob die Prozessänderungen sich positiv oder negativ auswirken würden, stand man dem identifizierbaren Boten der Veränderung erst einmal skeptisch gegenüber.

Und hier kam ich dann in meiner Rolle als Franziska Decker ins Spiel. Erschien ein Unternehmensberater im Haus, entstanden Unruhe und Unsicherheit. Es wurde noch mehr geredet und getratscht als sonst auch schon, und die Gerüchteküche brodelte. Dadurch, dass viele Mitarbeiter aufgewühlt waren, öffneten sie sich auch eher Personen, die sie vielleicht noch nicht so gut kannten. Deshalb wurde eine zweite Person als neue Mitarbeiterin ins Unternehmen geschleust, die ein Bad in der Menge nahm und in der aufgescheuchten Stimmung Informationen sammeln konnte, die ihr sonst nicht so leicht zugänglich gewesen wären. So weit die Theorie. Klappen tat das nicht immer. Aber immer öfter.

Welche Rolle diese zweite Person – in unserem Fall also Franziska – spielte, hing immer vom Unternehmen ab und von dem Problem, das es zu lösen galt. Außerdem musste es eine Position sein, in der man sich, ohne Verdacht zu erregen, möglichst frei im Unternehmen bewegen konnte und im Rahmen der vermeintlichen beruflichen Tätigkeit mit möglichst vielen Kolleginnen und Kollegen in Kontakt kommen konnte.

Jetzt waren wir sehr gespannt auf die beiden Geschäftsführer der Memento GmbH, eines Aachener Technologie-Unternehmens, das mit Forschung und Entwicklung im Bereich Nanotechnologie seine Brötchen verdiente.

Zu unserer großen Erleichterung hatte unser Faktotum – Entschuldigung, Geschäftsführer – Fritz Schniedewitz bereits das Haus für ein »Geschäftsfrühstück« verlassen, so dass auf dem Flur keine peinlichen Begegnungen zu befürchten waren. Kollegin Steffi hatte den Herrschaften die Tür geöffnet und brachte sie mit professionell-freundlichem Smalltalk zum Konferenzraum. Normalerweise hätte ich das selbst gemacht, aber ich war auf den höllischen Stöckelschuhen schon dreimal umgeklinkt und dachte, ein spektakulärer Sturz im Korridor wäre kein guter Anfang für eine Geschäftsbeziehung.

Hinter Steffi betrat mein bester Freund Tahar Karim als Erster den Raum. Tahar, waschechter Franzose und nach dem Informatik-Studium in Aachen hängen geblieben, arbeitete seit vielen Jahren als freier IT-Berater für Memento und hatte uns ins Spiel gebracht, als es um Optionen ging, den diebischen Maulwurf zur Strecke zu bringen.

Tahars schwarze Locken waren wie immer verstrubbelt, Hemd und Jackett dagegen ein eher ungewohnter Anblick. Er trat ein, begrüßte Eric und sah sich suchend um.

Eric war trotz ungewohntem, dunkelblauem Dreiteiler und schmaler, karamellfarbener Hornbrille immer noch als Eric erkennbar. Bei mir musste selbst Tahar zweimal hingucken, bis er mich erkannte. Ich grinste zufrieden und zog dann hastig meine Gesichtszüge wieder gerade, als die drei Herrschaften von der Memento GmbH den Raum betraten.

Wir standen beide auf. Eric war zuerst an der Tür.

»Roderich Müller-Schwan«, beschallte er sie lautstark, während er ihnen die Hände schüttelte, und drehte sich dann schwungvoll zu mir um. »Und das ist meine Kollegin Franziska Decker.« Ich stöckelte auf die drei Gestalten zu und betete, dass ich alle Umklinker des Tages schon hinter mir hatte.

Der größere der beiden Männer, ein Endfünfziger, grau meliert mit gepflegtem Vollbart und Brille, stellte sich als »Hartmut Messner, Geschäftsführer« vor; der andere als »Rainer Messner, Geschäftsführer«, was es fast nicht gebraucht hätte, denn trotz fehlendem Bart und Brille war die Familienähnlichkeit zu Hartmut unverkennbar. Wer von beiden der Ältere war, war auf den ersten Blick nicht auszumachen.

Zuletzt reichte mir die einzige Frau im Dreierbund ihre knochige Klaue. »Waltraud Nieland, angenehm.«

Hochaufgeschossen, mager, graues Haar im strengen Knoten und ein stahlgrauer Blick, der einen Habicht vor Neid erblassen lassen würde. Für einen kurzen Augenblick dachte ich, meine Mutter sei wiederauferstanden, und das professionelle Lächeln auf meinem Gesicht fror kurzzeitig ein.

Ich schüttelte mich innerlich und reichte dem Habicht die Hand, als wäre alles in feinster Ordnung, und bat unsere Besucher Platz zu nehmen. Das löste aus irgendeinem Grund ein hektisches Hin und Her aus, bei dem sich erst einmal alle gegenseitig im Weg standen. Schließlich saß aber alles, mit

Kaffee und Wasser versorgt, und Steffi schloss leise die Tür hinter sich.

»So, noch einmal herzlich Willkommen bei der Detektei Schniedewitz und Schniedewitz«, begann ich. »Herr Karim hat uns ja bereits vorab gebrieft, worum es geht. Und er hat, soweit ich weiß, bereits mit Ihnen besprochen, dass Herr Müller-Schwan hier«, Eric setzte sein gewinnendstes »Ich-bin-Unternehmensberater-und-weiß-alles-besser«-Lächeln auf, »und meine Wenigkeit die Personen sind, die ins Unternehmen eingeschleust würden. Bevor wir aber besprechen, wie genau das vonstattengeht, schlage ich vor, dass Sie uns das konkrete Problem noch einmal in Ihren eigenen Worten schildern.« Ich sah die beiden Geschäftsführer aufmunternd an und schob die Brille hoch, die mir halb die Nase heruntergerutscht war.

Hartmut Messner nahm einen Schluck Kaffee, räusperte sich und fing an. »Der Name Memento GmbH steht für ›Messner und Messner Nanotechnology GmbH‹. Wir sind seit vielen Jahren sehr erfolgreich am Markt und eines der führenden unabhängigen Nanotechnologie-Unternehmen in Deutschland.«

Wir sind gleich nach der Werbung wieder für Sie da.

»Unser Fokus liegt auf Nanobiotechnologie und Nanomedizin, und hier wiederum sind wir besonders stark in angewandter Forschung und Produktentwicklung. Kurz gesagt – das, was sich in unserer Forschungs- und Entwicklungsabteilung abspielt, ist das Herzstück unseres Unternehmens.«

»Können Sie uns etwas genauer erklären, welches die Anwendungsgebiete für Ihre Forschung und Produktentwicklung sind?«, fragte Eric, der sich genau wie ich Notizen auf seinem Laptop machte. Hartmut Messner nickte und fuhr fort: »Unter Nanobiotechnologie versteht man, grob gesagt, die Verbindung elektronischer und biologischer Systeme. Eins der bekanntesten Beispiele hierfür kennen Sie wahrscheinlich aus *Star Trek*: das Volk der Borg, also ein Volk von Wesen, deren Organismen zum Teil organisch und zum Teil künstlich und elektronisch gesteuert sind.«

Schöne neue Welt.

»Das hört sich natürlich erst einmal sehr futuristisch an, aber durch eine solche Verbindung kann es zum Beispiel gelingen, Stellen im menschlichen Körper zu überbrücken, an denen permanent geschädigte Nervenbahnen der körperlichen Funktion ein Ende gesetzt haben. Zum Beispiel könnte man bei Querschnittsgelähmten die Stelle, an der das Rückenmark irreparabel geschädigt ist, durch elektrische Impulse überbrücken, so dass die Befehle des Gehirns wieder an die unteren Gliedmaßen übertragen werden. Dieser Querschnittsgelähmte könnte wieder gehen.«

»Zapperlot«, entfuhr es mir.

Messner lächelte. »Sie sagen es, Frau Decker. Die Lahmen werden wieder laufen und die Blinden wieder sehen. Irgendwann. Damit aber noch lange nicht genug, denn die denkbaren Anwendungsgebiete für Nanoteilchen in der Medizin reichen von verfeinerten diagnostischen Verfahren über künstliche Befruchtung bis hin zu besser verträglichen Krebstherapien. Schauen Sie sich zum Beispiel die derzeit noch dominanten Behandlungsmethoden in der Onkologie an. Chemotherapie bedeutet, vereinfacht gesagt, nichts anderes, als dass wir den gesamten Organismus mit toxischen Stoffen überfluten in der Hoffnung, die krankhaften Zellen zu eliminieren. Der Kollateralschaden für den Körper ist immens. Wir werfen sozusagen eine Streubombe ab und wissen, dass in den allermeisten Fällen nicht nur das kranke Gewebe, sondern auch der gesunde Rest des Organismus massiv angegriffen wird.« Messners Augen hatten begonnen zu leuchten. »Jetzt stellen Sie sich mal nur für einen Moment vor, was es für Millionen von Krebspatienten bedeuten würde, wenn wir die Therapie direkt an die Stelle im Körper transportieren könnten, wo die krankhafte Zellveränderung sitzt. Durch eine solch gezielte Anwendung würde der Tumor ausgemerzt – aber ohne die massiven Nebenwirkungen, die wir heute in Kauf nehmen müssen. Ein sauberer klinischer Eingriff statt der Streubombe ist die Vision. Es gibt dann keine Patienten mehr, die statt an ihrem Tumor an den brutalen Behandlungsmethoden sterben, die momentan noch vielfach unsere einzige Option sind. Wir wissen immer noch zu wenig über die vielschichtigen Wege, wie Krebsarten entstehen – aber wir sind der festen Überzeugung, dass wir, was die Therapie angeht, nicht mehr weit von bahnbrechenden Behandlungsmethoden entfernt sind.«

Es entstand ein kurzes Schweigen, das Eric durch ein dezentes Räuspern unterbrach. »Ich möchte nicht der Spielverderber sein, Herr Messner«, begann er vorsichtig. »Aber nach dem, was ich gelesen habe, stehen den fast unbegrenzt erscheinenden Möglichkeiten der Nanotechnologie auch unkalkulierbare Risiken gegenüber.«

Rainer Messner nickte und schaltete sich ein. »Das ist richtig, Herr Müller-Schwan. Die Risiken sind schon in den Händen verantwortungsvoller Forscher schwer zu kalkulieren, da gibt es nichts zu beschönigen. Wir wissen noch zu wenig, um mit Sicherheit sagen zu können, welche genauen Risiken die neuen Möglichkeiten mit sich bringen und wie man diesen Risiken begegnen kann. Und genau deshalb ist es so wichtig, dass die Ergebnisse unserer Forschung nicht in die falschen Hände geraten – in die Hände von skrupellosen Menschen, denen es nur um Profit geht, egal um welchen Preis.«

»Und Sie glauben, dass das im Moment nicht sichergestellt ist?«, fragte ich. »Sie vermuten einen Maulwurf in den eigenen Reihen?«

»Ganz recht«, nickte Hartmut Messner. »Ich möchte jetzt nicht auf die genauen technischen Details eingehen, aber wir haben schon etwas länger den Verdacht, dass mindestens einer unserer direkten Wettbewerber mehr weiß, als er sollte. Als wir vor Kurzem ein Patent anmelden wollten und dann feststellen mussten, dass bereits eine fast identische Anmeldung beim Patentamt vorlag, waren wir uns ganz sicher.«

Ich kannte zwar von Tahar schon die Antworten, wollte es aber von den Messners selbst auch noch einmal hören: »Warum glauben Sie, dass dieser Wettbewerber die genannten Fortschritte nicht genauso wie Sie hätte erzielen können?«

Rainer Messner kratzte sich beinahe verlegen am Kopf. »Legen Sie es uns bitte nicht als Arroganz aus, aber wenn ich es mal ganz salopp formulieren darf – mit den Hornochsen, die bei diesem Wettbewerber unterwegs sind, sind die nie und nimmer selbst zu den Kernerkenntnissen gekommen. Wenn ihnen jemand die Grundlagen übermittelt hat, haben sie damit sicher weiterarbeiten können, aber die haben einfach nicht die Entwicklungskapazitäten, um in so kurzer Zeit solch massive Fortschritte zu machen, wie wir sie zuletzt gesehen haben. Und dass deren erste Patentanmeldung haargenau in dem Themenbereich erfolgt ist, mit dem wir uns in der Nanobiotechnologie schwerpunktmäßig beschäftigen, ist mit Sicherheit kein Zufall.«

»Warum glauben Sie, dass das Leck bei Ihnen intern ist und die Daten nicht durch eine Sicherheitslücke in Ihrem IT-System entwendet wurden?«, fragte Eric.

Hartmut Messner warf Tahar einen kurzen Blick zu. »Wir arbeiten jetzt schon seit einer Reihe von Jahren mit Herrn

Karim zusammen, und wir haben absolutes Vertrauen in seine Arbeit. Ich weiß nicht, ob Sie eine Vorstellung davon haben, wie oft das IT-Netz eines Unternehmens wie das unsere angegriffen wird, aber seien Sie versichert – es passiert sehr häufig. Wir reden hier im Laufe eines Jahres nicht von Hunderten, sondern von Tausenden von Angriffen – manche davon unglaublich stümperhaft und andere so raffiniert, dass man eigentlich nur noch annehmen kann, dass Staaten dahinterstehen und nicht irgendwelche Glücksritter. Kein einziger dieser Angriffe ist bisher erfolgreich gewesen. Also langer Rede kurzer Sinn«, schloss Hartmut Messner sein Statement ab, »wir haben absolutes Vertrauen in Herrn Karim und in die Integrität des Systems, das er aufgesetzt hat. Die zahlreichen Sicherheitsmaßnahmen machen das tägliche Arbeiten zwar manchmal etwas beschwerlicher, als die Kollegen sich das wünschen würden, aber wir wissen den hohen Grad an Sicherheit zu schätzen. Und wenn Herr Karim uns sagt, dass die äußeren Sicherheitsschranken des Entwicklungsnetzwerks nicht durchbrochen wurden, haben wir nicht den Hauch eines Zweifels.«

Tahar strahlte wie ein Honigkuchenpferd.

»Das sind die sogenannten harten Faktoren. Dann gibt es aber auch noch die weichen Faktoren, also die, auf die man schwerer den Finger legen kann«, ergänzte Rainer Messner. »Selbst wenn Forscher auf exakt dem gleichen Gebiet forschen und auch ihre Schwerpunkte fast identisch setzen, ist es normalerweise so, dass die einzelnen Forscher trotzdem ihre eigene Handschrift haben und sich ihre Arbeiten zumindest in Kleinigkeiten unterscheiden. Daran kann man – zumindest in unserem Bereich – häufig erkennen, ob Person A einfach von Person B abgekupfert hat oder ob sie wirklich gerade parallel, aber ohne Verbindung untereinander an der gleichen Sache forschen. Nun haben wir ja keinen einhundertprozentigen Einblick in das, was der Wettbewerber treibt, aber alles, was wir sehen, riecht für uns sehr stark nach einer von uns abgekupferten Handschrift und nicht nach einer individuellen. Und das alles zusammengenommen führt uns zu der festen Überzeugung, dass wir im Bereich Forschung und Entwicklung einen Maulwurf haben, der für die Konkurrenz arbeitet. Dieser Maulwurf muss so schnell wie möglich gefunden werden, denn er bedroht nicht nur unsere wirtschaftliche Existenz, sondern man darf auch das Gefahrenpotenzial nicht unterschätzen, wenn manche unserer Forschungsergebnisse in die falschen Hände fallen.«

Wieso muss ich jetzt nur an Frankenstein denken?

Hartmut Messner ergriff wieder das Wort: »Ich brauche wahrscheinlich nicht zu betonen, um was für eine delikate Angelegenheit es sich hier handelt. Wenn irgendwie nach außen dringt, dass wir ein Problem damit haben, unser geistiges Eigentum zu schützen, sind wir ganz schnell weg vom Fenster. Die Unternehmen und die Hochschulen, mit denen wir kooperieren, dürfen nicht mal den Hauch einer Ahnung bekommen, dass es ein Leck gibt, und diese Person muss so schnell wie möglich gefunden werden. Neben unserer Fachkompetenz ist das Vertrauen, das unsere Partner in uns setzen, unser Hauptkapital. Wenn das wegbricht, können wir zumachen.«

»Das ist bei uns ganz genauso, Herr Messner«, beruhigte ihn Eric. »Eine Detektei mit einem Diskretionsproblem würde es nicht lange geben, wie Sie sich denken können.«

Beide Messners nickten, während die Nieland ihren Medusa-Blick zwischen Eric und mir hin und her schweifen ließ.

»Gehen wir recht in der Annahme, dass der Maulwurf mit hoher Wahrscheinlichkeit in der Forschungsabteilung selbst sitzt?«, fragte ich.

Hartmut Messner nickte. »Wir können es natürlich nicht mit absoluter Sicherheit sagen, aber es wäre schon sehr verwunderlich, wenn es nicht so wäre. Erstens ist der Zugang zu dem ganzen Bereich für Mitarbeiter und Mitarbeiterinnen, die nicht dort arbeiten, schwierig bis unmöglich. Zweitens: Selbst wenn sich jemand Zutritt verschaffen könnte, müsste er oder sie sich ins System einloggen, um überhaupt verwertbare Informationen zu finden. Drittens muss die Person sich fachlich sehr gut auskennen, um überhaupt zu wissen, bei welchen Informationen sich ein Weitergeben nach außen lohnt und wie diese Informationen zu identifizieren sind.«

»Und viertöns«, schaltete Tahar sich mit seinem unverwechselbaren französischen Akzent ein, »registriert das Zugangssystem jedön, der den Bereich betritt und wiedör verlässt, und die Logs der letztön Monatö zeigön niemandön, der dort nichts zu suchön hattö.«

»Was ist mit der Putzfrau?«, hakte ich nach.

»Die beiden Damen sind in diesem Bereich nie alleine unterwegs. Das muss auch so sein, da wir sonst Probleme mit unserer Datenschutzzertifizierung bekämen. Ich halte es für ausgeschlossen, dass die sich, wenn sie vielleicht mal ein paar Minuten alleine in einem der Büros sind, mal eben ins System einloggen, die wichtigsten Daten identifizieren, kopieren und in der Kittelschürze verschwinden lassen.« Ein Lächeln zuckte bei der Vorstellung in Rainer Messners Mundwinkeln.

»Gut«, sagte Eric. »Herr Karim hat Ihnen, soweit ich weiß, unsere Vorgehensweise für solche Fälle bereits geschildert?«

Die Messners nickten, während der Blick des Habichts immer noch in klassischer Raubvogelmanier von Beute zu Beute ruckte.

»Wenn wir Herrn Karim richtig verstanden haben, treten Sie als Unternehmensberater auf?«

Eric nickte bestätigend.

»Was wir uns allerdings momentan noch nicht so recht vorstellen können, ist, wo genau wir Sie unterbringen, Frau Decker. Wir können Sie unmöglich in F&E, also den Entwicklungsbereich selbst einschleusen, denn dafür braucht man hochspezialisierte Fachkenntnisse. In allen anderen Bereichen haben Sie aber keinen ungehinderten Zugang zu den F&E-Abteilungen. Unter anderem deshalb haben wir die Leiterin unserer Personalabt…«

Der Habicht ließ den eigenen Chef nicht mal ausreden und krächzte mich giftig an: »Was können Sie denn?«

Oha. Zickenalarm allererster Güte.

»Oder was haben Sie mal gelernt?«

»Nix«, konnte ich mir nicht verkneifen. »Jedenfalls nichts Anständiges.«

Eric tutete auffällig lange in ein riesiges, weißes Stofftaschentuch, das er blitzschnell aus der Jackentasche gezogen hatte.

Die Nieland warf ihren Chefs einen leidenden Blick zu und sagte dann sauertöpfisch: »Dann würde ich sagen, sind Sie im Marketing am besten aufgehoben. Da hat nämlich auch keiner was Anständiges gelernt.«

Uuuh. Professionelle und motivierende Personalentwicklung wird bei uns großgeschrieben.

Die Messners schauten etwas betreten drein, aber bevor sie etwas sagen konnten, um ihre griesgrämige Kollegin zur Ordnung zu rufen, zeigte ich dem Habicht in einem unterkühlten Lächeln die Zähne und säuselte: »Ach, Frau Nieland, das ist ja eine *hervorragende* Idee. Wir hatten bereits genau in die gleiche Richtung gedacht.« Ich zog die Notizen auf meinem Laptop zurate und sprach statt dem Zicken-Habicht die beiden Geschäftsführer an. *Blöde Kuh.* »Ich nehme an, Sie stellen nächstes Jahr auf der *Research & Technology* und auf der *Powtech* aus?«

Die Messners sahen sich überrascht an. »In der Tat«, sagte Hartmut Messner. »Das sind zwei der wichtigsten Messen für uns, allerdings nicht die einzigen.«

»Umso besser. Ich gehe recht in der Annahme, dass Ihre Marketingabteilung sich nicht beschweren würde, wenn Sie für die Messeorganisation jemanden einstellen, um die Kolleginnen und Kollegen zu entlasten?«

»Haben Sie schon mal jemanden getroffen, der sich beschwert, wenn er zusätzliches Personal bekommt?«, gab Rainer Messner trocken zurück.

»Das dachte ich mir«, grinste ich. »Dann wäre dieses kleine Problem somit schon gelöst. Wie es der Zufall will, habe ich in meiner professionellen Laufbahn schon eine Menge mit Handelsmessen in ganz Deutschland und Europa zu tun gehabt.« Ich kreuzte unter dem Tisch Zeige- und Mittelfinger meiner rechten Hand. »Es wird also niemand merken, was der eigentliche Grund für meine Anwesenheit im Unternehmen ist. Und was den Zugang zum F&E-Bereich angeht, Herr Messner, machen Sie sich mal keine Sorgen. Wenn ich irgendwo hineinwill, dann komme ich da auch rein.«

Ob die beiden Herren den letzten Satz eher beruhigend oder alarmierend fanden, war nicht ganz auszumachen, auf jeden Fall schienen sie erleichtert, sich keine Gedanken mehr darüber machen zu müssen, wie genau die Anti-Maulwurf-Einheit sich einschleichen würde.

Buchen Sie unser Rundum-Sorglos-Paket, stets zu Diensten.

»Gut«, Eric hatte sein handtuchgroßes Taschentuch wieder weggepackt und klatschte jetzt erfreut in die Hände. »Dann wäre das ja auch geklärt. Wenn wir allerdings am Montag bereits loslegen sollen, gibt es noch eine Menge zu tun.«

* * *

Erleichtert lehnte ich mich an die Tür, durch die wir die Messners und den Habicht gerade verabschiedet hatten. Meine erste Amtshandlung bestand darin, meine schmerzenden Füße aus den Stöckelschuhen zu befreien.

»Jetzt musst du mir nur noch verraten, wo um Himmels willen du Erfahrung mit Handelsmessen in Deutschland und Europa herhast.« Eric lockerte seine Krawatte und zog das Jackett aus. Sammy, der ewig Hoffnungsvolle, stand schwanzwedelnd vor uns. Es MUSSTE doch einfach was zu fressen geben.

»Da staunst du, was?«, grinste ich und kraulte Sammy hinter den Ohren. »Allerdings musste ich die Herrschaften notgedrungen über die genaue Natur meiner Messeerfahrung etwas im Unklaren lassen.«

Eric hob interessiert eine Augenbraue.

»Mein Schwager, Gregor, ist doch Zimmermann und macht viel im Bereich Messebau. Damit lässt sich gutes Geld verdienen, und man kommt viel herum. Nachdem ich damals die Schule geschmissen und mein ›Zuhause‹« – ich malte Anführungszeichen in die Luft – »fluchtartig verlassen hatte, habe ich so ziemlich alles als Job gemacht, womit ich mich irgendwie über Wasser halten konnte. Und Gregor konnte damals eigentlich immer Hilfe brauchen. Wenn du mit ein paar Werkzeugen umgehen und Lampen anschließen kannst und ansonsten handwerklich einigermaßen begabt bist«, ich zuckte mit den Schultern, »kannst du dich auf jedem Messestand dieser Erde problemlos nützlich machen. Und da Gregor nicht nur in Deutschland, sondern in ganz Europa Messestände baut, sind wir damals viel herumgekommen.«

Eric lachte schallend. »Also das heißt, du weißt, wie man einen Messestand auf- und wieder abbaut, hast aber noch nie eine Messe organisiert.«

Ich setzte meine überzeugendste Unschuldsmiene auf. »Das kann doch nun wirklich nicht so schwer sein.«

14:05 Uhr

Eins musste man dem Habicht lassen – sie war schnell. Um kurz nach zwei am Freitag hatten Eric und ich bereits einen großen Teil der Unterlagen auf dem Tisch, die wir brauchten, um uns auf unseren Einsatz vorzubereiten. Hierzu gehörte unter anderem eine vollständige Liste der rund zweihundertfünfzig Mitarbeiter und Mitarbeiterinnen der Memento GmbH, komplett mit Bild aus der Personalakte und kurzer Tätigkeitsbeschreibung. Dazu hatte sie uns das Organigramm des Unternehmens geschickt, was es erleichtern würde zu verstehen, wer eigentlich wohin gehörte.

Organigramm Memento GmbH

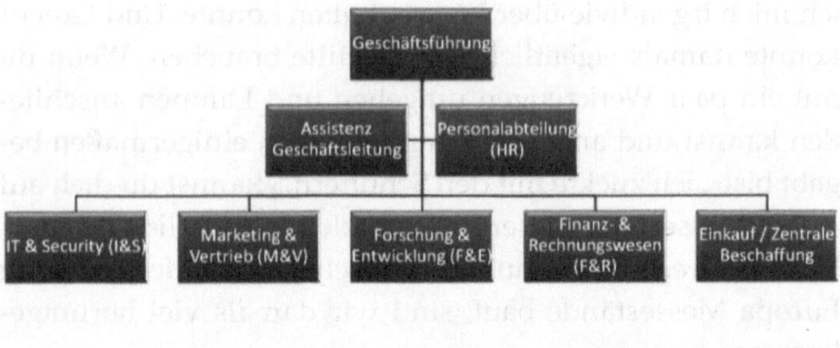

Dazu hatte uns der Habicht eine zweite, noch viel interessantere Aufstellung gemacht, nämlich die aller Mitarbeiter im Bereich Forschung & Entwicklung. Da wir davon ausgehen mussten, dass der Maulwurf in diesem Unternehmensbereich zu finden war, mussten wir hier besonders gut Bescheid wissen. Der Habicht hatte uns eine ausführliche Liste geschickt mit den persönlichen Daten, genauen Informationen zum Tätigkeitsprofil in der Forschung und Produktentwicklung sowie Angaben zu Familienstand, Kindern et cetera, soweit sie dem Unternehmen vorlagen. Schließlich und endlich sollte sie uns noch einen Gebäudeplan liefern inklusive der Informationen, welche Abteilungen und Mitarbeiter in welchen Büros saßen. Wir hatten für das Wochenende also reichlich Hausaufgaben.

Bevor wir damit jedoch beginnen konnten, gab es noch eine Reihe anderer Dinge zu tun. Eric hatte es etwas leichter, denn seine Tarn-Existenz blieb immer gleich. Er verbrachte den Nachmittag damit, die Webseite seiner fiktiven Unternehmensberatung *Müller-Schwan & Partner Consulting* zu aktualisieren, indem er neue Referenzen einstellte und ein paar »News«-Meldungen auf die Startseite setzte. Zusammen mit Steffi überprüfte er, dass die Schaltung der Telefonanlage nach wie vor korrekt war. Wenn Steffis Telefon klingelte, weil jemand bei der vermeintlichen Unternehmensberatung anrief, konnte sie das auf dem Display des Telefons sehen und sich entsprechend mit »Müller-Schwan & Partner« melden.

Der Aufbau meiner Tarnung war etwas aufwendiger. Da ich als Mitarbeiterin eingeschleust wurde, und das meist in wechselnden Berufen, musste jedes Mal ein neuer Lebenslauf her, Zeugnisse inklusive, denn wenn in der Personalabteilung für die neue Kollegin keine Personalakte angelegt wurde und keine Bewerbungsunterlagen vorlagen, die dort abgeheftet werden konnten, war man schon so gut wie aufgeflogen. Also bastelte ich in Rekordzeit meine Marketing-Geschichte und den dazugehörigen Lebenslauf zusammen – das würde dem Photoshop-Fälscher unseres Vertrauens genug Zeit geben, übers Wochenende ein Abiturzeugnis, ein Uni-Abschlusszeugnis und Briefpapier für das ein oder andere Referenzschreiben zu produzieren, auf dem ich dann meine eigenen Standardzeugnisse formulieren konnte. Unerfreulicherweise musste ich zu diesem Zweck mehrmals mit dem Habicht telefonieren, um sicherzustellen, dass niemand aus der Belegschaft zur gleichen Zeit an der gewählten Schule oder Uni oder gar in einem der Referenzunternehmen tätig war. Ein unbedachtes Bauklötzchen, und der ganze Turm wäre eingestürzt.

Von Gregor bekam ich auf digitalem Weg eine Reihe von 3D-Messebaukonzepten, die er zu irgendeinem Zeitpunkt mal seinen Kunden angeboten hatte und die entweder abgelehnt oder so stark verändert wurden, dass das Original nicht wiederzuerkennen war. Eine bislang selbstständige Messeorganisatorin ohne Referenzprojekte war nicht sehr glaubwürdig. Die Namen in den Entwürfen, die nun über Nacht zu verabschiedeten Konzepten wurden, ersetzten wir durch Fantasienamen oder machten sie unkenntlich – Verschwiegenheitsvereinbarungen, Sie verstehen.

Solange die Unterlagen in der Bewerbungsmappe für einen Personaler vollständig aussahen, würde auch niemand so genau hingucken. Sie mussten lediglich plausibel sein, denn außer der Personalabteilung würde sie im Normalfall auch niemand zu sehen bekommen.

Entscheidend war, Antworten auf wahrscheinliche Fragen der neuen Kollegen und Kolleginnen zu haben und sich nicht in Widersprüche zu verstricken oder herumzustammeln, wenn jemand fragte, was man vorher gemacht hatte. Nach meiner Erfahrung wendeten sich die Gespräche aber immer sehr schnell von der Vergangenheit ab und der täglichen Schlacht gegen den allgemeinen Büro-Irrsinn zu, Klatsch und Tratsch inklusive. Überstand man die ersten paar Tage ohne Fehler, hatte man seine Schäfchen in der Regel im Trockenen.

Während ich in die Stadt fuhr, um aktuelle Bewerbungsfotos und einige offiziell aussehende Bilder von Franzi Decker in wechselnder Business-Kleidung machen zu lassen, aktualisierte Silke Franziskas Facebook- und LinkedIn-Seiten und verknüpfte sie mit den zahlreichen Seiten fiktiver Personen, die wir für diesen Zweck vorhielten. Auch hier war das Wichtigste, dass die Seiten existierten. Die Facebookseite setzten wir auf die restriktivste Datenschutzeinstellung, so dass man zwar erkennen konnte, dass Franzi Decker online war, aber nicht, was sie auf ihrer Seite trieb. Ein Twitter-Account war schnell angelegt, der wenig später diversen Personen folgte, die Franzi Decker interessieren könnten.

Die Grundlagen waren bereitet, Franzi Deckers neues Leben konnte beginnen.

MONTAG, 14. NOVEMBER

8 Uhr

Am Montagmorgen lieferte ich Sammy bei meinem unbezahlbaren Nachbarn Oberst a. D. Krause ab. Der hatte sich bereit erklärt, ihn tagsüber zu bemuttern, bis Pe ihn nachmittags nach der Arbeit abholte. Ich glaube, der rüstige, pensionierte Oberst unterlag der Illusion, dem kleinen Racker etwas Benehmen beibringen zu können. Nun ja, die Hoffnung stirbt zuletzt.

Um kurz nach acht rollte ich nach einer nervenaufreibenden Fahrt durch den Aachener Berufsverkehr auf der Hüls durchs Tor auf den Parkplatz der Memento GmbH. *Hübsch hier, so direkt neben dem Friedhof.* Ein letzter prüfender Blick in den Innenspiegel – *Aachen, früh morgens, arschkalt, Frisur sitzt* – und mein erster Arbeitstag bei Memento konnte beginnen.

Meine verzweifelten Versuche, elegant auszusteigen, wurden ein wenig dadurch behindert, dass der verdammte Rock mir fast bis zum Bauchnabel rutschte, sobald ich Anstalten machte, aus meinem Sitz zu gleiten. *Verdammter Mist, wie machen die das im Fernsehen nur? Morgen Hosenanzug, Sander.*

Gott sei Dank stand gerade niemand dumm herum, so dass ich auch unelegant aus dem Auto klettern konnte. Nach ein bisschen Gezupfe und Geziepe saß das blöde Ding wieder einigermaßen, und mit Gucci-Täschchen (Silkes Idee!) über der Schulter stöckelte ich auf den Haupteingang zu. *Nicht umklinken, Sander.*

In der Eingangshalle lungerte bereits Eric herum. Ich bedachte ihn mit einem huldvollen »Guten Morgen« und stakste an ihm vorbei zum Empfangstresen.

»Guten Morgen, mein Name ist Franziska Decker. Ich habe heute meinen ersten Arbeitstag, und ...«

»Ach ja, guten Morgen, herzlich willkommen!«, strahlte mich das Mädel am Empfang an. »Frau Nieland hat Sie schon angekündigt. Ich rufe sie gleich an. Wenn Sie kurz dort drüben warten würden.« Sie zeigte in Erics Richtung.

Sehr gut. Ich klapperte auf Eric zu, der sichtbare Mühe hatte, sich ein Grinsen zu verkneifen.

»Guten Morgen, gnädige Frau«, trällerte er, ganz dienstbeflissener Unternehmensberater. »Roderich Müller-Schwan, ich habe heute auch meinen ersten Tag!«

Streber. »Franziska Decker, angenehm. Marketing – und Sie?«

Eric plusterte gekonnt das Gefieder auf. »Unternehmensberatung. Prozessoptimierung, um genau zu sein.«

»Ach ja, wie ... spannend.« Da ich dem Mädel vom Empfang den Rücken zudrehte, konnte ich ungehindert mit den Augen rollen.

»Frau Decker, Herr Müller-Schwan«, schnarrte hinter uns schon die Stimme des Habichts. »Das trifft sich gut, dann kann ich Sie gleich beide mitnehmen.« Sie reichte uns nacheinander ihre eiskalte Kralle und bedeutete uns, ihr zu folgen.

Das Mädel vom Empfang winkte fröhlich, als wir durch die Barriere neben ihrem Tresen gingen. »Einen guten Start!«

Der Habicht hingegen sagte kein einziges Wort, während sie vor uns herging – erst zum Aufzug, dann in den zweiten und obersten Stock. Als wir aus dem Aufzug heraustraten, bog die Nieland nach rechts ab. Wie wir aufgrund des Gebäudeplans wussten, hatten in diesem Teil des Stockwerks die Geschäftsleitung, die Personalabteilung und das Finanz- und Rechnungswesen ihre Domizile.

In dem langen Korridor, durch den wir ihr folgten, herrschte absolutes Schweigen. Außer dem Klackern zahlreicher Tastaturen war nichts zu hören. Kein Geschnatter, kein Gelächter, nichts. Eric warf mir hinter dem Rücken des Habichts einen bedeutungsvollen Blick zu. Hätten wir den Habicht als Chefin, wäre uns das Lachen vermutlich inzwischen auch schon vergangen.

Statt in ihr eigenes Büro abzubiegen, stolzierte die Nieland geradeaus weiter, rauschte ohne Worte an der Vorzimmerdame der beiden Geschäftsführer vorbei und klopfte energisch an die Tür von Hartmut Messners Büro. Ohne auf eine Antwort zu warten, öffnete sie die schwere Tür und winkte uns herein.

Hartmut Messner erhob sich von seinem Platz hinter einem geschmackvollen Schreibtisch aus Chrom und Glas, durchquerte den großen Raum und gab uns erfreut die Hand.

»Ich bin ja so froh, dass Sie so schnell anfangen können. Wir haben wirklich keine Zeit mehr zu verlieren.« Er drehte sich halb um und rief in Richtung der offenen Verbindungstür: »Rainer, kommst du auch?« Uns bat er, Platz zu nehmen.

»Also der Plan ist folgender: Sie, Frau Decker, gehen erst einmal kurz mit Frau Nieland in deren Büro – das ist die übliche Vorgehensweise, wenn jemand neu anfängt. Dort erklärt Sie Ihnen dann Dinge wie unser Zugangs- und Zeiterfassungssystem, Sie füllen den Personalbogen aus et cetera, et cetera. Von Frau Nieland bekommen Sie auch Ihre Autorisierungskarte – diese dient erstens zur Zeiterfassung und regelt zweitens die Bereiche, die Sie im Unternehmen betreten dürfen. Mein Bruder und ich haben uns am Wochenende Gedanken gemacht, wie wir das am besten regeln, und sind zu dem Schluss gekommen, dass wir sowohl Ihnen als auch Herrn Lautenschläger jeweils zwei Karten aushändigen werden. Die eine ist Ihre offizielle Zugangskarte – damit haben Sie Zugang zu allen nicht sensiblen Bereichen im Unternehmen, also die Besprechungsräume im Erdgeschoss, den Marketingbereich im ersten Stock sowie den kompletten zweiten Stock. Mit dieser Karte kommen Sie *nicht* in die verschiedenen Trakte des Bereichs Forschung und Entwicklung, denn hier hätte eine normale Marketingmitarbeiterin keinen Zutritt. Die zweite Karte, die Sie bekommen, autorisiert Sie auch für den Zugang zu den Bereichen, die normalerweise für eine Marketingmitarbeiterin oder einen externen Unternehmensberater *off-limit* wären, also auch alle Forschungsbereiche und die Archive. Ausgenommen sind nur die IT-Serverräume sowie mein Büro und das meines Bruders. Und zu den Serverräumen hat ja Herr Karim uneingeschränkten Zugang. Damit es nicht zu Verwechslungen kommt, ist die reguläre Karte eine unserer Standardkarten mit Aufdruck der Abteilung beziehungsweise der Funktion bei externen Mitarbeitern wie Herrn Müller-Schwan. Die Master-Karte ist weiß.«

Rainer Messner kam durch die Verbindungstür herein und begrüßte uns.

Eric kratzte sich am Kopf. »Wäre es nicht unkomplizierter, wenn Sie uns einfach nur eine Karte geben, die uns überall den Zugang verschafft? Den Karten ist ja nicht anzusehen, wie sie programmiert sind, und wenn wir nur eine Karte haben, gibt es auch keine Verwechslungsgefahr.«

»Das ist richtig«, antwortete Hartmut. »Aber wenn Sie nur eine Karte hätten, müssten Sie die ganze Zeit höllisch aufpassen, dass Sie nicht aus Versehen einen Bereich betreten, in den Sie offiziell nicht hineindürfen. Wenn Sie jemand bei einem solchen ›Fehltritt‹ sehen würde, könnte das die ganze Operation gefährden. Ich denke, die Gefahr, dass Sie die beiden unterschiedlich aussehenden Karten verwechseln, ist dagegen äußert gering.«

Eric nickte. »Verstehe, da haben Sie recht.«

»Ich muss Sie sicher nicht darauf hinweisen«, fuhr Hartmut fort, »dass niemand, aber auch wirklich niemand erfahren darf, dass Sie diese zweite Karte haben, geschweige denn, dass Sie ohne Erklärung in Bereichen gesehen werden, zu denen Sie offiziell keinen Zugang haben.«

»Schon klar, Herr Messner«, sagte ich beruhigend. »Keine Sorge. Wir haben auch kein Interesse daran aufzufliegen, bevor wir den Maulwurf gefunden haben. Trotzdem ist es gut, Zutritt zu haben. Man weiß nie, wie sich die Dinge entwickeln, und es wäre schlecht, wenn uns jemand durch die Lappen geht, nur weil wir keine Autorisierung haben, einen bestimmten Bereich alleine zu betreten.«

»Genau das war auch unsere Überlegung«, nickte Rainer Messner. »Sie werden es gleich auch noch in unserer Datenschutzerklärung lesen, die Sie unterschreiben müssen, aber schon einmal als Hinweis: Das Zugangssystem registriert jeden Zutritt und jedes Verlassen eines Bereichs mit einer Zugangsbarriere. Das stellt zum einen sicher, dass wir jederzeit wissen, zum Beispiel im Fall eines Brandes, wie viele Menschen sich in jedem Bereich aufhalten. Zum Zweiten erlaubt es uns aber natürlich auch zu sehen, wer sich wann in welchen zugangsgeschützten Bereichen aufhält.«

Big Brother lässt grüßen.

»Es sei denn, jemand benutzt nicht seine eigene Zugangskarte oder wird von jemandem in einen Bereich hereingelassen«, bemerkte Eric.

»Wenn jemand in einen solchen Bereich hereingelassen wird, der dort alleine keinen Zutritt hat, muss diese Person direkt am Terminal in eine elektronische Liste eingetragen werden, und zwar von der Person, die den Zutritt gewährt. Diese Person ist dann auch dafür verantwortlich, dass die unautorisierte Person keinen Zugriff auf geschützte Daten oder Ähnliches erhält. Aber Sie haben natürlich recht – wenn jemand diesen Eintrag wissentlich unterlässt oder wenn sich jemand mit einer fremden Karte Zutritt verschafft, bekommen wir das erst einmal nicht mit. Mit dieser Unschärfe müssen wir derzeit leben.«

Eric und ich warfen uns einen unauffälligen Blick zu. Die Wette, dass es einige der Mitarbeiter mit dem Eintrag in die elektronische Liste bei Kollegen nicht so genau nehmen würden, hielten wir für so gut wie gewonnen.

»Allerdings ist es nicht möglich, mit einer Autorisierungskarte zweimal Zutritt zu einem Bereich zu bekommen oder die Karte zum Beispiel in Bereich A zu verwenden, wenn sie bereits in Bereich C als Zutritt registriert ist. Eine gestohlene oder kopierte Karte ist also nur nutzbar, wenn sich der Bestohlene nicht im Unternehmen beziehungsweise nicht in einem der geschützten Bereiche aufhält.« Er kratzte sich nachdenklich im Genick und sagte an seinen Bruder gewandt: »Vielleicht sollten wir doch noch mal über die Autorisierung per Fingerabdruck oder Iriserkennung nachdenken, die Herr Karim vorgeschlagen hat.«

Hartmut Messner nickte ungeduldig. »Ja, ja, ich weiß, das brauchen wir aber jetzt nicht mit Herrn Müller-Schwan und Frau Decker zu diskutieren. Ich möchte, dass sie so schnell wie möglich an die Arbeit gehen. Müssen Sie noch irgendetwas wissen, oder brauchen Sie noch etwas, bevor Sie loslegen?«

Wir schüttelten die Köpfe, und Hartmut sagte erfreut: »Prima. Frau Nieland, Sie nehmen dann Frau Decker mit, und ich sorge dafür, dass Herr Müller-Schwan eingeführt wird, dann kann er sich frei bewegen.«

* * *

Ungefähr eine Dreiviertelstunde später öffnete sich die Tür zum Büro des Habichts, und Rainer Messner steckte den Kopf herein. »Sind wir so weit?«

Der Habicht nickte gnädig, sammelte die diversen Papiere ein, die ich zur Show ausgefüllt und unterschrieben hatte, und schob mir die beiden Zugangskarten über ihren meeresgroßen Schreibtisch. Dankbar, aus den Raubvogelklauen zu entkommen, schob ich meinen Stuhl zurück und trippelte auf Rainer Messner zu. Teppich – ganz tödlich, wenn man mit Stöckelschuhen auf Kriegsfuß steht.

Übers Treppenhaus gingen wir hinunter in den ersten Stock, und Rainer Messner machte auf dem Weg höfliche Konversation mit seiner vermeintlichen neuen Mitarbeiterin.

Zu meiner großen Freude sah ich im Flur auf jedem Stockwerk eine kleine Kaffeestation. *Sehr gut, Koffeinversorgung gesichert und unauffälliger Meeting-Point für konspirative Treffen mit Eric und Tahar.*

Im ersten Stock bog Messner nach links in den Gebäudetrakt ab, in dem das Marketing saß und hinter einer großen Glasschiebetür einer der diversen F&E-Bereiche, die auf verschiedene Teile des Gebäudes verteilt waren. Die Tür zum Büro des Marketingleiters Herbert Leichtfuß stand offen.

Messner klopfte pro forma an die geöffnete Tür, und Leichtfuß riss sich widerwillig von seinem Bildschirm los – geschniegelt und gestriegelt, dunkle, gelverkleisterte Haare, mit dem Lineal rasiert und sonnenbankgebräunt, kurz: genau mein Typ. Ich schüttelte mich innerlich.

Als Leichtfuß sah, dass einer der Chefs höchstpersönlich in der Tür stand, verwandelte sich sein Gesichtsausdruck in eine Maske schleimiger Unterwürfigkeit.

Igitt Agathe.

»Guten Morgen, Herr Leichtfuß«, grüßte Messner. »Ich habe eine Überraschung für Sie – Sie und Ihr Team bekommen Unterstützung.«

»Oh?«, war alles, was Häuptling Leichtfuß hervorbrachte.

Messner drehte sich halb zu mir um. »Darf ich vorstellen – Franziska Decker. Frau Decker ist eine sehr erfahrene Kraft im Bereich Messeorganisation.«

Hüstel.

»Sie hat heute ihren ersten Arbeitstag bei uns und wird die Planung für die Messen im nächsten Jahr mit sofortiger Wirkung übernehmen.«

»Wie bitte?« Leichtfußens Stimme hatte nichts Unterwürfiges mehr.

Also ich würde es ja mal mit ein bitzeli weniger pampig probieren …

»Habe ich mich an irgendeiner Stelle unklar ausgedrückt, Herr Leichtfuß?« Messner schien meine Ansicht zu teilen.

»Nein, nein, das nicht, aber es ist ja immerhin meine Abteilung, und ich weiß von nichts.«

»Also wirklich, Herr Leichtfuß, Sie klagen doch seit Monaten, dass Sie nicht genug Personal haben und Sie vor allem für die Messeorganisation …«

»Ja doch, schon«, gab dieser widerwillig zu, »aber Sie können doch nicht einfach … ohne mich zu fragen oder wenigstens zu informieren …«

Oh-oh. Das war jetzt nicht so schlau.

»Oh doch, das kann ich, Herr Leichtfuß«, sagte Messner eisig. »Falls es Ihnen entgangen sein sollte – das hier ist mein Unternehmen, und ich stelle ein, wen ich möchte und für welche Abteilung ich das möchte. Haben wir uns verstanden?«, fertigte er den Marketing-Häuptling kurzerhand ab.

Na herzlichen Glückwunsch, der wird seine neue Mitarbeiterin jetzt mit offenen Armen empfangen. Genau die unauffällige Einführung, die man für einen Undercover-Auftrag braucht.

»Selbstverständlich, Herr Messner«, entgegnete Leichtfuß nicht weniger eisig.

Zeit, den Hahnenkampf zu beenden. Ich setzte mein gewinnendstes Lächeln auf und marschierte mit ausgestreckter Hand auf Häuptling Leichtfuß zu. »Guten Morgen, Herr Leichtfuß, freut mich sehr. Wie ich höre, ist viel zu tun. Da fangen wir am besten gleich an?«

Die Visage von Häuptling Leichtfuß nahm eine noch angepisstere Schattierung an, als ich für physikalisch möglich gehalten hätte, aber er kam natürlich nicht darum herum, mir die Hand zu schütteln. Örgs, Modell nasser Waschlappen – Pfui Teufel.

»Fein, dann ist ja alles geklärt«, bemerkte Messner mit einem Anflug von Sarkasmus. »Frau Decker übernimmt fürs Erste den Arbeitsplatz von Frau Schaefer, die ja noch eine Weile in Elternzeit ist. Die IT hat bereits alle Zugänge und Profile eingerichtet, die sie braucht. Alles Weitere überlasse ich Ihnen – Sie sind ja der Spezialist. Frau Decker, einen guten Start.« Sprach's und verschwand.

»Was stehen Sie denn hier noch so blöd rum«, blaffte Leichtfuß mich an, sobald Messners Schritte im Treppenhaus verhallt waren. »Machen Sie sich an die Arbeit. Fürs Herumstehen werden Sie hier nicht bezahlt.« Er wandte sich wieder seinem Bildschirm zu.

Ich setzte mein zuckersüßestes Lächeln auf und entgegnete seelenruhig: »Aber herzlich gerne doch, Herr Leichtfuß. Wenn Sie noch so liebenswürdig wären, mir den Weg zu meinem Arbeitsplatz zu zeigen? Dann lege ich gerne los.« Das Gemeinschaftsbüro der Marketing-Indianer lag direkt gegenüber, aber offiziell kannte ich mich natürlich nicht aus.

»KLEINROTH«, bellte er auf den Flur hinaus, und binnen weniger Sekunden stand eine kleine, drahtige Frau in meinem Alter in der Tür. Sie hatte braune, kurz geschnittene Haare und ein offenes, sympathisches Gesicht, das ich aus den Unterlagen des Habichts wiedererkannte. Momentan sah sie allerdings eher verschreckt aus.

Kein Wunder bei dem Idioten.

»Das hier ist die Neue, vom Chef persönlich erwählt«, ätzte Leichtfuß. »Soll die Messe-Orga machen. Zeigen Sie ihr alles, und jetzt raus hier. Ich habe Wichtigeres zu tun.«

Du mich auch.

Miriam Kleinroth bedeutete mir, ihr ins gegenüberliegende Gemeinschaftsbüro zu folgen, und gab mir dort angekommen erst die Hand, nachdem sie die Tür sorgsam hinter sich zugemacht und tief durchgeatmet hatte.

Ihre Stimme zitterte leicht, als sie sagte: »Hallo, ich bin Miriam. Miriam Kleinroth. Ich bin für den Online-Auftritt und Social Media zuständig.«

»Franziska Decker, meine Freunde nennen mich Franzi. Freut mich, dich kennenzulernen.« Ich deutete mit dem Daumen in Richtung des Leichtfuß'schen Büros. »Ist der immer so?«

»Nein, heute Morgen hat er gute Laune«, frotzelte die zweite Kollegin und erhob sich von ihrem Schreibtischstuhl. »Mach dir nix draus, irgendwo innen drin ist er bestimmt ein ganz lieber Kerl. Er muss nur noch zu sich selbst finden, und so lange führt er sich halt auf wie ein Tyrann mit kleinem …« Sie wackelte mit dem kleinen Finger.

Hier bin ich richtig.

»Ich bin Denise, und trotz allem – herzlich willkommen.« Denise Wolf war ein paar Jahre älter als ich, wog ungefähr dreimal so viel und hatte ein hübsches, rundes Gesicht, das von einer beneidenswerten Mähne von blonden Naturlocken umgeben war. »Ich mache hier alles, was mit Pressearbeit und Printmedien zu tun hat, und«, sie wies auf einen verwaisten Schreibtisch direkt am Fenster, »seit Natalie in Elternzeit ist, habe ich auch noch die komplette Messe-Orga am Hals. Du bist also *mehr* als willkommen«, strahlte sie mich an, während sie mir die Hand schüttelte.

»Lass mich raten, Häuptling Leichtfuß da drüben macht sich die Hände nicht unnötig mit operativer Arbeit schmutzig?«

»Wie hast du das nur erahnt«, grinste Denise. »Macht keinen Handschlag, dafür sind schließlich die Indianer da. Wenn was gut läuft, hat er das richtig toll gemacht. Wenn was in die Hose geht, sind wir's natürlich gewesen.« Sie zuckte mit den Schultern. »Wir sind schon zufrieden, wenn er einfach in seinem Büro hocken bleibt und uns in Ruhe arbeiten lässt. Weiß der liebe Himmel, was der da drin den ganzen Tag macht.«

»Wahrscheinlich Pornos gucken«, warf Miriam grinsend ein.

»Das kommt mir irgendwie bekannt vor«, seufzte ich, abgesehen von den Pornos vielleicht. Auch bei Fritz Schniedewitz, dem Geschäftsführer unserer Detektei Schniedewitz & Schniedewitz fragte man sich immer, wie er sich eigentlich den ganzen Tag die Zeit vertrieb. Aber wenigstens war er höflich und hatte Manieren, auch wenn er eher bei der Arbeit störte als half. *Dass der Kleine Fritz mal im Vorgesetztenranking auf Platz eins abschneiden würde, hätte ich auch nicht gedacht.*

»Möchtest du einen Kaffee auf den Schreck?«, fragte Denise. »Und vor allem musst du uns jetzt erst mal erzählen, wo du so unverhofft hergekommen bist. Ich hab gar nicht mitbekommen, dass Vorstellungsgespräche gelaufen sind.«

»Einen Kaffee nehme ich gerne«, verschaffte ich mir noch ein bisschen Zeit, bevor ich meine erfundene Lebensgeschichte das erste Mal vortragen musste.

»Da drüben, das ist dein Arbeitsplatz, mach's dir solange schon mal gemütlich, ich bin gleich wieder da.«

Ich sah mich kurz im Raum um und musste zugeben, dass das Marketing zwar mit dem Chef eine Niete gezogen hatte, die Räumlichkeiten aber wirklich sehr schön waren. Das Büro war für drei Personen sehr großzügig geplant, so dass man nicht wie im Kaninchenstall aufeinanderhockte. Die Wege waren kurz genug, um sich leicht austauschen zu können, aber die Abstände zwischen den Arbeitsplätzen weit genug, um in Ruhe arbeiten zu können. Durch die riesigen Fenster fiel sehr viel Licht in den Raum, und bei dem sonnig-kalten Wetter draußen hatte man eine schöne Aussicht über die Grünfläche hinter dem Gebäude, inklusive Springbrunnen. Über dem Friedhof hob sich langsam der Morgennebel – *na gut, bisschen Verschnitt ist immer.*

Viel wichtiger war aber, dass mein neuer Schreibtisch so stand, dass keine der neuen Kolleginnen würde sehen können, was sich auf meinem Bildschirm abspielte. Das würde mir das Leben sehr erleichtern. Ich zog den klapprigen Bürostuhl zur Seite, stellte mein Gucci-Täschchen darauf ab, hängte meine neu erstandene, elegante Winterjacke über die

Stuhllehne und schaltete den PC ein, der unter dem Tisch stand. Mit lautem Geschnarre setzte sich die alte Gurke in Bewegung. Na, das konnte informationstechnisch ja heiter werden. Ich seufzte innerlich.

In dem Moment öffnete sich die Tür, aber statt Denise mit Kaffee betrat Tahar mit einem Laptop unter dem Arm unser Büro.

»*Bonjour, mesdames, bonjour*«, säuselte er im Verführermodus, und ein kurzer Blick auf Kollegin Miriam zeigte die volle Wirkung seiner hormonellen Breitseite. Miriam hing gebannt an seinen Lippen, während sie gleichzeitig erst ihre Haare und dann den Rock zurechtrückte – den Rock definitiv ein paar Millimeter nach oben.

Ich weiß wirklich nicht, wie er das macht.

Tahar legte noch eine Schippe drauf und schenkte Miriam sein berühmt-berüchtigtes Casanova-Lächeln. Als er ihr auch noch schwungvoll die Hand küsste, machte ich mich innerlich bereit, Miriam innerhalb der nächsten Minuten auf die Liege im Erste-Hilfe-Raum zu verfrachten. Lange konnte das nicht mehr dauern mit der Ohnmacht. Ich sah mich genötigt einzugreifen.

»Guten Morgen, Herr … wie war noch gleich der Name?«, begrüßte ich ihn trocken und manövrierte Miriam damit erst mal aus der Schusslinie – dachte ich.

»*Ah, mon dieu*, wie unhöflich von mir, ich habö misch noch gar nicht vorgestellt. Dabei sind Sie der Grund, warum ich hier bin. Gestattön, Tahar Karim, IT-Consultönt, und ich bringö Ihnön Ihr neuös Laptop, *n'est-ce pas*? Die Oberstö Heerösleitung hat verfügt, dass einö Messö-Organistorin ohnö Laptop nicht vernünftig arbeitön kann.« Er wedelte auf mich zu und bedachte mich ebenfalls mit einem theatralischen Handkuss. Sein leises Winseln, als ich ihm dabei »aus Versehen« mit einem meiner spitzen Schuhe auf den Fuß trat, hörte Miriam Gott sei Dank nicht. Die hatte wahrscheinlich immer noch die Hochzeitsglocken in den Ohren.

»Tja, Franzi, ich sehe schon, mit dir haben wir echt einen guten Fang gemacht«, grinste Denise von der Tür her, wo sie drei gut gefüllte Kaffeetassen balancierte. »Wie um Himmels willen hast du denn den Chefs ein nagelneues Laptop aus dem Kreuz geleiert? Wir kriegen sonst immer den abgelegten Kram von F&E.«

»Ich habe nicht die geringste Ahnung«, antwortete ich wahrheitsgemäß. »Kann sein, dass ich das mal in einem Nebensatz erwähnt habe. Mit 'nem PC-Turm auf dem Puckel durch die Messehallen schwanken sieht ja auch irgendwie nicht ganz so schick aus für ein innovatives Technologie-Unternehmen.«

Tahar hatte Denise inzwischen auch entdeckt, und den lüsternen Blick, den er ihr zuwarf, kannte ich gut. »Ist das etwa *Café*, was du da in der Hand hast, Denise?«, seufzte er mit großem Augenaufschlag. Es war in der Tat verwunderlich, dass Tahar um diese Uhrzeit überhaupt ansprechbar, geschweige denn schon bei der Arbeit war. Ich hätte eigentlich gedacht, dass er sich an verborgener Stelle einen Zugang gelegt hätte, um das Koffein gleich ungebremst in den Blutstrom zu schicken.

Zu meiner großen Freude entdeckte ich in Denise endlich die zweite Frau auf diesem Planeten (außer mir), die Tahars unbestreitbaren Reizen völlig ungerührt gegenüberstand. Vielleicht war mit unseren Nasen was nicht in Ordnung, so dass wir die Pheromone nicht wahrnahmen, die Tahar verströmen musste. Anders war seine wahrhaft umwerfende Wirkung in der Damenwelt einfach nicht zu erklären.

»Allerdings, Tahar, das ist gaaaaanz leckerer Kaffee. Genau was du brauchst um die Uhrzeit«, säuselte sie. »Du weißt ja, wo die Kaffeemaschine steht.« Sprach's und überreichte Miriam und mir unsere Tassen.

Tahar grinste gutmütig und wackelte warnend mit dem Zeigefinger. »Denise, Denise, überleg dir, ob es so einö gutö Idee ist, es sich mit dem IT-Sicherheitsbeauftragtön zu verderbön. Ich weiß allös, und ich sehö allös.« Leise summte er die Melodie aus *Der Weiße Hai*, während er sich daranmachte, das neue Laptop hochzufahren.

»Du kannst gerne meinen Kaffee haben«, piepste Miriam, die nicht mehr wiederzuerkennen war. Schüchtern streckte sie Tahar ihren Becher hin. Beinahe wäre mir ein »Nix da, sonst gewöhnt er sich noch ans Bedientwerden!« herausgerutscht, aber ich konnte mir gerade noch auf die Zunge beißen. Gar nicht so einfach mit dem Undercovern.

Tahar dankte es Miriam mit seinem strahlendsten Lächeln, während Denise grinsend das universelle Zeichen für Brechreiz machte. Sie setzte sich an ihren Schreibtisch und sagte: »So, jetzt erzähl aber mal, wo du so plötzlich hergekommen bist. Das geht ja schon fast nicht mehr mit rechten Dingen zu. Erst kriegen wir plötzlich eine neue Kollegin, nachdem es erst ewig hieß, es bräuchte keinen Ersatz für Natalie, und dann kommt an deinem ersten Arbeitstag gleich ein nagelneues Laptop geflogen, und dann noch vom IT-Gott höchstpersönlich geliefert.«

Tahar, der gerade unter meinem Schreibtisch herumkrabbelte, um die Kabel aus dem PC-Turm zu entstöpseln, schlug sich hörbar den Kopf an der Tischplatte an.

IT-Gott, soso.

Ich versuchte, mich möglichst damenhaft auf meinen Schreibtischstuhl zu setzen, und hätte dabei fast das Gleichgewicht verloren. *Dieser verdammte Rock.* Tahars unterdrücktes Lach-Grunzen beendete ich kurzerhand mit einem unauffälligen Gruß meiner Pumps.

»Ja, also ehrlich gesagt bin ich ein bisschen überrascht, dass euch noch keiner informiert hat. Dass ich hier anfange, steht eigentlich schon etwas länger fest.« Ich nahm einen Schluck Kaffee, und dabei kam mir ein Geistesblitz. »Allerdings ging dann schlussendlich doch alles schneller als gedacht. Ich sollte eigentlich Mitte Dezember anfangen, aber dann konnte die Übergabe meiner letzten Projekte doch früher stattfinden als gedacht. Und da die erste Messe ja schon im Frühjahr ist, waren die Messners, glaube ich, ganz froh, dass ich doch jetzt schon einsteigen konnte. Wahrscheinlich war ich einfach schneller da, als sie es kommunizieren konnten.«

Denise winkte ab. »Ist ja auch egal, Hauptsache, du bist jetzt da. Für die Messe im April sind die großen Sachen zwar schon eingetütet, aber es bleibt immer noch genug zu tun, und für die anderen Messen ist abgesehen von der Standanmietung noch gar nichts passiert. Wo hast du denn vorher gearbeitet?«

»Ich hab mich nach dem Studium direkt mit Messe-Orga selbstständig gemacht und als Freelancer für alle möglichen Unternehmen gearbeitet. Die letzten Jahre bin ich quer durch Europa getingelt, von einer Messe zur anderen, alles von High-End-Lebensmitteln bis Technologie. Ist ein ziemliches Nomadenleben gewesen, aber immer superspannend und immer was los. Jede Woche woanders, neue Leute, neue Kontakte, das liegt mir einfach.« Tahar kraxelte um mich herum und machte sich deutlich länger am Laptop zu schaffen als nötig. Er wollte wohl sicherstellen, dass er meine vermeintliche Lebensgeschichte auch offiziell kannte. Weniger Gefahr, sich irgendwo zu verplappern, allerdings hatte ich mir selbst, ohne es zu ahnen, gerade ein Bein gestellt.

Denise sah mich ehrlich konsterniert an. »Aber wenn du so gerne unterwegs bist und jede Woche woanders eine Messe betreust, wieso lässt du dich denn dann ausgerechnet in einem Kaff wie Aachen nieder?«

Ups. Gute Frage.

Tahar bemerkte mein Zögern und holte gerade Luft – wahrscheinlich, um mir aus der Bredouille zu helfen, als mir eine vermeintlich gute Idee kam. »Na ja, du weißt ja, wie das ist – die Liebe halt.«

»Aaaah«, machten Miriam und Denise zufrieden. »Das muss ja ein toller Hecht sein, wenn du seinetwegen alles hinschmeißt. Wer ist es denn?«, fragte Miriam neugierig.

Na toll, Sander. Erst *zu Ende denken,* dann *reden.*

Fieberhaft überlegte ich, was ich ihnen als Mannsbild vorsetzen könnte – der Metzgerlehrling von nebenan würde den Hering wohl eher nicht vom Teller ziehen, außerdem sollte die Person vorzugsweise auch tatsächlich existieren, um auf der sicheren Seite zu sein. Kein Mensch wusste schließlich, wie lange ich meine Fassade hier brauchen würde und ob im Rahmen der Ermittlungsarbeit private Kontakte zustande kommen würden. Unter normalen Umständen hätte ich der Einfachheit halber Tahar, Eric oder einen meiner anderen männlichen Kollegen vorgeschoben, aber weder Eric noch Tahar kamen infrage, weil wir bereits öffentlich inszeniert hatten, dass wir uns nicht kannten, und jemand aus der Detektei war mir in dieser Situation zu heikel. Keine unnötigen Verbindungen zu meiner wirklichen Identität herstellen. Ich wusste, ich würde es teuer bezahlen, sollte ich ihn irgendwann tatsächlich einweihen müssen – aber mir fiel einfach auf die Schnelle nichts anderes ein.

»Er ist Polizist.« Kaum hatte ich ein Stoßgebet gen Himmel geschickt, dass Körber nie etwas davon erfahren würde, als Tahar einem heftigen Hustenanfall erlag. *O nein. Ich weiß schon, von wem er es erfahren wird.* Tahar klammerte sich röchelnd an meinem Stuhl fest.

»Wird's denn gehen?«, drehte ich mich scheinheilig besorgt zu ihm um und warnte ihn mit meinem Blick vor den hundert Schlägen auf die nackten Fußsohlen, sollte er bei Körber petzen. Leider war sowohl Tahar als auch mir bewusst, dass er die Strafe mit höchstem Vergnügen in Kauf nehmen würde. Es war nicht mehr die Frage *ob*, sondern nur noch *wann*. Ich seufzte abgrundtief, was meine neuen Kolleginnen offenbar als liebeskrankes Geräusch fehlinterpretierten.

»Na, dich hat's ja ganz schön erwischt«, grinste Denise. »Uniform oder Kripo?«

Na ja, half jetzt alles nix, aus der Nummer kam ich nicht mehr raus. Immerhin hatte ich sie von den merkwürdigen Umständen meines Auftauchens und von zu vielen Fragen über meine vermeintliche Vergangenheit abgelenkt. »Kripo, im KK 11.«

»Was ist denn KK 11?«, fragte Miriam mit großen Augen.

»Streng genommen die Mordkommission, aber die kümmern sich auch um Körperverletzung, Entführungen, Brandstiftung und solche Sachen. Da herrscht nie Langeweile.«

»Die Irre, die diesen Sommer reihenweise ihre Schulkameradinnen abgemurkst hat, hat er aber nicht gefunden, dein Kommissar«, bemerkte Denise trocken. »Das war doch so 'ne Privatdetektivin, wie hieß die denn noch?«

»Britta Sandör«, half Tahar dienstbeflissen aus, während er noch auf meinem Laptop herumtipperte.

Ich warf ihm einen warnenden Blick zu, bevor ich sagte: »Versuch du mal, das ganze Kommissariat fast alleine zu schmeißen, wenn alle krank oder in Urlaub sind.« Ich versuchte, leicht verschnupft zu klingen, so als wäre man meinem vermeintlichen Liebsten zu nahe getreten. Schien zu funktionieren.

»Schon gut, schon gut«, Denise hob beschwichtigend die Hände. »Ich wollte deinen Schimanski nicht beleidigen. Kann ich mir gut vorstellen, dass die vor Arbeit nicht wissen, wohin. Apropos ...«

In dem Moment ging die Tür auf, und ein wutentbrannter Häuptling Leichtfuß baute sich in unserem Büro auf. »Das hab ich mir doch gedacht, gemütliches Kaffeekränzchen statt zu arbeiten.«

»Wie der Herr, so's Gescherr«, murmelte Miriam, während sie sich auf ihrem Bürostuhl herumschwang und an der Maus rappelte, um ihren Bildschirm wieder zum Leben zu erwecken.

Denise hingegen hielt Leichtfußens herrischem Blick kühl stand. »Wie Sie sehen, ist Frau Deckers Arbeitsplatz noch nicht fertig eingerichtet, und wir haben die Zeit genutzt, schon mal eine erste Übergabe der Messeangelegenheiten ...«

»Ja, ja, wer's glaubt, wird selig«, unterbrach Leichtfuß sie rüde. »An die Arbeit, aber schnell! Und Sie ...«, hier wandte er sich an Tahar, »gucken, dass Sie endlich fertig werden. Meine Leute haben zu arbeiten, und Sie scharwenzeln hier sowieso nur rum, weil ihr Araber eure Finger nicht von unseren Frauen lassen könnt. Hauptsache, im Paradies warten dann zweiundsiebzig Jungfrauen.« Die Tür ging mit einem lauten Rumms wieder zu. Ich spürte förmlich, wie Tahar hinter mir zur Salzsäule erstarrt war, und ich brauchte nicht hinzugucken, um zu wissen, dass sich seine Augen verengt und eine Schwarzfärbung angenommen hatten, zu deren Ursachen man besser nicht gehörte.

»Hm, der Vorgesetzte des Monats ist ihm auf jeden Fall schon mal sicher«, versuchte ich die Stimmung zu entschärfen, was nur mäßig gelang.

Denises Gesicht hatte einen dunklen, wütenden Rotton angenommen, während sie auf die Tür starrte. Dann wandte sie sich Tahar zu. »Du weißt, dass wir so was nie …«

Er hatte sich offenbar schon wieder im Griff und winkte ab, als er um meinen Stuhl herum Richtung Tür ging. »Na klar, Denise, das weiß ich doch. Wenn ich mich übör jedön Idiotön aufregön würdö, der mir wegön meinör Wurzöln blöd kommt …« Sein üblicher spitzbübischer Gesichtsausdruck war zurück, Tahar war schon immer ein guter Schauspieler gewesen. »Und wo er recht hat, hat er recht – ihr seid nun mal allö so *attractive,* da weiß man gar nicht, wo man sich lassön soll, *non*? Wer soll sich denn da auf die Arbeit konzentrierön.« Miriams Gesicht überzog wieder eine sanfte Morgenröte. Mit einem Augenzwinkern verließ er den Raum und machte die Tür hinter sich zu.

Die Mädels atmeten erleichtert auf, nicht ahnend, dass der Häuptling der Miesen Laune sich gerade sein eigenes Grab geschaufelt hatte. Tahar ist in den berühmt-berüchtigten Vororten von Paris aufgewachsen und ganz andere Dinge gewöhnt als die plumpe Anmache eines ignoranten Vollpfostens. Aber wenn Tahar eins nicht ausstehen konnte, waren es Leute wie Leichtfuß – Leute, die die Verantwortung einer Machtposition mit der Lizenz verwechseln, andere Leute grundlos zusammenzustauchen; Leute, die selbst nichts zustande bringen, aber die Arbeit anderer Menschen nicht respektieren; Leute, die sich von der Arbeit anderer Leute tragen lassen und zum Dank einen Tritt in den Hintern austeilen.

Was Leichtfuß nicht bedacht hatte, war, dass Tahar über das Netzwerk Zugriff auf jeden, aber auch wirklich jeden

Rechner im Unternehmen hatte und quasi von Berufs wegen dazu verpflichtet war, das System regelmäßig auf Bedrohungen hin zu analysieren. Ich hatte das gute Gefühl, dass Leichtfußens Rechner in der nicht allzu fernen Zukunft einer besonders intensiven Sicherheitsüberprüfung unterzogen werden würde, und freute mich schon auf die Ergebnisse.

»Mannomann«, schüttelte Denise den Kopf. »Leichtfuß ist aber heute in Hochform.«

Ich winkte ab. »Männliches Imponiergehabe in Reinform. Wahrscheinlich war ich bei der Begrüßung nicht unterwürfig genug«, ich klimperte naiv mit den Wimpern, »da musste er erst mal ein paar Pflöcke einschlagen.«

Denise grinste. »Dann hoffen wir doch mal, dass ihm die Pflöcke mit Karacho wieder ins Kreuz schlagen.«

13:05 Uhr

Der Rest des Vormittags verging damit, dass Denise und ich die Köpfe über den diversen Ordnern, Dateien und Modellen zusammensteckten, die für die geplanten Messen bereits existierten. Meine messebezogene Google-Orgie am Wochenende zahlte sich aus. Ich hatte jedenfalls den Eindruck, dass Denise und Miriam mir meine vermeintliche Messeerfahrung abkauften. Bluffen ist das halbe Leben.

Ich beschränkte meine anfängliche Rolle erst einmal aufs Zuhören. Hier und da streute ich ein paar Bemerkungen ein, wie wichtig doch der Kontakt zu F&E für die Messeverantwortliche sei. Wie solle man schließlich ein Unternehmen und seine Leistungen ordentlich repräsentieren, wenn man nicht verstehe, was dort eigentlich entwickelt werde. Denise nickte eifrig, aber ich ließ es dabei erst mal bewenden. Mein

Weg durfte mich nicht schnurstracks zu den Herren Forschern führen. Der Maulwurf war mit Sicherheit wachsam. Eine neue Mitarbeiterin, die als Erstes in der abgeschottetsten Abteilung Fragen stellte, könnte sich auch gleich eine Sirene auf den Kopf schnallen. Also immer schön langsam mit die jungen Pferde.

Es war schließlich Erics Job, sich als Berater überall im Unternehmen herumzutreiben und Gespräche zu führen in der Hoffnung, für Unruhe und Gespräche unter den Kollegen zu sorgen, die mir dann zu Ohren kommen würden. Die allgemeine Unruhe würde hoffentlich auch den Maulwurf aufscheuchen. Wenn er den Blick fest auf Eric als Störfaktor richtete, würde er (oder sie) mich von hinten nicht kommen sehen. So weit jedenfalls der Plan.

Um kurz nach eins sah Miriam auf die Uhr. »Mädels, ich weiß nicht, wie es euch geht, aber mir hängt der Magen in den Kniekehlen. Wollt ihr auch an die frische Luft oder soll ich euch was mitbringen?«

Eins war für unsere Ermittlungsarbeiten überhaupt nicht gut – es gab in der Memento GmbH keine Kantine, Cafeteria oder sonst irgendetwas in der Richtung. Es gab die diversen Kaffeestationen und einige gut ausgestattete Sozialräume, aber keine Örtlichkeit, an der sich mittags automatisch der Großteil der Belegschaft versammelte. Diese sonst so gute Möglichkeit, unauffällig mit Kollegen aus anderen Abteilungen ins Gespräch zu kommen und mit aufgesperrten Lauschern auch mal den Klatsch und Tratsch vom Nebentisch aufzufangen, gab es also nicht.

»Was ist denn im Angebot?«, fragte ich, um meine Optionen abzuwägen.

»Ein Stück die Straße hoch haben wir einen Bäcker, der ganz gute Brötchen hat. Ein paar Restaurants hat's im Umkreis auch. Manchmal gehen wir mit ein paar Kollegen essen, aber meistens holen wir uns einfach Brötchen«, antwortete Denise.

»Brötchen klingt gut«, sagte ich. »Und ich geh gerne mit, bisschen Füße vertreten hat noch nie geschadet, wenn man den ganzen Morgen auf dem Bobbes sitzt.« Leider fiel mir erst beim Aufstehen ein, dass ich natürlich immer noch die blöden Stöckelschuhe an den Füßen trug. *Na Mahlzeit.*

Half aber nichts, ich musste mir ein Bild darüber verschaffen, in welche Richtungen sich die diversen Pausenströme verteilten. Und danach brauchte ich ein ruhiges Plätzchen, an dem ich unbelauscht mit Eric und Tahar telefonieren oder wenigstens Nachrichten austauschen konnte. Während ich mir die Jacke anzog, fiel mein Blick wieder auf den Springbrunnen hinter dem Gebäude.

»Hübsch, der Springbrunnen da hinten, sogar ohne Wasser«, fühlte ich vorsichtig vor.

»Ja, sieht toll aus, wenn das Wasser läuft, und wenn es wärmer ist, versammelt sich in der Pause immer einiges an Volk da. Aber im Moment ist es den meisten zu kalt. Also wenn du nach einem ruhigen Plätzchen suchst, um mit deinem Liebsten zu telefonieren …« Denise zwinkerte mir mit einem breiten Grinsen zu.

»Meinem …« ich fing mich gerade noch, »meinem *Liebsten,* ja klar, wie hast du es nur geahnt«, kriegte ich so eben noch die Kurve. *Perfekt, die Notlüge um Körber herum erweist sich als immer nützlicher.* »Na ja, du weißt ja, wie das ist, frisch verliebt und so«, stammelte ich ein bisschen herum, Modell liebeskranker Schwan.

Denise lachte gutmütig, und wir machten uns zu dritt auf den Weg nach unten. Als wir aus dem Büro traten, fiel mein Blick unweigerlich in Häuptling Leichtfußens Büro. Er hatte seiner offenen Tür den Rücken zugedreht und telefonierte mit einem Handy. An seinen hektischen Gesten konnte man erkennen, dass er über irgendetwas sehr erzürnt war, aber das Zischen seiner Stimme war so leise, dass ich durch das fröhliche Geschnatter von Miriam und Denise nichts hören konnte.

Ich folgte meinen Kolleginnen die Treppe hinunter, auf der – anders als heute Morgen – rege Betriebsamkeit herrschte, klassisches Mittagspausengewimmel. Ich wurde von vielen neugierig gemustert und schüttelte auf Vorstellung von Denise und Miriam diverse Hände. Bei manchen war es nicht schwer, eine Verbindung zu den Personalunterlagen herzustellen, die ich am Wochenende durchgeackert hatte – bei anderen wiederum musste der Fotograf ein wahrer Künstler in der Retusche gewesen sein, so wenig hatten die Bewerbungsfotos mit der Realität zu tun.

Als wir unten aus der Eingangstür traten, musste ich mich wirklich zusammenreißen, um das Gesicht geradezuhalten. Tahar lehnte mit dem Rücken an der Gebäudemauer, einen Fuß angewinkelt gegen die Wand gestellt, und rauchte seine Mittagsration. Um ihn herum hatte sich ein wahrer Hühnerhaufen versammelt, der gackernd um ihn herumflatterte und seine heiligen Worte eifrig aufpickte.

»Aaah, *mon Dieu,* meine Damön, da ist ja unsör Neuzugang, *n'est-ce pas*? *Madame Deckör* aus der Marketingabteilung, darf isch vorstellön …« Acht feindselige Augenpaare schwangen in meine Richtung, potenzielle Konkurrenz ist nie gern gesehen. »Babsi, Susi, Moni, Steffi, Cindy aus dem Einkauf, Kathi, Püppi«, *PÜPPI?,* »und Lindi aus der Buchhaltung.«

Na, da bin ich ja hier als Franzi aus dem Marketing genau richtig. »Äh ja, sehr nett, euch alle kennenzulernen.« *Wenn Blicke töten könnten.*

»Ach, da komme ich ja gerade recht zur Vorstellungsrunde«, ertönte Erics Stimme neben mir, und sofort schwangen die acht Augenpaare wohlwollend in seine Richtung. »Gestatten, meine Damen, Roderich Müller-Schwan, Unternehmensberater. Wir hatten auf unserer morgendlichen Runde noch keine Gelegenheit, bei allen vorbeizuschauen.« Er deutete einen eleganten Diener an. Sein Anzug und die teure Hornbrille verströmten nachgerade den Geruch von Geld.

Die Babsi-Susi-Moni-Truppe war sichtlich hin und her gerissen zwischen Erics ansprechenden Gesichtszügen samt beeindruckendem Körperbau – und der Tatsache, dass er als Unternehmensberater einen potenziellen Feind darstellte. Wie konnte es anders sein, die Hormone siegten in unter zehn Sekunden. »Nennen Sie mich Roderich, ganz informell«, säuselte Eric, und schon hatte sich Tahars Hühnerhaufen um die Hälfte reduziert. Der trug's mit Fassung und zündete sich grinsend eine neue Kippe an.

Jungs, ihr seid hier nicht als Hahn im Korb, sondern um die Stecknadel im Heuhaufen zu finden.

»Ooooberpeinlich«, schnaubte mir Denise entnervt ins Ohr. »Los, kommt, Mädels, das ist ja nicht mit anzusehen.« Miriam ließ sich deutlich widerwilliger mitziehen als ich und warf noch den einen oder anderen sehnsüchtigen Blick zurück.

»Ganz schöner Auflauf um die Herren«, kommentierte ich, als wir außer Hörweite waren.

Denise schnaubte entrüstet durch die Nase. »Du müsstest mal sehen, was hier im Sommer los ist, wenn Tahar mal wieder vor Ort ist. Jeden Tag werden die Röcke kürzer und die Ausschnitte tiefer, peinlich ohne Ende. Und jetzt auch noch *Nenn-mich-Roderich-ganz-informell.* Erinner mich dran, ein paar Hinweisschilder zum Defibrillator im Erdgeschoss aufzuhängen.«

Ich kratzte mich am Kopf, wohlbedacht, die Perücke dabei nicht zu verrücken. »Aber sind die beiden hier denn so konkurrenzlos? Bei der Ausrichtung des Unternehmens müsste es doch einen massiven Männerüberschuss geben«, tat ich so, als würde ich spekulieren. Die Männer-Frauen-Ratio bei Memento lag bei nicht überraschenden 70/30.

»Das schon«, schaltete sich Miriam wieder ein, aus deren Hirn sich auf dem Weg durchs Tor der vorübergehende Nebel offenbar wieder verzogen hatte, »aber Quantität ist ja nicht gleich Qualität.«

»Na, so schlimm wird's schon nicht sein, oder?«, lachte ich.

»Na ja, ist halt das Übliche«, zuckte Miriam resigniert mit den Schultern, »alles, was interessant ist, ist entweder liiert oder verheiratet. Und beim Rest …«

»Du darfst nicht immer so pessimistisch sein, Miriam«, schalt Denise die Kollegin sanft. »Guck doch mal, wie ich Thomas kennengelernt habe – purer Zufall. So was kann man nicht immer planen.«

»Wie hast du denn Thomas kennengelernt?«, fragte ich neugierig.

Denise lachte. »Der ist mir an der Ampel da drüben hinten draufgebrettert, weil er dachte, ich fahre bei Dunkelgelb noch durch.«

»Wie romantisch«, grinste ich.

»Na ja, zuerst nicht«, kicherte Denise. »Wenn er nicht so groß wäre, hätte ich ihm wahrscheinlich die Augen ausgekratzt, so wütend war ich. Aber ich kam nicht dran.«

Denises Humor gefiel mir von Minute zu Minute besser, und ich hoffte inständig, dass sie nichts mit dem Maulwurf zu tun hatte.

»Und wie hast du deinen Bul… äh … Kommissar kennengelernt?«

Als wir letzten Sommer eine irre Mörderin gejagt haben. Mist. Sander, wieso hast du dir nicht eben auf dem Klo was überlegt. Die Frage musste ja irgendwann kommen. Ich hatte nicht viel Zeit zum Nachdenken. *Euregio im März? Nee, da waren die wahrscheinlich selbst mit einem Stand. Aber …*

»Beim CHIO diesen Sommer.« *Dann stimmt wenigstens die Jahreszeit.* »Er hat mir an einem der Imbissstände eine halbe Flasche Ketchup übers Kleid geschüttet.« *So.*

»Absichtlich?«, fragte Miriam mit großen Augen.

Ich zuckte mit den Schultern. »Gute Frage. Er behauptet nein.«

»Und dann seid ihr jetzt schon zusammengezogen? Alle Achtung!« kommentierte Denise.

Um Gottes willen!

»Nein, nein, ich bin erst mal nur nach Aachen zurückgezogen. Erst mal gucken, wie's läuft. Nichts tötet Liebe schneller als Streit über halb ausgedrückte Zahnpastatuben und überquellende Mülleimer.« *Und von beidem gibt's bei mir reichlich.*

»Wohl wahr«, seufzte Denise.

Wenigstens lenkt die Unterhaltung mich von meinen Füßen ab. Hoffentlich ist es nicht mehr weit zum Bäcker.

»Da vorne ist es schon«, sagte Miriam, als hätte sie meinen innerlichen Stoßseufzer gehört.

Drinnen herrschte reges Gedrängel, und es dauerte eine Weile, bis wir dran waren – oder sagen wir, bis wir dran gewesen wären. Als ich gerade den Mund zum Bestellen öffnen wollte, pfuschte sich nämlich jemand rotzfrech vor – mittelgroß, blond, Anzug ohne Krawatte.

»Zwei Leberkäsebrötchen, zwei Sandbrötchen und eine Cola.«

»Sagen Sie mal, geht's noch?«, fragte ich den Vordrängler von der Seite.

Die Bäckereifachverkäuferin erstarrte mitten in der Bewegung.

»Was denn?«, blaffte er mich an.

Na, wenn du meinst, dass Angriff hier die beste Verteidigung ist. »Hier gibt's 'ne Schlange, und die Konvention ist gemeinhin, dass man bestellt, wenn man dran ist.« *Blöde Handlampe.*

»Ach ja? Und wer sagt, dass Sie dran sind?« Während er mir so ins Gesicht stierte – vermutlich in dem putzigen Versuch, mich einzuschüchtern –, beschlich mich das Gefühl, dass ich den Volltrottel irgendwo schon mal gesehen hatte. Nur wo?

»Erstens ich und zweitens der Rest der zivilisierten Schlange hinter mir.« Okay, zivilisiert war ein bisschen übertrieben, aber immerhin war ein ernsthaftes Bemühen zu erkennen, sich irgendwie in die richtige Reihenfolge zu bringen, was bei dem Gewühl gar nicht so einfach war. *Woher kenne ich den nur?*

»Sie wissen gar nicht, wie weit mir Ihre zivilisierte Schlange am Arsch vorbeigeht. Ich bin jetzt dran …«, und zu der eingeschüchterten Verkäuferin gewandt, »und du packst mir jetzt endlich meinen Kram ein, du polnische Transuse.«

WIE bitte?

Der jungen Verkäuferin schossen sofort die Tränen in die Augen.

Ich kam leider nicht mehr dazu, dem Idioten selbst die Frisur geradezurücken, denn von hinten erklang eine tiefe Stimme: »Hey, Theo. Stell dich jefällichs hinten an und lass dat Määdche in Ruh, sons dauert et mit deine neue Bürostuhl e paar Woche länger als jedacht.« Lautes Gejohle begrüßte diese Ansage, und Denise flüsterte mir grinsend ins Ohr: »Jupp Meulen, Hausmeister und Besorgungsdienste.«

Von vorne schloss sich der zweite Teil der Zange, als eine wohlbeleibte Mittfünfzigerin aus dem Raum hinter dem Tresen auftauchte. Sie schob das verschüchterte Mädchen zur Seite und baute sich vor »Theo« auf, um ihn dann geflissentlich zu übersehen.

Mit einem perfekten Wiener Zuckerbäckerlächeln wandte sie sich mir zu. »Was kann ich denn für Sie tun, junge Frau?« Ihrer Kollegin bedeutete sie, Denise zu bedienen.

Wir bestellten unsere Sachen, schüttelten Jupp Meulen auf dem Weg nach draußen die Hand und machten uns kauend auf den Rückweg.

»Was war das denn für ein Widerling?«, fragte ich scheinheilig, obwohl ich ihn schon geistig mit den Personalakten abgeglichen und identifiziert hatte. *Gar nicht schlecht, das Brötchen.*

»Ach«, winkte Denise ab, »das ist Theo Kück. Der arbeitet seit einem guten Jahr im Einkauf und meint, er wär was Besseres. Wenn das Mädel bedient, versucht er fast immer, sich was rauszunehmen. Bei der Dicken kuscht er.«

»Klassiker, was? Nur da terrorisieren, wo keine Gegenwehr zu erwarten ist«, bemerkte ich säuerlich.

»Ganz genau so ist das«, brummte Denise zustimmend. »Der totale spießbürgerliche Saubermann mit Reihenhäuschen, Gartenzaun und Windelbomber. Und beim Bäcker führt er sich dann auf wie der Herr Obersturmbannführer.«

Und ich kam zum Verrecken nicht drauf, wo ich den Herrn Obersturmbannführer schon mal gesehen hatte. Sogar sein widerlich-süßliches Aftershave, das mir eben fast das Wasser in die Augen getrieben hatte, war mir nicht ganz neu.

»Ist ganz dicke mit Häuptling Leichtfuß«, ergänzte Miriam.

»Echtes Dream-Team«, frotzelte Denise. »Noch Fragen zur Männerauswahl bei uns?«

* * *

Ich hatte eigentlich gedacht, den Springbrunnen hätte ich bei den Temperaturen für mich allein. Im Gegensatz zur Eiseskälte am frühen Morgen hatte die Sonne die Luft zwar angenehm aufgewärmt, aber acht Grad waren für die meisten trotzdem keine Einladung zum Picknick im Freien.

Also hatte ich darauf spekuliert, dass ich mich nach der Rückkehr vom Bäcker dort ein Viertelstündchen würde niederlassen können, um mal ein paar Minuten nicht hundertzwanzig Prozent auf der Hut sein zu müssen und mich ungestört mit Eric und Tahar auszutauschen, falls es schon etwas Neues gab. Die offizielle Version war natürlich, dass ich unbedingt ein schmachtendes Gespräch mit meinem Liebsten führen müsste.

Und erstens kommt es anders, und zweitens als man denkt. Ich saß kaum und las eine Nachricht von Silke, als sich urplötzlich jemand zu mir gesellte.

Nanu? Wer bist du denn?

Der Mann, der sich mit einem kurzen Nicken auf dem gegenüberliegenden Springbrunnenrand niederließ, war um die Mitte vierzig, kräftig gebaut und hatte braune Haare. Er hatte ein freundliches, offenes Gesicht und umwerfende, blaue Augen. *Hm, gar nicht übel.* Das Foto in seiner Personalakte hatte zwar schon ein paar Jahre auf dem Buckel, aber ich meinte, in meinem Gegenüber Michael Landmann aus der Abteilung Forschung und Entwicklung zu erkennen. *Wenn das ein Zufall ist, fress ich 'nen Besen.*

Er öffnete eine braune Mappe, die er mitgebracht hatte, und vertiefte sich scheinbar in einen Stapel Papiere. Ich konnte es nicht genau erkennen, aber es sah aus, als wären es medizinische Unterlagen. Eins der Schreiben trug definitiv den Briefkopf der Uniklinik Aachen. Allerdings hatte ich aus dem Augenwinkel das starke Gefühl, dass er die Unterlagen gar nicht las. *Na, was führst du im Schilde? Gleich quatschst du mich an, wetten?*

Zunächst tat sich jedoch nichts, so dass ich Tahars E-Mail noch lesen konnte, deren Anhang Häuptling Leichtfuß am Marterpfahl zeigte. *Und ich sag noch – leg dich nicht mit dem IT-Admin an.* Eine gesunde Vorfreude auf das, was demnächst auf den Häuptling herniederregnen würde, zauberte mir ein leicht boshaftes Lächeln aufs Gesicht.

»Gute Neuigkeiten?«, fragte es von der anderen Seite des Springbrunnens.

Wusst ich's doch.

Ich sah hoch, als hätte er mich in einem tiefen Gedankengang erwischt. Vermutlich-Landmann hatte seine Mappe zugeklappt und lächelte mich freundlich an.

»Kann man so sagen.« *Jedenfalls, wenn man kein Fan von Leichtfuß ist.* »Bei dir auch, hoffe ich?«, fragte ich mit einer Kopfbewegung Richtung Papierstapel. Da sich hier sowieso bis auf die Chefetage alles zu duzen schien, ließ ich den Umweg übers Sie einfach weg.

Er zuckte betrübt mit den Schultern. »Leider nicht, ist aber auch nicht überraschend, insofern …«

»Das tut mir leid«, sagte ich höflich und wartete ab, ob er von sich aus mehr erzählen würde. Tat er nicht.

»Du bist neu hier, oder?«, sagte er stattdessen.

Und das ist so spannend, dass du dich in der Eiseskälte mit einem Stapel Papiere nach draußen setzen musst, die du dann gar nicht liest? »Richtig, Franziska Decker, die Neue im Marketing. Meine Freunde nennen mich Franzi.« *Obwohl – vielleicht besser nicht. Cindy, Püppi, Franzi …*

»Michael Landmann, Forschung und Entwicklung. Meine Freunde nennen mich Michael«, grinste er.

Tatsächlich, gleich der erste Sozialkontakt in der Entwicklungsabteilung. So viel Zufall konnte es gar nicht geben. »Ahaaa, Forschung und Entwicklung, das trifft sich gut«, spielte ich die erfreute Neue. »Auf euch habe ich noch einen Anschlag vor.«

»Einen Anschlag? Hilfe! Muss ich mir Sorgen machen?«, schmunzelte er.

»Ach was«, winkte ich ab. »Ich soll mich um die Messeorganisation kümmern – was inhaltlich deutlich leichterfällt, wenn man weiß, was ihr eigentlich den ganzen Tag da treibt.«

»Ach so. Da können dir aber auch die beiden Damen aus dem Marketing gut weiterhelfen. Denise und Miriam sind beide schon eine ganze Weile dabei«, wimmelte er mich freundlich ab. »Wann hast du denn überhaupt angefangen?«

»Heute Morgen«, antwortete ich wahrheitsgemäß.

»Und beim Geier warst du auch schon?«

»Beim Gei…? Ach so«, lachte ich, »du meinst den Habicht?«

»In Memento-Sprech definitiv der Geier«, lachte er.

»Ja, die hat mich heute Morgen schon abgefertigt Was für ein Drachen!«, sagte ich inbrünstig. »Obwohl – im Vergleich zu unserem liebensgewürzigen Abteilungsleiter …«

Als Landmann mein Grinsen sah, fing er wieder an zu lachen.

»Okay, ich sehe, du hast schon ausreichend Bekanntschaft mit Hasenfuß gemacht.«

Ich lupfte nur eine sarkastische Augenbraue.

»Verstehe«, gluckste er. »War er charmant zu dir oder *besonders* charmant?«

Ich legte den Kopf schief und tat so, als müsste ich überlegen. »Ich würde sagen, *außerordentlich* charmant. Die Messners hatten ihn wohl nicht informiert, dass sie mich eingestellt haben – ging auch alles schneller als gedacht.« *Haben wir das auch hier noch mal unauffällig untergebracht.* »Angepisst beschreibt es nicht mal annähernd. Und dreimal darfst du raten, wer es abbekommen hat.«

»Du, nehme ich an«, sagte er mitfühlend.

Danke, aber mir macht das nichts, ich kenne echte Psychopathen.

Ich schüttelte den Kopf. »Hat er natürlich versucht und den berühmten Decker'schen Abperl-Effekt, bekannt aus Funk und Fernsehen, kennengelernt. Nein, mir macht das nix. Aber Miriam hatte, glaube ich, bissi weiche Knie, als wir da wieder rauskamen.«

Landmanns Blick verfinsterte sich. »Wie alle ›Helden‹, so auch Hasenfuß. Sucht sich immer jemanden, der sich einschüchtern lässt. Und beim Treten nach unten immer fleißig nach oben buckeln. Widerlich.«

»Och, ich glaube, Rainer Messner hätte sich heute früh etwas mehr Buckeln gewünscht«, grinste ich. »Häuptling Leichtfuß ist da kurzzeitig etwas die Contenance flöten gegangen.« Ich versah meine Stimme mit einer triefenden Ölspur. »›Sie können doch nicht einfach jemanden einstellen, ohne mich zu fragen!‹«

Landmann lachte schallend. »Und da war er bei Rainer Messner genau an der richtigen Adresse.«

»Allerdings. Kurze Neune nennt man das, glaube ich. Kurz gestaubt, und schon stand die Gelfrisur in alle Richtungen.«

»Schönes Bild«, seufzte Landmann. »Und wir kriegen in unserem Bunker das Beste wieder nicht mit.«

»Och, ich glaube nicht, dass das das letzte Mal war, dass es Herrn Hasenfuß den Hut gehoben hat. Da kenn ich mich aus.«

»Keine Angst um den neuen Job?«, fragte er erstaunt. »Wo hast du denn vorher gearbeitet?«

Höflich oder checkt mich da einer aus? »Ach, weißt du, ich war jetzt ein paar Jahre selbstständig und hätte kein Problem damit, das wieder zu machen«, log ich. »Würde mir privat derzeit nicht gut in den Kram passen, aber vor so einem Wichtigtuer kuschen? Kommt überhaupt nicht in die Tüte.«

Er seufzte. »So frei müsste man noch mal sein. Wenn man mal Familie hat und ein Häuschen abbezahlen muss, sieht das mit der Freiheit plötzlich ganz anders aus. Da muss man schon mal eher kuschen, auch wenn einem dabei die Galle übergeht.«

»Das kann ich mir vorstellen. Wie groß ist denn die Familie?«, fragte ich unschuldig.

»Fünf Töchter«, strahlte er stolz.

»Das geht bestimmt ganz schön ins Geld«, wagte ich einen kleinen Vorstoß.

»Das kannst du wohl laut sagen«, stöhnte er. »Die Große verdient inzwischen ihr eigenes Geld, aber die vier anderen – du glaubst gar nicht, was es alles in Pink zu kaufen gibt. Ich verdiene hier wirklich nicht schlecht, aber mit so einem großen und munteren Haufen herrscht eigentlich immer Ebbe im Portemonnaie.«

Soso. Ich weiß einen prima Weg, wie man sich als Forschungsmitarbeiter ein bisschen was dazuverdienen kann. Du auch?

»Na, umso besser, dass ich mich mit so was nicht aufhalten muss und mich sorglos den lieben langen Tag mit Häuptling Leichtfuß anlegen kann. Ich glaube, der braucht mal ein bitzeli Gegenwind.«

»Ich beantrage hiermit einen Livestream direkt ins ganze Unternehmen, das gibt Einschaltquoten, sage ich dir«, grinste Landmann. »Wie hat es dich denn eigentlich hierher verschlagen?«

Während ich mein Lebenslauf-Sprüchlein aufsagte, beobachtete ich ihn genau. Er hörte aufmerksam zu, fast ein bisschen zu aufmerksam, wenn es sich hier nur um die harmlose Konversation von zwei neuen Kollegen handelte. Meine vermeintlich harmlosen höflich-interessanten Fragen zu seiner Arbeit wimmelte er zwar nicht vollständig ab, aber obwohl er sehr subtil vorging, war doch klar, dass er hier saß, um Informationen zu bekommen, nicht zu geben.

Wenn hier der Maulwurf sitzt, um der Neuen auf den Zahn zu fühlen, wird das der kürzeste Fall aller Zeiten.

»So, ich muss dann mal wieder«, zog ich mich nach einer Weile aus der Affäre. »Nett, dich kennenzulernen. Ich komm dann demnächst mal mit einem Stapel Fragen bei euch in der Entwicklung vorbei.«

»Mach das. Ansonsten bin ich mittags auch schon mal öfter hier«, sagte er, und ich winkte ihm zum Abschied zu. Es war auch höchste Zeit, denn am Ende meiner Beine hingen keine Füße mehr, sondern Eisklumpen.

* * *

»Muss Liebe schön sein«, spöttelte Denise, als ich schnatternd ins gemeinsame Büro kam und ein paar Mal mit den Füßen aufstampfte.

»Tja, wider Erwarten leider nicht der einsame Ort für FSK-18-Gespräche.« Ich zog mir die Jacke aus und hängte sie wieder über meine Stuhllehne. »Ich hätte warten müssen, bis Michael Landmann sich verkrümelt – der arme Mann hätte sonst rote Ohren gekriegt«, grinste ich.

»Habt euch ja offenbar nett unterhalten«, bemerkte Miriam unschuldig.

Öhm.

»Jo, das war auch nicht schwer, scheint mir jedenfalls ein ganz Netter zu sein. Außerdem«, ich wedelte mit der Hand unbestimmt in Richtung der diversen Messestandentwürfe, die auf meinem Schreibtisch lagen, »kann man auch besser dumme Fragen über Nanotechnologie stellen, wenn man sich schon mal kennengelernt hat.«

»Und für die Gerüchteküche hast du auch gleich noch was getan«, stellte Denise zufrieden fest. Auf meinen verständnislosen Blick hin lachte sie und sagte: »Na, das halbe Unternehmen guckt doch auf diese Seite des Geländes raus, und alle haben große Fenster. Du glaubst doch nicht, dass irgendetwas, das sich am Springbrunnen abspielt, hier länger als dreißig Sekunden unbeobachtet bleibt.«

Ups. Das hatte ich in der Tat nicht bedacht. Aber wer konnte wissen, wofür das noch gut sein mochte. »Solange keiner hört, was ich am Telefon rede, ist mir das so was von egal«, sagte ich wahrheitsgemäß und ließ mich auf meinem klapprigen Bürostuhl nieder.

»Abgesehen davon tut es Michael auch mal ganz gut, wenn ihn jemand zum Lachen bringt. Viel Grund dazu hat er ja meistens nicht.«

»Wieso hat er nicht viel zu lachen?« *Lass mich raten – hat irgendwas mit den medizinischen Unterlagen zu tun, die er angeblich durchgesehen hat.*

Denise seufzte. »Ganz furchtbare Geschichte. Seine kleine Tochter hat irgendeine grässliche degenerative Krankheit.«

»Ach du Scheiße«, rutschte es mir heraus. »Wie alt ist denn die Kleine?«

»Ich glaube, sechs oder sieben«, antwortete Miriam.

»O Mann!« Ich brauchte nur eine Millisekunde an die drei Orgelpfeifen und eine solche Diagnose zu denken, und schon schoss mir das Wasser in die Augen. Ich räusperte mich umständlich und hoffte, dass mir die ungewohnte Wimperntusche nicht laufen ging. »Und die Ärzte können nichts machen?«, überspielte ich meine emotionale Anwandlung.

Denise zuckte mit den Schultern. »Sieht nicht so aus, aber so genau weiß ich es ehrlich gesagt auch nicht. Ich hab den Namen vergessen, irgend so eine Abkürzung mit drei Buchstaben. LCH, CLL, LCC, weiß der liebe Himmel. Bisher ist wohl kein Heilmittel bekannt, außer irgendwelchen dubiosen Experimentaltherapien ist da scheinbar nichts zu machen.«

»So eine verfluchte Hasenkacke!«, sagte ich inbrünstig und meinte es auch.

Trotzdem höchst interessant. Verzweifelte Eltern von sterbenskranken Kindern – ein wahrer Magnet für Quacksalber mit vermeintlichen Wundermitteln, die ein Vermögen kosten.

In leicht gedrückter Stimmung wandten wir uns wieder unserer Arbeit zu, oder sagen wir, Miriam und Denise wandten sich ihrer Arbeit zu. Ich setzte erst einmal eine Nachricht an Eric und Tahar ab, um sie über meine interessante Springbrunnenbegegnung zu informieren. Dann googelte ich die drei Abkürzungen, die Denise genannt hatte, um herauszufinden, ob hier ein potenzielles Motiv für einen hilflosen Familienvater liegen könnte, auf finsteren Wegen zu Geld zu kommen. Bei zwei der drei Abkürzungen, die Denise genannt hatte, gab es keine Verbindung zu einer Krankheit, und CLL stand für »Chronische Lymphatische Leukämie«, eine Krankheit, die einen frühestens im Alter von vierzig ereilte. Das konnte es wohl nicht sein. Ich machte mir einen Knoten ins gedankliche Taschentuch und tat danach mein Bestes, um herauszufinden, was zum Teufel ich eigentlich genau zu tun hatte, um diese dämlichen Messeauftritte ans Laufen zu kriegen. Wenn wir den Maulwurf fänden, dafür Memento aber ohne Messestand dastand, würde sich das nicht gerade positiv aufs Trinkgeld auswirken. Sozusagen.

Der Nachmittag verging also unspektakulär und in friedlicher Atmosphäre, und um kurz vor halb sechs nutzte ich den Aufbruch von Denise, um mich ebenfalls nach Hause zu verdrücken.

Tag eins rum und schon einen Verdächtigen. Läuft.

18 Uhr

Als ich bei Pe und Gregor vor die Haustür rollte, hörte ich schon von draußen die drei Orgelpfeifen laut und vergnügt kreischen – und Sammy, den ich eigentlich nur abholen wollte, durfte natürlich nicht fehlen. Nach seinem Gebell zu urteilen, war er einem erfreuten Herzinfarkt nahe. Das konnte nur bedeuten, dass etwas zu essen im Spiel war. Als ich an der Tür ankam, hörte ich zwischendurch auch mal Gregors erhobene Stimme. Wahrscheinlich versuchte er gegen jeden Erfahrungswert, Ruhe ins Chaos zu bringen.

Hoffnungsloses Unterfangen!

Bis Pe die Tür aufgemacht hatte, war auch Gregors Bass Teil des allgemeinen Gekreisches. Pe rollte mit den Augen und machte mit ihren teigverschmierten Händen eine einladende Bewegung. »Nur herein ins Irrenhaus«, grinste sie ergeben, »eine mehr macht den Kohl jetzt auch nicht mehr fett. Aber Obacht – deine Neffen fliegen heute tief. Also besser den Kopf einziehen.«

Ich hatte gerade einen halben Satz herausgebracht, da kam Sammy auf seine berühmte Kanonenkugelmanier aus dem Wohnzimmer in den Flur geschossen und sprang mit Anlauf an mir hoch und in meine Arme. Auf den ungewohnten Stöckelschuhen verlor ich fast das Gleichgewicht, aber bevor ich Zeit hatte umzufallen, hatte Sammy sich schon schnuppernd davon überzeugt, dass bei mir wohl alles in Ordnung war und ich nichts zu essen dabeihatte. Kurz darauf war er schon wieder im Kampfgetümmel im Wohnzimmer verschwunden.

»Puh«, schnaufte ich. »Ich hoffe, den Rest des Tages hat er sich besser benommen?«, fragte ich vorsichtig.

Pe winkte gelassen ab. »Der Hund ist mit Geld nicht zu bezahlen. Die drei waren den ganzen Nachmittag mit ihm im Garten, so dass man im Haus doch tatsächlich mal sein eigenes Wort verstehen konnte. Und so bekloppt wie die hier seit heute Mittag herumtoben, gibt es auch ausnahmsweise mal kein Theater beim Ins-Bett-Gehen«, strahlte Pe zufrieden. »Dieses kleine Arrangement wird definitiv verlängert. Der Herr Oberst wirkte allerdings heute Mittag etwas erschöpft, als ich Sammy abgeholt habe.«

»Ich glaube, er hat sich das mit dem Erziehen etwas zu einfach vorgestellt«, grinste ich.

In dem Moment kam Gregor aus dem Wohnzimmer – die Haare standen auf Windstärke zehn, das Hemd hing ihm aus der Hose, eine Socke fehlte, und irgendjemand hatte ihm unbemerkt eine Luftschlange an den Knöchel geknotet. Er zupfte eher erfolglos an Haaren und Kleidung herum und sah Pe fragend an. »Ich wusste gar nicht, dass wir noch Besuch …«

Pe guckte ihn erst verdutzt an und brach dann in schallendes Gelächter aus. »Jetzt erzähl mir nicht, du erkennst deine eigene Schwägerin nicht mehr!«

Gregor kratzte sich am Kopf und musterte mich von oben bis unten. Langsam breitete sich ein Grinsen auf seinem Gesicht aus. »Nicht schlecht, gar nicht schlecht. An mir wärst du auf jeden Fall unerkannt vorbeigestöckelt.« Unauffällig zog er die Wohnzimmertür zu und flüsterte weiter: »Allerdings würde ich zumindest die Perücke und die Brille abnehmen, bevor die kleinen Hosenscheißer dich sehen – sonst hält deine Tarnung nicht länger als bis morgen.«

»Wo er recht hat, hat er recht«, pflichtete Pe ihm bei. »Komm in die Küche, da kannst du deine Tarnutensilien unauffällig verschwinden lassen, und mir brennt der Eintopf nicht an. Du bleibst doch zum Essen?«

»Da fragst du noch?«, schmunzelte ich, während ich ihr hinterherklapperte.

Während Pe mit einer Hand den Eintopf rührte und mit der anderen den Zuckerguss, schälte ich mich aus der Perücke, der zugehörigen Perückenkappe und ließ schließlich auch die Brille mit einem Seufzer der Erleichterung in meiner Handtasche verschwinden. »Was tut man nicht alles für Herrscher und Königreich«, jammerte ich, während ich mir die schmerzenden Füße rieb.

Gregor holte drei Flaschen Bier aus dem Kühlschrank, öffnete sie, reichte Pe eine davon und mir die andere. »Prost, die Damen, auf erfolgreiche Tarnoperationen. Wie läuft's denn?«, fragte er neugierig.

Ich nahm einen Schluck aus der Bierpulle und zuckte mit den Schultern. »Bisher eigentlich ganz gut. Den ersten Tag haben wir immerhin überstanden, ohne aufzufliegen; einen Verdächtigen haben wir schon, die Kolleginnen im Marketing sind total nett, und wenn der Marketingchef so weitermacht, wie er heute angefangen hat, geht das mit uns zwei beiden nicht lange gut.«

»Oh-oh, Pe. Sie hat das gefährliche Funkeln in den Augen. Ob wir den armen Mann vorwarnen, was ihn erwartet, wenn er nicht schleunigst seine Kinderstube wiederentdeckt?«, kicherte Gregor.

»Och Mensch, Gregor, du gönnst der Belegschaft aber auch gar nichts«, grinste Pe. »So einen Sander'schen Ausbruch sollte jeder mal miterleben dürfen, und wenn er sich's doch redlich verdient, wollen wir ihn auch nicht um die Früchte seiner Bemühungen bringen.«

»Der Mann ist wirklich ein Arschloch«, verteidigte ich mich entrüstet.

»Und ich bin sicher, du setzt ihm bei Gelegenheit die Mütze gerade«, lachte Gregor, während er anfing, den Tisch zu decken. »Pass nur auf, dass du dich dabei nicht unfreiwillig enttarnst.«

»Ja, ja, schon gut«, maulte ich und stand auf, um die Platzdeckchen aus der Eckbank zu holen.

»Was macht eigentlich Kommissar Körber?«, fragte Pe vermeintlich unschuldig.

»Keine Ahnung«, zuckte ich betont gelassen mit den Schultern und schob die Deckchen unter die Teller. »Was soll er schon machen – Verbrecher jagen, nehme ich an.«

»Hm-hm«, machte Pe. »Du hattest nicht zufällig vergessen, was zu erwähnen?«

Ich mimte die Unschuld vom Lande.

»Zum Beispiel, dass du Körber und seine Nichte beim Martinszug getroffen hast und ihr euch nach dem kleinen, öhöm, Malheur mit unseren Knallfröschen den ganzen Zug lang und am Feuer auf das Angeregteste unterhalten habt?«

»Wer erzählt denn so was?« *Na wartet, ihr kleinen Rabauken, wir sprechen uns noch!*

»Meine Nachbarin«, gab Pe strahlend zurück.

»Deine NACHBARIN?«, fragte ich ungläubig. »Woher weiß denn deine Nachbarin …?«

»Mädel, du bist seit ein paar Wochen berühmt, jedenfalls in Aachen-Süd«, warf Gregor genüsslich ein.

»Ach.«

»Nee, nix ›ach‹. Wir wollen alle schmutzigen Details über deinen romantischen Abend mit Kommissar Körber wissen«, Gregor wackelte aufmunternd mit den Augenbrauen.

»Na, was ihr so einen romantischen Abend nennt«, stöhnte ich. »Erst sprengen die drei Knalltüten den Heiligen Martin in die Luft, dann ging Darth Vader unterwegs fast in Flammen auf – mit dem zu erwartenden hysterischen Anfall von Pip kostenfrei dazu –, und dann hat Finn von Felix Klöppe bezogen, weil er Körbers Nichte zweimal an den Zöpfen gezogen hat. Na ja, um genau zu sein, hat Finn von Felix *und* Emma Klöppe gekriegt. Also *wenn* hier jemand einen romantischen Abend hatte, waren das wohl eher Felix und Emma«, schnaufte ich.

Pe hob ermahnend den Zeigefinger. »Lenken Sie jetzt nicht ab, Frau Sander.«

Ich warf verzweifelt die Hände gen Himmel. »Körber spielt Fußball, hatte davon ein fettes Veilchen und vergöttert sein Patenkind. Den Rest der Zeit waren wir damit beschäftigt, weitere Eskapaden der drei Knalltüten zu verhindern. Zufrieden?«

»Hmpfm«, brummelte Pe. »Das ist aber ein bisschen mager für ganze drei Stunden.«

»Die Nachbarin hat auch noch auf die Uhr geguckt?«, fragte ich ungläubig.

»Ja nun, wenn sich schon mal Prominenz in unser Viertel begibt. Du glaubst nicht, was hier getratscht wird. Am Anfang der Straße hast du die Grippe, und bis das Gerücht am anderen Ende angekommen ist, haben sie dich für tot erklärt«, gluckste Pe.

In diesem Moment war Gott sei Dank das Essen fertig und der Kuchen im Ofen, so dass mir ein weiteres Kreuzverhör zu Körber erspart blieb.

Wenn der erfährt, dass nicht nur meine Kollegen an eine Lovestory glauben, sondern auch noch das ganze Südviertel, bin ich geliefert.

Nach einem lautstarken und außerordentlich lustigen Abendessen brachte ich die drei Hosenscheißer ins Bett und las ihnen ihr abendliches Harry-Potter-Kapitel vor, an dessen Ende alle drei schon friedlich schlummerten.

Müde, aber zufrieden mit meinem ersten Tag undercover, trollte ich mich mit Sammy nach Hause, und nachdem ich auf meinem Laptop noch ein paar Notizen zum Tag gemacht hatte, waren Sammy und ich schon auf dem Sofa weggeratzt.

DIENSTAG, 15. NOVEMBER

08:00 Uhr

Nachdem ich mich eine halbe Stunde lang tapfer durch den Aachener Berufsverkehr bis zur Hüls vorgekämpft hatte, rollte ich endlich bei Memento auf den Parkplatz. Als ich aus dem Auto steigen wollte, fiel mir wieder ein, warum ich heute eigentlich einen Hosenanzug hatte anziehen wollen. Fluchend rutschte ich vom Sitz, und immerhin glitt der Rock diesmal nicht bis zum Bauchnabel hoch. Mit ein bisschen Hüftgewackel und Herumgezerre brachte ich ihn wieder in Position.

»Was für ein eleganter Anblick am frühen Morgen«, erklang Erics Stimme in den nasalen Tönen von Roderich Müller-Schwan.

Das war so klar.

»Kann ich Ihnen behilflich sein, Gnädigste?«

»Ich geb dir gleich Gnädigste«, zischte ich. »Versuch du mal, in so einem verfluchten Ding aus dem Auto zu kraxeln.«

»Nein, nein, gnädige Frau, das könnte ich niemals verantworten. Es hätte ja unweigerlich einen Volksauflauf zur Folge, wenn ich meine wohlgeformten Beine öffentlich zur Schau stellen würde«, sagte er bescheiden.

Ich knallte die Autotür zu, drückte auf den Verriegelungsknopf auf dem Schlüssel und warf Eric einen grimmigen Blick zu, als ich an ihm vorbeistolzierte.

»Ach, das ist aber schade«, flötete er unbeirrt weiter.

»Was ist schade?«, fragte ich misstrauisch.

»Sie tragen ja heute gar keine Stöckelschuhe. Und ich hatte mich schon so sehr auf eine neue Folge von ›Storch im Salat‹ gefreut«, heuchelte er Enttäuschung.

»Du erinnerst dich vielleicht aus dem Biologieunterricht, dass Störche einen langen und sehr spitzen Schnabel haben?«, erwiderte ich. »Das gibt ganz schlimm Aua.«

»Aber Gnädigste, das würden Sie doch nie tun!«

»Da würde ich mich an Ihrer Stelle nicht drauf verlassen, Herr Müller-Schwan«, säuselte ich liebenswürdig, als wir durch die Tür traten. Wir durchquerten den Eingangsbereich und grüßten Michael Landmann und das nette Mädel vom Empfang, die in eine intensive Diskussion vertieft waren.

Soso, Herr Landmann. Nicht nur an die neue Marketing-Trulla ranschmeißen, sondern auch ans ganz junge Gemüse.

Wir benutzten zum ersten Mal unsere Zugangskarten, und an der ersten Kaffeestation direkt hinter der Zugangsschranke bot sich uns ein vertrauter Anblick. Tahar, vollkommen verwuschelte Haare, die Augen geschlossen, lehnte im Halbschlaf an der Wand und wartete darauf, dass sein XXL-Thermo-Eimer sich mit Kaffee füllte.

»Guten Morgen«, trällerte ich direkt neben Tahars Ohr. Er machte einen kleinen Satz und funkelte uns aus klitzekleinen Äuglein an.

Der Begriff Schlafzimmerblick gewinnt eine völlig neue Dimension.

Ich wollte den Gedanken gerade aussprechen, da hob Tahar einen mahnenden Zeigefinger. »Sag jetzt bessör nichts. Diesö Arbeitszeitön wurdön von der Spanischön *Inquisition* erfundön, *non*?«

»Na ja, man könnte ja abends einfach mal was früher ins Bett gehen«, schlug ich freundlich vor.

Tahar kratzte sich am Kopf. »*Mais oui,* abör das ist ja gar nicht das *problème. Im* Bett war ich ja zeitig, nur mit dem Schlafön, wie soll ich sagön …«, er klimperte unschuldig mit den Wimpern.

»Aaaaaah«, ich legte die Hände auf meine Ohren, »zu viel Information, Tahar, zu viel Information.«

»*Mais non,* das siehst du völlig falsch. Gönau der *information* wegön machö ich ja unbezahltö Überstundön.«

»Ach, so nennt man das jetzt?«, fragte Eric interessiert, und ich meinte einen Hauch von Neid aus der Müller-Schwan'schen Stimme herauszuhören.

»Für König und Vaterland tuö ich doch fast allös.«

Ich schnaubte durch die Nase. »War bestimmt ein schreckliches Opfer, das du letzte Nacht im Dienste der Informationsbeschaffung erbracht hast. Was anderes ist dir nicht eingefallen?«

»Man muss ebön mit den Waffön arbeitön, die einöm der liebö Herrgott gegebön hat, *n'est-ce pas*?« Er grinste spitzbübisch und warf dann Püppi (oder war es Cindy?), die gerade an uns vorbeiging, einen schmachtenden Blick zu.

»Immer im Dienst«, kommentierte Eric trocken. »Wie macht er das bloß?«

Ich zuckte resigniert mit den Schultern. »Wenn ich das wüsste. Allerdings fürchte ich, dass seine stärkste … öhöm … Waffe im Arsenal«, Eric erlitt einen plötzlichen Erstickungsanfall, »im Bereich Forschung & Entwicklung eher nutzlos sein wird, da laufen doch fast nur Kerle herum.«

Tahar strahlte mich an und wackelte mit dem Zeigefinger. »Abör auch nur fast. Erstöns habön wir da zwei Damön, die

Forschung betreibön – allerdings ist da bisher die Erfolgsquotö noch ehör bescheidön, muss ich zugebön. Abör dann gibt es da ja noch die diversön medizinisch- technischön Assistentinnön, und die habön in der Regöl nichts gegön einön interkulturellön Austausch einzuwendön.« Tahar war mit sich und der Welt zufrieden und inzwischen sogar halbwegs wach.

»Komm nicht zu mir, wenn betrogene Freunde oder Ehemänner mit der Mistgabel hinter dir her sind«, warnte ich.

»Abör nein«, winkte Tahar ab. »Allö Quellön selbstverständlich singöl. Wofür hältst du mich?« Er hielt kurz inne. »Beantwortö das vielleicht bessör nicht.«

Langsam füllte sich der Flur, wir mussten gucken, dass wir weiterkamen. Ich senkte meine Stimme und füllte zur Tarnung einen Becher mit Kaffee. »Noch nichts Neues so weit? Ihr meldet euch, wenn es was gibt?«

Eric und Tahar nickten kurz, und wir machten uns auf unsere getrennten Wege.

Da ich endlich wieder vernünftigere Schuhe an den Füßen hatte, nahm ich die Treppe in den ersten Stock. Als ich dort ankam, war in beiden Marketingbüros bereits Licht. Denise war gerade dabei, eins der großen Fenster zuzumachen, die sie wahrscheinlich kurz vorher zum Lüften geöffnet hatte, und Häuptling Hasenfuß feilte sich die Fingernägel.

Ich erstarrte mitten in der Bewegung. Der feilte sich die Nägel? *Unglaublich.* Ich wollte gerade kopfschüttelnd weitergehen, als Hasenfuß ein seltsames Quieken von sich gab.

Meint der mich? Vorsichtshalber drehte ich ab und steckte meinen Kopf durch seine Tür.

Hasenfuß starrte mich feindselig an. Der Effekt litt ein bitzeli darunter, dass er an dem Mittelfinger herumnuckelte, den er sich offensichtlich mit der Nagelfeile angeraspelt hatte. »Was?«, bellte er mich an.

»Guten Morgen, Herr Leichtfuß. Ich dachte, Sie hätten mich gerufen«, sagte ich zuckersüß.

»So ein Schwachsinn! Warum sollte ich Sie denn rufen? Ich muss dringend zur Erste-Hilfe-Station. Wenn aus dieser Verletzung eine Infektion entsteht, wird das sonst nicht anerkannt.«

»Äh, wie meinen Sie jetzt? Anerkannt?«

»Als Arbeitsunfall natürlich. Alle Verletzungen, die man sich in Ausübung der beruflichen Tätigkeit zuzieht, müssen im Logbuch erfasst werden, sonst hat man später keinen Anspruch auf Versicherungsleistungen«, belehrte er mich wichtigtuerisch.

Ich fass es nicht!

»Ja natürlich, Sie haben völlig recht, Herr Ha… Leichtfuß. Mit solchen Verwundungen ist nicht zu spaßen.« Sein Blick wurde ob meines geheuchelten Verständnisses etwas milder. Vielleicht hätte er den nächsten Satz noch abwarten sollen. »Gerade eine schwere Raspelverletzung beim Nägelfeilen ist ja ein ganz klassischer Arbeitsunfall im Bürobereich. Habe ich mir sagen lassen. Die Berufsgenossenschaft hat da bestimmt ein eigenes Referat in der Versicherungsabteilung. Dann will ich Sie mal nicht länger aufhalten. Nicht dass Sie wegen eines verspäteten Eintrags noch wichtige Fristen verpassen.« Ich lächelte heuchlerisch und trollte mich so schnell es ging in unser Gemeinschaftsbüro.

Als ich reinkam, lehnte Denise direkt neben der Tür an der Wand und wischte sich gerade die Lachtränen aus dem Gesicht. Ich hob grinsend die rechte Hand, und wir klatschten uns ab. 1:0 für die Indianer. Natürlich würde der Vergeltungsschlag nicht ausbleiben, aber manche Dinge müssen einfach sein.

Nach diesem gelungenen Auftakt verlief der Rest des Vormittags leider völlig ereignislos.

Mittags nahmen Denise und Miriam mich wieder unter ihre Fittiche und mit zum obligatorischen Bäckereibesuch. Von Theo Kück, der Geißel der jungen Bäckereifachverkäuferin, war weit und breit nichts zu sehen.

»Taktischer Rückzug, würde ich sagen«, merkte Denise zufrieden an. »Wahrscheinlich hat er Angst, Jupp Meulen macht seine Drohung mit dem Bürostuhl wahr. Die zentrale Erschlaffung – die wahre Machtzentrale der Memento GmbH.«

Zu meiner Überraschung saß Michael Landmann auch diesmal wieder am Springbrunnen, als ich mich für das vermeintliche Telefonat mit meinem Liebsten dorthin begab. Diesmal hatte er jedoch keine Mappe mit Gesundheitsakten dabei, sondern hörte mit seinem Smartphone Musik. Das verdarb mir die erhoffte Gelegenheit, nach der Krankheit seiner kleinen Tochter zu fragen, denn ich wollte nicht gleich mit der Tür ins Haus fallen. Also plauderten wir über dies und das, ohne dass ich jedoch der Abteilung F&E irgendwie nähergekommen wäre. *Geduld, Sander, Geduld. Du bist gerade mal den zweiten Tag hier.* Beinahe hätte ich noch vergessen, mein fiktives Tarntelefonat zu führen, nachdem Landmann sich getrollt hatte, aber Gott sei Dank fiel es mir noch rechtzeitig ein. Wenn wirklich alle sensationslüstern an den Fenstern klebten, musste an der Inszenierung alles stimmen.

Den Nachmittag durfte ich zu meiner großen Begeisterung fast komplett in der Buchhaltung verbringen. Laut Habicht Nieland war es Standard, dass neue Mitarbeiter in alle wichtigen Bereiche des Unternehmens einen Einblick erhielten. Also musste auch ich da durch, um nicht aufzufallen.

Maike aus der Buchhaltung, die das kurze Streichholz gezogen hatte, war sehr nett, aber ich glaube, sie war genauso froh wie ich, als die Pflichtübung endlich vorbei war, und so machte ich mich abends nach einem kleinen Plausch mit Denise auf dem Parkplatz erleichtert davon, leider maulwurftechnisch keinen Deut weiter als am Abend zuvor. Erwähnte ich, dass Geduld nicht gerade meine Paradedisziplin war?

Auf dem Weg zu Pe und Gregor legte ich zu Hause einen kurzen Zwischenstopp ein, pfefferte das Gucci-Täschchen in die Ecke und befreite mich von Brille, Perücke und der verhassten Bürouniform.

Ich stellte den Wagen direkt vor Pes Haustür ab, und als ich auf den Klingelknopf drückte, schallte mir schon Stimmengewirr und Gelächter entgegen.

O Gott, hab ich wieder irgendeinen Geburtstag vergessen?

»Es ist offen«, rief Gregor von drinnen. »Nur herein, wenn's kein Schneider ist.«

In dem Gewimmel musste man sich erst mal orientieren. Felix, Finn und Pip, Pe, Gregor, Sammy, Emma und … Körber.

Körber?!

»Ah Schwesterchen, da bist du ja«, strahlte Pe mich an. »Wir haben eigentlich nur noch auf dich gewartet. Vielleicht kannst du ja Matthias und Emma überreden, zum Abendessen zu bleiben.«

Matthias?! »Ööh«, sagte ich und verengte leicht die Augen, als ich Gregors fettes Grinsen sah.

Das ist doch eine Verschwörung hier.

»Bitte, bitte, Onkel Matthias, kannst du nicht Mama anrufen und fragen? Ich möchte so gern noch hierbleiben, und Tante Britta liest abends immer vor, und heute Abend fangen sie ein neues Buch an …«

»*Drachenzähmen leicht gemacht*!«, rief Felix.

Ach wirklich? Ich dachte, wir seien mit Harry Potter noch nicht ganz durch.

»Hmpfm«, brummte Körber und zog schließlich sein Handy aus der Tasche. Nach ein paar kurzen Brummeleien in sein Handy beendete er das Gespräch und nickte Emma zu, die zusammen mit Felix einen wilden Indianertanz aufführte, dem Finn und Pip sich natürlich umgehend anschließen mussten, schnurstracks gefolgt von Sammy in Höchstform.

Gregor klatschte ein paar Mal energisch in die Hände. »Drachenzähmer, aufgepasst! Wer in zwei Minuten die Finger nicht gewaschen hat, kriegt keine Spaghetti! Vatter hat gekocht«, fügte er stolz hinzu. Unter lautem Gejohle trampelte die gesamte Kinderhorde die Treppe hoch, rechts überholt von Sammy, der seinem Ruf als Kanonenkugel einmal mehr alle Ehre machte.

»Möchte ich wissen, wie das Bad nachher aussieht, wenn die fertig sind?«, seufzte Pe und schüttelte den Kopf. »Nein, möchte ich nicht wissen.«

»Kommt, lasst uns die zwei Sekunden Ruhe noch genießen, bis die Barbarenhorde wieder runterkommt.« Pe winkte uns, ihr in die große Wohnküche zu folgen, und Körber ließ mir mit mürrischem Blick, aber galant den Vortritt.

»Bier?«, fragte Gregor, während er den Kühlschrank aufmachte.

»Unbedingt«, seufzte ich, während ich mich auf die Eckbank plumpsen ließ.

Körber gab einen Laut von sich, den Gregor offenbar als ein Ja interpretierte – und setzte sich neben mich. Pe und Gregor tauschten einen verschwörerischen Blick. *Gut, dass der Kuppelparagraph nicht mehr für Erwachsene gilt.*

»Also, Matthias, wie findest du denn eigentlich Brittas neue Frisur?«, grinste Gregor mit einem bedeutsamen Blick auf meine Drei-Zentimeter-Stoppeln, als er unsere Bierflaschen vor uns abstellte. Körber nahm erst mal einen tiefen Zug aus der Pulle, und seine schwarzen Augen funkelten.

»Also ich finde, der Calimero-Stil steht ihr hervorragend. Fehlt nur noch die Eierschale«, knarrte er.

Körber sah sehr zufrieden mit sich aus, als Pe und Gregor sich bogen vor Lachen.

»Bin ich froh, dass ihr euch mal wieder prächtig auf meine Kosten amüsiert«, schnaubte ich und versteckte mein eigenes Grinsen hinter meiner Bierflasche.

Keine zwei Sekunden später trampelte die Kinderhorde in die Küche, angeführt von Sammy, der auf den glatten Fliesen seinen Bremsweg einmal mehr unterschätzte und mit einem sanften Rumms am Kühlschrank zum Stehen kam. Emma und Felix kletterten neben Körber auf die Eckbank, Pip krabbelte auf meinen Schoß, und Finn positionierte sich strategisch günstig neben seinem Vater – der Junge wusste schon immer, wo die Portionen am größten waren.

»So, Freunde und Kupferstecher«, rief Pe über den allgemeinen Lärm hinweg. »Können wir heute mal ein paar Manieren an den Tag legen, wo wir Besuch haben?«

Drei kleine Augenpaare starrten sie entgeistert an.

Seufzend zuckte sie mit den Schultern. »Okay, okay, war nur 'ne Idee. Gregor, dein Einsatz.«

Gregor schaufelte im allgemeinen Geschnattere riesige Spaghetti-Portionen auf die diversen Teller, gefolgt von köstlich duftender Bolognese-Sauce. Pe reichte Körber wortlos ein Geschirrtuch, was der sich ebenso wortlos vor sein weißes Hemd hängte. Während ich noch versuchte, genauso viel von meinem Teller abzubekommen wie Pip, der futterte wie ein Scheunendrescher, war Körbers Teller in Nullkommanichts leer.

Beeindruckt zog ich eine Augenbraue hoch, und Körber zuckte mit den Schultern. »Fünf Geschwister, da musst du schnell sein«, knurrte er.

»Nachschlag?«, strahlte Gregor, dem man mit nichts eine größere Freude machen konnte als mit einem gesunden Appetit.

Körbers Blick sagte: Was für eine Frage, während er den Teller ausstreckte. *Männerfreundschaft, ich seh's kommen.*

»Pip, nimm den Finger aus der Nase«, schalt ich den Zwerg sanft. »Popel und Bolognese vertragen sich nicht gut.«

»Gaaa nich«, krähte Pip und bugsierte das Ergebnis seiner nasalen Erkundungstour konzentriert in seinen Mund.

Pe stöhnte. »Gregor, DEIN Sohn.«

»Pip«, Gregor gab sich Mühe, angemessen ernst dreinzugucken. »Was hatten wir über Nasebohren und Popelfuttern gesagt?«

Verzogen sich Körbers Mundwinkel da tatsächlich gerade zu einem Lächeln? *Sachen gibt's.*

Pip guckte seinen Vater unschuldig an. »Hab ich vergessen«, sagte er und setzte seine großen, blauen Augen ein. Man konnte förmlich sehen, wie Gregors Vaterherz dahinschmolz. Er legte Pip Zeige- und Mittelfinger der linken Hand um die Nase, zog kurz und sagte streng: »Wer Popel sucht und findet und ihn dann auch noch isst, verliert im schlimmsten Fall seine Nase.«

Ich nutzte die Tatsache, dass Pip abgelenkt war, um schnell ein paar Spaghetti abzukriegen. Dabei landete – ich weiß wirklich nicht wie – ein großer Saucenfleck auf Körbers Geschirrtuchlätzchen.

Er lüpfte eine Augenbraue und brummte ironisch: »Manche Leute kann man nirgendwo mit hinnehmen.«

»Andere Leute hingegen können mit Mitte dreißig noch nicht ohne Lätzchen essen«, gab ich trocken zurück und prostete ihm freundlich zu.

»*Touché*«, knurrte er widerwillig und vertiefte sich wieder mit Hingabe in seinen Teller.

Als Gregor ihm begeistert die dritte Riesenportion auf den Teller schaufelte, blieb Pe der Mund offenstehen. »Sag mal, wo steckst du das eigentlich hin?«

Eine nicht ganz unberechtigte Frage. Körber war ungefähr so groß wie ich, schlank und wirkte trotz des rasselnden Raucherhustens durchtrainiert. Seine Bewegungen hatten etwas von einer Katze. Ich konnte jedenfalls nirgendwo auch nur ein Gramm Fett feststellen.

Also, nicht dass ich jetzt so genau …

Körber zuckte ungerührt mit den Schultern. »In meinem Beruf musst du essen, wenn du Gelegenheit dazu hast. Wer weiß, wann's das nächste Mal was gibt.«

Ich kann mir nicht helfen, aber sitzt er bei jeder Essensausgabe plötzlich ein bisschen näher?

Pip hatte offensichtlich beschlossen, er habe jetzt genug Vernünftiges zu sich genommen, und krähte: »Nachtisch!«

»Wenn alle mit dem Essen fertig sind, können wir über den Nachtisch verhandeln, Pip«, sagte Pe mit einem nachsichtigen Lächeln zu ihrem Jüngsten.

»Verhandeln?«, fragte Felix misstrauisch.

»Ja, also wer schon den eigenen Popel intus hat, braucht ja keinen Nachtisch mehr«, verwandelte Gregor Pes Steilvorlage.

Pip erstarrte auf meinem Schoß zur Salzsäule. Dann beschloss er, das Problem auf dem kurzen Dienstweg zu lösen, und steckte sich den Finger in den Hals.

»Aaaaaah«, kreischte ich und zog ihm die Hand gerade noch aus dem Mund. »Was wird das denn hier?«

Pip drehte sich entrüstet zu mir um. »Will Nachtisch!«

Körbers Besteck fiel klappernd auf den schon wieder leeren Teller, und er schnaubte amüsiert. »Nicht doof, der Zwerg.«

»Na ja, ich will ja mal nicht so sein«, sagte Pe gnädig. »Wer seinen Teller und sein Besteck selbst in die Spülmaschine räumt, kriegt auch Nachtisch.«

So schnell, wie die vier Zwerge zur Spülmaschine hechteten, konnte man gar nicht gucken. Leider ging dabei mein Teller zu Bruch, als Pip versuchte, Finn zu überholen, aber gut. Bisschen Verschnitt ist immer.

Körber rutschte hinter Emma und Felix von der Eckbank und räumte seinen Teller ebenfalls brav in die Spülmaschine. Als Pe ihn verdattert ansah, brummte er. »Ich will hier um Gottes willen kein Risiko eingehen.«

Gregor brach in sein dröhnendes Lachen aus und hieb Körber seine Zimmermannspranke auf die Schulter. Keiner hätte es ihm verdenken können, wenn er dabei in die Knie gegangen wäre. »Sehr vernünftig, Mann, sehr vernünftig.«

Als Pe eine Riesenschüssel ihrer legendären Mousse au Chocolat aus dem Kühlschrank zauberte, ging ein aufgeregtes Raunen durch den Saal. Ein Blick an Körber vorbei zeigte mir, dass Emma mit glühenden Bäckchen neben Felix saß, der ihr fürsorglich eine mächtige Portion Mousse ins Schälchen platschen ließ. Körber wachte mit völlig untypischem, sanftem Blick über seine kleine Nichte, die zwischen zwei Löffeln Mousse gleich wieder anfing, mit Felix zu tuscheln und zu lachen.

Da haben sich zwei gefunden.

Kaum war der letzte Löffel Mousse verputzt, fing Finn an, mit seinem Löffel auf den Tisch zu klopfen und »Le-se-stunde« zu skandieren, sehr bald begleitet von drei weiteren kreischenden Kinderstimmen – plus Sammy. Natürlich.

»War da eben die Rede von *Drachenzähmen leicht gemacht*?«, grinste ich in die Runde, belohnt durch lautes Gejohle. Körber brummte in seinen Bart: »Na, wer den Drachen spielt, weiß ich auch schon.« Den Tritt gegen's Schienbein hatte er sich redlich verdient, fand ich.

Während Körber im Garten verschwand, um eine zu rauchen, zog ich mit der Kindermeute nach oben und ließ mich umringt von leuchtenden Augen unter Felix' Hochbett nieder, wo aus Decken und Kissen eine weiche und gemütliche Ecke gebaut war, in der die abendliche Lesestunde stattfand.

Felix reichte mir mit großer Ernsthaftigkeit *Drachenzähmen leicht gemacht, Band 1* und flüsterte mir ins Ohr: »Harry Potter lesen wir weiter, wenn Emma nicht da ist, ja?«

Kleiner Schlawiner, weiß genau, dass Emma nur bei einem neu anzufangenden Buch interessiert sein würde. Aus dir wird mal was.

Eine gute Stunde später wurden die drei Orgelpfeifen zum Zähneputzen abkommandiert, und Körber, Emma und ich machten uns unter großem Hallo auf den Heimweg. Gregor flüsterte mir grinsend ins Ohr: »Aber nicht so lange aufbleiben, gell? Morgen ist Schule.« Ich knuffte ihn verstohlen in die Seite, was ihn bei seinen Handwerker-Muskelpaketen leider nicht im Geringsten beeindruckte.

Körber, Emma, Sammy und ich traten zusammen in die kalte Nachtluft. Körber drückte Emma seinen Autoschlüssel in die Hand und sagte: »Lauf schon mal vor, ich komm gleich.« Als sie einige Meter entfernt war, drehte er sich zu mir um und knurrte: »Danke.«

»Wofür?«, fragte ich.

»Ich seh Emma im Moment nicht oft lachen wie eben.«

»Warum das denn nicht?«

Er zuckte mit den Schultern. »Der nichtsnutzige Versager, der sich Vater schimpft, hat vor ein paar Wochen meine Schwester sitzen lassen und sich vom Acker gemacht.«

»Das tut mir leid«, sagte ich ehrlich.

»Mir nicht«, knurrte er und zündete sich eine neue Kippe an. »Kleiner, selbstsüchtiger Wichser«, er räusperte sich. »Eigentlich wollte ich sie eben nur abholen und nach Hause bringen«, er zog an der Kippe, »aber sie blüht so auf in dem Chaotenhaufen da drinnen«, er machte eine Kopfbewegung Richtung Pes und Gregors Haustür.

Ich musste lachen. »Da ist sie allerdings nicht die Einzige. Pe und Gregor waren schon immer das Zentrum zur Rettung der Witwen und Waisen. Man kann einfach nicht anders, als sich wohlzufühlen. Ich hab gar nichts dagegen, dass ich Sammy im Moment jeden Abend hier abholen muss.«

Körber nickte und musterte mich einen Moment.

Die Augen sind wirklich schwarz.

Er wollte gerade etwas sagen, als Emma rief. »Onkel Matthias, kommst du? Mir ist kalt!«

»Schon unterwegs«, rief er über seine Schulter zurück. Er warf mir einen bedauernden Blick zu und knarrte überflüssigerweise: »Ich muss los.«

»Schon klar«, sagte ich leichthin. »Bis demnächst dann mal.« Ich drehte mich um, rief nach Sammy und ging zu meinem Auto.

»Jeden Abend?«, fragte Körber, und als ich mich umdrehte, konnte ich mir ein Lächeln nicht verkneifen.

»Jeden Abend.«

»Mpfm«, machte Körber, trat seine Kippe aus und machte sich ebenfalls auf den Weg zu seinem Auto.

DONNERSTAG, 17. NOVEMBER

18 Uhr

Die nächsten beiden Tage verstrichen, ohne dass irgendetwas Aufsehenerregendes passiert wäre. Leider völlig normal in der Anfangsphase einer Undercover-Ermittlung. Man findet sich ein, man versucht, möglichst zügig von »der Neuen« zur normalen Kollegin zu werden und Augen wie Ohren in alle Richtungen offen zu halten.

Eric hatte unter den noch nicht vorhandenen Fortschritten mehr zu leiden als ich, denn in seiner Unternehmensberaterrolle war er natürlich viel näher an der Geschäftsleitung dran als ich. Und die Messners fragten gefühlt alle halbe Stunde bei ihm nach, ob es denn schon neue Erkenntnisse gebe. Tahar erging es nicht besser. Die Messners guckten offenbar viel Fernsehen und dachten, es würde sich nur um Stunden handeln, bis der Bösewicht in die gestellten Cyberfallen ging.

»Die verstehön nicht, dass ich nur jemandöm einö IT-Fallö stellön kann, der sich auch IT-technisch bei irgendetwas erwischön lässt«, stöhnte Tahar. »Ich habö das ganz bösö Gefühl, dass unser Maulwurf hauptsächlich offline seinöm bösön Handwerk nachgeht.«

Am Donnerstagabend nach dem Start unserer Ermittlungen ließen Tahar, Eric und ich bei einem gemeinsamen Bier im Guinness-Haus den Arbeitstag ausklingen. Unser Stammkellner Jens beäugte mich interessiert in meiner Büromontur, die ins Guinness House passte wie die berühmte Faust aufs Auge. Ich hatte schlicht und ergreifend keinen Nerv gehabt, mich vor dem ersehnten Bier noch umzuziehen, und wenn uns jemand zusammen sah, dann besser in der offiziellen Tarnung. Da Jens mich permanent siezte, ging ich davon aus, dass er mich nicht erkannte. Kaum hatte er die drei Guinness-Gläser auf den Tisch gestellt, ließ Tahar theatralisch den Kopf auf die Tischplatte schlagen. Ich hatte nur gefragt, was er bei seinen Ermittlungen denn so fand – nicht, dass ich neugierig wäre.

»Du möchtöst wirklich nicht wissön, was allös auf den PCs getriebön wird, vor allöm von den Herrön«, stöhnte er. »Ich meinö, nicht, dass die Damön die ganzö Zeit arbeitön würdön – ich kennö inzwischön wirklich JEDÖ Shoppingseitö auf Gottös Erdön. Also wenn du mal einö Empfehlung für den Kauf von Schuhön odör Handtaschön brauchst – ich habö einö seitenlangö Listö. Aber die Herrön«, er schüttelte den Kopf. »Manchö betreibön einen regön Handöl bei Ebay, anderö suchön den liebön langön Tag nach Briefmarkön für ihrö Sammlung – und als Glücksspiel führt Online-Pokör klar vor Pferdewettön.«

»Hm, ich hätte da was ganz anderes oben auf der Liste vermutet«, grinste Eric.

»Und damit liegst du völlig richtig«, bestätigte Tahar. »*Natürlich* stehön Pornoseitön unangefochtön an der Spitzö – *quelle surprise*! Aber was die sich da teilweisö zu Gemütö führön – ich dachtö eigentlich, ich hättö schon allös gesehön, *mais oh là là*, da lernö selbst ich noch was dazu, *non*?«

»Nicht, dass du noch Nachhilfe brauchen würdest«, seufzte Eric. »Bienen um einen Honigtopf sind ja nichts gegen deinen Fanclub«, sagte er mit einem Anflug von gutmütigem Neid.

»Och komm, die Damentraube, die du mittlerweile hinter dir herziehst, ist doch fast genauso groß«, bemerkte ich trocken.

»Wirklich?«, strahlte Eric.

»Wirklich«, bestätigte ich.

»Nun ja«, er rückte seine breiten Schultern zurecht, »wenn denn dann bei Memento endlich mal ein paar zünftige Mannsbilder …«

Ich rollte mit den Augen und wandte mich wieder Tahar zu. »Abgesehen von dem ganzen Kram, den du *nicht* wissen wolltest, hast du irgendetwas gefunden, das uns weiterhelfen könnte?«

Tahar schüttelte den Kopf. »Nicht das Geringstö. Abör ich bin auch noch langö nicht durch. Das braucht allös seinö Zeit. Abör wie gesagt, ich habö das dumpfö Göfühl, dass unsör Maulwurf hauptsächlich offline agiert.«

»Ist immer schlecht, wenn der Gegner intelligent und auf der Hut vor dem IT-Admin ist.« Eric nahm einen großen Schluck von seinem Bier. »Gut Ding will eben Weile haben. Was macht denn deine zart keimende Romanze mit Michael Landmann, Britta? Ihr seid eins der Top-Themen auf dem Flurfunk.«

Ich verschluckte mich an meinem Guinness. »Was sind wir?«

»Na, so adrett, wie ihr mittags zusammen am Springbrunnen hockt – hast du noch nicht gemerkt, dass sich das Gebäude immer leicht Richtung Parkplatz und Friedhof neigt, weil alle auf diese Seite rennen und einträchtig an den Fensterscheiben kleben?«

»Man könntö ja was verpassön«, grinste Tahar. »Wenn das Gebäudö umkippt, seid ihr es schuld.«

»Hm«, brummelte ich. »Denise hat auch schon so was gesagt. Ist aber vielleicht gar nicht schlecht. Wenn alle den Blick fest auf Klatsch und Tratsch gerichtet haben, kommt keiner auf den Gedanken, was wir da wirklich treiben. Allerdings wirft die vermeintliche Romanze bisher noch keine Ergebnisse ab. Landmann ist total nett, und man kann sich gut mit ihm unterhalten. Aber ich könnte nicht behaupten, dass ich schon irgendeinen Zugang gefunden hätte, der uns weiterhelfen würde. Das ist ja mittags auch immer nur eine halbe Stunde oder so, viel Zeit bleibt da nicht. Auf die mittägliche Tour mit Miriam und Denise will ich aber auch nicht verzichten. Da kommt man auch immer wieder mit den verschiedensten Leuten ins Gespräch – je nachdem, wo man in der Bäckereischlange gerade steht.«

»Ich glaubö schon, dass du bei Landmann einön Pack-An gefundön hast«, sagte Tahar. »Cindy hat mir gestörn gesagt, dass Landmann frühör nicht jedön Mittag am Brunnön gehockt hat. Das macht er erst, seit du da bist. Ich hattö den Eindruck, dass Cindy ein bisschön biestig klang, als sie das sagtö«, grinste er.

»Meine Güte, was denken die alle?«, schnaubte ich. »Der Mann ist verheiratet und hat fünf Kinder.«

Eric lüpfte eine ironische Augenbraue. »Und seit wann hat das die Menschheit davon abgehalten, sich anderweitig umzutun?«

»Mag sein«, ich zuckte mit den Schultern, »aber der Flurfunk vertut sich ganz gewaltig. Wenn die sehen würden, wie seine Augen leuchten, wenn er von seiner Familie erzählt …«

»… würden sie ihm trotzdem unlautere Absichten unterstellen«, ergänzte Eric richtigerweise. »Der Flurfunk ist ja selten an den Tatsachen interessiert. Macht aber auch nichts. Dann haben die was zu tun und zu tratschen. Und solange alle glauben, dass sich da eine Liebschaft entwickelt, lenkt das vom wahren Grund ab, warum du um F&E herumscharwenzelst. Vielleicht fühlt sich der Maulwurf auch sicherer, wenn sich alle Blicke auf Landmann richten.«

»Es sei denn, Landmann *ist* der Maulwurf«, versetzte Tahar ungerührt.

»Meinst du, er könnte es sein?«, fragte Eric an mich gewandt.

Ich zuckte mit den Schultern. »Keine Ahnung, aber ich finde es schon äußerst seltsam, dass er mir seit dem ersten Tag am Springbrunnen aufgelauert hat. Und genau wie am ersten Tag stellt er fast nur Fragen und erzählt mir so wenig wie möglich. Das mit der Krankheit seiner Tochter hab ich euch ja schon erzählt, vielleicht ergibt sich da ein Motiv, aber er weiß noch nicht, dass ich davon weiß. Ich wollte nicht gleich mit der Tür ins Haus fallen.«

»Wenn er der Maulwurf ist, hätte er natürlich allen Grund, einer neuen Mitarbeiterin auf den Zahn zu fühlen, um herauszufinden, ob sie echt ist. Dass die Messners dem Treiben nicht unbegrenzt zugucken würden, muss dem Maulwurf ja klar sein.«

»Wer weiß, vielleicht hat die Entwicklungsabteilung einö informellö Ermittlergruppö«, grinste Tahar, »und sie habön Landmann auf Britta angesetzt. Mal sehön, wen sie für dich in petto habön, Eric.«

Ich trank noch einen Schluck Guinness. »Wenn wir nach Sympathiewerten gehen, liegt eindeutig Häuptling Leichtfuß an der Spitze meiner Verdächtigenliste. Irgendwas ist komisch an dem.«

»Du meinst, außer der Tatsache, dass er ein widerliches kleines Arschloch ist?«, fragte Eric.

»Irgendwas ist bei dem nicht koscher, das hab ich im Urin.«

»Oje, Eric, sie hat wiedör mal was im Urin. Das ist noch nie gutgegangön«, feixte Tahar.

»Unverschämtheit«, grinste ich. »Eigentlich würde ich denken, der ist für einen Maulwurf viel zu doof, aber vielleicht ist das ja alles nur Tarnung. Na ja, ich hab den ja direkt im Blick.«

»Tja, hoffen wir mal, dass wir bald auf Gold stoßen. Es fing doch alles so gut an am Montag, mit dem ersten Verdächtigen innerhalb der ersten paar Stunden.«

»Nur gut, dass hier nicht so eine Eile geboten ist wie beim letzten Fall«, sagte ich. »Immerhin ist diesmal niemand vom Tode bedroht.«

Dachte ich.

* * *

Als ich nach dem kleinen Kneipenausflug zu Pe und Gregor fuhr, um Sammy abzuholen, traf ich gleichzeitig mit Körber ein, der »ganz zufällig« gerade Emma abholen wollte.

Gregors feistes Grinsen sagte alles. Allerdings war Körber mit diesem Ansinnen völlig chancenlos, denn ich war gerade noch rechtzeitig zur abendlichen Lesestunde gekommen, und Emma weigerte sich standhaft, vor deren Ende das Haus zu verlassen. Bis ich fertig war mit Lesen, war ich fast verhungert, aber dankenswerterweise hatte Pe mir eine gigantische Brotzeit hingestellt, allerdings mit zwei Tellern.

»Du hast doch bestimmt Hunger, Matthias?«, fragte sie unschuldig.

»Ich habe IMMER Hunger«, brummte Körber, »aber ich muss die junge Dame hier nach Hause bringen.«

»Das ist doch nur um die Ecke«, schaltete sich Gregor listig ein. »Komm einfach wieder, das schafft Britta ja im Leben nicht alleine.«

»Wieso alleine?«, fragte ich misstrauisch. »Ich dachte, ihr leistet mir wenigstens Gesellschaft?«

Hier ist doch was im Busch.

»Ach, äh, vergaß ich beiläufig zu erwähnen?«, flötete Pe. »Wir haben für heute Abend Kinokarten in Maastricht. Wenn wir uns nicht beeilen, fangen die ohne uns an.«

Körber spitzte merklich die Ohren und knurrte gnädig: »Na, wenn das so ist, bin ich gleich wieder da, kann ja das ganze gute Essen nicht umkommen lassen.« Sprach's, schob Emma aus der Tür und sah Gott sei Dank nicht mehr, wie Gregor sich die Hände rieb.

»Läuft!«, verkündete er zufrieden.

»Läuft vor allem unauffällig«, stöhnte ich. »Ist bei euch das Kuppelfieber ausgebrochen? Fehlt bloß noch, dass ihr mir ein Schild auf den Rücken pappt: Single zu vermitteln.« Der spekulative Glanz in Gregors Augen gefiel mir gar nicht, und ich sah ihn mit zusammengekniffenen Augen warnend an.

»Schon gut, schon gut«, er hob beschwichtigend die Hände, grinste aber nach wie vor wie ein Breitmaulfrosch.

»Ihr habt gar keine Kinokarten, stimmt's?«

»Also! Würden wir lügen?«, rief Pe entrüstet aus. »NATÜRLICH haben wir Kinokarten, und wir müssen uns wirklich sputen. Purer Zufall, dass …«

»Na los, husch, husch«, scheuchte ich die beiden zur Tür. »Habt euch ja einen Abend zu zweit auch mal wieder verdient. Also raus mit euch.«

Pe drückte mir einen Kuss auf die Wange, und Gregor sagte beim Rausgehen über die Schulter zurück: »Sollten sich kompromittierende Szenen ergeben, hängst du eine rote Schleife an die Tür, ja?«

»RAUS!«

MITTWOCH, 23. NOVEMBER

Bis uns bewusst wurde, dass wir es nicht einfach nur mit einem Maulwurf zu tun hatten, der Dinge verkaufte, die ihm nicht gehörten, sollten noch ein paar Tage vergehen.

Das Wochenende nutzte ich dazu, versäumten Schlaf nachzuholen und alle Notizen zu machen, zu denen ich in der ersten Ermittlungswoche nicht gekommen war. Dass sich schwarz auf weiß noch einmal besonders deutlich zeigte, was wir alles noch nicht wussten, verbesserte meine Laune nicht gerade. Da kam mir Körbers Idee, mit den Kids am Sonntag Schlittschuhlaufen zu gehen, gerade recht. Die ersten drei Tage der folgenden Woche vergingen ebenfalls, ohne dass wir unserem Maulwurf auch nur einen Zentimeter nähergekommen wären. Tagsüber mühten Tahar, Eric und ich uns redlich, endlich eine Spur zu finden, was zu unserer großen Frustration nicht gelang. Ich absolvierte noch ein paar Einführungstermine in verschiedenen Abteilungen des Unternehmens, unter anderem auch im Einkauf. Da dort fast die ganze Abteilung zusammen in einem Großraumbüro hockte, hatte ich die ganze Zeit das Vergnügen, die giftigen Blicke Theo Kücks entgegennehmen zu dürfen – natürlich nur, wenn seine Kollegen gerade nicht hinguckten. Offene Feindseligkeiten erlaubte er sich offenbar nur bei Leuten anderer Nationalitäten und Hautfarben. Widerlich.

Abends Sammy bei Pe und Gregor abzuholen, ein köstliches Abendessen serviert zu bekommen und dann vier gebannt lauschenden Kindern vorzulesen, war zu einem schönen Ritual geworden.

Dass Körber neuerdings ebenfalls jeden Abend zum Essen erschien, um Emma nach der abendlichen Lesestunde nach Hause zu bringen, wurde von den Kindern begeistert – und von Pe und Gregor mit äußerst zufriedenem Grinsen zur Kenntnis genommen.

Nachdem sich mein Bein langsam aber sicher immer besser anfühlte, hatte ich Mittwochmorgen todesmutig meine Badmintonsachen eingepackt, um am Abend auszuprobieren, ob ich meinem Bein auch das langsam wieder zumuten konnte.

Also fuhr ich nach einer vorgezogenen abendlichen Leserunde nur kurz nach Hause, um Sammy dort abzusetzen, und machte mich dann auf den Weg in die Badmintonhalle am Strangenhäuschen, um erst einmal nur für mich ein paar Bälle an die Wand zu schlagen. Es zwickte und zwackte noch ordentlich, aber für eine kleine Trainingseinheit reichte es schon. Um kurz nach halb elf stieg ich frisch geduscht und hochzufrieden mit meinem Bein wieder in mein Auto und fuhr durch den Regen nach Hause in die Lütticher Straße.

Ausnahmsweise war mal direkt vor der Haustür ein Parkplatz frei. Ich stieg aus, holte meine Sporttasche aus dem Kofferraum, zog mir die Kapuze über den Kopf und sprintete durch den strömenden Regen auf die Haustür zu. Fast hätte ich schon wieder vergessen abzuschließen, aber kurz vor der Haustür fiel es mir noch ein. Ich drehte mich um und drückte auf den Verriegelungsknopf auf dem Autoschlüssel. Das Auto blinkte brav und igelte sich für die Nacht ein.

Als ich mich wieder umdrehte und in meiner Jackentasche herumfummelte, in der sich der Hausschlüssel zünftig verfangen hatte, fuhr mir der Schreck durch alle Glieder. Im dunklen Hauseingang stand eine finstere Gestalt und starrte mich an.

Den verhedderten Hausschlüssel vergessend, fingerte ich sofort in der anderen Jackentasche nach meinem Pfefferspray. Jedenfalls so lange, bis die Gestalt einen Schritt aus dem Hauseingang hervortrat. Körber, klatschnass.

»Mein Gott«, schnaufte ich erleichtert, »musst du mich so erschrecken? Wie lange stehst du denn schon hier? Ist was passiert?«

Er zertrat die unvermeidliche Kippe auf dem Boden und knarzte: »Das sind ja gleich drei Fragen auf einmal.« Er streckte die Hand aus und zog mich aus dem Regen in den dusteren, aber trockenen Hauseingang. *Viel Platz ist hier ja nicht.*

»Na gut, dann noch mal langsam zum Mitschreiben – was um Himmels willen treibst du hier um die Uhrzeit und bei dem Wetter?« Ich versuchte wieder, meinen Hausschlüssel aus der Jackentasche zu ziehen, kam aber nicht sehr weit, denn Körbers Arm glitt plötzlich um meine Taille.

»Ich hab eben was vergessen«, murmelte er, während er mich an sich zog.

»Was denn?«, fragte ich unschuldig, während ich meine Arme um seinen Hals schlang, als würden sie schon immer dorthin gehören.

Statt einer Antwort küsste er mich, und alle weiteren Fragen hatten sich erst mal erledigt.

Nach einer Weile wurde ich auf ein feminines, aber durchdringendes Räuspern aufmerksam. Seufzend löste ich mich von Körbers Lippen.

»Ich störe äußerst ungern«, hörte ich meine Nachbarin Diane grinsend aus dem Regen sprechen. »Aber ich stehe hier seit geschlagenen fünf Minuten, und kein Mensch schenkt mir auch nur die geringste Beachtung. Nur gut, dass ich den großen Schirm mitgenommen habe.«

»Sorry, Diane, ich hab dich wirklich nicht kommen gehört«, sagte ich entschuldigend und kramte hastig in meiner Jackentasche, bis der blöde Schlüssel sich endlich befreien ließ.

»Das hab ich gemerkt«, sagte Diane trocken, und als wir in den Hausflur traten und das Licht anmachten, musterte sie Körber mit unverhohlener Neugier. Körber starrte wie üblich finster zurück.

Als sie an mir vorbei auf die Treppe zuging, zwinkerte sie mir zu und flüsterte in Bühnenlautstärke: »Der finstere Unbekannte, was? Gut, dass ich gestern frische Ohrenstöpsel gekauft hab.« Süffisant grinsend winkte sie uns zu und verschwand die Treppe hoch und in ihrer Wohnung.

Körber schnaubte amüsiert durch die Nase. »Diskretion wird hier großgeschrieben, wie?«

Ich nahm ihn bei der Hand und zog ihn hinter mir die Treppe hoch. »Maul nicht rum, so kommen wir wenigstens aus den nassen Klamotten raus.«

»Ganz in meinem Sinne«, brummte Körber. »Ganz in meinem Sinne.«

DONNERSTAG, 24. NOVEMBER

06:00 Uhr

Ich wurde durch lautes Bollern geweckt. Stöhnend drehte ich mich um und zog mir die Decke über den Kopf. Als ich mich gerade wieder einkuscheln wollte, ertönte unter dem zweiten Kopfkissen neben mir ein protestierendes Grunzen. Ich hob die Decke ein Stück, als ein muskulöser Arm gerade kräftig daran zog. Alles, was ich hören konnte, war ein unwilliges Brummen.

Inzwischen wurde das penetrante Bollern von Sammys wildem Kläffen begleitet, und ich setzte mich stöhnend auf.

»Wer immer das ist«, klang Körbers knarzige Stimme unter dem Kopfkissen hervor, »sag ihnen, sie sind verhaftet.«

»Nichts da, verhaftet. Wo ist deine Dienstwaffe?« Ächzend schlug ich die Decke zurück und stieg hastig in meine Hose, die ich aus dem Haufen nächtens abgeworfener Kleidung fischte. Von meinem T-Shirt keine Spur, also griff ich kurzerhand nach Körbers Hemd und stolperte fluchend den Flur entlang zur Wohnungstür. Sammy war vor Begeisterung einem Herzinfarkt nahe. Ein Blick durch den Türspion zeigte mir Tahars grinsendes Antlitz, er wedelte mit einer Bäckertüte.

Wehe, wenn das nicht wenigstens Hörnchen sind.

Ich öffnete die Tür und blinzelte. »Das ist nicht dein Ernst, oder? Es ist sechs Uhr! Um die Zeit bist du auf Deutschlands Straßen noch gar nicht zugelassen.«

»Ah, *mon dieu,* wie langö habö ich darauf gewartöt? Endlich, endlich, nach Jahrön kann ich DICH mal aus dem Bett werfön.« Tahar strahlte mich an und hatte angesichts des Männerhemds, das ich anhatte, die Situation natürlich umgehend erfasst. »Und noch dazu im opportunön *Moment.* Habön wir letztö Nacht unbezahltö Überstundön gemacht?« Feixend schob er sich an mir vorbei, begrüßte Sammy mit einem Stück Fleischwurst und stiefelte durch in die Küche. Ohne überhaupt einen Blick ins Schlafzimmer zu werfen, schmetterte er: »Guten Morgöön, *monsieur le commissaire,* wünschö wohl geruht zu habön.«

Woher zum Teufel …

»Noch so'n Spruch, und ich beantrage deine Abschiebung. Wir haben ein Auslieferungsabkommen mit Frankreich«, knurrte Körber, den Kopf immer noch unter dem Kopfkissen.

Die Körber'sche Drohung geflissentlich überhörend, kam Tahar minus Hörnchentüte, die er in der Küche deponiert hatte, zurück und beantwortete zufrieden meine unausgesprochene Frage, indem er die einzelnen Indizien an den Fingern seiner linken Hand abzählte:

»Erstöns zeigt dein Gesicht unübersehbare Spurön, dass du vor Kurzöm einön Bartträgör geküsst hast; zweitöns kennö ich derzeit nur einön Bartträgör, bei dem du darübör nachdenkön würdöst, ihn zu küssön; drittöns liegt ein zweibeinigös Kleidungsstück aus der Abteilung Herrenoberbekleidung direkt nebön der Kommodö im Flur – und ich kennö nur einö Person, die immör im Anzug herumläuft; und viertöns«, hier lehnte er sich entspannt in den Türrahmen des Schlafzimmers, »gab es in den letztön

Wochön nur einön Tatverdächtigön, der dich angeguckt hat wie ein liebeskrankör Dacköl. *Et voilà*, wir habön den Tätör identifiziert, *n'est-ce pas*?«

»Liebeskranker DACKEL?«, rief es empört aus dem Bett.

»Hat es eigentlich einön bestimmtön Grund, dass du mit dem Kopf UNTÖR dem Kopfkissön schläfst?«

Das würde mich allerdings auch interessieren.

Als Antwort flog besagtes Kissen zielgenau auf Tahar zu, der lässig einen Schritt auswich, während er flötete: »Ich machö dann schon mal den *Café, n'est-ce pas*?«

»Wo sind meine Handschellen?«, knurrte Körber in die Matratze.

»Ich würdö mal am Bettpfostön nachguckön«, rief Tahar aus der Küche, wo er mit Schranktüren, Kaffeemaschine und Geschirr herumklapperte.

Ich ließ mich rücklings aufs Bett fallen und streckte alle viere von mir. »Sag, dass das ein böser Traum ist«, stöhnte ich.

Körber hatte inzwischen ein Auge geöffnet. »Ist das mein Hemd?«

»Siehst du hier noch jemanden mit deiner Kleidergröße?«, gab ich zurück.

Körber öffnete erfreut das zweite Auge. »Ziehen Sie das sofort aus«, grinste er. »Ich bin mit meinen Ermittlungen noch nicht fertig.« Seine Hand wanderte zielstrebig zu der kreuz und quer geknöpften Knopfleiste.

»Körbör«, rief Tahar aus der Küche. »Der Hund muss Gassi.«

»Ich bring ihn um«, brummte Körber. Laut rief er: »Dann gehst du wohl besser mit ihm raus.«

»Ich kann hier nicht weg«, säuselte Tahar, der *Café* ist einö empfindlischö *Création*.«

Stöhnend rappelte ich mich wieder auf. »Ja, ja, ich geh ja schon. Sammy, komm.« Eifriges Getrappel im Flur, und ein glücklich bellender Sammy hüpfte vor Begeisterung vor dem Bett auf und ab.

Hinter mir hörte ich, wie Körber aufgab und auf den Rücken rollte. »Schon gut, schon gut, ich geh mit ihm.«

»Oh?«

Er setzte sich ächzend auf. »Ich brauch sowieso 'ne Kippe. Und außerdem ...«

»Außerdem?«

»... musst du dann mein Hemd wieder ausziehen«, bemerkte er zufrieden.

Eine gute halbe Stunde später saßen wir alle, inklusive Sammy, um meinen Küchentisch versammelt. Also Sammy saß natürlich unter dem Tisch und himmelte uns alle abwechselnd an. Die Hoffnung stirbt zuletzt.

Tahar war blendend gelaunt und biss herzhaft in ein Hörnchen mit Quark und Dianes selbst gekochter Sauerkirschmarmelade. Körber war nach seinem Ausflug mit Sammy marginal wacher als vorher, und ich hatte mir mit einer kurzen Dusche auf die Sprünge geholfen. Trotzdem rührten Körber und ich immer noch schweigend und schlaftrunken in unseren Kaffeetassen herum.

»Es geht doch nichts übör angeregtö *Conversation* am frühön Morgön, *n'est-ce pas*?«, nuschelte Tahar amüsiert um sein Hörnchen herum. Nach einer kleinen dramatischen Pause fuhr er aufgeplustert fort: »Abör ich will mal gar nicht so sein und euch endlich eröffnen, welchö genialö Entdeckung ich letztö Nacht gemacht habö.«

Ich war schlagartig wach. »Du hast was gefunden?«

»Und ob ich das habö. Nicht, dass hier irgendjemand wirklich nachvollziehön kann, welche Genialität erforderlisch ist, um überhaupt ...«

»Tahar Karim, hör jetzt sofort auf, dich selbst zu beweihräuchern, und sag mir, was du gefunden hast«, unterbrach ich ihn.

»Schon gut, schon gut«, maulte er, war aber viel zu zufrieden mit sich selbst, um mit seinen Entdeckungen lange hinter dem Berg zu halten. »Also, auf der Suche nach unseröm Maulwurf, der sisch seit Monatön einö goldenö Nasö verdient, habö ich mich mal mit dem Mobilfunk der Mitarbeitör beschäftigt«, begann er. »Gar nicht so einfach, einö ziemlichö Syphilis-Arbeit, abör mit ein bisschön Fingerspitzengefühl und Geduld ...«

»... hast du dich bei allen bekannten Mobilfunkanbietern eingehackt, und weiter?«

Ups. Körber.

Der starrte uns völlig entgeistert an, und als Tahar Luft holte, um weiterzusprechen, steckte er sich blitzschnell die Finger in die Ohren und sagte laut: »Lalalalalala, ich höre nichts, ich höre nichts, ich höre nichts ...«

»Abör, *monsieur le commissaire,* dann bekommön Sie ja gar nicht mit, für welchön Providör Sie einen richterlichön Beschluss brauchön«, protestierte Tahar mit unschuldigem Augenaufschlag.

»Was hat er gesagt?«, fragte Körber mich und nahm die Finger wieder aus den Ohren.

»Ja, also Körber«, stotterte ich los. »Wir können alles erklären, irgendwie. Und es ist auch nicht so, wie du denkst. Also. Nicht ganz. Öhm.«

»Soso, ihr könnt alles erklären«, ächzte er und verbarg sein Gesicht hinter seinen Händen. »Warum habe ich nur das untrügliche Gefühl, dass ich *die* Erklärung gar nicht hören will.«

Tahar fingerte in seiner hinteren Hosentasche herum, zog ein Päckchen Gauloises heraus und hielt es Körber hin. »Zigarettchön am Morgön vertreibt Kummör und Sorgön«, flötete er.

Körber zog eine Kippe aus der Schachtel, zündete sie an und inhalierte so tief, dass vermutlich auch die Darmbakterien noch eine Nikotinvergiftung bekamen.

»Bessör?«, fragte Tahar fürsorglich, den Schalk wie immer in den Augen.

Körber warf ihm einen finsteren Blick zu und knurrte: »Okay, nicht, dass mich euer Maulwurf was angeht, aber wenn ich schon hier sitze und mithöre, will ich nur hören, WAS du herausgefunden hast, nicht wie, ist das klar? Noch einmal das Wort, das mit H anfängt und mit acken aufhört, und mir fällt wieder ein, wo ich arbeite.« In seinen Bart murmelte er noch ein paar Mal: »Ich glaub das nicht, ich glaub das einfach nicht …«

»Ah, *monsieur le commissaire,* der Maulwurf an sich geht dich vielleicht erst etwas an, wenn die Messnörs Anzeigö erstattön. Abör ich glaubö, was ich zu erzählön habö, wird dich sogar sehr interessierön.»

Körber hob eine Augenbraue, und ich seufzte: »Er macht es immer so spannend, fürchte ich. Wir müssen uns wahrscheinlich alles von vorne bis hinten anhören, bis er uns endlich verrät, was er herausgefunden hat. Also los, jetzt erzähl schon.«

»*Bon, alors*«, hub Tahar erneut an. »Das Meistö, was ich bei meinör Suchö gefundön habö, lag völlig im Rahmön des Normalön. Bravö Familienvätör mit einöm Hang zu Telefonsex-Hotlines, ein paar Standleitungön zu einschlägigön Wettbüros und äußörst intöressantö zwischenmenschlichö Kontaktö zwischön Kollegön, die sich in der Öffentlichkeit angeblich nur vom Sehön kennön.« Er wackelte vielsagend mit den Augenbrauen. »Ich bin noch nicht dazu gekommön, allös zu analysierön – wie gesagt, einö ganz schönö …«

»Syphilis-Arbeit, jaja«, unterbrach ich ihn ungeduldig. »Nun sag schon, du unterbrichst doch nicht, bevor du fertig bist, wenn du nicht was gefunden hast.« Ich konnte vor Spannung kaum stillsitzen, und Körber legte eine Hand auf mein linkes Knie, das nervös auf und ab wippte.

Tahar nahm genüsslich einen tiefen Schluck Kaffee und leckte sich gemächlich die Marmelade von den Fingern, um die Spannung noch etwas zu erhöhen.

Ich erschlag ihn irgendwann, ganz bestimmt.

»*Alors*«, beeilte er sich grinsend zu sagen, als er meinen grimmigen Blick sah, »wir wollön Brittah ja nicht unnötig auf die Foltör spannön.« Er machte noch eine theatralische Pause und fuhr dann fort: »»Ich habö geprüft, ob …«

»Aaaaaaaaaah«, machte Körber und wedelte mit den Händen, wozu er bedauerlicherweise seine Hand von meinem Knie nehmen musste. »Nicht schon wieder die schmutzigen Details!«

»*Oh là là, pardon*. Also, mir ist jedenfalls aufgefallön, dass zwei Personen aus zwei unterschiedlichön Abteilungön auffallönd häufig sowohl miteinandör als auch mit einöm sehr eingeschränktön Personönkreis außerhalb der Firma kommunizierön. Es gibt sowohl Telefonatö als auch SMS und WhatsApp-Nachrichtön. Weil mir das spanisch vorkam, habö ich mir die Nachrichtön mal angesehön und einö interessantö Entdeckung gemacht.«

Körber strubbelte sich durch die Bartstoppeln, hustete rasselnd und zog ein letztes Mal an seiner Kippe. Tahar reichte ihm hilfsbereit den verstaubten Topf mit der vertrockneten Geranie von der Fensterbank. Körber nickte grummelnd und drückte die Zigarette in der staubtrockenen Erde aus.

»Ich dachte, WhatsApp-Nachrichten sind verschlüsselt?«, fragte er schließlich.

Tahar schmunzelte. »*Eh alors?* Was kümmert's mich?«

»Dachte ich mir schon«, brummte Körber. »Ich muss mich umgehend nach einem neuen Messenger-Dienst umsehen.«

»*Bonne chance, monsieur le commissaire*, vielleicht kann ich behilflich sein«, grinste Tahar.

»Ganz bestimmt nicht«, schnaubte Körber.

»Wir können also davon ausgehen, dass du jemanden mit Dreck am Stecken gefunden hast?«, fragte ich.

»Ah, ah, ah, nicht wir gehön davon aus. Wir wissön. Odör bessör gesagt, ich weiß.« Er beugte sich zu mir rüber und flüsterte in Flugzeughangar-Lautstärke: »Ich kann dir abör erst nachher erklären, woher genau ich das weiß.«

Körber rollte stöhnend mit den Augen, stand auf und holte die Kaffeekanne. Während er uns allen nachschenkte, sah ich Tahar auffordernd an. »Wenn du jetzt nicht SOFORT mit der Sprache rausrückst, gibt's zehn Schläge auf die nackten Fußsohlen.«

»Gewalt ist keine Lösung«, brummte Körber, während er sich wieder setzte. »Abgesehen davon bin ich dabei.«

»Schon gut, schon gut«, seufzte Tahar und ließ genüsslich die Bombe platzen. »Ich bin fast hundertprozentig sicher, dass die beidön besagtön Personön einön Brandanschlag auf einö Flüschtlingsunterkunft in Aachön odör Umgebung planön.«

Körbers Kaffeebecher landete klappernd auf dem Tisch. »Wie bitte?«

»Du hast dich nicht verhört«, bestätigte Tahar.

»Und seit wann weißt du das?«, fragte Körber bedrohlich leise.

Tahar sah auf seine Uhr. »Seit ungefähr einör Stundö. Ich bin sofort hierher gekommön.«

»Nee, ist klar, Britta ist natürlich auch die ERSTE Anlaufstelle bei drohenden Übergriffen auf eine FLÜCHTLINGSUNTERKUNFT«, polterte Körber los.

Tahar hob beschwichtigend die Hände. »Gemach, gemach, *monsieur le commissaire,* wenn ich auch nur ansatzweisö den Eindruck gehabt hättö, dass die Spackos heutö losschlagön, hättö ich natürlich zuerst bei eusch angerufön. Ganz bescheuört bin ich auch nicht, *n'est-ce pas.* Für mich sieht es so aus, als hättön die ihr schmutzigös Handwerk für nächstö Wochö geplant. Also noch genug Zeit, ihnön dabei übör die Schultör zu guckön und so hofföntlich allö Beteiligtön zu erwischön, *non*? Außerdem wissön wir im Moment ja noch nicht mal, welschö Untörkunft sie sich ausgösucht habön.«

Körber brummte etwas versöhnlicher und nickte dann mürrisch. »Wann nächste Woche?«

Tahar wiegte den Kopf hin und her. »Das weiß isch leidör noch nicht, abör ganz sichör nicht vor Montag. Und wenn das, was ich vörmutö, richtig ist, lösen wir unseren Fall um die Wirtschaftsspionagö mit der gleichön Klatschö, sozusagön.«

Diesmal schaltete ich schneller als Körber. »Du meinst, die verkaufen die Geheimnisse der Messners, um ihre Hassfantasien zu finanzieren?«

»Momentan nur einö Theorie, abör keinö dummö, meinö ich? So ein Anschlag will finanziert werdön – jedönfalls, wenn man sich nicht auf stümpörhaft zusammöngebautö Bombön Markö Eigenbau verlassön will, *non*? Und bei den fraglichön Personön würdö ICH jedenfalls kein Risiko eingehön und die mit Sprengstoff odör auch nur mit Kunstdüngör hantierön lassön.«

»Hast du nicht eben gesagt ›Brandanschlag‹? Wie kommst du denn jetzt auf Sprengstoff?«, fragte Körber.

»Man ist sich da offönsichtlich noch nicht ganz einig. Das Fußvolk möschte gernö *quick and dirty* ein paar Brandsätzö werfön, aber dem Rädelsführör reicht das nicht. Der hat höherö Ambitionön.«

In der Zwischenzeit war mir ein ganzer Kronleuchter aufgegangen. »Lass mich raten – einer der beiden ist Theo Kück aus der Einkaufsabteilung.«

Tahar klappte die Kinnlade herunter. »Woher weißt du denn das jetzt schon wiedör?«, fragte er entgeistert.

Ich zuckte mit den Schultern. »Na ja, sagen wir mal so: Wer eine polnische Bäckereifachverkäuferin behandelt wie den letzten Dreck, hat's nicht mehr weit, oder?« Ich konnte mir ein Grinsen nicht verkneifen. »Wenn du in der Mittagspause nicht immer damit beschäftigt wärst, deinen Harem auf dem Pausenhof zu beglücken, wär dir unser Gelegenheitsrassist vielleicht auch schon mal aufgefallen. – Verdammt!«

»Was?«, riefen Körber und Tahar wie aus einem Munde.

Ich klatschte mir mit der Handfläche vor die Stirn. »Ich bin so BLÖD! Seit Wochen zermartere ich mir das Hirn, wo ich Obersturmbannführer Theo Kück schon mal gesehen habe.«

Die beiden sahen mich fragend an.

»Vor ein paar Monaten sind Jyoti und ich nachts nach einem der monatlichen Schlemmermenüs nach Hause gegangen, Jyoti hat bei mir übernachtet«, fügte ich erklärend in Körbers Richtung hinzu. »Auf Höhe des Judenfriedhofs kam uns so ein Spacko entgegen, der meinte, Jyoti auf sehr ungalante Art auf ihre Hautfarbe ansprechen zu müssen.«

»Abör Kück lebt doch noch«, spöttelte Tahar, »warst du nicht in Form an dem Abönd?«

»Ich musste mich damit begnügen, ihm ein paar Blessuren am Gemächt beizubringen, Jyoti ist immer so furchtbar vernünftig«, grinste ich, während Körber unbewusst und reflexartig die Knie schloss.

»Wie immör den richtigön Riechör, die Frau Sandör«, bemerkte Tahar zufrieden. »Dann bin ich ja mal gespannt, ob du auf den zweitön Übötätör kommst.«

Ich dachte kurz nach, aber es drängten sich keine direkt offensichtlichen Kandidaten auf. Ich schüttelte bedauernd den Kopf und sah Tahar fragend an.

»Ich sagö nur *Opération* Nagelfeilö.«

»Nein!«, rief ich. »Doch nicht Leichtfuß? Die kleine, hinterfotzige Ratte!«

»Abör ganz genau der«, sagte Tahar grimmig.

»Hab ich's gesagt oder hab ich's gesagt?«, triumphierte ich. »Ich wusste, dass mit dem was nicht stimmt!«

Körber blickte irritiert von einem zum anderen. »Nagelfeile?«

»Eric und ich sind ja bei Memento undercover unterwegs. Eric als Unternehmensberater mit dem klangvollen Namen Roderich Müller-Schwan und ich als Franziska Decker im Marketing. Mein charmanter Vorgesetzter in der Marketingabteilung, Herbert Leichtfuß, beginnt seinen Arbeitstag gerne mal damit, sich die Nägelchen zurechtzufeilen – und verbringt sie offenbar ansonsten damit, mit seinen Kumpels Anschläge auf Flüchtlingsunterkünfte zu planen. So ein Bastard!«

Körber hatte mir aufmerksam zugehört, hatte aber offenbar parallel schon darüber nachgedacht, wie es nach Tahars Enthüllungen weitergehen musste. Er wuschelte sich mit beiden Händen durch die Haare, die ihm daraufhin noch strubbeliger vom Kopf abstanden als vorher schon.

Nein, wie putzig.

»Nicht, dass ich um die Uhrzeit schon vernünftig denken könnte«, knarrte er mit seiner rauchigen Stimme, »aber ich denke jetzt mal spontan an einen anonymen Telefontipp, dass ein Anschlag geplant wird, mit den Namen der verdächtigen Personen und ihren Handynummern.«

Tahar brummte zustimmend. »Damit kann ich dann über die Staatsanwaltschaft einen richterlichen Beschluss für die

Überwachung der Telefone und der Herrschaften selbst beantragen. Das wird eventuell nicht ganz einfach werden bei der dünnen Ausgangslage, aber ich denke, das kriegen wir durch. Und dann können wir heute noch anfangen, die ganzen Nachrichten selbst durchzuarbeiten. Wir wollen ja die braune Brut nicht nur erwischen und von ihrem Vorhaben abhalten, sondern wir brauchen die Beweise auch so, dass sie später vor Gericht verwertbar sind.«

»Na klar, das ist doch überhaupt kein Problem. Wenn ich noch irgendwie weiterhelfön kann, *monsieur le commissaire*«, sagte Tahar mit einem unschuldigen Augenaufschlag.

»Bloß nicht weiter aushelfen«, knurrte Körber. »Ich hoffe nur für dich, dass du wirklich keine Spuren hinterlassen hast. Und wenn rauskommt, dass ich was davon wusste …«

»Aber du weißt doch gar nichts«, säuselte ich. »Du hast ja gar nicht zugehört.«

Körber warf mir einen vernichtenden Blick zu.

»Schon gut, schon gut«, sagte ich beschwichtigend. »Aber du willst auch nicht, dass die Sausäcke davonkommen, nur weil die bei einer, sagen wir mal, grauen Operation ans Tageslicht gespült wurden.«

»Was du so grau nennst«, brummte er, wirkte aber etwas versöhnt. Dann zeigte er zum ersten Mal an diesem Morgen Interesse an der Bäckertüte. Er lupfte sie an einem Zipfel hoch, guckte rein und fragte enttäuscht: »Och, keine Streuselbrötchen?«

»*Ah mon dieu, monsieur le commissaire,* ich hattö ja keinö Ahnung. Bisher galt für Brittahs Wohnung nur die Regöl ›Betretön ohne Hörnchön nicht zu empfehlön‹. Ich muss da wohl meinö Handlungsanweisung künftig auf Streuselbrötchön ausweitön, *non*?«

»Hmpfm«, murrte Körber, warf noch einen letzten prüfenden Blick in die Tüte und griff schließlich resigniert nach einem der Hörnchen.

»Ich mache mich gleich auf den Weg«, sagte er kauend. »In einer halben Stunde rufst du von einer Telefonzelle aus im Präsidium an und fragst nach mir …«

»Telefonzelle?«, fragte ich verblüfft. »So was gibt's noch?«

»Nicht mehr vielö, und die sehön auch nicht mehr aus wie frühör, aber es gibt sie noch. Ich benutzö ab und an mal einö, wenn«, er warf einen Blick in Körbers Richtung »ich wirklich Privatös zu besprechön habö.«

»Na, dann bist du ja voll im Training«, seufzte Körber. »Also, du rufst mich an und verpfeifst die Möchtegern-Terroristen. Am besten lässt du es so aussehen, als wärest du ein Komplize, dem der Boden unter den Füßen zu heiß wird.«

Tahar nickte. »Genau der richtigö Zeitpunkt dafür. Der Rädelsführör ist geradö in einön Kurzurlaub gefahrön.« Unsere ungläubigen Blicke quittierte er mit zuckenden Schultern. »Ja nun, nicht, dass der armö Mann noch einen Börn-Out kriegt.«

Das gibt die Goldene Ulknudel für das schlechteste Wortspiel der Woche.

»Mist«, schimpfte Körber. »Nicht, dass da jetzt Funkstille herrscht. Wenn wir einen richterlichen Beschluss zum Abhören und Überwachen kriegen und dann gibt's da nix abzuhören und zu beobachten außer Nagelfeilen-Geräuschen, brauchen wir uns die nächsten zwei Jahre beim Staatsanwalt nicht mehr blicken zu lassen. Wenn der sich jetzt ohne Handy in die Sonne legt …«

»Nix da, Sonnö. Der fährt nach Norwegön.«

»Wahrscheinlich Anders Breivik besuchen«, brummte ich grimmig.

»Es würdö mich sehr wundörn, wenn die ihrön virtuellön Kaffeeklatsch unterbrechön würdön. Dafür sind noch zu vielö Fragön ungeklärt.«

»Dein Wort in Gottes Ohr.« Körber steckte sich den Rest seines Hörnchens in den Mund, klopfte mir etwas unbeholfen aufs Knie und stand auf. »Also, halbe Stunde, Anruf, Telefonzelle, anonym, Komplize, alles klar?«

»Alles klar, Herr Kommissar«, grinste Tahar, und Körber schnaubte durch die Nase. »Allördings ...«

»Ja?« Körber war ungeduldig, er wollte los.

»Seid ihr denn im KK11 überhaupt zuständig für so was?«

»Nicht direkt. Brände fallen in unseren Zuständigkeitsbereich, Morde und schwere Körperverletzung, aber für Rechtsterror ist das KK ST2 in der Kasernenstraße zuständig. Wir arbeiten bei so was einfach direkt mit denen zusammen, das klappt ganz gut. Für den Anruf ist das aber erst mal egal. Wenn dich am Telefon einer fragt, warum du ausgerechnet mit mir sprechen willst, sagst du einfach, du hättest vor Jahren mal mit mir zu tun gehabt, als ich noch in Uniform unterwegs war. Du traust niemand anderem. Dann kann ich meinem Ersten Hauptkommissar die Idee leichter schmackhaft machen, mich bei uns zum Ansprechpartner für alle Fragen zu diesen Ermittlungen zu ernennen. Wenn wir uns die Sausäcke schnappen, will ich auf jeden Fall dabei sein.« Er warf mir noch einen sehnsüchtigen Blick zu und wollte sich umdrehen, da sagte Tahar mit einem breiten Grinsen: »Du kannst dich ruhig ausführlich von Brittah verabschiedön. Ich guckö auch weg.«

Körber rollte mit den Augen und sagte zu mir. »Ich ruf dich nachher an.«

Kaum war die Wohnungstür hinter ihm zugeklappt, lehnte Tahar sich gemütlich zurück und sagte: »Und jetzt will ich allö schmutzigön Details hörön. Lass ja nichts aus.«

* * *

Bevor wir gegen acht Uhr aus dem Haus hetzten, lieferte ich noch schnell Sammy bei Oberst a. D. Krause ab. Der Oberst hatte offenbar Körber morgens schon gehen sehen und hob vielsagend beide Augenbrauen, als Tahar hinter mir aus der Wohnung kam.

»Ganz schön was los bei Ihnen, Fräulein Sander, so früh am Morgen.«

»*Ah bonjour, colonel.* Sie wissön ja, wie es ist – im Dienst, immör im Dienst«, flötete Tahar.

»Ach, so nennt man das jetzt«, sagte er amüsiert. »Was machen denn die Ermittlungen? Immer noch kein Undercoveragent vonnöten?«

»Jetzt, wo Sie es sagen, Herr Oberst, es hat neue Entwicklungen in unserem Fall gegeben. Es könnte wirklich sein, dass wir einen Undercovermann brauchen könnten.« Ich lehnte mich verschwörerisch vor. »Wäre allerdings nicht ganz ungefährlich, der Einsatz. Wir müssten Sie kurzfristig bei einer terroristischen Vereinigung einschleusen. Zugegebenermaßen ziemliche Amateure, aber nichtsdestotrotz Terroristen, die Übles im Schilde führen.«

»Mit Amateuren kenne ich mich aus. Ich war schließlich fünfunddreißig Jahre bei der Bundeswehr«, versetzte er trocken. Seine Augen hatten begonnen zu leuchten. »Nicht ungefährlich, sagen Sie? Wann fange ich an?«

»Ich kann Ihnen noch nichts versprechen, wir stehen noch ganz am Anfang, aber wenn wir einen V-Mann brauchen, sind Sie der Erste, der es erfährt«, versprach ich ihm.

»Wunderbar«, freute sich der Oberst. »Dann viel Erfolg. Und Sie, junger Mann«, wandte er sich mit erhobenem Zeigefinger an Tahar, »passen mir gut auf unser Fräulein Sander hier auf. Auch im Zeitalter des Feminismus hat man als Gentleman die Pflicht, eine junge Frau zu beschützen.«

Tahar murmelte: »Wer hier vor wem beschützt werdön muss, könntö man sehr ausgiebig diskutierön.« Laut sagte er: »Aber selbstverständlich, *colonel*. Holzaugö ist immör wachsam, *n'est-ce pas*?«

* * *

Um zwanzig vor neun bretterte ich bei Memento auf den Hof, dicht gefolgt von Tahar. Er hatte wagemutig behauptet, seine Route von der Schanz aus links herum über die Junkerstraße, Ponttor, Hansemann-Platz und Adalbertsteinweg/Stolberger Straße sei deutlich schneller als meine rechts herum über die Normaluhr, Oppenhoffallee, Reichsweg und Rottstraße. Hätte ich mal gewettet, denn *natürlich* war ich schneller, wenn auch nur um ungefähr dreißig Sekunden.

Eric hatte ich noch von zu Hause aus angerufen, um ihn kurz einzuweihen und zu einer Notfallbesprechung im Putzmittelkeller zu laden. Allerdings hatte ich Pech, denn er war schon bei Memento und konnte ganz offensichtlich nicht frei sprechen.

»Gott zum Gruße«, roderichte er gleich zu Beginn warnend ins Telefon.

»Du kannst nicht sprechen?«

»Wie Sie das nur immer machen, Frau Kraxelmann. Ich muss gar nichts sagen, und Sie wissen trotzdem Bescheid«, bestätigte er gekonnt.

»Ich geb dir gleich Frau Kraxelmann«, kicherte ich. »Aufgemerkt: Viertel nach neun im Putzkeller. Es gibt wichtige Neuigkeiten.«

»Ja, aber selbstverständlich, Frau Kraxelmann. Für Sie bin ich doch gern jederzeit zur Stelle.«

»Okay, bis gleich dann.«

»Nein wirklich, keine Ursache! Guten Tag!«, schob er noch nach und legte auf.

Bis Viertel nach neun galt es aber noch ein bisschen Zeit totzuschlagen. Um neun begann die Kernarbeitszeit, da hatten alle an ihren Plätzen zu sein, und um auch die letzten Nachzügler abzuwarten, war Viertel nach neun eine sichere Uhrzeit. Wenig Gefahr, beim Weg in den Keller zu vielen Leuten auf dem Flur zu begegnen.

Also stiefelte ich erst mal in den ersten Stock, als wäre nichts, und wollte gerade unser Dreier-Büro betreten, als Häuptling Leichtfußens arrogantes Näseln aus seinem Büro erklang: »Ich sehe, der Arbeitseifer der ersten Wochen hat bereits nachgelassen, Frau Decker?«

Ich blieb wie angewurzelt stehen.

Der hat Nerven.

Langsam drehte ich mich um und ging bis zu seiner Bürotür. »Wie meinen?«, fragte ich betont unschuldig.

Sein ledernes Sonnenbankgesicht hatte sich zu einem hämischen Lächeln verzogen – definitiv keine Verbesserung. »Tja, in den ersten Tagen waren Sie ja immer recht früh hier. Wollten wohl Eindruck bei der Geschäftsleitung schinden? Von dem Eifer ist ja nicht mehr viel zu sehen.« Er sah betont lange auf seine Wanduhr. »Kurz vor Beginn der Kernarbeitszeit noch reinschrammen, wie?«

Ich konsultierte ebenfalls besagte Uhr. »Ich weiß nicht, was Sie unter ›kurz vor‹ verstehen, aber in meiner Welt fallen zehn Minuten nicht unter ›gerade noch reingeschrammt‹.« Ich machte eine kurze Pause. »Aber vielleicht sollte ich mich da mehr den Gewohnheiten meines Vorgesetzten anpassen.« Er konnte sich offensichtlich nicht zwischen Misstrauen und freudiger Überraschung entscheiden, also musste ich nachhelfen. »Sie sind ja nachmittags immer so pünktlich an der Stempeluhr, dass Sie noch zehn Minuten warten müssen, bis die Kernarbeitszeit endlich vorbei ist.« *Kannst es wohl nicht erwarten, bis du wieder in den Bombenkeller kannst, was?*

Ich drehte mich auf dem Absatz um und ging in unser Büro, wo Denise und Miriam schon fleißig bei der Arbeit waren und mir erfreut entgegengrinsten. Selbstverständlich hatten sie jedes Wort gehört.

Ich lud meine Sachen ab, fuhr mein Laptop hoch und tipperte ein bisschen auf der Tastatur herum, bis es Zeit war, sich wieder zu verdrücken. Ich guckte auf die Uhr und sagte: »Mann, das darf doch nicht wahr sein.« Die Mädels sahen fragend von ihrer Arbeit auf.

Ich zuckte gespielt unglücklich mit den Schultern. »Ich glaub, ich hab gestern was Falsches gegessen. Hab schon die halbe Nacht auf dem Klo gehockt.« Seufzend stand ich auf. »Dann mal auf ein Neues. Soll ich in den zweiten Stock gehen? Dann hat der Habicht auch was davon«, grinste ich. *Und keiner wundert sich, wenn ich nicht im Damenklo im ersten Stock bin.*

»Dann vergiss aber nicht, auch das Duftspray zu verstecken«, frotzelte Denise.

Ich schenkte Hasenfuß keinerlei Beachtung, als ich an seiner Tür vorbeistolzierte, klapperte betont laut die Treppe in den zweiten Stock hinauf. Als ich sicher war, dass die Luft rein war, hechtete ich in den Aufzug und fuhr direkt durch in den Keller.

Dank meiner VIP-Karte kam ich problemlos durch die Zugangsbarriere, die zwischen dem Aufzug und den Archiven lag, zwischen denen sich der Putzkeller befand. Hier war laut Tahar nur äußerst selten jemand zu finden. Tahar und Eric waren schon da, und Tahar hatte bereits begonnen, Eric in unsere neuen Erkenntnisse einzuweihen. Als ich die Tür aufmachte, erstarrten beide, entspannten sich aber schnell wieder, als sie sahen, dass ich es war.

»Na, na, meine Damen, wer wird denn da so schreckhaft sein!«, grinste ich und machte es mir auf einem Riesenstapel Sechzehnerpacks Klopapier bequem, bis Tahar mit seiner Schilderung fertig war.

Eric dachte eine Weile nach und sagte schließlich verschwörerisch: »Operation Tomahawk!«

»Wie meinen?«, fragte ich verdutzt zurück.

»Operation Tomahawk«, wiederholte Eric geduldig.

»Und was soll das sein?«

»Ich finde, wir brauchen einen Namen für unsere Undercoveroperation.«

»Mhm«, sagte ich skeptisch, »und warum Tomahawk? Siehst du hier irgendwo Indianer?«

»Allerdings«, strahlte Eric zufrieden. »Häuptling Leichtfuß und seine …«, er machte eine einladende Handbewegung.

Ich schnaubte durch die Nase. »Lass mich raten – du spielst Listiger Lurch, Tahar macht den Winnetouch, und alle zusammen suchen wir den Schuh des Manitu. Jetzt doch mal ehrlich, Herr Lautenschläger.«

Erics zufriedenem Grinsen konnten meine Einwände selbstverständlich nicht das Geringste anhaben. Was auch immer passierte – diese Ermittlungen würden als Operation Tomahawk in die Geschichte eingehen. Fehlten nur noch die Schoschonen mit Häuptling Körber.

»Nur schade, dass uns die Saubeutel beim Aufspüren des Maulwurfs nicht weiterhelfen«, sagte Eric bedauernd. »Obwohl …«

»Genau«, bestätigte ich. »Jemand, der Flüchtlingen das Dach über dem Kopf anzündet, hat sicher keine Probleme damit, Betriebsgeheimnisse zu verkaufen, um den Kontostand ein bisschen aufzuhübschen – entweder den eigenen oder den der Terrorbande. Vielleicht haben wir doppelt Glück und erschlagen beide Fliegen mit einer Klatsche.«

»Ich habö heutö morgön, als mir klar wurdö, was die da vorhabön, sowohl bei Kück als auch bei Hasenfuß ein hübschös kleinös Software-Paket installiert«, sagte Tahar mit einem gefährlichen Funkeln in den Augen.

Und ich sag noch, leg dich nie mit dem IT-Administrator an.

»Software-Paket?«, fragte Eric interessiert.

Tahar zählte freudig auf: »Erstöns einö Keylogging-Software, so dass wir live und in Farbö allös mitlesön könnön, was die an ihrön Computertastaturön tippön; zweitöns einen Clipboard-Logger – wir sehön allös, was sie in die Windows-Zwischenablagö kopierön; drittöns – ein Programm, das allö Suchmaschinönanfragön, Downloads, Messenger et cetera protokolliert; viertöns – einö Software, die alle Eingabön von Passwörtörn aufzeichnöt, zusammön mit Screenshots der Eingabefenstör; und zum gutön Schluss, damit es auch nicht langweilig wird, ein Programm, das automatisch und mit Screenshots allö Fenstör und Webseitön aufzeichnöt, die vom Benutzör geöffnöt werdön.«

»Und alles total legal«, kommentierte Eric trocken.

Tahar zuckte mit den Schultern. »Das vielleicht nicht, abör effektiv, *non*? So entgeht uns wirklich gar nichts mehr, was die an ihrön Computörn treibön. Auf Körbör könnön wir nicht wartön. Der muss jetzt erst mal guckön, dass er einön richterlichen Beschluss bekommt, um die Handy-Kommunikation und hoffentlich auch gleich die Herrschaftön selbst zu überwachön. Das kann abör im schlimmstön Fall bis morgön dauörn. Und ob die gleich einön Beschluss für die Überwachung der Computör mit beantragön, habö ich vergessön zu fragön. Also ist es bessör, wenn wir weitör ein Augö auf alles habön, damit die nicht plötzlich losschlagön, ohnö dass wir es mitbekommön. Verwertbarö Beweisö, um die dann auch zu verknackön, kriegen wir eh genug, wenn wir sie auf frischer Tat ertappön.«

Eric nickte. »Wo du recht hast, hast du recht. Das Wichtigste ist jetzt, erst mal herauszufinden, auf welche Unterkunft die denn den Anschlag verüben wollen. Ich gehe mal davon aus, dass sie sich *das* schon überlegt haben, was bedeuten könnte, dass sie sich nicht mehr darüber austauschen.«

»Abör vielleicht müssön sie noch die Örtlichkeitön auskundschaftön, dann würdö man es so erfahrön.«

»Falls sie nicht schon ausspioniert haben. Und vielleicht müssen sie das gar nicht – wenn sie nämlich einen Komplizen in der Unterkunft selbst haben«, wandte ich ein.

»*Merde*«, fluchte Tahar. »Daran habö ich ja noch gar nicht gedacht. Das wärö ja wirklich das Allerletztö.«

»Wohl wahr«, sagte Eric finster.

»Ich rufe Körber gleich an. Vielleicht kann er Personallisten aus den Flüchtlingsunterkünften in Aachen und Umgebung beschaffen. Wenn wir die mit den Kontaktlisten von Kück und Hasenfuß abgleichen, gibt es vielleicht einen Treffer, und dann wissen wir, wo sie losschlagen wollen.«

»Nicht schlecht, Frau Sander, gar nicht schlecht«, Eric nickte anerkennend.

»Prächtig, allerdings gibt es hier auch noch Einigös zu tun«, sagte Tahar.

»Mir schwant Übles«, seufzte Eric.

Tahar grinste. »Na, na, Herr Lautenschlägör, ein bisschön was müsst ihr schon noch tun für euör Honorar.«

»Als da wäre?«, fragte ich.

Tahar hatte auch die nächste Liste schon parat. »Erstöns hat zumindöst Hasenfuß immör einö Laptoptaschö dabei …«

»Stimmt«, nickte ich. Die steht immer unter seinem Schreibtisch – und ist immer mit einer feinen Lage Nagelfeilenstaub bedeckt.«

»*Exactement*«, bestätigte Tahar. »Das Notebook muss sein Privatös sein – und das brauchö ich mal für einö Viertelstundö.«

»Na Mahlzeit«, stöhnte ich. »Das Ding lässt er nicht aus den Augen.«

»Ich bin sichör, dir fällt da was Opportunös ein«, zwinkerte Tahar.

»Du könntest ihn zum Beispiel in der Besenkammer verführen, während ich …« schlug Eric grinsend vor.

Mein Blick ließ ihn umgehend verstummen.

»Ich mein ja nur«, maulte er.

»Zweitöns«, beeilte Tahar sich fortzufahren, bevor es zu Handgreiflichkeiten kam, »müssön wir so schnell wie möglich einö Wanzö in Hasenfußöns Büro installierön. Ihr könnt ja nicht den ganzön Tag vor seinöm Büro herumlungörn, und eventuell hält er ja im Büro mal einön Kriegsrat mit Kück.«

»Und was ist mit Kücks Büro?«, fragte Eric.

»Großraumbüro«, sagten Tahar und ich im Chor.

»Richtig«, Eric klatschte sich mit der Hand vor die Stirn. »Da wird er kaum im Beisein der Kollegen kompromittierende Gespräche führen. Und wir halten besser die Augen offen, ob er zufällig auch seinen privaten Computer mit sich herumträgt.« Er machte eine kurze Denkpause. »Aber sag mal, Tahar, kannst du das Büro nicht einfach über seinen PC abhören?«

Tahar seufzte. »Normalörweisö schon, abör Leichtfuß hat so einö altö Gurkö da stehön, dass da tatsäschlich keins eingebaut ist. Außerdem muss der PC an sein, damit man ihn abhörön kann, und wenn er ihn selbör ausgöschaltöt hat, könntö er misstrauisch werdön, wenn plötzlich Lämpschön leuchtön. Beim privatön Laptop werdö ich zwar das Mikro kapörn und allös aufzeichnön lassön, was gesprochön wird, abör das wird er ja im Büro nicht permanent laufön habön. Da könntö uns zu viel entgehön.«

»Und das Festnetztelefon kriegst du über die Telefonanlage abgefangen?«, fragte ich.

»Genau, das ist kein Problem«, nickte Tahar.

»Vergiss bloß nicht, alles verschwinden zu lassen, wenn Körber mit der legalen Überwachungstechnik aufkreuzt«, mahnte ich. »Du weißt, was auf illegales Abhören steht.«

»Was tut man nicht allös für König und Vatörland«, seufzte Tahar. »Die oberstö Regöl des Hackers lautöt wie?«

»Bloß nicht erwischen lassen«, sagten Eric und ich im Chor.

»*Exactement*. Eins, setzön.«

»Hasenfußens Laptop müssen wir auf jeden Fall über Tag erwischen«, sagte Eric. »Das nimmt er ja abends mit. Was die Wanzen angeht, wäre es einfacher, das heute Abend zu machen, wenn er nach Hause gegangen ist«, überlegte ich. »Andererseits …«

»… haben wir keine Zeit zu verlieren, wenn Tahar recht hat und die tatsächlich nächste Woche losschlagen. Sonst entgeht uns noch ein wichtiger Hinweis, zum Beispiel welche Unterkunft sie im Visier haben – oder wir bekommen im schlimmsten Fall nicht mit, wenn sie den Termin nach vorne ziehen«, sprach Eric meine Gedanken aus.

Ich nickte bedächtig. Im Oberstübchen ratterten schon die ersten Optionen durch, als ich sagte: »Wir brauchen einen Plan.«

Nachdem wir mehrere Pläne hin und her gewälzt und dann wieder verworfen hatten, einigten wir uns auf einen Doppelschlag in der Mittagspause. Die Pause hatte den Vorteil, dass Miriam und Denise mindestens eine halbe Stunde aus dem Weg sein würden, und mit ganz viel Glück würde sich auch Hasenfuß eine Zeit lang verpieseln. Der schloss zwar immer sein Büro auf elektronischem Wege ab, was uns aber nicht schreckte. Mit unseren Killer-Zugangskarten kamen wir ja fast überall hinein.

Und sollte er unerwartet früh zurückkommen, musste einer von uns ihn eben angemessen ablenken. Als Miriam und Denise sich um eins erwartungsgemäß aufrappelten und mich wie immer einluden mitzukommen, entschuldigte ich mich mit Verweis auf mein angeschlagenes Verdauungssystem.

»Ihr könnt mir ja ein paar Salzstangen, 'ne Flasche Cola und ein Päckchen Immodium mitbringen«, frotzelte ich.

»Das sind ja gleich drei Wünsche auf einmal – da nehmen wir doch besser gleich ein Ü-Ei. Schokolade stopft auch, habe ich mir sagen lassen«, grinste Miriam zurück.

»Wer den Schaden hat ...« seufzte ich und warf einen verstohlenen Blick auf die Uhr. Eric und Tahar lauerten hoffentlich schon im Treppenhaus oder in einer finsteren Ecke auf den Abmarsch der beiden Kolleginnen und kurz darauf den von Hasenfuß.

Als mir klar wurde, dass Murphys Gesetz sich einmal mehr bewahrheitete – Hasenfuß also ausgerechnet heute seine Mittagspause in seinem Büro verbringen würde –, aktivierte ich Plan B. Ich zog mein Handy raus und tipperte eine schnelle Chat-Nachricht an Eric. Wir durften keine Zeit mehr verlieren.

Kaum war die Nachricht weg, hörte ich schon Roderichs großspurige Schritte gen Hasenfußens Büro marschieren. Einfach unglaublich – Eric ging als Roderich sogar anders.

»Gott zum Gruße, Kollege Leichtfuß«, tönte er jovial und vor allem lautstark, während er sich in Hasenfußens Tür aufbaute. Als ob auch nur die geringste Gefahr bestünde, dass ich ihn überhören könnte. Praktischerweise konnte ich wegen der offenen Bürotür sein Spiegelbild im Fenster vor meinem Schreibtisch sehen.

»Üff effe gerabe«, würgte Hasenfuß mühsam hervor.

»Aber das macht doch nichts«, winkte Roderich großmütig ab. »Sowohl das leibliche Wohl als auch der Müßiggang sind hohe Güter.«

»Üff gehe nifft müfig«, klang es empört zurück.

»Ach herrje, nein, nein, mein Bester, natürlich nicht. Was ich zum Ausdruck bringen wollte, war lediglich, dass, wer hart arbeitet, auch seine Pause redlich verdient hat.«

Eric, hör auf zu schwafeln und mach hinne.

Hasenfuß hatte inzwischen offenbar sein Pausenbrot heruntergewürgt und fragte feindselig: »Können Sie vielleicht später noch mal wiederkommen? Wie Sie sagen, die Pause ist redlich verdient.«

Da lachen ja die Hühner.

»Ach herrjemine. Jetzt bringen Sie mich aber in die Bredouille. Herr Messner hat ausdrücklich gebeten … ach, na ja, dann muss ich wohl unverrichteter Dinge wieder …« Bevor er das letzte Wort gesprochen hatte, drehte er auf dem Absatz um, zwinkerte mir zu und nutzte den gleichen Schwung, sich wieder zu Hasenfuß umzudrehen, den die Erwähnung von Messners Namen stante pede in Alarmbereitschaft versetzt hatte.

»Halt, halt, nicht so schnell, Herr …«

»… Müller-Schwan, mein Bester, Roderich Müller-Schwan – wie der Müller und der Schwan, habe die Ehre.« Er deutete eine elegante Verbeugung an.

»Ja, wie auch immer, Herr Schwanmüller …«

Ich weiß bis heute nicht, wie er das machte, aber Roderichs Körperhaltung nahm einen höflich-missbilligenden Zug an.

»… was will denn der Al… allseits geschätzte Geschäftsführer?«, fing sich Hasenfuß gerade noch.

»Im Rahmen meiner Kompetenzfeststellungshöhenundtiefenanalyse im Bereich Einkauf bin ich bereits nach wenigen Tagen auf eine ganze Reihe inneffizienter Prozesse gestoßen«, prahlte Roderich, »besonders im Zusammenhang mit der Beschaffung für den Bereich Marketing.«

»Aha«, sagte Hasenfuß unsicher.

»Nun hat mich der werte Herr Geschäftsführer gebeten, gleich heute Nachmittag die Zwischenergebnisse meiner Analyse zu präsentieren, und zu diesem Zwecke müsste ich noch einige Details verifizieren.«

»Und was hat das mit mir zu tun?«, fragte Hasenfuß allen Ernstes.

»Nun ja, mein sehr verehrter Herr Leichtfuß – wer könnte kompetenter Auskunft über die Abteilung Marketing geben als der Abteilungs*leiter*?«, sagte Roderich zuckersüß.

»Ach so, ja, äh, was müssen Sie denn wissen? Lassen Sie mir doch einfach eine … äh … Liste mit Ihren Fragen da, die ich Ihnen so schnell wie möglich zurückschicke.«

Nee, ist klar. Die Liste kriegt dann Denise auf den Tisch, sobald sie zurück ist.

»Nichts täte ich lieber, als Ihnen diesen Gefallen zu tun, mein Bester«, schwadronierte Roderich, »aber leider, leider sind mir die Hände gebunden. Ich benötige Ihre fachkundigen Auskünfte wirklich umgehend.« Er streckte großspurig den Arm aus und tippte auf seine (gefälschte) Rolex. »Ich muss in einer guten Stunde präsentieren. Und Sie wissen ja, wie Herr Messner ist, wenn …«, er verstummte vielsagend. »Allerdings geht es momentan nur um einige Termine aus der Marketingjahresplanung, die ich benötige, um die relevanten Effizienzkurven berechnen zu können.« Die riesige Magnettafel, die als Jahresplaner für dieses und das kommende Jahr diente, zeigte alle wichtigen Termine für Messeauftritte, Pressekonferenzen, Werbekampagnen et cetera. Sie hing gut sichtbar an der hinteren Wand unseres Gemeinschaftsbüros. Wenn es uns gelang, Hasenfuß lange genug in dieser Ecke festzusetzen, würde er nicht mitbekommen, wie Tahar sein Notebook mit dem Spionage-Software-Paket versah.

Ich hörte, wie Hasenfuß sich ächzend aus seinem Stuhl erhob. »Nicht mal in seiner Mittagspause hat man in diesem Sch… in diesem Unternehmen seine Ruhe«, schimpfte er, während er Eric vor sich her quasi durch unsere Tür schob. Ich drehte der Tür noch so lange den Rücken zu, bis ich die vorbereitete Chat-Nachricht an Tahar abgeschickt hatte, und wandte mich dann mit dem liebenswürdigsten Lächeln um, das ich im Repertoire hatte.

»Frau Decker, Gnädigste, ich hoffe, ich komme nicht zur Unzeit« säuselte Roderich, ein so fettes Grinsen auf dem Gesicht, dass es an ein Wunder grenzte, dass Hasenfuß das nicht auch von hinten sah.

»Herr Müller-Schwan, welch seltener Glanz in unserer bescheidenen Hütte, Sie sind doch jederzeit willkommen«, gab ich schleimend zurück, während Roderich mir schwungvoll die Hand küsste.

Das hätte auch was schneller gehen können, Herr Lautenschläger.

Hasenfuß würdigte mich keines Blickes und hielt schnurstracks auf den Jahresplaner zu. Mit einer minimalen Kopfbewegung bedeutete ich Eric, ihm zu folgen und ihn in der Ecke ohne Sicht auf den Flur zu fixieren, während ich noch kurz durch Blickkontakt sicherstellte, dass Tahar auch wirklich in Hasenfußens Büro huschte. Dann folgte ich den beiden Herren, die sich wichtig vor dem Planer aufgebaut hatten und ganz offenbar keine Ahnung hatten, was sie da sahen. Zugeben konnte man das natürlich im Leben nicht.

»Kann ich behilflich sein?«, flötete ich unschuldig.

»Nein, wir kommen zurecht«, bellte Hasenfuß mich an.

Stimmt, Bitte und Danke sind völlig überbewertet.

»Ja, Verehrtester, ein Abteilungsleiter von Ihrem Format wird doch noch mit einem simplen Jahresplaner zurechtkommen«, scharwenzelte Roderich verbal um Hasenfuß herum, der Roderichs Schleimerei sichtlich genoss.

Sonst lobt ihn halt nie jemand. Gibt ja keinen Grund.

»Momentan konzentrieren wir uns auf die Beschaffungsprozesse im Zusammenhang mit Veranstaltungen«, schwadronierte Roderich drauflos, »Messeauftritte, Pressekonferenzen, Kunden-Workshops. Sie haben hier im Unternehmen ja eine sehr … originelle … Organisation des veranstaltungsbezogenen Einkaufs.«

Originell? Ich würde eher sagen, das erfüllt den Sachverhalt des groben Unfugs.

»Wieso originell?«, fragte Hasenfuß dümmlich.

Mein Gott, der hat ja wirklich keine Ahnung. Aber davon viel.

»Nun ja, Wertester, es ist mir in meiner langen und erfolgreichen Laufbahn noch nie ein Unternehmen untergekommen, in dem die Marketingabteilung keinerlei eigene Einkaufsbefugnisse hat.«

»Ach, wirklich?«, fragte Hasenfuß verblüfft.

O mein Gott.

»Doch, doch, gerade Beauftragungen für Veranstaltungen und damit zusammenhängende Einkaufsvorgänge werden selbstv... in der Regel vom Marketing selbst getätigt.«

»Mein lieber Schwan«, witzelte Hasenfuß plump, und Roderich entrang sich ein gequältes Lächeln. »Das wusste ich ja gar nicht.«

Willkommen bei uns im Profi-Camp.

»Ach Sie Schelm, Sie scherzen mit mir«, lachte Roderich gekünstelt.

Sie Schelm?!?

»Sie als Marketingprofi müssen doch ...«

Betretenes Schweigen.

»Also, öhöm, vielleicht schauen wir uns einfach mal ein oder zwei konkrete Termine an«, schlingerte Roderich tapfer aus dem Fettnapf heraus. »Wie wäre es denn mit der *Research & Technology*-Messe?«

»Ja, natürlich«, Hasenfuß drehte sich wichtigtuerisch zum Jahresplaner um und verharrte mit dem Finger über dem November dieses Jahres.

Ich fass es nicht.

»Nächstes Jahr im April«, konnte ich mir nicht verkneifen, während ich an meinem Schreibtisch auf der Lauer lag. Hasenfuß funkelte mich wütend an, was ich zum Anlass nahm, Roderich eine Weile mit ihm allein zu lassen. »Wenn die Herren mich kurz entschuldigen wollen.« Ich stand auf, ging auf den Flur, wo ich laute Schritte Richtung Treppenhaus machte, um dann auf leisen Sohlen wieder zu Hasenfußens Büro zu schleichen.

Tahar war konzentriert bei der Arbeit und sah nur kurz auf, als ich hereinkam. »Es geht schnellör als gedacht«, flüsterte er. »Das Laptop war nur im Ruhözustand, ich bin fast fertig hier.« Mit dem letzten Wort streckte er mir ein winziges Mikrofon hin.

»Wohin?«, flüsterte ich zurück.

»Bin ich der Detektiv odör du?«, grinste er.

Ich streckte ihm die Zunge raus und sah mich schnell um. Kurz entschlossen ging ich in die Knie und krabbelte unter Hasenfußens Schreibtisch.

»Abör Frau Deckör, was sollen denn die Leutö denkön?«, flüsterte Tahar.

»Dass du gleich aua Schienbein hast«, wisperte ich zurück.

Ich fand eine hübsche, kleine Nische unter dem Tisch, klebte das Mini-Mikro fest, krabbelte rückwärts und haute mir beim Aufstehen mit Karacho die Birne unter der Tischplatte an.

»Holz auf Holz, das rummst ordentlich, *non*?«, flüsterte Tahar.

Ich überhörte seinen Kommentar geflissentlich, weil ich erst mal einen Weg finden musste, in diesem verdammten engen Kostümröckchen einigermaßen menschenwürdig wieder auf die Füße zu kommen. Nach heftigem Gezappel und Verrenkungen, die Houdini alle Ehre gemacht hätten, stand ich, schnaufend und mit hochrotem Kopf, endlich wieder auf den Füßen, nur um zu sehen, dass Tahars Kopf inzwischen noch viel roter war als meiner – vor unterdrücktem Gelächter.

»Ich hättö mir geradö fast die Hand abgebissön, um nicht laut herauszuplatzön«, schnaubte er flüsternd und zeigte mir stolz eine beachtliche Bissspur an seiner Hand.

»Mach du's erst mal besser«, fauchte ich leise und zeigte grimmig auf meinen Rock, »so was verstößt doch gegen die Genfer Menschenrechtskonvention. Bist du wenigstens fertig? Denise und Miriam können jeden Moment wiederkommen.«

»*Oui, oui, bien sûr,* natürlich bin ich fertig.« Er ließ das Hasenfuß'sche Laptop wieder in die zugehörige Tasche gleiten und positionierte diese wieder genau dort, wo sie vorher gestanden hatte. »Noch ein kurzör Test fürs Mikro, dann sind wir fertig.« Er steckte sich einen winzigen Ohrhörer ins rechte Ohr und sah mich auffordernd an.

»Das ist nicht dein Ernst!« Allein bei dem Gedanken an eine zweite Houdini-Nummer brach mir schon der Schweiß aus.

»Schon gut, schon gut«, wiegelte er flüsternd ab. »Ich geh ja schon.« Sprach's, rutschte unter den Schreibtisch, hauchte einmal gegen das minimalistische Mikro und tauchte zufrieden wieder auf. »Allös bestöns, nix wie raus hier.« Ich hatte mich gerade auf dem Absatz umgedreht, als Schritte im Treppenhaus erklangen. Miriam und Denise.

»Mach irgendwas am Rechner, die Mädels kommen«, zischte ich. Geistesgegenwärtig ließ Tahar sich wieder auf den Stuhl fallen, zog die Tastatur von Hasenfußens Desktoprechner zu sich heran und fing an, darauf herumzutippen, als wäre nichts gewesen.

Nerven wie Drahtseile.

Als die Mädels auftauchten, stand ich schon in Hasenfußens Tür in der Hoffnung, den Blick auf Tahar zu versperren, was zu meiner Überraschung auch gelang. »Gut, dass ihr da seid«, strahlte ich fröhlich und betete, dass meine Perücke bei dem Houdini-Manöver nicht verrutscht war.

Tahar hätte bestimmt was gesagt. … Hätte er doch?

»Wir haben hohen Besuch, und Herr Leichtfuß erklärt ihm gerade die Jahresplanung fürs Marketing«, grinste ich.

»O Gott, ich kann mich nicht entscheiden zwischen Bock zum Gärtner und Elefant im Porzellanladen«, entfuhr es Denise. »Ach was, ich nehm beides, der Mann muss aufgehalten werden.« Mit diesen Worten stürmte sie in unser Gemeinschaftsbüro, um heldenmütig den Ruf der Marketingabteilung zu retten.

Miriam musterte mich etwas irritiert, denn ich stand immer noch in Hasenfußens Türrahmen und lächelte ihr freundlich zu. Letztlich siegte jedoch die natürliche Neugier, und sie folgte Denise.

Langsam atmete ich aus und zischte Tahar zu: »Die Luft ist rein. Verzieh dich, und zwar hurtig.«

Er ließ sich nicht zweimal bitten und huschte wie ein Schatten aus Hasenfußens Büro.

Mission abgeschlossen.

Ich betrat unser Gemeinschaftsbüro just in dem Moment, in dem Roderich gen Hasenfuß bewundernd ausrief: »Ach, Sie sind in einem Verein für Leibesübungen aktiv?«

Wir Mädels warfen uns einen zweifelnden Blick zu. Außer dem vermutlich täglichen Besteigen der Sonnenbank sah Hasenfußens Figur nach allem aus, nur nicht nach sportlicher Betätigung. Der fadenscheinige Versuch, Hasenfuß mit Marketingterminen festzuhalten, war wahrscheinlich sehr schnell auf Grund gelaufen, weswegen Eric auf ein anderes Thema umschwenken musste. »Körperliche Ertüchtigung ist das A und O«, schwadronierte Roderich weiter. »Sie sind nicht zufällig in der Aachener Alemannia Leichtathletik aktiv? Dortselbst habe ich als Jungspund dereinst meine größten athletischen Erfolge erzielt.« Er wischte sich eine nicht vorhandene Haarsträhne von der Stirn und warf sich in seine breite Brust.

Hasenfuß, der sich mit Roderichs Größe und muskulösem Körperbau nicht mal ansatzweise messen konnte, guckte griesgrämig aus der Wäsche. »Nein, nein, ATG, aber ich bin da mehr im unterstützenden Bereich aktiv.«

Wahrscheinlich unterstützt du freitagabends die Theke im Vereinsheim, damit sie nicht umfällt.

»Sehr wichtig, die unterstützenden Funktionen, sehr wichtig«, nickte Roderich, sah wie beiläufig auf die Uhr und rief: »Grundgütiger, jetzt haben wir uns aber verplauscht, mein Bester. Ich muss mich sputen. Verehrter Herr Leichtfuß, die Damen – ich empfehle mich.« Mit einem angedeuteten Diener in alle Richtungen untermalte er stilecht seine Verabschiedung und rauschte hocherhobenen Hauptes aus dem Raum.

Erst jetzt ging mir auf, dass Denise wie angewurzelt neben ihrem Schreibtisch stand, die Fäuste geballt und mit der Körperhaltung eines Pitbulls, der zum tödlichen Sprung ansetzt. Fragend sah ich Miriam an, die mit einer leichten Kopfbewegung auf den Jahresplaner deutete, vor dem Hasenfuß – wieder ganz obenauf – sich wichtigtuerisch aufgebaut hatte.

»Ich habe die Anfrage von Herrn Schwanmüller genutzt und bei der Terminplanung mal selbst Hand angelegt. Höchste Zeit, dass da jemand Ordnung ins Chaos bringt.« Sein triumphierender Blick wandelte sich langsam in Unsicherheit, weil Denise, sonst nie um Worte verlegen, ihn weiterhin feindselig anstarrte, aber keinen Ton sagte. Selbst von meiner Position direkt an der Tür konnte ich allerdings erkennen, dass sie vor unterdrückter Wut zitterte.

Irgendetwas war in der Tat komisch, aber da ich selbst noch nicht so intensiv mit dem Planer gearbeitet hatte, dauerte es einen Moment, bis mir aufging, wo das Problem lag. Denises stringentes System mit Farb- und Größenkodierungen, die es auf den ersten Blick ermöglichten, Termine zu erkennen und dem richtigen Projekt in der richtigen Priorität zuzuordnen, sah aus, als wäre eine Handgranate detoniert.

»WISSEN Sie eigentlich, wie viel ARBEIT das war?«, platzte Denise schließlich der Kragen. »Es war ALLES aufeinander abgestimmt, samt URLAUBsplanungen, MEILENsteinen, FREIGABEschleifen bei der Geschäftsführung, und und und ...«

Hasenfuß ging wohl tatsächlich erst aufgrund von Denises Lautstärke auf, dass er richtig Scheiße gebaut hatte, aber das focht ihn natürlich mitnichten an. »Ich bin immer noch Ihr VORgesetzter, Frau Wolf, und ich mache in MEINER Abteilung, was ICH will!«

Nicht mehr lange, du Knallfrosch, nicht mehr lange.

Als Hasenfuß aus dem Raum stürmte, machte er den Fehler und hob die Nase so hoch, dass er seine Füße nicht sehen konnte. Unauffällig schob ich den kleinen, dreibeinigen Hocker auf Rollen mit dem Fuß Richtung Tür. Das Geräusch, das Hasenfuß machte, als er über den Hocker fiel, war ein sehr zufriedenstellendes.

»Um Gottes willen, Herr Leichtfuß!«, heuchelte ich Besorgnis. »Sie haben sich hoffentlich nicht wehgetan. Ach, aber was rede ich, mit einem durch Leibesertüchtigung derart gestählten Körper wie dem Ihren kann einem doch ein kleiner Sturz nichts anhaben, was?«

Tatsächlich war Hasenfuß mit lautem Gepolter über den Hocker gestürzt und wie ein Mehlsack zu Boden gegangen. Sein Aufprall wurde von einem satten »Umpf« begleitet. Puterrot rappelte er sich wieder auf und funkelte mich giftig an. »Das wird ein NACHSPIEL haben, Frau Decker!«

Worauf du dich verlassen kannst, du sandsackförmiger Westentaschenganove!

»Sie haben ganz recht, Herr Leichtfuß«, säuselte ich. »Sie sollten *umgehend* den Hocker-Produzenten verklagen, das ist ja gemeingefährlich!«

Wutschnaubend drehte er sich um und ging. Und ich konnte mir wieder mal nicht verkneifen, das letzte Wort zu haben: »Und denken Sie dran, den Sturz ins Unfallbuch für die Berufsgenossenschaft einzutragen, sonst sind Sie vielleicht nicht versi…« Seine Bürotür schloss sich mit einem Rumms, der die diversen Kaffeetassen auf unseren Schreibtischen in die Höhe hüpfen ließ.

16:30 Uhr

»Sag mal, was hast du denn mit Hasenfuß gemacht? Kaum war das Mikro live, hat er sich in allör Eilö selbst einön Strick gedreht«, berichtete Tahar begeistert, als wir uns am Nachmittag wieder zum Kriegsrat im Putzkeller trafen.

»Wie das?«, fragten Eric und ich wie aus einem Munde.

»Erst dachtö ich, er hättö das Mikro gefundön, so laut hat es gerummst, abör als ös nach der Explosion weiterging, wurdö mir klar, dass er nur die Tür hintör sich zugeknallt hat.«

»Und dann?«

»Und dann?« Tahar strahlte wie ein Honigkuchenpferd. »Dann hat er einön seinör Komplizön angerufen, und weil er wohl mal richtig Dampf ablassön wolltö, hat er den armön Kerl total zur Schneckö gemacht und für heutö Abönd ein außerordentlichös Treffön einberufön.«

»Oha, wie günstig für uns«, Eric rieb sich die Hände. »Nur schade, dass die Aufnahme vor Gericht nicht verwertbar sein wird«, seufzte Eric bedauernd. Nach seinem begnadeten Auftritt als Roderich musste ich mich erst dran gewöhnen, dass er wieder wie er selbst sprach und nicht wie seine affektierte Undercoverfigur.

»Ach, was, Kinkerlitzchön. So dämlich wie die sich anstellön, wird es kein Problem sein, auch spätör noch verwertbarö Böweisö zu kriegön. Hauptsachö, erst mal rausfindön, wann genau und vor allöm wo sie zuschlagön wollön. Also was zum Teuföl hast du mit Hasönfuß angestellt, dass er so untör die Deckö geschossön ist?«

»Och, eigentlich nichts Besonderes«, zuckte ich bescheiden mit den Schultern. »Erst hat Denise ihn angeschissen, und als er wutentbrannt aus dem Raum stürmen wollte, ist er etwas unglücklich über einen Hocker gestolpert, der …«

»… von ganz allein des Weges kam«, erriet Eric lachend den Rest der Geschichte.

»Ja nun, ist es meine Schuld, wenn Memento keine Rollenhocker mit Feststellbremse kauft? Solche Dinger machen sich schon mal gerne selbstständig. Bei dem gutmütigen und ausgeglichenen Gemüt des Herrn Leichtfuß kann ja keiner ahnen, dass er sich so leicht zu einem Fehler hinreißen lässt.« Ich klimperte unschuldig mit den Wimpern.

»Die Welt braucht mehr Rollhockör«, grinste Tahar zufrieden.

»Okay. Sollte Körber noch kein Überwachungsteam genehmigt bekommen haben, heften wir uns heute Abend an Hasenfußens Fersen und folgen ihm zu diesem Treffen. Wetten, dass das nicht nur ein Ergebnis von Brittas Fußangel ist, sondern er jetzt die Gelegenheit ergreift, sich als Rädelsführer aufzuspielen? Kranitzky ist weg, das ist doch die Gelegenheit für ihn«, sagte Eric.

»Da ist was dran«, stimmte ich zu. Wir müssen nur noch einen Weg finden mitzuhören.«

»Ja und nein«, sagte Tahar. »Erstöns braucht ihr ihm nicht zu folgön, denn ich weiß, wann und wo das Treffön stattfindöt. Ihr könnt also direkt dort hinfahrön. Zweitöns gibt es natürlich einö Chance, dass Hasenfuß sein privatös Laptop bei der Bespreschung einschaltöt. Und falls nicht, brauchö ich euch ja nicht zu erklärön, was ein Körperschallmikrofon ist.

Im schlimmstön Fall müsst ihr eusch also nur in die Büschö schlagön, um das Mikro am Fenstör anzubringön, und könnt eusch den buntön Abönd gemütlich im Auto anhörön.«

Eric nickte. »Ich muss nachher sowieso zur Detektei, um den Skoda zu holen. Dann bringe ich gleich ein Mikro mit. Ich hoffe, die Batterien sind noch voll.«

Die Erfindung des Körperschallmikrofons hatte unser Observationsleben deutlich leichter gemacht. An einer Wand, einem Türrahmen oder einem Fenster angebracht, verwandelte so ein Mikrofon die Vibrationen, die beim Sprechen entstehen, für den Lauscher in hörbare Töne – und damit man heutzutage nicht mehr in nassen Gebüschen hocken musste, sendeten die Dinger auch noch über mehrere Hundert Meter. Sehr praktisch.

»Hast du schon mit Körbör gesprochön wegen der Personallistön der Flüschtlingsunterkünftö?«, wandte sich Tahar an mich.

»Ja, habe ich. Das war aber schon in die Wege geleitet, weil er auch schon selber auf die Idee gekommen war. Ich hoffe, dass wir die bald haben.«

»Sehr gut. Der Abgleich mit den Kontaktön von Hasenfuß und Obersturmbannführör Kück dauört nicht langö. Dann sind wir hoffentlich schlauör.«

Tahar gab uns Uhrzeit und Adresse des abendlichen Rassistentreffens, und wir gingen zügig wieder unserer getrennten Wege. Körber war erleichtert gewesen, dass wir uns anboten, das Treffen zu belauschen. Der Staatsanwalt hatte wohl etwas mit dem Ermittlungsrichter zu kämpfen, und das KK 11 wusste nicht, wann die Genehmigung für die Überwachung durchgehen würde. Sollte das während des Ganoventreffens passieren, würden wir einfach an die Damen und Herren übergeben.

Gegen sechs Uhr fuhr ich schnell nach Hause, um mich umzuziehen, und machte mich auf den Weg zu Pe und Gregor, um Sammy abzuholen.

Gestärkt durch Gregors Blumenkohlauflauf, las ich den drei Orgelpfeifen das nächste Kapitel vor, und kaum hatte ich sie gegen halb neun ins Bett verfrachtet, als es auch schon an der Tür klingelte. Eric, immer pünktlich wie die Maurer.

»Ah, Kollege Lautenschläger, nur herein«, hörte ich Gregor unten im Flur. »Auch zu später Stunde noch auf Verbrecherjagd?«

»Gerade zu später Stunde, Gregor, gerade dann«, entgegnete Eric, während er den Geräuschen nach zu urteilen versuchte, Sammys stürmische Begrüßung unbeschadet zu überstehen. »Das Gesindel nimmt leider keine Rücksicht auf geregelte Arbeitszeiten.«

»Das Konzept des Feierabends ist auch völlig überbewertet«, kommentierte Pe gerade trocken, als ich unten ankam. »Willst du Sammy über Nacht hierlassen?«, fragte sie.

»Nein, nein, der kleine Superdetektiv kann heute mal was tun für sein Futter. Bei Observationen, vor allem abends, ist er besonders nützlich.«

»Ach, wie das?«, fragte Gregor verblüfft. »Willst du ihn durch den Briefkastenschlitz schieben, und er berichtet direkt aus der Speisekammer?«, feixte er.

Ich rollte mit den Augen. »Amateure! Jetzt überleg doch mal. Wenn jemand vor deinem Haus auf der Straße herumlungert, wirst du doch misstrauisch, oder?«

»Kommt drauf an, wie lange die Person da steht, aber nach einer bestimmten Zeit, klar.«

»Und wie sieht das aus, wenn die Person mit einem Hund da steht oder vorbeigeht?«

»Stimmt«, räumte Gregor ein. »Nicht so auffällig.«

»Eben. Ewig kann man so auch nicht rumstehen, aber gerade wenn es eine ruhige Wohnstraße ist, hilft Sammy auf jeden Fall weiter.«

»Vor allem, weil er ja jeden Baum ausgiebig von oben bis unten beschnuppern muss, bevor er auch nur daran denkt, eine Pfote weiterzugehen«, seufzte Eric.

Wir verabschiedeten uns und stiegen draußen in den schwarzen Skoda Octavia, den die Detektei für solche Zwecke vorhielt. Mit Kindersitzen und *Baby-an-Bord*-Aufkleber hinten drauf war der Wagen als Windelbomber getarnt, das ultimative harmlose Fahrzeug, an dem die Leute einfach vorbeigehen, ohne darauf zu achten. Und noch viel wichtiger, dieses Auto hatte noch nie auf dem Memento-Parkplatz gestanden. Kück und Hasenfuß würden den Wagen also nicht wiedererkennen.

Sammy rollte sich in einem der Kindersitze auf der Rückbank zusammen und schlief sofort ein. So ein Tag mit dre i kleinen Hosenscheißern machte einen aber auch rechtschaffen müde.

Ich machte es mir auf dem Beifahrersitz gemütlich. Nach nicht mal drei Stunden Schlaf in der letzten Nacht und einem langen Tag war ich auch nicht mehr ganz taufrisch und streckte mich erst mal ausgiebig, froh, wenigstens aus den verhassten Büroklamotten raus zu sein.

»Du schläfst mir aber hier nicht ein?«, fragte Eric. »Sammy schnarcht schon laut genug. Wenn du auch noch anfängst, fliegen wir sofort auf.«

»Ich schnarche nicht«, sagte ich entrüstet.

»Da habe ich aber was *ganz* anderes gehört«, grinste Eric.

»Von wem?«

»Kommissar Körber soll heute Morgen um sechs völlig übernächtigt gewesen sein. Der arme Mann hat bestimmt kein Auge zugetan bei dem doppelten Schnarchkonzert«, feixte Eric und zog vorsichtshalber schon mal den Kopf ein.

Kleine Schläge auf den Hinterkopf erhöhen das Denkvermögen.

»Ihr Kerle seid schlimmere Tratschen als jede Kaffeetante«, schimpfte ich. »Tahar kann sich schon mal auf was gefasst machen.«

»Aber nein«, Eric gab Gas, um das Grün der Ampel oben an der Kreuzug Siegel noch mitzunehmen, »das siehst du völlig falsch. Wir stehen lediglich im ständigen Austausch über die aktuellen Entwicklungen im Team. Das ist wichtig, für die Gruppendynamik und so.«

»Wenn du noch breiter grinst, kannst du als Briefkastenschlitz arbeiten«, brummte ich. »Klatschbasen, allesamt. Wo fahren wir eigentlich hin?«, wechselte ich das Thema.

»Nach Brand. Offenbar trifft man sich beim Obersturmbannführer zu Hause.«

»Hat der nicht Frau und Kinder?«, fragte ich erstaunt.

Eric sah auf die Uhr. »Na ja, die Kinder sind wahrscheinlich um die Zeit im Bett, und Frau Obersturmbannführer teilt womöglich die Gesinnung des Gatten. Soll ja auch weibliche Rassisten geben.«

Ich schnaubte durch die Nase. »Allerdings. Weißt du, was Jyoti mir vor ein paar Tagen erzählt hat?«

Eric war plötzlich hellwach. Seine Schwäche für meine Freundin Jyoti hat ungefähr die Größe des Pazifischen Ozeans. »Was denn?«

»Sie war in Köln mit der U-Bahn unterwegs, und da ist eine junge Frau mit einem Kinderwagen eingestiegen. Die Frau war weiß und das Kind dunkelhäutig. An der nächsten Station ist so eine alte Schnepfe mit Kopftuch an dem Kinderwagen vorbeigegangen, hat reingeguckt und zu dem Mädel gesagt: ›Das hätten Sie wohl besser abgetrieben, wie?‹

Erics Kinnlade klappte herunter. »WIE bitte?«

»Gott sei Dank war die junge Frau nicht auf den Mund gefallen und hat der Alten ein schönes Geleitwort mit auf den Weg gegeben.«

»Recht so!«

Wir fuhren inzwischen die Adenauerallee entlang, an deren Ende Eric auf die Trierer Straße einbog und Richtung Aachen-Brand fuhr.

Da nicht viel Verkehr war, hatten wir unser Ziel über die Freunder Landstraße und die Schroufstraße schnell erreicht. Eric parkte den Wagen so, dass wir nicht direkt vor dem Haus standen, aber so, dass wir zumindest sehen konnten, wer dort ein- und ausging. Jetzt hieß es Abwarten und Teetrinken. Mit dem Anbringen des Mikrofons mussten wir warten, bis wir wussten, in welchem Raum des geräumigen Hauses die Besprechung stattfinden würde.

»Gut, dass wir Sammy dabeihaben«, bemerkte Eric. »Das könnte sonst schwierig werden mit dem unauffälligen Anpirschen. Bei der Kälte ist ja sonst keine Sau unterwegs, da fällt man gleich noch mehr auf, wenn man hier herumkraucht. Achtung, da kommt jemand.«

Wir rutschten tiefer in unsere Sitze, und tatsächlich bog ein dunkelgrüner BMW um die Ecke, fuhr langsam die Straße entlang und hielt dann ein paar Meter vom Domizil des Obersturmbannführers an. Der Fahrer blieb noch eine Weile im Auto sitzen und stieg dann aus.

»Klassische Prinz-Eisenherz-Frisur. Hab ich länger nicht gesehen«, wisperte Eric.

»Nee, ist klar, Herr Lautenschläger, der Abend ist vor allem unter modischen Gesichtspunkten zu betrachten.«

»Ich mein ja nur«, maulte Eric. »Sonst heißt es immer, wir würden solchen Angelegenheiten nicht genug Aufmerksamkeit schenken. Wie man es macht …«

»… ist es sowieso verkehrt. Find dich doch einfach mit den Tatsachen des Lebens ab, Eric. Ihr könnt einfach nicht gewinnen«, grinste ich, während ich unser kleines Netbook aufklappte und die Ohrhörer einstöpselte. Damit das Leuchten des Bildschirms uns nicht verriet, schaltete ich den Bildschirm aus. Wir mussten schließlich nur hören. Sehen konnten wir selber.

»Ich hab's befürchtet«, seufzte er. »Achtung, der Nächste.«

Eine klapprige, uralte Mercedes S-Klasse Marke Rostlaube bog um die Ecke. Der Farbton erinnerte ein wenig an das, was ich in den vergangenen Jahren des Öfteren mal aus den Windeln der Neffen hatte entfernen müssen.

»Wer kauft denn bitte freiwillig ein Auto mit so einer Farbe?«, fragte ich entsetzt.

»Frauen!«, stöhnte Eric. »Als ob die Farbe das Wichtigste an einem Auto wäre.«

»Ist sie nicht?«, grinste ich. »Mal ehrlich, das da will man doch nicht vor der Haustür stehen haben. Andererseits passt die Farbgebung natürlich wiederum gut zur Gesinnung. Legen diese Spackos eigentlich die Hackordnung nach Farbschema fest? Hellbraun ganz unten, dunkelbraun ganz oben?«, überlegte ich.

»Und der Nächste«, sagte Eric durch.

Nummer drei kam mit dem Fahrrad, Büffelhornlenker inklusive. Helm, Leuchtstreifen ums Hosenbein und Sicherheitsweste. Wäre der mir in einem anderen Zusammenhang begegnet, hätte ich jede Wette verloren, und ihn weit weg vom dunkelbraunen Spektrum angesiedelt. So kann man sich irren.

Schließlich bog auch noch Häuptling Hasenfuß um die Ecke, in einem schwarzen VW Touareg. Nach geschlagenen fünf Anläufen hatte er es dann tatsächlich geschafft, den

Wagen in eine Parklücke zu manövrieren, die einem Sattelschlepper bequem Platz geboten hätte.

»Wenn das die Standardleistung beim Einparken war, möchte ich nicht sehen, wie der den Wagen im Gelände fährt. Der holzt damit ja einen Wald schneller ab als die Raub-Roder im Amazonas-Regenwald«, bemerkte ich staunend.

Hasenfuß war ausgestiegen und inzwischen bereits das dritte Mal um sein Auto herumgelaufen. Er unterzog es einer eingehenden Untersuchung. Ob er nach imaginären Stäubchen suchte oder nach Schrammen, war nicht auszumachen.

»Mein Gott noch, jetzt geh schon rein, du Schnarchnase. Wenn der jetzt noch dreimal rumläuft, ist das Meeting vorbei, ehe ich überhaupt die Autotür aufgemacht hab«, beschwerte ich mich bei Eric.

In dem Moment ging Gott sei Dank die Haustür auf, und der Kumpan mit der Prinz-Eisenherz-Frisur winkte Hasenfuß aufgeregt, er solle reinkommen. Gut, dann hatten sie wohl nicht ohne ihn angefangen. Hasenfuß warf noch einen letzten prüfenden Blick auf seine Karosse und trollte sich endlich ins Haus.

»Los, los, los«, zischte Eric.

»Sammy, Hörnchen!« rief ich. Okay, bisschen gemein, aber es erzielte die gewünschte Wirkung. Sammy war schlagartig hellwach und steckte die Nase zwischen den beiden Vordersitzen durch. Ich schob Eric das Netbook auf den Schoß, griff nach Sammy und öffnete die Wagentür. Mit Sammy auf dem Arm stieg ich aus und schloss die Autotür so leise wie möglich.

»Leise, Sammy«, flüsterte ich, was Sammy sofort mit einem glücklichen Kläffen quittierte. *War klar.*

Zügig, aber ohne Hast näherte ich mich der Kück'schen Wolfsschanze und sah mich möglichst unauffällig um. Keiner auf der Straße.

Im Untergeschoss brannte in zwei Räumen Licht. Ich setzte Sammy ab, zog einen seiner vollgesabberten Tennisbälle aus der Jackentasche und warf ihn unauffällig ins Gebüsch unter den beiden erleuchteten Fenstern. Da wir nur ein Mikro hatten, half es nichts – ich musste erst gucken, in welchem der beiden Räume sich die Verschwörer aufhielten. Wenn sie sich auf zwei Räume verteilten, hätten wir fies Pech gehabt.

Sammy verschwand glücklich und unter wildem Geraschel im Gebüsch, und ich folgte ihm so schnell und so unauffällig wie möglich. Mein ramponiertes Bein muckte, als ich mich in den Dreck kniete, um vorsichtig durchs erste Fenster zu schielen. Die Küche – Festbeleuchtung, aber keiner drin.

Das nenn ich doch mal Energiebewusstsein.

Ich robbte weiter, während Sammy aufgeregt herumschnupperte. Gott sei Dank, kann ich nur sagen, denn ohne ihn hätte ich die braune, weiche Tretmine, die im Gebüsch unter dem zweiten Fenster lauerte, nicht rechtzeitig gesehen und wäre genau mit den Händen reingepatscht.

Ich zog mich an der Wand ein Stück hoch und spinkste vorsichtig ins zweite Fenster. *Bingo!* Die ganze Saubande in trautem Beisammensein, es gab Bier mit Brezeln.

Vorsichtig nestelte ich das winzige Mikro an den Fensterrahmen, ließ mich wieder auf die Knie sinken und wartete, bis Eric mit dem linken Blinker ein kurzes Signal gab. Er hatte Empfang.

Und dann machte ich den Fehler, Sammy zu früh zu loben.

»Braver Sammy«, flüsterte ich. »Das gibt einen Extra-Hundekuchen.« Und wie immer, wenn es etwas zu essen gab, kläffte Sammy glücklich.

O nein!

Ich hatte gerade noch Zeit, mich um hundertachzig Grad zu drehen, als sich hinter mir das Fenster öffnete und Kück ins Dunkle schnarrte: »Was ist denn hier los? Das ist Privatgrund.«

Wenn der mich erkennt, sind wir geliefert.

Zur Abwechslung mal geistesgegenwärtig, hatte ich die Plastiktüte in der Hand, in der das Mikro verpackt gewesen war, zu meinem Glück viele Nummern zu groß für das Gerät. Diese stülpte ich mir über die Hand und krabbelte tapfer auf die braune Tretmine zu, an der ich auf dem Hinweg vorbeigekommen war.

»Bitte entschuldijen Se vielmals« brummelte ich mit tiefer gestellter Stimme«, aber mich is d'r Möpp ausjebüchst und hat sich in Ihrem Vorjachten verewicht. Dat wollt' ich nur weckmachen, nix für unjut.«

Plötzlich wurde es hell, als Kück, vermutlich mit einer Taschenlampe, in seinen Vorgarten leuchtete, aber aufgrund meiner Position konnte er Gott sei Dank nur meinen Hintern sehen, während ich mit angewidertem Gesichtsausdruck die Tretmine mit der Plastiktüte aufsammelte.

Was WAR das? Rottweiler mit Durchfall?

»Sehen Sie bloß zu, dass da nix übrig bleibt«, bellte Kück und wedelte aufgeregt mit dem Taschenlampenstrahl in der Gegend herum. »Und dann ab Marsch, Marsch! Nicht zu glauben, was sich hier herum…«, hörte ich noch, bevor das Fenster zuging.

Erleichtert atmete ich durch, rappelte mich stöhnend auf und rief leise nach Sammy, der mir auffallend brav hinterhertrippelte. Die Tretminentüte trug ich mit spitzen Fingern zu den Kück'schen Mülltonnen, bevor ich mich mit einem tiefen Schnaufer wieder auf den Beifahrersitz des Skoda fallen ließ.

»Nicht schlecht, Frau Sander, nicht schlecht«, gackerte Eric. »Dem Herrn Obersturmbannführer hast du ja im wahrsten

Sinne des Wortes gezeigt, was eine Breitseite ist. Auf die Idee, ihm einfach den Allerwertesten zuzudrehen, muss man erst mal kommen«, wieherte er.

»Undank ist der Welten Lohn«, knurrte ich. »Nur weil du im Büro nicht mal 'ne Perücke als Tarnung trägst, muss ich hier Leib und Leben riskieren, um die Überwachungstechnik zu installieren.«

Eric schüttete sich erneut aus vor Lachen. »Wenn ich das gewusst hätte, hätte ich ja auch gehen können. An meinem Bobbes hätte der mich im Leben nicht erkannt.«

»Die nächste Rottweiler-Tretmine räumst du auf jeden Fall, so viel steht schon mal fest«, brummte ich missmutig. »Und jetzt pscht, ich glaub, die sind mit dem Smalltalk durch da drinnen.«

FREITAG, 25. NOVEMBER

08:40 Uhr

Als ich bei Memento auf den Hof rollte, war ich deutlich ausgeschlafener als am Tag zuvor. Wir hatten zwar am Donnerstag bis Mitternacht vor der Tür des Obersturmbannführers ausgeharrt, aber da ich der Versuchung widerstanden hatte, im Anschluss noch zu Körber zu fahren, hatte ich ausnahmsweise mal genug Schlaf genossen. Während ich Sammy an diesem Morgen noch ein bisschen um die Häuser gescheucht hatte, hatte ich Körber per Telefon auf den neuesten Stand gebracht und freute mich schon darauf, der Saubande schon sehr bald das Handwerk zu legen.

Tahar fuhr ungefähr zwei Minuten nach mir auf den Hof und parkte direkt neben mir, die Augen – wie um die Uhrzeit eigentlich immer – noch auf Halbmast.

»Warum habt ihr gestörn Nacht nicht mehr angerufön?«, flüsterte er vorwurfsvoll, nachdem er sicher war, dass uns niemand hörte.

»Weil ich dich nicht um deinen Schönheitsschlaf bringen wollte«, wisperte ich zurück. »Wir wissen jetzt, wann die Idioten losschlagen wollen. Körber ist schon im Bilde und mit seinen Kollegen fleißig bei der Arbeit. Alle schmutzigen Details gibt's gleich im Putzkeller.«

Ich schlang mir das verhasste Handtäschchen über die Schulter und drückte in Gedanken Pe, die endlich Schuhe für mich gefunden hatte, die zum Kostümchen passten, in denen ich aber trotzdem vernünftig gehen konnte. Dass sie damit Tahar das Leben retten würde, war ihr im Schuhgeschäft vermutlich noch nicht klar gewesen.

Tahar und ich gingen gemütlich nebeneinander her auf den Haupteingang zu. In der Raucherecke rechts neben der Eingangstür lauerte schon mindestens die Hälfte seines Harems.

»Ah, *mon Dieu,* nicht schon wiedör um die Uhrzeit. Könnön die mich nicht wenigstöns morgöns wach werdön lassön, bevor sie an meinön Lippön hängön?«, seufzte er.

»Wenn ich noch ein Beispiel für Jammern auf höchstem Niveau gebraucht hätte …«, grinste ich und winkte ihm liebenswürdig zu, als sich unsere Wege trennten. Ich hielt auf die Eingangstür zu, während Tahar in Richtung Harem abdrehte und sein gewinnendstes Lächeln aufsetzte.

Ich weiß bis heute nicht, warum ich in diesem Moment nach oben geguckt habe. Vielleicht war es ein Schatten im peripheren Gesichtsfeld, eine Bewegung, wo keine hätte sein dürfen – oder vielleicht hatte ich, ohne es zu wissen, einen neuen Job als Schutzengel. Aber wenn ich in diesem Moment nicht nach oben geschaut hätte, hätte ich den massiven Steinblock, der vom Dach herunterfiel, nicht gesehen.

Bevor mein Großhirn überhaupt schalten konnte, hatten sich meine Füße schon gedreht. Nach drei riesigen Schritten war klar, dass ich Tahar auf diesem Weg nicht mehr rechtzeitig erreichen würde, also machte ich – samt Handtäschchen! – einen verzweifelten Hechtsprung, der Olli Kahn vor Neid hätte erblassen lassen, und brachte Tahar zu Fall. Eine Sekunde später schlug der massive Stein genau da ein, wo Tahar eben noch gestanden hatte.

»Halb zog sie ihn, halb sank er hin«, kalauerte Tahar, der sich vor seinem Harem keine Blöße geben wollte. Aber seine Augen zeigten, wie sehr der Schreck ihm in die Glieder gefahren war. Er hatte sofort verstanden, dass ihm jemand nach dem Leben trachtete.

Während der Harem noch schreckensstarr dastand, die qualmenden Kippen unbeachtet in den Händen, rappelte ich mich hoch. »Das Dach, ich muss aufs Dach!«, rief ich, drehte mich um und spurtete in vollem Tempo los – immer noch mit Handtäschchen! Ich rannte durch die Eingangshalle und zog ungeduldig die Magnetkarte durch die Zugangsbarriere. Dann stürmte ich übers Treppenhaus nach oben in den zweiten Stock. Mein ramponiertes Bein machte sich bemerkbar, aber daran konnte ich mich nicht aufhalten. Ich biss die Zähne zusammen und stürmte weiter, frustriert, dass ich noch nicht wieder so schnell laufen konnte wie vor dem Unfall.

Aus dem Studium der Gebäudepläne wusste ich, dass der Aufgang aufs Dach ganz hinten im Flur zwischen dem großen Aufenthaltsraum und dem Großraumbüro der Einkaufsabteilung lag – und dass es zwischen Treppenhaus und Dachaufgang keine Zugangsbarriere gab. Da im zweiten Stock keine Entwicklungslabore waren, gab es hier keine gesonderten Sicherheitsmaßnahmen. Ob der Aufgang mit Magnetkarte zu öffnen war oder mit Schlüssel, wusste ich nicht – ich betete einfach, dass ich mit meiner Karte aufs Dach kommen würde. Wenn der große Steinbrocken sich nicht von alleine gelöst hatte, konnte der Steinwerfer noch nicht weit sein. Im Treppenhaus begegnete mir niemand, und was ich im Vorbeisausen vom Aufzug sah, schien mir so, als wäre er derzeit nicht in Bewegung.

Wenn ich dich erwische, mach ich Kleinholz aus dir.

Vielleicht waren wir am vorherigen Tag beim Auslegen von Fallen und Mikrofon nicht so unauffällig gewesen, wie wir gedacht hatten. Vielleicht hatte Hasenfuß doch etwas bemerkt und uns mit dem Einberufen der Verschwörer abends nur eine Falle gestellt, um herauszufinden, was wir wussten oder von wem genau er eigentlich überwacht wurde.

Ich schlitterte auf den blank polierten Fliesen die letzten Meter bis zum Dachaufgang und stellte zu meiner großen Erleichterung fest, dass ich mit meiner offiziellen Marketing-Zugangskarte die Tür zum Dachaufgang öffnen konnte. Ich hätte nur ungern meine VIP-Ich-komme-überall-rein-Karte gezückt, von der ja außer den Messners und dem Habicht niemand etwas wusste.

Als die Tür krachend aufflog und ich auf das Kiesbett hinausstürmte, meldete sich mein Großhirn dann doch endlich mal zu Wort.

Du bist mal wieder unbewaffnet, Sander.

»Mir doch egal«, knurrte ich zu mir selbst, »wenn ich den erwische, kratze ich ihm eigenhändig die Augen aus.«

Das Dach zu überblicken, war eine Sache von Sekunden, denn außer Kies und den vier niedrigen Lüftungsschächten, hinter denen sich noch nicht mal ein Kind erfolgreich hätte verstecken können, bot das Dach von Memento nichts, aber auch rein gar nichts für den Fall, dass sich jemand hätte verstecken wollen. Hier war einfach niemand.

»So eine verdammte Hasenkacke«, fluchte ich und machte ein paar Schritte hinein ins Kiesbett. Auch hier gut, dass ich nicht in Stöckeln unterwegs war, sonst wäre ich dem Stein wahrscheinlich direkt hinterher geflogen.

Was mich allerdings genauso sehr interessierte wie die Identität des Steinbrockenwerfers war die Frage, *was genau* eigentlich geworfen worden war. Der Rundblick übers Dach hatte gezeigt, dass hier mitnichten massige Steinblöcke irgendeiner Art herumlagen. Womöglich hatte unser hinterhältiger Assassine sein Mordwerkzeug ja auch einfach mitgebracht und hier hochgeschleppt. Schlauer und vor allem unauffälliger wäre es allerdings gewesen, ein Geschoss zu benutzen, das bereits hier oben vorhanden war und nicht erst quer durchs Unternehmen geschleppt werden musste.

Ich näherte mich der Dachumrandung auf der Seite zu Parkplatz und Haupteingang hin. Dass Publikumsverkehr hier eigentlich nicht vorgesehen war, konnte man schon daran erkennen, dass es zwar eine Umrandung gab, aber kein Geländer oder eine andersgeartete Absturzprävention.

Das hätte vielleicht auch mal jemand demjenigen sagen sollen, der die Zugangsberechtigungen vergibt.

Die Dachumrandung war relativ breit, und man konnte sich auch bequem draufsetzen, was ich auch tat, um etwas weniger absturzgefährdet nach unten zu schielen. Herzinfarktrisiko für jeden Sicherheitsbeauftragten. Vielleicht hatte der Attentäter den Stein ja auch gar nicht vom Dach geworfen, sondern aus einem der Fenster des Aufenthaltsraums, der direkt unter mir lag.

Diese Theorie beerdigte ich allerdings gleich wieder, als ich sah, was vorne an der Fassade der Memento GmbH befestigt war – Gargoyles oder auch Wasserspeier nach alter englischer Kirch- und College-Tradition. Ich staunte nicht schlecht, als ich insgesamt neun Wasserspeier zählte – oder besser gesagt acht tatsächliche Wasserspeier und eine Stelle über dem Haupteingang, an der ganz offensichtlich bis heute Morgen noch ein neunter Wasserspeier gehangen hatte. Ich stand auf und ging zu den Resten an der Außenwand hinüber, und es brauchte nicht mehr als einen Blick, um zu sehen, was passiert war. Der Wasserspeier, der unten auf dem Gebäudevorplatz inzwischen von einer größeren Menschenmenge umringt war, hatte sich ganz offensichtlich nicht von alleine gelöst, sondern war fein säuberlich abgesägt worden. Lediglich am rechten und linken Rand war der Stein etwas unregelmäßiger ausgebrochen. Ich nahm an, der Täter hatte den Stein so weit angesägt, dass er gerade noch so hielt. Heute Morgen hatte er sich auf die Lauer gelegt, mit oder ohne Säge, und der wackligen Halterung den Rest gegeben, so dass der Wasserspeier opportun auf Tahar zustürzte. Derjenige hatte dabei billigend in Kauf genommen, dass der Steinbrocken sich auch von selbst hätte lösen können und jemand ganz anderen erschlug als das eigentliche Ziel. Natürlich war nicht hundertprozentig auszuschließen, dass sich der Stein zum falschen Zeitpunkt gelöst hatte und eigentlich jemand anderen treffen sollte, aber das hielt ich für so extrem unwahrscheinlich, dass ich keinen weiteren Gedanken daran verschwendete.

Ich griff nach meiner hinteren Hosentasche, die natürlich nicht da war, und zog mein Handy stattdessen seufzend aus dem Handtäschchen. Ich machte ein paar Fotos und einen kurzen Videoclip, bei dem ich aufsprach, was wo zu sehen war und zu welchem Zeitpunkt. Sicher ist sicher.

Als die Dachtür sich hinter mir öffnete, fuhr ich in Alarmbereitschaft herum, aber es war Gott sei Dank nur Eric.

»Alles in Ordnung hier oben?«, fragte er, während er sich wachsam umsah.

»Ja, hier war keiner, als ich hochkam. Wer auch immer es war, muss in Rekordtempo verschwunden sein. Mir ist niemand entgegengekommen, und ich bin quasi direkt nach dem Aufschlag losgerannt.«

»Seltsam«, brummte Eric. »Gibt es in der Belegschaft Alpinisten?«

»Hä?«, fragte ich wenig geistreich.

Eric zuckte mit den Schultern. »Der schnellste Weg, von hier oben zu verschwinden, wäre, sich am kurzen Ende des Gebäudes abzuseilen. Dort gibt es keine Bürofenster, und die Wahrscheinlichkeit, dass dich jemand sieht, ist deutlich niedriger als die, auf dem Flur mit jemandem zusammenzustoßen.«

»Auf die Idee bin ich noch gar nicht gekommen«, sagte ich. »Manchmal bist du ja doch zu was nütze.«

Eric grinste. »Unverschämtheit. Du die Seite, ich die andere?«

Gesagt, getan. Leider ohne Ergebnis. Weder hing irgendwo noch ein verräterisches Seil noch gab es irgendetwas, woran man ein Seil sicher hätte befestigen können. Die Lüftungsschächte gaben nicht genug Widerstand her, um einen Erwachsenen sicher so weit abzuseilen.

»Na ja, wenigstens weiß ich, was Tahar fast erschlagen hätte«, sagte ich und wedelte mit der Hand in Richtung Vorderseite des Gebäudes.

»Ich nehme an, einer der Wasserspeier hat eine unfreiwillige Reise angetreten«, sagte Eric zu meiner großen Verblüffung.

»Du wusstest von den Wasserspeiern?«, fragte ich überrascht.

»Dass die hier hängen, ja; dass jemand Tahar damit umbringen wollte, nein«, frotzelte er. »Die Messners haben mich ja mittags ein paar Mal mit zum Essen geschleift – um ›ganz nah an den Ermittlungen‹ zu bleiben«, seufzte er, während er mit den Fingern Anführungszeichen in die Luft malte. »Und gleich beim ersten Essen haben sie dann die Geschichte von den Wasserspeiern zum Besten gegeben.«

»Und die wäre?«

»Hartmut Messner hat in Cambridge studiert, und an Kirchen und an manchen der alten Colleges in Oxford und Cambridge hängen ja Wasserspeier aus Stein, die nicht wie ursprünglich mal furchterregende Ungeheuer darstellen, sondern echte Personen wie die Leiter eines Colleges oder in einem Fall, glaube ich, sogar seinen Hund. Das fand Hartmut so charmant, dass er, als Memento vor ein paar Jahren neu gebaut hat, sich einen Aachener Steinmetz gesucht hat und ihm eine Reise nach Oxford und Cambridge bezahlt hat, damit er für Memento eine Serie von Wasserspeiern für das Dach des Neubaus entwirft.«

Ich kratzte mich durch die Perücke am Kopf. Das verdammte Ding war heute wieder mal besonders lästig. »Hm, architektonisch passend ist anders«, bemerkte ich. Das Memento-Gebäude bestand hauptsächlich aus Glas, Chrom und Stahl – die mittelalterlich anmutenden Wasserspeier waren stilistisch ziemlich gewagt. »Und wen stellen die Memento-Figuren dar? Vielleicht den Habicht? Wo du doch was von furchterregenden Ungeheuern gesagt hast?«, grinste ich.

»Schlimmer«, winkte Eric ab, »viel schlimmer. Die Messners haben sich selbst verewigt. Es sind insgesamt neun«, er stutzte, »es *waren* neun, jetzt wohl nur noch acht.« Er zählte an den Fingern ab: »Hartmut Messner nebst Gattin und zwei Kindern, Rainer Messner dito mit dreiköpfigem Anhang und stilecht über dem Haupteingang das Antlitz der alten Patriarchin, Edelgard Messner. Wenn ich es richtig herausgehört habe, hat Edelgard im Clan das Geld und die Hosen an, seit der Gatte dahingeschieden ist.«

»Dann ist die alte Fregatte ja heute Morgen böse auf die Schnauze gefallen«, konnte ich mir nicht verkneifen. Mit selbst ernannten Patriarchen und Patriarchinnen hatte ich schon immer meine Probleme.

»Das kannst du wohl laut sagen«, nickte Eric grimmig und ging hinüber zu der Stelle, wo es Edelgard verrissen hatte. »Tja, kein Zweifel – abgesägt oder besser angesägt. Fragt sich nur, wer dem Hacker unseres Vertrauens an die Wäsche wollte.«

»Ich hoffe, dass Tahar uns diese Frage sehr schnell beantworten kann. Die Tür zum Dach ist ja ans elektronische Zugangssystem angeschlossen. Es müsste also einen Eintrag geben, wer außer uns zuletzt hier oben war. Gauner fangen leicht gemacht. Auf, auf, Tahar hat bestimmt schon die Tastatur gezückt.«

* * *

Tahar hatte noch nichts dergleichen getan, weil er in der Raucherecke neben dem Haupteingang inzwischen in einem wahren Mob hysterischer Cindys, Mindys und Püppis gefangen war. Eric legte den Kopf schräg und grinste. »Er hat ein bisschen was von Jon Schnee, umringt von der Armee der Toten.«

»Stimmt, von den Cindys und Mindys scheint es auch einen schier unerschöpflichen Nachschub zu geben«, seufzte ich und macht mich daran, Tahar aus deren Klauen zu befreien – was mir eine wahre Salve an giftigen Blicken eintrug. Beherzt bahnte ich uns einen Weg aus dem parfümgeschwängerten Getümmel und schob Tahar in Richtung Eingangstür.

Eric hatte, bevor er mir aufs Dach gefolgt war, das Mädel vom Empfang gebeten, sich als Wachhund neben die abgestürzte Edelgard zu stellen. Das kleine Persönchen – Julia? Johanna? Jutta? – hatte ihre Aufgabe sehr ernst genommen, niemanden näher als einen Meter an die Steinüberreste herangelassen und hatte die Zeit sogar genutzt, um brauchbare Fotos zu machen.

Auf dem Weg nach unten hatte Eric mir berichtet, dass Rainer Messner sich gefühlte zwei Minuten nach dem unglücklichen Absturz der Patriarchin telefonisch bei ihm gemeldet, ihn nach draußen geschickt und ihm eingeschärft hatte, es solle um Himmels willen nicht die Polizei gerufen werden.

»Ach, das ist ja interessant«, grübelte ich und blieb auf der Treppe stehen. »Woher wusste der denn so schnell, was passiert ist? Und vor allem, warum wollte er keine Polizei? Hat der vielleicht selbst was zu verbergen?«

Eric zuckte mit den Schultern. »Er sagt, seine Assistentin Frau Holler habe gerade an dem Fenster zu dieser Seite des Gebäudes die Blumen gegossen und alles gesehen. Sie sei sofort zu ihm gerannt, und dann habe er direkt angerufen.«

»Ohne mal selbst gucken zu gehen, was passiert ist? Und die größte Sorge ist, die Polizei könnte ins Haus kommen? Auf die Idee, dass es ein Unfall gewesen sein könnte, ist er offenbar gar nicht gekommen. Seltsam, oder?«, grübelte ich.

Eric zuckte mit den Schultern. »Stimmt schon, andererseits haben die eh schon die Hosen gestrichen voll, dass irgendetwas über den Maulwurf nach außen dringt, und ich verstehe auch warum. Wenn das rauskommt, können die wahrscheinlich dichtmachen. Die Aufmerksamkeit bei Polizeiermittlungen wegen tief fliegender Wasserspeier wäre der pure Albtraum. Ich vermute da eher Angst vor einem Skandal als ein schlechtes Gewissen. Sollten die Messners doch selbst Dreck am Stecken haben, kriegen wir das schon raus, aber ich glaube es ehrlich gesagt nicht. Wenn die Polizei hier nicht offiziell herumhüpft, ist das momentan erst mal besser. Erstens gehen womöglich unsere braunen Freunde auf Tauchstation, wenn Körber oder gar die SoKo Rechtsterrorismus hier anrückt. Es spricht ja nichts dagegen, ihn auf dem kleinen Dienstweg auf dem Laufenden zu halten. Außerdem können wir viel unauffälliger ermitteln. Unsere Tarnung ist ja noch intakt.«

»Da wäre ich mir nicht so sicher. Wenn Tahar die Steine um die Ohren geflogen sind, weil die Rassisten gemerkt haben, dass wir ihnen auf den Fersen sind, wissen sie auch, wer wir sind. Wir müssen alle drei auf der Hut sein und …«

»… öfter mal nach oben gucken«, vollendete Eric meinen Satz, bevor wir unseren Weg nach unten fortsetzten.

Jana – so hieß das Mädel vom Empfang – hatte also gut auf die abgestürzte Edelgard aufgepasst und eine Reihe guter Fotos gemacht. Eric, zurückverwandelt in den großspurigen Roderich, machte sich – »auf Geheiß der Geschäftsleitung höchstpersönlich«, wie er quer über den Hof tönte – daran, Edelgard und ihre sämtlichen Steinsplitter einzusammeln. Jana half ihm eifrig dabei, indem sie aus dem vorsorglich mitgebrachten Erste-Hilfe-Koffer ein Paar Latex-Handschuhe für Roderich und als Notbehelf eine silber-goldene Rettungsfolie hervorzauberte, in die Roderich umständlich die Überreste des Wasserspeiers einwickelte. Dass Jana Roderich dabei aus großen, blauen Augen anhimmelte, bekam Eric natürlich mit und ließ Roderich diese Anbetung huldvoll entgegennehmen.

An dir ist echt ein Schauspieler verloren gegangen.

Tahar und ich hatten inzwischen die rettende Empfangshalle erreicht. Hier war es leer, denn die Belegschaft war entweder auf dem Hof oder hing oben aus den Fenstern. Sicherheitshalber sahen wir uns noch mal um, passierten die zwei Zugangssperren für den IT-Bereich und verschwanden eilig in Tahars Büro.

»Wenn einör reinkommt, sagö ich einfach, du müsstöst noch fortgeschrittenö Erstö Hilfö leistön«, grinste Tahar, schon wieder halb obenauf.

»Mull nicht, guck lieber nach, wer heute Morgen auf dem Dach war, als Edelgard dir fast auf die Rübe gefallen wäre.«

»Bin ja schon dabei«, brummelte er, hämmerte auf einer der Tastaturen herum und steckte sich eine Kippe an.

Nach einer Weile bemerkte er, dass ich ihn anstarrte. »*Quoi?*«, nuschelte er um die Zigarette herum.

»Ich warte drauf, dass der Feueralarm losgeht.«

»Da kannst du langö wartön.« Er zeigte mit der Zigarette nach oben unter die Decke, wo der Rauchmelder offen stand und in der Batteriehalterung ein großes Loch klaffte.

»Sag, dass das nicht wahr ist«, stöhnte ich.

In dem Moment ging die Tür auf, und Eric kam herein. »Sag, dass was nicht wahr ist?«, fragte er.

Ich zeigte wortlos auf den nutzlosen Rauchmelder.

»Ich verstehö das Problem nicht«, maulte Tahar, ohne vom Bildschirm aufzusehen. »Ich tuö doch abönds, bövor ich gehö, die Batterie wiedör rein, *non? Ah bon,* da habön wir ihn, den Mann, dem ich gleich die Gurgöl umdrehö.« Grimmig sah er auf.

»Und?«

»Jupp Meulön, Hausmeistör und Besorgungsdienstö.«

»Bist du sicher?«, fragte ich verdattert.

»Wir habön es schwarz auf weiß.« Triumphierend drehte er einen seiner Bildschirme zu mir um. Und tatsächlich. Jupp Meulen war von acht Uhr bis ungefähr dreißig Sekunden nach dem Anschlag auf dem Dach der Memento GmbH gewesen und hatte auf den richtigen Zeitpunkt gewartet, um die Steinbombe abzuwerfen.

Ich schüttelte ungläubig den Kopf. »Da hätte ich jede Wette verloren. Jupp Meulen und das fiese Rassistenpack? So kann man sich irren.«

Mir fiel die Szene beim Bäcker am ersten Arbeitstag ein. Jupp Meulen hatte Obersturmbannführer Kück angedroht, auf seiner Büromöbel-Bestellung sitzen zu bleiben, wenn er das polnische Mädel hinterm Tresen nicht in Ruhe ließe.

Alles nur Theater fürs große Publikum?

»Taucht Meulen denn irgendwo in der Kommunikation unserer Möchtegern-Attentäter auf?«, fragte Eric.

»Bisher nicht«, schüttelte Tahar den Kopf. »Abör ich guckö jetzt natürlich noch mal besondörs genau hin.«

»Mach das, allerdings dürfen wir jetzt keine Zeit verlieren«, sagte Eric. »Ich nehme mir Meulen gleich mal zur Brust. Kannst du sehen, wo er gerade ist? Am besten überrumpele ich ihn da. Dann hat er keine Zeit, sich etwas auszudenken.«

»Das hat er wahrscheinlich eh schon gemacht«, murmelte Tahar finster. »Er ist im Kellör, entwedör im Heizungsraum odör im Putzkellör.«

»Hm, ob es Zufall ist, dass er sich in der Nähe unseres geheimen Hauptquartiers aufhält?«, überlegte ich laut.

»Das werden wir gleich wissen«, sagte Eric grimmig, und Tahar machte Anstalten aufzustehen.

»Nein, nein, nichts da. Du bleibst hier.«

»Das kommt ja überhaupt nicht in die Tütö!«, protestierte Tahar lautstark.

»Du kannst auf gar keinen Fall mitkommen«, sagte Eric eindringlich. »Und du auch nicht«, fügte er in meine Richtung hinzu.

»Äh, was soll das denn heißen?«

»Ganz einfach, dass ich Jupp Meulen alleine befrage.«

»Wie kommst du denn auf *die* Schnapsidee?«, lachte ich.

Eric seufzte. »Jetzt überleg doch mal, Frau Sander. Du arbeitest im Marketing. Mit welcher halbwegs sinnvollen Ausrede willst du denn anfangen, Leute zu verhören?«

»Da ist natürlich was dran. Welche brillante Tarnung hast *du* dir denn überlegt?«

Eric zuckte mit den Schultern und setzte Roderichs arroganten Gesichtsausdruck auf. »Die Geschäftsleitung höchstpersönlich hat mich mit den Ermittlungen beauftragt«, näselte er.

»Also schön, ich sag's ungern, aber du hast recht, und vor allem haben wir keine Zeit zu verlieren. Also husch, husch in den Keller und Jupp Meulen aufgespürt. Sonst hat der sich 'ne ganze Oper ausgedacht, bevor du die erste Frage stellst.«

Tahar tippte plötzlich auf seinem Handy herum, und Erics Handy klingelte. Verständnislos guckte Eric auf das Display. »Wieso rufst du mich denn an?«

»Damit wir mithörön könnön, du Generalist, warum denn sonst?«

»Gute Idee, hätte von mir sein können«, sagte Eric gewohnt bescheiden, sperrte den Bildschirm seines Handys und steckte es in die rechte Jackett-Tasche. »Dann wollen wir mal.«

Ich brauchte noch einen Vorwand, im IT-Büro hocken zu bleiben. »Ich geh schnell nach oben – ruf mich in zwei Minuten an, du hättest im Netzwerk einen Virus entdeckt, der von meinem Laptop kommt, und beorder mich hierher.«

Tahar tipperte schon wieder auf seinen diversen Tastaturen herum und nickte abwesend.

Fünf Minuten später war ich, diesmal mit Laptop unter dem Arm, wieder da. Gerade rechtzeitig, denn Eric hatte unseren Verdächtigen inzwischen gefunden – im Heizungskeller.

»Wat machs du denn hier?«, fragte ein völlig verdutzter Jupp Meulen. Roderich war mit Sicherheit der erste Unternehmensberater, der sich im Heizungskeller eines Unternehmens blicken ließ. Mit solchen Feinheiten wie Siezen hielt sich Jupp gar nicht erst auf.

»Ich suche Sie, mein Bester«, roderichte Eric gekonnt. »Ich war Ihnen sozusagen hart auf den Fersen.«

»Wat?«

»Ahem«, Roderich räusperte sich dezent. »Ich bin im offiziellen Auftrag der Geschäftsleitung hier.«

»Wat willste denn im Auftraach d'r Jeschäftsleitung im Heizungskeller?«

»Mit Ihnen sprechen«, seufzte Roderich.

»Ja, dat hab ich schon verstanden, Jung, abber worübber denn?«

»Über heute Morgen.«

»Heut Morjen? Ja, wat is denn mit heut Morjen?«

Ein leiser Hauch von Verzweiflung stahl sich in Roderichs Stimme. »Der Unfall auf dem Gebäudevorplatz?«

»Wat denn für 'ne Unfall?«

Oh, das wird die ganz dreiste Masche – ich weiß von nichts, mein Name ist Hase.

»Der Unfall, bei dem sich ein massiver Steinwasserspeier vom Dach gelöst hat und beinahe Herrn Karim erschlagen hätte?«

»Wer soll dat denn sein?«

»Tahar Karim, der externe IT-Administrator.« Roderichs Stimme klang mittlerweile richtiggehend leidend.

»Ah so, d'r Franzos, saach dat doch gleich. Näh, davon weiß ich nix. Wann is dat denn passiert?«

»Heute Morgen, ziemlich genau um acht Uhr vierzig«, näselte Roderich, »also in dem Zeitraum, in dem Sie sich auf dem Dach aufgehalten haben.«

Meulen schwieg zunächst und sagte dann völlig überraschend: »Ich war abber jar nich auf'm Dach heute Morjen.«

»Wie bitte?« Roderich klang konsterniert, und das war vermutlich nicht mal gespielt.

»Wer saacht denn, ich wär auf'm Dach jewesen?«

»Das tut nichts zur Sache, Herr Meulen«, wimmelte Roderich die Gegenfrage ab.

»Und ob dat wat zur Sache tut. Da will mich doch eine wat in de Schuhe schieben. Wenn ich demm erwisch.« Meulen klang ehrlich aufgebracht.

Ob der nicht wusste, dass das System seinen Aufenthaltsort registrierte, wenn er seine Magnetkarte benutzte? Das konnte doch nicht sein. Ich sah Tahar ratlos an, aber der zuckte auch nur mit den Schultern.

»Ich bin ganz sicher, dass niemand unter Ihren liebreizenden Kollegen Ihnen etwas in die Schuhe schieben möchte, Herr Meulen«, parierte Roderich elegant. »Wenn Sie nicht auf dem Dach waren, wären Sie vielleicht so freundlich, mir zu sagen, wo Sie sich stattdessen um die Uhrzeit aufgehalten haben?«

Meulen antwortete nicht sofort, und nach einer Weile schob Roderich nach: »Nun? Ich habe meine Zeit nicht gestohlen, Herr Meulen.«

»Ich war ... ich war ... auf'm Klo«, stieß er schließlich hervor, offenbar erleichtert, dass ihm was eingefallen war.

Tahar warf mir einen bedeutungsvollen Blick zu, und Roderich hakte blitzschnell nach: »Auf welchem?« Leider funktionierte der Überrumpelungsversuch nicht.

»Wat? Saach mal, haste se noch all? Wat jeht dich dat an, auf welchet Klo ich jehockt hab!«

»Streng genommen haben Sie nicht ganz unrecht, Herr Meulen«, erwiderte Roderich in einem Tonfall, der seinen angewiderten Gesichtsausdruck erahnen ließ, »und ich kann Ihnen aufrichtig versichern: Nichts läge mir ferner, als in Ihre Intimsphäre einzudringen. In diesem Fall jedoch komme ich leider nicht umhin ...«

»Ich komm dich gleich umhin, Männche. Ich war auf'm Klo, auf welsches, jeht dich nix an, und dammit Basta!« Wir hörten Schritte – ich nahm an, Jupp Meulen versuchte, sich der Interviewsituation zu entziehen, und Roderich verbaute ihm mit seinem breiten Kreuz den Weg.

Roderichs Stimme war eisig. »Ich glaube, Sie verkennen die Situation, Herr Meulen. Vor einer guten Stunde wurde auf einen Dienstleister dieses Unternehmens ein gezielter Mordanschlag verübt. Der Ausgangspunkt dieses Anschlags liegt auf dem Dach dieses Gebäudes, und zum Tatzeitpunkt haben Sie, und nur Sie, sich auf dem Dach aufgehalten, und zwar fast eine Dreiviertelstunde lang. Das belegt das Logbuch des Zugangssystems ohne jeden Zweifel. Und Sie wollen mir allen Ernstes erzählen, Sie hätten stattdessen Ihre Notdurft verrichtet. Ich nehme an, genau besagte Dreiviertelstunde? Vielleicht noch ein bisschen länger? Das stinkt ja zum Himmel!« Immer einen schlechten Kalauer parat, der Herr Müller-Schwan.

»Dat kann nit sein!«, rief Meulen.

»Was kann nicht sein?«

»Dat ich auf'm Dach war, ich mein, ich war nit auf'm Dach. Wie kann denn dann dat System anzeijen, ich wär da oben jewesen? War ich doch jaar nit!« Jetzt klang er tatsächlich ehrlich entrüstet. »Dat muss so 'ne Glitsch sein, im Compjuter mein ich.«

»Herr Meulen«, seufzte Roderich, »mit dem Zugangssystem ist alles in feinster Ordnung.«

»Kann ja nit, wenn et mich auf'm Dach zeicht, wenn ich jaar nit da war.«

»Ja Himmelhergottnochmal – wo WAREN Sie denn dann? Wollen Sie mir allen Ernstes die Geschichte mit der Toilette verkaufen?«

»Na ja«, Meulen klang auf einmal kleinlaut, »nit janz. Also, et is so«, er räusperte sich umständlich.

Tahar und ich spitzten die Ohren

»Abber dat darfste nich die Messners … ich komm in Teufels Küch.«

»Herr Meulen ...«

»Ja, ja, schon jut. Also et is so – ich muss ja morjens immer meine Enkelchen zur Schule bringen, weil mein Tochter ja so früh zur Arbeit muss und dat ...« Er unterbrach sich, vermutlich hatte Eric eine ungeduldige Handbewegung gemacht. »Is ja auch ejal. Jedenfalls komm ich seitdem morjens nit mehr dazu, de Zeitung zu lesen. Also mach ich mir, wenn ich ankomm, erst mal en Tass Kaffee und setz mich in den Aufenthaltsraum im zweiten OJE.«

»Im zweiten was?«

»Oberjeschoss. Bis wohl nit aus Oche, wa, Jung? Na ja, also ich sitz da immer in d'r Eck hinter die Palmen, da wird man von d'r Tür aus nit jesehen, und um die Uhrzeit is da noch nix los.«

Und zwischen Eingang und dem großen Aufenthaltsraum gibt es keine Zugangsschranke, so dass keiner sehen kann, wo du bist. Gar nicht mal so dumm.

»De Messners kommen auch nie vor neun, halb zehn – die machen ja abends immer so lang. Da kann ich dann jemütlich d'r Kurier lesen, und jejen neun jeht et dann los mit die Arbeit. Dat weiß abber keiner.«

»Dass es um neun mit der Arbeit losgeht?«, konnte Roderich sich offenbar nicht verkneifen.

»Näh, dat ich erst mal de Zeitung les. Ich komm in Teufels Küch, wenn dat raus...«

»Wenn Sie mir nicht erklären können, wie Sie gleichzeitig, und zwar mit Ihrer Zugangskarte, auf dem Dach waren, kommen Sie noch in etwas ganz anderes als Teufels Küche, das dürfen Sie mir glauben.« Roderichs Ton klang noch streng, aber ich meinte, eine leichte Verunsicherung zu erkennen.

Meulen klang jetzt fast flehentlich: »Man hört doch e so viel, wat bei Compjutern alles schiefläuft. Vielleicht ham wir 'nen Back im System, dat liest man doch immer widder.«

»Das wäre allerdings für Sie ein sehr bequemer Bug, Herr Meulen, nicht wahr?«, sagte Roderich kühl. »Hat Sie denn zwischen acht und acht Uhr vierzig jemand im Aufenthaltsraum oder auf dem Flur gesehen?«

»Nit dat ich wüsst. Ich setz mich ja immer so, dat mich jerade keiner sieht.«

»Natürlich«, sagte Roderich ironisch.

»Wat soll ich denn jejen d'r Jung haben, saach mir dat doch mal. Der hat mich doch letztens noch jeholfen und dat Läptop von d'r Tochter repariert, für lau. Warum soll ich denn ausjereschnet dem 'ne Stein auf der Kopp werfen?«

Ich sah Tahar an, der nickte. Das stimmte also.

»Ich habe keine Ahnung, warum Sie auf die Idee gekommen sind, Herrn Karim einen Steinbrocken auf den Kopf zu werfen. Hat Sie denn jemand dazu angestachelt?«

»Wer soll mich denn zu so wat anstachele?«, Meulen klang ehrlich entgeistert.

Roderich schwieg eine Weile. Dann fragte er: »Haben Sie eigentlich Ihre Zugangskarte bei sich?«

»Ja sicher, sonst komm ich ja nirjendwo rein, wenn mal wat is.«

»Das heißt, Sie haben Ihre Zugangskarte auch heute Morgen keine Sekunde aus den Augen gelassen?«

»Näh, die war de janze Zeit in meine Kitteltasche, wo se hinjehört.« Wir hörten es kurz rascheln. »Hier isse. Ich hab die immer in die gleiche Kitteltasche, die rechte.«

»Ich muss die Karte vorübergehend an mich nehmen», sagte Eric.

»Ja mach nur, Jung. Wenn et hilft zu beweisen, datt ich da nix mit zu schaffen hab, nimmse bloß mit.«

»Und den Kittel hatten Sie die ganze Zeit an?«, fragte Eric weiter.

»Ja sicher. Da hab ich auch de Schlüssel drin und allet.« Noch mehr Geraschel und Schlüsselgeklimper. Vermutlich leerte Meulen gerade seine Kitteltaschen. »Hier, dat kannste allet mitnehmen, wenn et sein muss. Jung, ich war dat nit, dat musste mich jlauben. Ich hab heut Morjen wie immer de Zeitung jelesen, sons jaar nix.«

»Das wird nicht nötig sein, Herr Meulen. Ich erkenne schon an der Art der Schlüssel, dass die keinesfalls auf das Notschließsystem hier im Gebäude passen. Die können Sie wieder einstecken. Auch die anderen … äh … Sachen aus Ihren Kitteltaschen sind nicht wirklich von Interesse für unsere Untersuchung. Aber noch mal zurück zu Ihrer Karte: Können Sie sich daran erinnern, ob Sie sie in letzter Zeit mal zwischenzeitlich verlegt hatten?"

»Nee«, sagte Meulen unglücklich.

»Oder haben Sie Ihren Kittel mal unbeobachtet irgendwo hängen lassen?«

»Auch nit. Dat mach ich nie, weil da doch allet drin is.«

Roderich atmete tief. »Wir werden weitere Untersuchungen anstellen, Herr Meulen. Bitte halten Sie sich für weitere Befragungen zur Verfügung. Wenn wir keine Belege für einen alternativen Aufenthaltsort finden, wird uns nichts anderes übrig bleiben, als Sie der Polizei zu übergeben.«

»Um Jottes willen«, entfuhr es Jupp Meulen.

»Die Polizei wäre also nicht genehm, nein?«, fragte Roderich interessiert. »Haben Sie mir vielleicht doch noch etwas zu sagen?«

Es herrschte ein längeres Schweigen, ich nahm an, Meulen druckste noch ein wenig herum, bevor er sagte: »Die stecken mich doch gleich wech, weil ich vorbestraft bin.«

»Und weswegen sind Sie vorbestraft?«

»Jung, dat is ewich her, über dreißich Jahr. Da hab ich 'ne Typ eins auf die Jlocke jehauen, wie der mein Schwester bejrapscht hatte.«

»Mhm«, machte Roderich. »Und wie lautete das Urteil?«

»Körperverletzung mit Todesfolje«, sagte Meulen kleinlaut. »Aber mind… minder… Dingens… wie heißt dat noch jleich?.«

»Minder schwerer Fall?«, half Roderich aus.

»Jenau, selbst der Richter hat zujejeben, dat der mich furschbar provoziert hat. Ich hab auch nur zwei Jahre jekricht. Und seitdem hab ich mich nie wieder wat zu Schulden kommen lassen. Weiße Weste.«

»Und warum haben Sie dann so eine Angst vor der Polizei?«

»So wat bringen se euch wohl auf d'r Schule für feine Pinkel nit bei, wa, Jung? Wat glaubste denn, wat passiert, wenn die sehen, dat ich vorbestraft bin?« Er schnaubte durch die Nase.

Ganz unrecht hat er da wahrscheinlich nicht.

»Wie dem auch sei, Herr Meulen. Halten Sie sich bitte zur Verfügung. Guten Tag.« Wir hörten die Metalltür des Heizungskellers auf- und wieder zugehen, dann brach die Handyverbindung ab.

Einige Minuten später schlug Eric wieder im IT-Büro auf. »Puh«, schnaufte er und ließ sich auf einen wackligen Bürostuhl sinken, der eindeutig bessere Tage gesehen hatte. »Was halten wir denn davon?«

Tahar hämmerte konzentriert auf seiner Tastatur herum, seit Eric die Verbindung unterbrochen hatte. Er suchte nach Anzeichen, ob jemand das Zugangssystem manipuliert haben könnte.

»Wenn er Dreck am Stecken hat, ist er entweder megadreist oder megadumm. Wenn er die Wahrheit sagt, hat entweder jemand das System manipuliert, oder es ist jemandem gelungen, unbemerkt seine Karte zu kopieren, oder es hat jemand seine Karte gegen eine andere vertauscht.«

Eric gab Tahar, der sein Tippen kurz unterbrach, die Karte, die er Meulen abgenommen hatte. Während Tahar sich daranmachte, diese zu untersuchen, sagte Eric nachdenklich: »Er ist sicher nicht die hellste Kerze im Leuchter, aber für *so* dumm, dass er mit seiner Karte aufs Dach marschiert und sich dann keine bessere Ausrede einfallen lässt, halte ich ihn nicht. Er weiß ja genau, dass seine Bewegungen durch Türen mit Zugangsbeschränkungen vom System registriert werden. Er hätte ja nur behaupten müssen, die Karte sei ihm heute Morgen nach dem Einstempeln aus der Tasche gefallen, und schon kann er es so darstellen, als wäre jemand anderes auf dem Dach gewesen. Auch wusste er nicht, dass die Messners nicht die Polizei rufen würden. Mit einer Vorstrafe, wie er sie hat, würde sich ja in der Tat das Augenmerk sehr schnell auf ihn richten – und das weiß er, wie man ja an seiner Reaktion gemerkt hat. Und wenn er mit unserem Rassistenpack unter einer Decke stecken würde, hätten die sich doch gegenseitig ein Alibi gegeben.« Eric schüttelte den Kopf. »Ich weiß nicht, *wer* da oben sein Unwesen getrieben hat, aber ich fress einen Besen, wenn es Jupp Meulen war.«

»Die Kartö von Meulön ist echt«, meldete sich Tahar zu Wort.

»Aber wenn wir davon ausgehen, dass Meulen die Wahrheit sagt – und vergessen wir mal nicht ganz, dass er eine Vorstrafe für ein Gewaltverbrechen hat –, wer war dann da oben und vor allem wie hat er es so aussehen lassen, als wäre es Meulen gewesen?«

»Er odör sie muss Meulön die Karte kurz geklaut und sie kopiert habön«, sagte Tahar. »So ein Kartenkopiergerät kostet heutö nicht mehr viel, und das Kopierön dauört nicht langö.«

»Das heißt, es gibt keine erkennbaren Manipulationen am System?«, fragte ich.

Tahar schüttelte den Kopf. »*Rien*, absolut gar nichts bis jetzt. Ich machö natürlich noch weiterö Analysön, aber momentan kann ich nicht das Geringstö erkennön, und wir habön ja rund um die Uhr Überwachungsroutinön laufön. Keinö Eindringlingö, keinö Manipulationön.«

»Ganz ausschließen können wir es trotzdem nicht«, wandte ich ein. »Ich weiß, es ist unwahrscheinlich, aber es soll Hacker geben, die keine Spuren hinterlassen.«

»Nicht in meinöm System«, knurrte Tahar.

»Ach komm, Tahar, du weißt besser als wir, dass es kein IT-System gibt, das hundertprozentig einbruchsicher ist. Der Hacker muss nur gut genug sein.«

»Ja sichör, das stimmt schon, abör was um allös in der Welt soll sich denn der Häckör davon versprechön, bei Memento das Zugangssystem zu manipulie…«, er stockte.

»Um zu vertuschen, wer denjenigen auf dem Gewissen hat, der das gesamte System schützt«, sagte Eric. »Eine winzige Manipulation, die du im Optimalfall gar nicht mehr bemerkst, weil du schon in der Leichenhalle liegst.«

»Und eventuell auch gleichzeitig ein winziges Einfallstor, das für den großen Angriff genutzt werden kann, sobald du aus dem Weg geräumt bist«, spann ich Erics Gedanken weiter.

»Nur weil ich paranoid bin, heißt das offenbar nicht, dass sie nicht hintör mir her sind«, frotzelte Tahar etwas halbherzig.

»Dabei haben wir drei Motive zur Auswahl«, überlegte ich laut weiter. »Option eins: Die Rassisten haben tatsächlich bemerkt, dass wir ihre Machenschaften aufgedeckt haben und ihnen auf den Fersen sind. Sie halten Tahar für den gefährlichsten Gegner – oder glauben, Tahar arbeitet alleine – und wollten ihn einfach so schnell wie möglich ausschalten. Tahar ist in diesem Szenario ein doppeltes Problem – zum einen weiß er von ihren mörderischen Umtrieben, und zum anderen steht er ihnen beim Geheimnisseerschleichen im Weg.

Option zwei: Die Rassistenbande hat noch *nicht* gemerkt, dass ihnen jemand auf die Schliche gekommen ist, und sie haben diesen Anschlag auf Tahar schon länger geplant. Wenn unsere Theorie stimmt, dass die Rassisten hinter dem Maulwurf stecken, ist Tahar aller Wahrscheinlichkeit nach ihr größtes Hindernis dabei, an mehr Forschungsergebnisse heranzukommen, die sie dann verhökern können.«

»Und Option drei«, vervollständigte Eric meinen Gedankengang, »die Rassisten sind *nicht* identisch mit dem Maulwurf, und der Maulwurf trachtet Tahar nach dem Leben, weil er dem Klauen der Forschungsgeheimnisse im Wege steht, und hat womöglich von den braunen Umtrieben überhaupt keine Ahnung.«

»Wobei es schon ein sehr seltsamer Zufall wäre, dass wer auch immer Tahar ausgerechnet am Morgen nach der Entdeckung der Anschlagspläne einen Stein auf den Kopf schmeißen will«, wandte ich ein.

»Abgösehön davon, wer es war, haltö ich es immör noch für wahrscheinlichör, dass jemand die Kartö von Jupp Meulön kopiert hat, statt gleich das ganzö System zu manipulierön«, sagte Tahar.

»Weil es deutlich einfacher ist, eine Magnetkarte zu kopieren, als in ein geschütztes System einzudringen und es unentdeckt zu manipulieren?«

»Genau«, nickte Tahar.

»Da ist schon was dran.« Eric verschränkte die Hände im Nacken, streckte seine langen Haxen aus und lehnte sich so weit zurück, dass der klapprige Stuhl bedrohlich ächzte. »Ein Gerät zum Kopieren von Magnetkarten kriegst du überall für kleines Geld. Wenn es dir gelingt, Meulen die Karte mal für ein paar Minuten zu stibitzen und unbemerkt wieder zurückzulegen, bist du im Geschäft und kannst überall falsche Spuren legen beziehungsweise es so aussehen lassen, als wäre Jupp Meulen in einem Unternehmensbereich gewesen, in dem er gar nicht war.«

»Das funktioniert allerdings nur so lange, wie Meulen nicht gleichzeitig versucht, einen anderen geschützten Bereich zu betreten. Wenn seine Karte schon an einer anderen Zugangsbarriere registriert ist, sperrt das System ja den Zugang zu allen anderen Bereichen.«

»Und das System setzt einö Warnmeldung ab«, sagte Tahar. »Das soll ja geradö verhindörn, dass man sich mit kopiertön Kartön Zutritt verschafförn kann.«

»Derjenige, der die Karte kopiert hat, muss also genau wissen, wo Meulen sich jeweils aufhält, um die kopierte Karte einzusetzen, sonst fliegt er auf«, sagte Eric.

»Was natürlich früh morgens nicht so schwer ist, wenn Meulen wirklich jeden Tag zur selben Zeit am selben Ort gemütlich die Zeitung liest. Es ist im System sichtbar, dass er im Gebäude ist – er ist aber in keinem der gesicherten Bereiche. Solange er den Lokalteil studiert, kann sich der Kopierer frei in allen Bereichen bewegen, zu denen Meulen Zutritt hat. Und das sind als Hausmeister einige mehr als bei Otto-Normal-Indianer.«

»Du meinst also, dass Meulens Geheimnis gar kein Geheimnis ist?«, fragte Eric.

Ich zuckte mit den Schultern. »Es würde ja reichen, wenn eine Person die Nase an seine kleine Morgenroutine gekriegt hat. Allerdings wäre mein Verdacht eher, dass Jupp Meulen sich nur einbildet, dass keiner von seiner faulen Morgenstunde weiß. Je nachdem, wie lange er das schon treibt, hat sich das über den Flurfunk mit Sicherheit schon längst herumgesprochen.«

»Das würde auch erklären, warum jemand Meulen zum Sündenbock erkoren hat. So schöne Gelegenheiten, sich frei zu bewegen, bieten wahrscheinlich nur die wenigsten Karten und Karteninhaber.«

»Und eine einschlägige Vorstrafe ist auch noch dabei, das sind ja gleich drei Wünsche auf einmal«, sinnierte ich.

»*Bon,* das heißt, wir glaubön nicht, dass es Jupp Meulön war«, stellte Tahar fest. »Abör wer war es dann?«

»Wenn es *nicht* die Rassistenbande war, fällt mir natürlich spontan mein komisches Bauchgefühl bei Michael Landmann ein«, grübelte ich. »Tahar, guck doch mal, ob der eben schon im Gebäude war, als Edelgard abgestürzt ist.«

Wir hörten ein paar Mausklicks, dann nickte er. »Ja, er war schon im Haus, und interessanterweisö irgendwo im offenön Bereich unterwegs, also in keinöm Sicherheitsbereich registriert. Er war also wedör in seinöm Büro noch im Labor. Den Bereich hat er ein paar Minutön nach dem Steinschlag betretön.«

»Na, da schau mal einer an. Wenn er schnell genug vom Dach runter war und mit dem Aufzug gefahren ist, während ich die Treppe hochgelaufen bin, kommt das ja hin.«

»Das würde bedeuten, Landmann ist der Maulwurf. Dann frage ich mich aber, warum er Tahar einen Stein auf den Kopf schmeißt und nicht dir? Wenn er wirklich der Maulwurf ist und sich so auffällig an dich heranschmeißt, weil er ahnt, warum du wirklich hier bist, würde er dann nicht viel eher dich ausschalten statt Tahar?«

Ich drehte Erics berechtigte Frage eine Weile hin und her und sagte dann: »Ich hatte daran noch gar nicht gedacht, aber es kann sogar sein, dass der Stein gar nicht für Tahar bestimmt war, sondern für mich.«

Eric und Tahar sahen sich alarmiert an.

»Aber«, fuhr ich fort, »ich halte das für äußerst unwahrscheinlich. Erstens: Tahars und mein Weg auf dem Hof hatten sich schon so weit getrennt, dass der Killer extrem schlecht gezielt haben müsste, wenn er eigentlich mich hätte treffen wollen. Und zweitens: Egal, wer es war, Tahar stellt ohne jeden Zweifel die größere Bedrohung dar. Selbst wenn jemand vermutet, wer ich wirklich bin – ich bin nie im Leben so gefährlich wie Tahar. Egal, ob der Killer etwas vertuschen will, was bereits passiert ist, oder ob er einen zukünftigen Angriff aufs System ermöglichen will – ich spiele dabei überhaupt keine Rolle, Tahar aber sehr wohl. Das gilt sowohl für Landmann als auch für die Rassisten respektive jeden, der hinter dem fliegenden Wasserspeier stecken könnte.«

»Da ist natürlich was dran«, brummelte Eric. »Am besten fühlst du Landmann heute Mittag mal auf den Zahn. Wenn er gestern Mittag am Springbrunnen saß, wird er sowieso wissen wollen, warum du euer Stelldichein das erste Mal verpasst hast, seit du hier angefangen hast. So einen Mordanschlag begeht man nicht alle Tage – vielleicht ist er noch so aufgewühlt, dass er sich irgendwie verrät.«

»Okay«, nickte ich, »guter Plan. Allerdings sollten wir unsere braunen Herrschaften nicht aus dem Auge verlieren. Wenn es einer von denen war, müssten ja auch Kück, Hasenfuß oder beide zum Zeitpunkt des Anschlags im Gebäude gewesen sein.«

Tahar wandte sich wieder seiner Tastatur zu und sagte nach einer Weile: »Beidö warön ebenfalls um die Uhrzeit schon im Haus. Abör ich kann nicht sehön, wo sie warön, denn derön Arbeitsplätzö liegön ja außörhalb der Sicherheitsbereichö. Die könnön überall gewesön sein.«

»Das Großraumbüro der Einkaufsabteilung liegt direkt neben dem Aufgang zum Dach«, merkte ich an. »Das würde ebenfalls erklären, warum niemand zu sehen war, als ich nach oben gelaufen bin. Kück brauchte ja bloß die kurze Treppe runter und ins Großraumbüro zu huschen, wo er hingehört.«

»Und selbst wenn er jemandem auf dem Flur begegnet wäre, hätte sich niemand was dabei gedacht, weil er ja dort oben arbeitet«, ergänzte Eric.

Tahar warf einen weiteren prüfenden Blick auf seinen Bildschirm. »Und das Großraumbüro hattö er auch noch für sich, denn außör ihm war heutö Morgön um diesö Zeit noch keinör in der Einkaufsabteilung da.«

»Die perfekte Tarnung für einen Mordanschlag«, sagte Eric grimmig.

»Wenn es Kück war, ist auch die Frage, wie der Attentäter an Jupp Meulens Zugangskarte gekommen ist, nicht so ein großes Rätsel, wie es bei Landmann wäre«, überlegte ich.

Eric und Tahar sahen mich fragend an.

»Na ja, wenn Meulen wirklich jeden Morgen im Sozialraum im zweiten Stock hockt und dabei nicht so unentdeckt geblieben ist, wie er denkt, braucht Kück, der direkt gegenüber arbeitet, doch nur die Augen aufzuhalten und darauf zu warten, dass Meulen mal seine Karte einen Moment unbeobachtet lässt. Meulen braucht ja bloß mal aufs Klo zu gehen und dabei seinen Kittel über dem Stuhl hängen zu lassen oder hat die Karte vielleicht mal nicht in der Kitteltasche, sondern auf den Tisch gelegt oder sie fällt ihm aus der Tasche, ohne dass er es merkt, und Kück ist mit dem Kopiergerät zur Stelle. Mehr braucht's doch nicht. Kück hätte eine Kopie der Karte, ohne dass Meulen was davon ahnt.«

»Meulen schwört aber Stein und Bein, dass er die Karte immer bei sich hat«, sagte Eric.

»Das stimmt, aber wir wissen doch nicht, wie lange Kück die Kopie der Karte schon hat. Das kann ja schon vor Monaten passiert sein. Wir wissen ja schließlich nicht, ob er die Karte erst kopiert hat, um Tahar umzubringen. Vielleicht hatte er die Kartenkopie schon längst und hat sie jetzt eingesetzt, weil das seine Möglichkeit war, unerkannt aufs Dach zu kommen.«

Eric nickte nachdenklich. »Also könnte es zwar theoretisch auch Hasenfuß gewesen sein, aber Obersturmbannführer Kück ist aus dem Rassistenpack der wesentlich wahrscheinlichere Kandidat.«

»Er war vor Ort, er hatte die Gelegenheit, und er hatte – zusammen mit seinen Kompagnons – ein Motiv, Tahar aus dem Weg zu räumen. Entweder weil sie mitbekommen haben, dass Tahar sie entlarvt hat, oder weil er zu sehr bei ihren Maulwurfaktivitäten stört und sie befürchten, dass ihre Geldquelle versiegt.«

»Das nennö ich doch mal ausgeprägtö kriminellö Energie«, kommentierte Tahar trocken.

»Das kannst du aber laut sagen …«

»DAS NENNÖ ICH …«

»Ksch, ruhig jetzt, oder willst du gar nicht wissen, was bei unserem Lauschangriff gestern Abend herausgekommen ist?«, brachte ich ihn schnell zum Schweigen.

Tahar schlug sich mit der flachen Hand vor die Stirn. »*Mon Dieu*, das hab ich bei der ganzön Aufregung glatt vergessön. Also, raus mit der Sprachö.«

»Hast du Montagabend schon was vor?«, fragte Eric und hob eine Augenbraue.

»Montagabönd schon? Die habön es abör plötzlich eilig«, staunte Tahar.

»Ursprünglich war wohl Ende nächster, Anfang übernächster Woche geplant, aber Hasenfuß hat richtig Druck gemacht, nicht länger zu warten.«

»Weil sie wissön, dass wir ihnön auf den Fersön sind?«

Ich wiegte den Kopf hin und her. »Schwer zu sagen. Es hat keiner auch nur einen Ton darüber gesagt, dass sie aufgeflogen sind. Entweder wissen sie es nicht und die Eile hat andere Gründe, oder sie wussten, dass sie belauscht werden, und wollten uns glauben machen, dass sie nichts ahnen.«

»Und über heutö Morgön hat auch keinör was gesagt?«

Ich hob eine Augenbraue. »Glaubst du im Ernst, ich hätte heute Morgen bis zur letzten Sekunde gewartet, ob dir wirklich jemand einen Wasserspeier auf die Birne schmeißt?«

»Wer weiß?«, grinste Tahar. »Abör seltsam ist das schon. Vielleicht wusstön die wirklich, dass ihr zuhört.«

Ich dachte an meine Hintern-voran-Begegnung mit Kück. »Kann sein. Andererseits haben sie über das Attentat am Montag sehr freizügig geplaudert. Wenn sie wussten, dass wir zuhören, hätten sie uns doch was vorge...« Ich stockte. »Was, wenn die gar nicht am Montag zuschlagen, sondern uns einen vom Pferd erzählt haben, so dass wir am falschen Tag und/oder am falschen Ort aufschlagen, und der Anschlag findet ganz woanders statt?«

Eric schüttelte den Kopf. »Ich kann mir beim besten Willen nicht vorstellen, dass die Pfeifenköpfe so abgebrüht und clever sind, dass sie sich nichts anmerken lassen und uns auch noch ein Schmierenstück vorspielen. Körber muss natürlich sicherheitshalber am Montag auch die anderen Flüchtlingsunterkünfte schützen lassen, aber ich glaube, hinter dem Verschwörertreffen gestern Abend steckte was ganz anderes.« Er machte eine dramatische Pause, in der mir plötzlich ein Licht aufging.

»Na klar, Palastrevolution! Kaum ist die Katze aus dem Haus, tanzen die Mäuse auf dem Tisch.«

»Ganz genau«, nickte Eric. »Tahar, du hast doch gesagt, Rädelsführer Kranitzky sei für ein paar Tage weggefahren und es gebe in der Gruppe Uneinigkeit darüber, wie genau der Anschlag denn nun stattfinden soll. Kranitzky ist fürs große Besteck mit Sprengstoff und allem Pipapo, der Rest möchte einfach nur so schnell wie möglich zuschlagen. Ich glaube, Hasenfuß und Obersturmbannführer Kück haben einfach nur abgewartet, bis Kranitzky außer Landes war, und haben dann sofort den Kriegsrat einberufen, um am Montag vollendete Tatsachen zu schaffen, anstatt noch lange mit Kranitzky herumzudiskutieren. Dass Hasenfuß das Treffen ausgerechnet einberufen hat, nachdem wir ihnen auf die Schliche gekommen sind, ist meines Erachtens ein Zufall.«

»Da könntö escht was dran sein«, brummelte Tahar, der schon wieder fleißig in die Tasten haute. »Ich hattö doch hier irgendwo ... ah, da ist ös ja. Kranitzky kommt Montagnachmittag aus Norwegen zurück. Da hat sich wohl das Empfangskomitee was ganz Besonderös für den Führör einfallön lassön. Wo, sagtöt ihr noch gleich, wollen die zuschlagön?«

»An der alten Gallwitz-Kaserne«, weihte ich Tahar ein. »Die heißt jetzt Leo-Löwenstein-Kaserne, aber das haben die Kollegen von der braunen Fraktion noch nicht mitbekommen. Auf dem Gelände stehen Wohncontainer, in denen die Flüchtlinge untergebracht sind, auf Neudeutsch auch ›Spaceboxen‹ genannt. Und diese Spaceboxen wollen die Irren anzünden.«

»Abör wie wollen die denn aufs Geländö kommön? Ich nehmö doch mal an, dass das Bundeswehrgeländö bewacht wird?«

»Na ja, Fort Knox ist das nicht gerade. Das Ganze ist ja ein Ausbildungszentrum der Bundeswehr, und die Flüchtlinge sind ja dort auch nicht eingesperrt. Abgesehen davon – wir konnten es nicht ganz ausmachen, aber für uns hat es sich so angehört, als hätten die einen Komplizen in der Kaserne. Der war aber gestern Abend nicht bei dem Kriegsrat dabei, und es wurden auch keine Namen genannt. Es war aber sehr klar, dass sie keine Schwierigkeiten befürchten, aufs Kasernengelände zu kommen«, sagte ich.

»Immer wieder dasselbe«, knurrte Eric grimmig. »Warum schaffen die es nicht, endlich diese widerlichen braunen Elemente aus dem Heer zu schmeißen!«

»Also wenn da einör mal den Puff aufgeräumt kriegt, dann doch dat Ursöl von der Leyön. Vor der stehön sogar die Jagdbombör stramm«, grinste Tahar.

»Dein Wort in Gottes Gehörgang«, brummte Eric. »Das ist doch an Peinlichkeit nicht mehr zu überbieten. Gedenktag hier, Kranzniederlegung da, ach und hoppla, schon wieder ein Nazi in Uniform. Und alles *selbstverständlich* Einzelfälle.« Er schnaubte verächtlich. »Dass ich nicht lache.«

»Na, dann wollen wir doch mal unseren bescheidenen Beitrag leisten und den uniformierten Helfershelfer ans Messer liefern. Einer weniger, der Unheil anrichten kann«, sagte ich beschwichtigend.

So erzürnt hatte ich Eric nur selten gesehen. »Wenn wir den nicht in die Finger kriegen, bekommt Oberst Krause vielleicht doch noch den heiß ersehnten Undercovereinsatz.

Abgesehen davon kann es natürlich auch sein, dass unser Heeresmaulwurf gar nicht zum uniformierten Personal gehört.«

Eric brummte in seinen nicht vorhandenen Bart.

»Was genau plant Körbör?«, fragte Tahar.

»O weia, die sind echt am Rotieren«, sagte ich. »Mein letzter Stand von heute Morgen um acht ist, dass die am Montag bei allen Sammelunterkünften sicherheitshalber jeweils ein Mini-Team stationieren, nur um auf der sicheren Seite zu sein. An der Löwenstein-Kaserne Großaufgebot mit SEK und dem ganzen Schabäng. Eigentlich wollen sie die Spaceboxen evakuieren und dann mit SEK-Leuten und ein paar von den örtlichen Kripo-Leuten bestücken. Das Problem an der Sache ist, dass sie nicht wissen, wer der Insider in der Kaserne ist. Wenn der die Nase an den Polizeieinsatz kriegt, bläst die braune Brut ja alles ab.«

»Die wollen aber nicht im Ernst die Flüchtlinge in den Containern als Lockvögel benutzen?«, fragte Eric entsetzt.

Ich schüttelte den Kopf. »Nein, die haben die oberste Löwenstein-Heeresleitung eingeweiht. Körber spekuliert darauf, dass die bis Montag noch unauffällig herauskriegen, wer der Verräter ist, und ihn dann außer Gefecht setzen, ohne dass der Rest der Bande es merkt. Dann könnte man noch evakuieren. Wenn nicht, muss Plan B her.«

»Und der wärö?«

Ich grinste. »Ich glaube, Körber macht Plan B immer erst, wenn Plan A zu hundert Prozent gescheitert ist.«

»Halleluja«, seufzte Eric. »Die hohe Kunst der Improvisation. Das sind ja die besten Voraussetzungen für eine gelungene Operation.«

»Na ja, es sind ja noch fast drei Tage Zeit, um das Frettchen zu finden. Es muss ja jemand sein, der Montagabend beziehungsweise Montagnacht vor Ort ist, und er muss die Möglichkeit haben, die Attentäter unauffällig aufs Gelände zu lassen. Günstig ist, dass sowieso gerade ein paar Feldjäger für einen Lehrgang zu Schießsicherheit vor Ort sind. Die werden sicher auch Augen und Ohren offen halten.«

»Feldjägör?«

»Militärpolizei«, erklärte Eric. »Die heißen bei uns Feldjäger.«

»Wäre ja auch zu einfach sonst«, kalauerte ich. »Dann wüsste man ja als Laie sofort, mit wem man es zu tun hat.«

»Und die schießön so schlescht, dass sie einön Kursus belegön müssön?«, staunte Tahar grinsend.

»Bei einer Armee, deren Standardausstattung ein Gewehr ist, das je nach Temperatur bis zu einem Meter danebenschießt – wie soll ich sagen ...«, frotzelte ich.

Ein Strahlen ging über Erics Gesicht. »Sagt mal, wie wäre es denn, wenn wir Roderich in die Kaserne einschleusen. Immerhin hab ich gedient«, grinste er.

»Verlockende Aussichten«, kicherte ich, »aber ich fürchte, Roderich wird hier gebraucht. Körber hat uns gebeten, ein Auge auf Hasenfuß und Kück zu halten, und wir haben ja noch die klitzekleine Aufgabe nachzuweisen, dass die Herren wirklich diejenigen sind, die Mementos Forschungsgeheimnisse verkloppen. Dass sie der Maulwurf sind, ist bisher immerhin nur eine Vermutung.«

»Mpfm, ich fürchte, da hast du recht. Und ich hätte doch so gern in der Kaserne ein bisschen Räuber und Gendarm gespielt. Jetzt hat die Kripo wieder den ganzen Spaß«, maulte er.

Wir sprachen uns noch zu den Details des weiteren Vorgehens ab, bevor ich wieder an meinen Arbeitsplatz zurückkehrte und Eric es tapfer auf sich nahm, der Geschäftsleitung Bericht zu erstatten – natürlich ohne den Herren gegenüber den geplanten Brandanschlag zu erwähnen. Da die Kommunikation unserer Verschwörer ausschließlich über deren private Kommunikationskanäle lief, war eine Anwesenheit der Polizei im Unternehmen derzeit nicht erforderlich, und deshalb gab es auch noch keinen Grund, sie in die weiteren Kreise, die der Maulwurffall zu ziehen begann, einzuweihen. Da uns das morgendliche Verhalten Rainer Messners immer noch seltsam vorkam, hatten wir auch beschlossen, der Geschäftsleitung erst einmal möglichst wenig zu unseren Erkenntnissen über die abstürzende Stein-Patriarchin zu sagen. Eric würde erst einmal auf Zeit spielen und etwas von »noch laufenden Ermittlungen« brubbeln. Sollten Landmann oder die Rassisten hinter den fliegenden Wasserspeiern stecken, brauchten die Messners nie zu erfahren, dass sich einer von ihnen angesichts eines Mordanschlags auf den IT-Administrator sehr merkwürdig verhalten hatte. Falls aber nicht, war es besser, wenn wir uns nicht in die Karten gucken ließen.

Tahar als Herr der Überwachungstechnik machte sich daran, die automatischen Analysen der mitgehörten und mitgelesenen Kommunikation unserer Verschwörer weiter zu verfeinern, damit wir bei neuen Entwicklungen möglichst schnell und mit möglichst wenig Aufwand alarmiert wurden, sollte es neue Informationen geben. Über die Frage, ob sich die Polizei bewusst war, dass wir weiter mitlasen, breiteten wir elegant das Mäntelchen des Schweigens.

* * *

Als ich endlich ins Marketingbüro zurückkam, mein vermeintlich virusbefallenes Laptop als Tarnung unter dem

Arm, erwarteten mich Denise und Miriam schon mit gespannten Gesichtern.

»Meine Güte, das muss ja ein deftiger Virus gewesen sein«, sagte Denise. »Wir dachten schon, du kommst gar nicht mehr zurück. Wir haben die ganze Zeit auf dich gewartet.«

Mist, war wohl doch zu auffällig, die lange Abwesenheit.

Um ein bisschen Zeit zu gewinnen, stellte ich erst einmal das Laptop auf meinen Schreibtisch, klappte den Deckel auf, damit es aus dem Ruhezustand erwachte, und ließ mich auf meinen klapprigen Stuhl fallen. »Wieso denn auf mich gewartet?«

»Ja, sag mal, wie oft teilt man sich denn das Büro mit einer Heldin?«

»Heldin?«, fragte ich begriffsstutzig.

»Also wie du da heute Morgen über den Hof gehechtet bist, um Tahar aus dem Weg zu schubsen. Dir hätte dabei doch der Stein genauso gut auf den Kopf fallen können«, sagte Denise. »Wie hast du denn überhaupt bemerkt, dass da was geflogen kam?«

Wenn ich das mal wüsste.

»Ehrlich gesagt, keine Ahnung«, sagte ich wahrheitsgemäß. »Muss der berühmte sechste Sinn gewesen sein.«

»Aber Tahar geht es gut?«, fragte Miriam ängstlich.

»Der ist quietschfidel«, winkte ich beruhigend ab.

»Ich hoffe jedenfalls, dass die Messners diejenigen verklagen, die für diese Schlamperei verantwortlich sind«, sagte sie aufgebracht.

»Schlamperei?«

»Ach, hast du das da unten noch gar nicht mitbekommen? Die Geschäftsleitung hat eben eine Rundmail an alle geschrieben. Es war ein Unfall. Aus noch ungeklärten Gründen hat sich einer der Wasserspeier aus der Verankerung gelöst und ist ausgerechnet heute Morgen abgestürzt.«

Ja klar, und die Erde ist eine Scheibe.

»Ach tatsächlich?«

Da muss ich doch gleich mal schauen, welcher der beiden Brüder dieses interessante Bulletin verschickt hat, ohne mit uns zu sprechen.

»Na ja, dann … kann ich ja meine Verschwörungstheorie in die Tonne klopfen«, sagte ich.

»Welche Verschwörungstheorie denn?«, fragte Denise interessiert.

»Na ja, dass sich ausgerechnet an dem Tag ein Virus bei mir einschleicht, wo der IT-Administrator fast einen Stein auf den Kopf kriegt«, sagte ich lachend.

Denise und Miriam stimmten äußerst erheitert in mein Gelächter ein.

»Ich glaube, du solltest weniger Krimis lesen«, gackerte Denise, bevor wir uns wieder unserer Arbeit widmeten.

* * *

Als es Zeit für die Mittagspause war, schloss ich mich Denise und Miriam auf der Tour zum Bäcker an und kam vor lauter Schulterklopfen und Händeschütteln fast nicht an mein Brötchen. Tahar war offensichtlich nicht nur bei den Damen beliebt, und meine kleine Stunt-Einlage hatte sich in Windeseile herumgesprochen. So viel zum Thema *unauffällige* Undercoveragentin.

Als wir zurückkamen, setzte ich mich wie jeden Mittag zum Springbrunnen ab, wo erwartungsgemäß schon Michael Landmann auf seinem Handy herumdaddelte. Ich atmete tief durch und setzte ein freundliches Lächeln auf.

Wenn du das heute Morgen warst, rupfe ich dir höchstpersönlich alle Fingernägel einzeln aus, bevor Körber dich in die Finger kriegt.

Als ich beim Brunnen ankam, hob Landmann den Kopf, stand auf und deutete eine kleine Verbeugung an. »Ich neige das Haupt in Ehrfurcht.«

»Och Mensch, verarschen kann ich mich selbst.«

Er guckte gekränkt. »Nichts liegt mir ferner, als dich zu verarschen. Ich bin voller ehrlicher Bewunderung. Ich hätte den Stein wahrscheinlich weder gesehen noch hätte ich so geistesgegenwärtig reagieren können.«

»Du hast alles gesehen?«, fragte ich vermeintlich unschuldig.

Von da oben hattest du bestimmt einen Eins-a-Blick.

»Das nicht«, sagte er. »Aber ich habe die Geschichte inzwischen schon von so vielen Leuten gehört, dass ich fast das Gefühl habe, als *hätte* ich es gesehen.«

»Hmpfm«, sagte ich. »Die sollen sich mal wieder einkriegen. Das hätte doch jeder gemacht. Wichtig ist vor allem, dass die den Bastard drankriegen, der dafür verantwortlich ist.«

»Kann ja nur der Steinmetz oder der Bauunternehmer sein«, sagte Michael Landmann so, als wäre nichts. »War wahrscheinlich der gleiche Bauunternehmer wie beim Berliner Hauptbahnhof«, sagte er spöttisch.

»Stimmt, da kamen doch kurz nach der Eröffnung Stahlstreben von oben auf den Vorplatz gedonnert«, fiel es mir ein.

»Ganz genau«, nickte Landmann. »Aber mal was ganz anderes. Ich weiß nicht, ob jetzt ein guter Zeitpunkt ist, aber ich habe mich gefragt, ob du Lust hast, abends mal zum Essen zu kommen?«

Oho?

»Ich habe Christine erzählt, dass wir uns mittags immer so nett unterhalten, und sie würde dich auch gerne kennenlernen. Und wenn sie hört, was du heute für einen Stunt abgeliefert hast …«

Soso. Eifersüchtige Ehefrau, oder meinst du, beim Essen kannst du mich besser aushorchen?

»Also, du musst natürlich nicht …«, er klang enttäuscht, weil ich nicht sofort geantwortet hatte.

»Nein, nein, ich würde schon gerne«, wiegelte ich schnell ab. *Die Gelegenheit kann ich mir nicht entgehen lassen.* »Ich hab nur überlegt … was ich dann mit meinem Hund mache. Ich bin ja schon den ganzen Tag nicht da«, improvisierte ich.

»Du hast einen Hund?«, fragte er erfreut. »Das wusste ich ja gar nicht.«

»So lange hab ich ihn auch noch nicht. Der kleine Strolch ist mir … zugelaufen.«

»Warum bringst du ihn nicht einfach mit? Die Kinder würden sich riesig freuen, die liegen uns schon seit Jahren in den Ohren wegen einem Hund.«

»Sei vorsichtig, was du dir wünschst«, grinste ich. »Ich arbeite noch an Sammys Kinderstube.«

Landmann lächelte verschmitzt zurück. »Wir bei unseren Kindern auch.«

Der Nachmittag verlief vollkommen unspektakulär, und als Kück das Unternehmen verließ, heftete ich mich an seine Fersen, während Eric sich hinter Hasenfuß klemmte. Tahar brummelte etwas von weiteren Auswertungen, die er noch fahren wollte, und ich ließ ihn mit etwas mulmigem Gefühl in einer dicken Rauchschwade in seinem Admin-Büro zurück.

Gegen acht Uhr abends kamen endlich die Überwachungsprofis und lösten uns ab. Nachdem ich Sammy bei Pe abgeholt und die abendliche Lesestunde abgehalten hatte, kam ich um kurz nach zehn nach Hause, wo Körber schon draußen auf den Treppenstufen saß und auf mich wartete.

Er rappelte sich stöhnend auf, küsste mich und brummte: »Die Ruhe vor dem Sturm sollten wir noch nutzen.«

Manche Dinge lässt man sich ja nicht zweimal sagen.

SAMSTAG, 26. NOVEMBER

03:30 Uhr

Ich war kaum eingeschlafen, als mein Handy anfing, penetrant zu lärmen und auf der Obstkiste neben meinem Bett einen vibrierenden Veitstanz aufzuführen.

Stöhnend reckte ich mich über den komatösen Körber hinweg und fummelte im Dunkeln nach dem grünen Symbol auf dem Display.

»Mhmpf?«, stöhnte ich in den Hörer.

»Britta Franziska Sander?«, sagte eine offiziell klingende Frauenstimme am anderen Ende, während gleichzeitig Körbers Handy irgendwo auf dem Fußboden losbimmelte.

»Ja, ich glaub, das bin ich«, brachte ich, noch völlig vernebelt, heraus. Körber regte sich widerwillig, und ich ließ mich wieder auf den Rücken plumpsen. »Ist was passiert?«, gähnte ich.

»Universitätsklinik Aachen, Klinik für Unfall- und Wiederherstellungschirurgie, Schwester Erdmute. Es hat einen Autounfall auf der Viehhofstraße in Burtscheid gegeben. Der Fahrer des Unfallwagens wurde bei uns eingeliefert und hat Sie als nächste Verwandte in seinen Papieren stehen.«

Körber rollte sich aus dem Bett und krabbelte auf allen vieren auf seine Hose zu, um sein Handy zu lokalisieren, das immer noch unaufhörlich bimmelte.

»Aha«, brummte ich. »Wenn der Nachname des Fahrers Sander ist, bin ich nicht zu Hause«, knurrte ich mit Gedanken an meinen verhassten Vater und meine grässlichen Brüder.

»Der Name des Fahrers lautet Tahar Karim«, fuhr die arrogante Stimme fort.

»WAS?« Schlagartig war ich wach und sprang wie von der Tarantel gestochen aus dem Bett. Hektisch suchte ich nach dem Lichtschalter. »Warum sagen Sie das denn nicht gleich? Was ist passiert? Wo ist er? Was ...«

»Wenn Sie mich kurz zu Wort ...«

»Ja, ja, nun reden Sie schon!«

Körber hatte sein Handy gefunden, stand auf und tappte barfuß in den Flur, um dort ungestört zu sprechen.

»Herr Karim wurde heute Nacht nach einem Unfall bei uns eingeliefert und ist im OP. Zu seinem Zustand ...«

»Das heißt, er lebt!«, rief ich panisch.

»Natürlich lebt er«, sagte Schwester Erdmute schnippisch. »Es wäre ...«

»Wer operiert?«, unterbrach ich sie.

»Chefarzt Sander hat den Fall übernommen, aber ...«

Gott sei Dank. Mein ältester Bruder, Chefarzt Dr. Holger, ist eine zwischenmenschliche Katastrophe, aber einer der besten Chirurgen in der näheren und ferneren Umgebung.

»Ich bin schon unterwegs. Welche Station?«

Sie gab mir noch einmal den vollständigen Namen der Poliklinik und die Aufzugsnummer, und ich hoffte inständig, dass ich es heute zum ersten Mal in meinem Leben schaffen würde, eine Station in diesem Monsterbauwerk zu finden, ohne mich zu verlaufen.

Ich beendete das Telefonat, warf das Handy aufs Bett und griff nach meinen Klamotten. Während ich auf einem Bein herumhüpfte, um in meine Hose zu steigen, rief ich lautstark nach Körber.

»Moment«, knurrte der zurück, als er, immer noch am Telefon, im Türrahmen erschien.

Sammy tauchte verschlafen hinter Körber auf und winselte leise. Ich schlüpfte in mein T-Shirt und eine Kapuzenjacke und pfiff leise. Sammy nahm Anlauf und hüpfte in meine aufgehaltenen Arme. Wenn er merkt, dass etwas ernsthaft schiefläuft, ist er immer zur Stelle.

Ich drückte ihn kurz an mich, strubbelte ihm über den kleinen Kopf und setzte ihn wieder auf den Boden. Wo zum Teufel waren meine Autoschlüssel?

Körber legte auf, und wir sagten gleichzeitig: »Was ist passiert?«

Körber bedeutete mir anzufangen.

»Das war das Klinikum, Tahar hatte einen Autounfall und wird gerade operiert. Bei dir?«

»Das war der Kollege, der Bereitschaft hat. Es gab einen Autounfall auf der Viehhofstraße. Die Streife, die zuerst vor Ort war, glaubt, dass die Bremsen am Unfallwagen manipuliert wurden, ergo versuchte schwere Körperverletzung oder gar versuchter Mord. Meinem Kollegen kam Tahars Name bekannt vor, weil wir gestern über ihn gesprochen haben«, sagte Körber grimmig.

»Der gleiche Unfall«, hauchte ich entgeistert.

»Allerdings«, knurrte Körber, während er sich hastig anzog. »Jetzt kann es endgültig keinen Zweifel mehr daran geben, dass jemand Tahar ans Leder will. Haben sie gesagt, wie sein Zustand ist?«

Ich schüttelte den Kopf und merkte, wie mir die Tränen in die Augen stiegen. Ich biss die Zähne fest zusammen.

Reiß dich am Riemen, Sander, mit Flennen ist jetzt keinem geholfen.

Körber zog mich kurz in seine Arme, küsste mich und knurrte: »Wenn ich diese Saubande zu packen kriege, ziehe ich denen höchstpersönlich die Haut ab. Also los. Du fährst ins Krankenhaus, und ich guck mir die Unfallstelle an. Ich komme nach, sobald ich kann.«

Ich nickte grimmig, zog meine Winterjacke an, in der sich auch mein Autoschlüssel fand, und rannte los ins Treppenhaus. Sammy lief mir kläffend hinterher.

»Pscht, Sammy«, flüsterte ich, während ich anhielt, um ihn auf den Arm zu nehmen. »Du weckst die ganze Nachbarschaft auf.« Kaum klemmte er unter meinem Arm, als er auch schon verstummte. Ich galoppierte die Treppe runter, stürzte zum Auto und schob Sammy auf den Rücksitz, bevor ich mich hinters Steuer klemmte.

Als ich wie ein Berserker zurücksetzte, kam Körber aus der Haustür und winkte noch kurz, bevor er im Laufschritt zu seinem Auto eilte.

Mit wild klopfendem Herzen und quietschenden Reifen fuhr ich an. Um die Uhrzeit waren die Straßen Gott sei Dank menschenleer, und mit einer Durchschnittsgeschwindigkeit von hundert hatte ich den kurzen Weg über den Amsterdamer Ring, die Vaalserstraße und den Pariser Ring bis zum Klinikum in Nullkommanichts zurückgelegt. Unterwegs rief ich Eric an, der versprach, sich ebenfalls sofort auf den Weg zu machen. Er lebt, er lebt, er lebt, sagte ich innerlich den ganzen Weg bis zum Klinikum, das sich neuerdings Uniklinik nannte.

Ich parkte auf dem Riesenparkplatz direkt vor dem Klinikum und wartete ungeduldig, bis Sammy sich am nächsten Gesträuch erleichtert hatte. Ich ließ alle vier Fenster einen Spalt auf, gab ihm schnell zwei Hundekuchen und warf die Decke aus dem Kofferraum auf den Rücksitz.

Dann spurtete ich in Höchstgeschwindigkeit in das hässlichste Krankenhaus dieser Republik, rannte in die grässlich-grüne Eingangshalle und zum Aufzug B4. Endlich im Untergeschoss angekommen, stürzte ich sofort auf die Leitstelle zu, wo eine Schwester Ende fünfzig, Modell Kampfpanzer breit, auf ihrer Maus herumklickte. Sie ignorierte mich geflissentlich.

»Schwester Erdmute?«, schnaufte ich. Allerdings war das keine detektivische Meisterleistung, sondern ich hatte in der Schule aufgepasst. Schwester Erdmute trug brav ihr Namensschildchen, tat allerdings so, als wäre lediglich ein Luftzug durch die Tür gekommen.

»Hallo? Erde an Schwester Erdmute?« Die Schnepfe ignorierte mich immer noch.

Ich wartete bestimmt sechzig Sekunden. *Ganz ruhig, Sander. Die spielt bestimmt gar nicht Candy Crush, sondern macht was total Wichtiges. Sonst würde sie ja niemanden ignorieren, den sie gerade mit einer Hiobsbotschaft aus dem Bett geklingelt hat.*

Nach weiteren dreißig Sekunden explodierte ich. »Sagen Sie mal, haben Sie vergessen, Ihr Hörgerät einzuschalten?«

Der Kampfpanzer erstarrte und drehte mir in Zeitlupe das Gesicht zu. »WIE bitte?«

»Na also, geht doch«, knurrte ich. »Wo ist Herr Karim?«

Sie musterte mich hochnäsig. »Und Sie wären?«

»Dreimal dürfen Sie raten – oder haben Sie vor zwanzig Minuten noch mehr Leute aus dem Bett geworfen? Also jetzt sagen Sie schon, wo ist er?«

»Jetzt hören Sie mir mal gut zu, junge Frau. Wenn Sie nicht SOFORT Ihren Ton …«

»Das ist vergebene Liebesmüh, Schwester Erdmute. An meiner Schwester haben sich schon ganz andere die Zähne ausgebissen«, schnarrte Chefarzt Dr. Holgers Stimme hinter mir.

Ich warf dem Höllenhund hinterm Tresen noch einen vernichtenden Blick zu und drehte mich zu Chefarzt Dr. Holger um, der noch seinen blutigen OP-Kittel und die nicht sehr kleidsame Standard-OP-Haube trug.

»Und?«, fragte ich statt einer Begrüßung. »Nun sag schon, wie schlimm ist es? Kommt er durch?«

»Wie? Kommt er durch?«, fragte Chefarzt Dr. Holger irritiert. »Also die Mortalitätsrate bei Claviculafrakturen ist wirklich verschwindend …«

»Er hat sich das SCHLÜSSELBEIN gebrochen?«

Er drehte sich stirnrunzelnd zum Hausdrachen um. »Schwester Erdmute, was genau haben Sie denn …«

»Ich kam nicht zu Wort!«, schnappte die Schnepfe.

Chefarzt Dr. Holger seufzte abgrundtief und drehte sich wieder zu mir um. »Herr Karim ist laut Rettungsdienst auf der Viehhofstraße mit dem Auto mehr oder weniger ungebremst gegen die Hausecke mit der Bankfiliale geprallt, direkt neben dem Parkplatz am Ferberpark. Wie das passiert ist, weiß ich nicht, aber Gott sei Dank war er angeschnallt.« Ich wollte etwas sagen, aber Dr. Holger hob die Hand. »Lass mich ausnahmsweise mal zu Ende sprechen. Er hat ein paar unschöne Verletzungen im Gesicht, eine Platzwunde auf der Stirn, Prellungen im Beckenbereich und am Brustkorb sowie eine offene und stark dislozierte Claviculafraktur, die wir operieren mussten. Die OP ist sehr gut verlaufen – Schlüsselbeine waren schon immer eine meiner Spezialitäten«, fügte er bescheiden hinzu. »Das wirklich Wichtige ist, dass es keine inneren Blutungen gibt, und auch die Halswirbelsäule ist, soweit erkennbar, unverletzt. Es ist allerdings möglich, dass sich in den nächsten Tagen noch ein Schleudertrauma manifestiert. Das bleibt abzuwarten. Bisher ist davon jedoch nichts zu erkennen. Kurzum, dein lieber Freund Tahar hat wirklich sehr viel Glück gehabt. Das hätte deutlich unerfreulicher ausgehen können.«

Vor lauter Erleichterung wären mir fast die Knie weggeknickt. »Gott sei Dank, ich dachte …«

Chefarzt Dr. Holger klopfte mir unbeholfen auf die Schulter. »Als er eingeliefert wurde, wussten wir das noch nicht, aber da er keine inneren Blutungen hatte und die HWS unverletzt ist, war er zu keinem Zeitpunkt in Lebensgefahr.«

»Wo ist er denn jetzt? Ich will sofort zu ihm.«

Chefarzt Dr. Holger hob eine Augenbraue. »Nun ja, wo man gemeinhin nach einer OP unter Vollnarkose ist – im Aufwachraum, zum … Aufwachen.«

Klugscheißer.

»Wo lang?« Ich sah mich nach einem Schild um, das mir vielleicht schneller den Weg weisen würde als Chefarzt Dr. Holger. Fehlanzeige.

»Wir sehen das nicht gern …«

»Holger«, unterbrach ich ihn, »du hast zwei Möglichkeiten. Entweder du bringst mich jetzt SOFORT in den Aufwachraum oder ich suche mir den Weg selbst. Ich überlasse dir, ob du eine Spur der Verwüstung möchtest oder …«

»Schon gut, schon gut«, seufzte er. Er war zwar über zwanzig Jahre älter als ich, kannte mich aber gut genug, um zu wissen, dass das keine leere Drohung war. »Hier entlang.«

Ich folgte seinen quietschenden Gummischuhschritten durch die eklig gelb-grünen Flure und fragte mich einmal mehr, wer um Himmels willen auf die Idee gekommen war, diese farbliche Ausstattung könne zur Genesung kranker Menschen beitragen. Meiner bescheidenen Meinung nach war genau das Gegenteil der Fall.

In einem Vorraum zeigte Holger auf einen Pumpspender mit Desinfektionsmittel. »Hände«, und dann auf einen Stapel grüner Kittel. »Kittel.«

Meine Calimero-Frisur ersparte mir ein hübsches Häubchen. Ich desinfizierte meine Hände, zog den Kittel über und folgte meinem chefärztlichen Bruder in den Aufwachraum, in dem gespenstische Stille herrschte. Na ja, fast. Das beinahe obligatorische Quietschen der Personalschuhe auf dem flach genoppten Boden, das leise Piepsen diverser Monitore und das Darth-Vader-Geräusch eines Beatmungsgeräts verliehen der Stille etwas Unheimliches. Die Vorhänge, mit denen die einzelnen Betten voneinander abgeteilt waren, waren zugezogen, aber Chefarzt Dr. Holger hielt schnurstracks auf eine der Kabinen zu und mir den Vorhang auf.

Als er mein Gesicht sah, sagte er leise: »Er schläft nur.«

Sollte mein unausstehlicher Bruder auf seine alten Tage doch noch so etwas wie emotionale Intelligenz entwickeln? Es geschehen noch Zeichen und Wunder.

Ich atmete tief durch und trat an Tahars Bett. Sein Gesicht war blass, jedenfalls bis auf die Stellen, die blau oder zerschrammt waren, sein linkes Auge schmückte ein saftiges Veilchen, und um die Stirn hatte er einen schmalen, weißen Verband. Unter dem leicht verrutschten OP-Hemd lugte auf seiner linken Brustkorbseite ein weiterer Verband hervor.

»Die Fraktur war sehr hässlich«, flüsterte Chefarzt Dr. Holger. »Der Knochen hatte die Haut durchstoßen und die Frakturenden …«

Ich schüttelte mich und nahm Tahars rechte Hand, in der ein Zugang lag, durch den eine durchsichtige Flüssigkeit tropfte. Tahar regte sich kurz, schlief aber weiter. »Zu viel Information, Holger. Wieso hast du eigentlich mitten in der Nacht selbst operiert? Ich dachte, Teil des Spaßes am

Chefarzt-Dasein sei, dass man so was nicht mehr machen muss.«

Er guckte entrüstet. « Du glaubst doch nicht, dass ich mir so eine diffizile OP entgehen lasse, wenn sie mir schon vor die Füße fällt! Die Assistenzärzte haben heute beim Zugucken viel gelernt«, wisperte er gewohnt bescheiden.

Das mit der emotionalen Intelligenz war Einbildung.

»Ach so«, flüsterte ich ironisch. »Ich dachte, du hättest vielleicht selbst Hand angelegt, weil Tahar mein Freund ist.«

Chefarzt Dr. Holger sah mich konsterniert an. Auf den Gedanken war er offensichtlich nicht gekommen. »Ich habe dich immerhin anrufen lassen«, sagte er etwas lahm, »und du solltest lieber dankbar sein, dass ich nicht Gynäkologe geworden bin.«

Darüber wäre die gesamte Frauenwelt heilfroh, wenn sie wüsste, was ihr da kurzzeitig gedroht hat.

Holger kehrte wieder auf sicheren Boden zurück. »Wir haben eine Platte eingesetzt, die den Knochen stabilisiert, bis der Bruch geheilt ist. Wenn sie keine Beschwerden verursacht, kann sie drinbleiben, ansonsten müssen wir sie in ein paar Monaten wieder herausholen.«

»Und wie lange muss er hierbleiben?«

»Wenn alles normal verläuft, drei oder vier Tage. Er muss den Arm noch für eine Weile in einer Schlinge tragen, aber ansonsten sollte er relativ schnell wieder auf den Beinen sein.«

»Was ist mit der Wunde am Kopf?«, fragte ich.

Chefarzt Dr. Holger winkte ab. »Platzwunden an Kopf und Gesicht sehen immer sehr dramatisch aus, weil sie stark bluten. So wie die genäht ist«, lobte er sich noch einmal selbst, »wird man kaum eine Narbe sehen. Seinen Schädel könnte man allerdings gut als Rammbock verwenden.«

Meine Rede seit Jahr und Tag, der alte Dickkopf.

»Beim *dem* Aufprall keine Gesichtsknochen gebrochen, keine Gehirnerschütterung, gar nicht übel.«

Ohne Tahars Hand loszulassen, zog ich mir einen der unbequemen Besucherstühle heran und setzte mich an sein Bett. Seine Atemzüge waren tief und gleichmäßig. Der Monitor piepte leise vor sich hin, und nachdem Chefarzt Dr. Holger sich quietschend entfernt hatte, war ich in Nullkommanichts mit dem Kopf auf der unbequemen Bettkante eingeschlafen. Tahars Hand ließ ich nicht los.

* * *

»*Mon Dieu*«, wurde ich einige Zeit später geweckt. »Ich habö immör gewusst, dass wir mal einö gemeinsamö Nacht verbringön würdön«, flachste Tahar, dessen Stimme vom Beatmungsschlauch während der OP noch ein wenig heiser war.

Ich schoss hoch und sah mich schlaftrunken und leicht desorientiert um.

»Hier bin ich«, grinste er schief und wollte matt mit der linken Hand winken – überlegte sich das aber ganz schnell anders.

Ich ließ mich wieder auf den Stuhl fallen. »Oh Mann, mach so was nie wieder«, stöhnte ich. Weißt du, was du mir für einen Schreck eingejagt hast?«

»Und ich mir erst«, konterte er trocken.

»Was ist denn eigentlich passiert?«, drängte ich. »Das war doch kein Feld-, Wald- und Wiesenunfall!«

»Wenn ich das mal wüsstö. Ich habö gestörn Abönd auf dem Heimweg noch bei Van Helsing angehaltön. Ich wolltö, dass er auch mal einön Blick auf die Zeiterfassung wirft und seinö eigenön Analysön durchführt, um sicherzugehön, dass wirklich niemand ins System eingedrungen ist, um es zu manipulierön. Vier Augön sehön mehr als zwei, *n'est-ce pas?*«

Tahars Hackerkollegen mit dem klangvollen Spitznamen Van Helsing kannte ich bisher nur aus Erzählungen. Er trat in Tahars Berichten immer wieder in Erscheinung, weil er einer der wenigen war, die Tahar IT-technisch das Wasser reichen konnten. Wenn Tahar wissen wollte, ob ein von ihm konzipiertes System wirklich wasserdicht ist, heuerte er Van Helsing an – und umgekehrt. Im Laufe der Jahre hatte sich zwischen den beiden ein freundschaftlicher Systemadministratoren-Weitpinkelwettbewerb entsponnen, und wenn Tahar fluchend und mit zerstrubbelten Haaren vor seinen Computerbildschirmen saß, konnte man fast immer drauf wetten, dass er gegen Van Helsing angetreten war und alle Register ziehen musste, um gegen seinen Hackerkollegen zu bestehen.

»Er hat, genau wie ich, rein gar nichts gefundön, was ich einerseits sehr beruhigönd fand – andererseits wäre es mir fast liebör gewesön, wenn er was gefundön hättö. Dann wüsstön wir jetzt wenigstöns, was da vor sisch geht.

Dann bin ich in mein Auto göstiegön, und auf den erstön Metörn funktioniertön auch die Bremsön noch, abör als ich dann mit Karacho in die Viehhofstraßö eingöbogön bin und hintör der Kurvö zum Abbiegön bremsön wolltö, tat sich rein gar nichts mehr. Keinö Reaktion. Und als ich geradö auf der Höhö des Parkplatzös war, ging *justement* in diesöm Moment jemand übör den Zebrastreifön. Ich hattö also die Wahl, diesö Person zu übörfahrön odör der Bank neuö Schaufenstör zu spendierön.« Er zuckte mit den Schultern und quietschte vor Schmerzen.

»Das heißt, die Bremsen haben komplett versagt?«

»Genau. Der Wagön ist vor zwei Wochön in der Inspektion gewesön, da war allös in feinstör Ordnung. Und ich bin ja den ganzön Weg von Memento bis in die Moltkestraßö gefahrön, ohnö dass es Problemö gab.«

»Und es ist auch kein Warnlämpchen angegangen – zu wenig Bremsflüssigkeit zum Beispiel?«

Tahar hob eine Augenbraue.

»Okay, okay, ich frag ja nur«, sagte ich beschwichtigend. »Das kann ja eigentlich nur bedeuten, dass jemand sich an deinen Bremsen zu schaffen gemacht hat, während du bei Van Helsing warst.«

»Zeit genug dürftö auch gewesön sein – ich war ein paar Stundön bei ihm.«

»Wenn kein Warnlämpchen angegangen ist, können es eigentlich nicht die Bremsleitungen gewesen sein. Erstens ist es nicht mehr so einfach wie früher, weil die inzwischen aus Metall sind oder zumindest mit Metall verstärkt. Und außerdem geht ja eine Warnlampe an, wenn zu wenig Bremsflüssigkeit im System ist. Und das hättest du mit Sicherheit bemerkt. Das Einzige, was mir so spontan einfällt, ist der Bremskraftverstärker.«

Tahar sah mich fragend an.

»Wenn du die Leitung zum Bremskraftverstärker herausreißt, geht keine Warnlampe an, und bei den ersten Bremsmanövern merkst du eventuell auch noch nichts. Aber wenn der dann versagt, kannst du dich fast mit beiden Füßen aufs Bremspedal stellen und im Vergleich zum Normalzustand kaum eine Bremswirkung haben.« Ich grübelte eine Weile. »Wenn es das tatsächlich war, würde ich allerdings drauf wetten, dass es ein Mann war.«

»Weil er sich mit Autos auskennt?«

»Nein. Wie du weißt, bin ich der beste Beweis dafür, dass es auch Frauen gibt, die sich mit Autos auskennen«, grinste ich in Anspielung auf die zahlreichen Gelegenheiten, bei denen ich Tahar schon aus der Patsche geholfen hatte, weil seine alte Möhre mal wieder irgendwo liegen geblieben war. Vor einiger Zeit hatte er sich Gott sei Dank endlich ein neues Auto gekauft. »Nein, vor allem, weil du richtig viel Kraft aufwenden musst, um die Leitung abzureißen. Wir suchen also entweder nach einem Kerl oder nach einer Frau mit ordentlich Muckis in den Ärmchen. Wie dem auch sei – Körber ist eben zur Unfallstelle gefahren. Was er da genau vorfindet, müssen wir abwarten, aber seine Kollegen sind schon davon ausgegangen, dass jemand deine Bremsen manipuliert hat, ohne dass die Kriminaltechnik überhaupt geguckt hat. Irgendjemand ist wild entschlossen, dich aus dem Weg zu räumen.«

Tahars dunkle Augen funkelten. »Denön werdö ich helfön. Ich brauchö dringönd mein Laptop. Habön die hier WLAN?«

»Hier unten im Aufwachraum wohl kaum«, grinste ich.

»Schwestör!«, krächzte Tahar so laut er konnte.

Es dauerte ein bisschen, aber schließlich kam eine Schwester quietschenden Schrittes näher und zog den Vorhang zur Seite. »Ah, Herr Karim, weilen Sie wieder unter den Lebenden?«

»Wie soll man denn bei so gutör Betreuung nicht blitzschnell wiedör genesön?«, schmeichelte Tahar und knipste sein charmantestes Lächeln an. Die Schwester – Gundula – schmolz innerhalb von drei Sekunden dahin, obwohl Tahars Verführerlächeln von dem dicken, dunkelblauen Veilchen um sein linkes Auge etwas in Mitleidenschaft gezogen wurde.

Ich fass es nicht. Selbst stahlgehärtete Schwestern der Unfallchirurgie liegen ihm im Handumdrehen zu Füßen.

Ich räusperte mich dezent und schreckte Schwester Gundula aus ihrer Schwärmerei. »Wann wird Herr Karim denn auf Station verlegt?«

Wir müssen dringend Kriegsrat halten und von Körber hören, was mit dem Auto ist.

Schwester Gundula musterte mich aus leicht verengten Augen. »Und Sie sind?«

»Die Schwestör von Chefarzt Dr. Sandör. Er lässt ausrichtön, dass ich so schnell wie möglich nach obön auf Station göbracht werdön soll«, log Tahar gekonnt. Der Narkosenebel schien sich in Rekordzeit verflüchtigt zu haben.

»Davon hat Schwester Erdmute aber nichts ...« Sie hielt kurz inne und beschloss dann offenbar, dass es keine gute Idee war, sich auch nur hypothetisch mit Chefarzt Dr. Holger anzulegen, der für sein charmantes Temperament bekannt war, besonders gegenüber Untergebenen. »Ich rufe gleich auf Station an. Ich kann Sie allerdings erst in einer halben Stunde hochbringen. Ich muss erst noch einen anderen Patienten auf die Intensivstation fahren. Das kann nicht warten, und wir sind nur zu zweit.« Sie warf Tahar einen schmachtenden Blick zu.

Meine Güte, mir wird schlecht.

»Ich kann Herrn Karim gerne nach oben bringen«, bot ich an. *Wird wohl ein bisschen dauern, weil wir uns garantiert verlaufen, aber ein bisschen Verschnitt ist immer.*

Schwester Gundula sah mich skeptisch an, willigte aber schließlich ein, als Tahar an strategisch günstiger Stelle noch mal Holgers Namen fallen ließ.

Ein Ruf wie Donnerhall, der Doktor des Todes.

Schwester Gundulas Kollege – ein pickelgesichtiger Pflegeschüler mit ein bisschen Flaum im Gesicht – brachte uns kurz darauf Tahars Papiere, und so machten wir uns wagemutig auf den Weg. Binnen kürzester Zeit stellte sich wieder einmal heraus, dass das Labyrinth des Minotaurus in Knossos der Übungslauf für eine Bettenfahrt im Klinikum war. Und nix mit Ariadne und Faden. *Survival of the fittest* in Reinkultur.

Als ich schließlich schnaufend das Bett um die Ecke auf den Stationsflur manövrierte, bot sich uns direkt vor der Leitstation ein rührendes Bild. Irgendjemand hatte Körber und Eric Stühle auf den Flur gestellt, in denen die beiden nun einträchtig ein Nickerchen hielten. Während Körber der Kopf auf den Brustkorb gesunken war und er leise vor sich hin schnarchte, hätte ich Erics ganz persönliche Geräuschkulisse eher als Röcheln bezeichnet. Sein Kopf hing seitlich schief im Nacken, er röchelte tief und gleichmäßig, und ein kleiner Sabberfaden hatte seinen Weg nach draußen gefunden.

»Herzallerliebst«, grinste ich und hielt neben den zwei Grazien an. Körber hatte Tahars alte, abgewetzte Laptoptasche auf dem Schoß.

Tahar beschwerte sich entrüstet: »Ich denkö, die sind wie wild am Ermittöln, und dann so was. Und ich kann nicht mal in die Händö klatschön, um sie aufzuschreckön.«

»Ach, wenn's nur das ist …« Bevor ich jedoch zur Tat schreiten konnte, regte sich Körber und schoss beim Anblick von Tahar aus seinem Stuhl hoch. »Heiliges Kanonenrohr«, knurrte er. »Technicolor ist ja nix dagegen.«

»*Merci beaucoup, monsieur le commissaire*«, frotzelte Tahar. »Ich fürchte, der Schminkkurs ist etwas aus dem Rudör gelaufön. Dunkelblau und Lila gab es im Sonderangebot.«

Eric grunzte kurz und hängte seinen Kopf in die andere Richtung. Ich stieß ihn sanft mit dem Fuß an.

»Herr Lau-ten-schläger, Jyoti ist gerade angekommen«, säuselte ich.

Eric öffnete vorsichtig ein Auge. »Als ob ich darauf hereinfallen würde«, brummelte er indigniert.

»'nen Versuch war's wert«, grinste ich.

Eric reckte und streckte sich, während Körber suchend nach einer Schwester Ausschau hielt.

»Junge Frau«, knurrte er, als er endlich eine entdeckte, »ja, Sie da. Wir brauchen dringend ein Zimmer für …«

Unbemerkt von Körber hatte sich hinter ihm die wuchtige Stationsschwester aufgebaut, die fleischigen Hände in die ebenso fleischigen Hüften gestemmt. Laut Namensschild handelte es sich um Schwester Alwine. Lawine hätte es deutlich besser getroffen.

»Und was haben Sie hier auf meiner Station herumzukrakeelen, wenn ich fragen darf?«

Körber drehte sich langsam um und blickte der Naturgewalt ungerührt ins Auge. Tahar ließ sich seufzend in die Kissen zurücksinken. Manche Schlachten kann man guten Gewissens anderen überlassen.

Körber kratzte sich den Bart und knarzte: »Körber. Kriminal*ober*kommissar Körber. Dieser junge Mann da«, hier zeigte er auf Tahar, der mit seinem Bett nun wirklich nicht zu übersehen war, »ist vor einigen Stunden Opfer eines heimtückischen Mordanschlags geworden. Jetzt, wo er wieder bei Bewusstsein ist, müssen wir ihn dringend vernehmen. Wir brauchen also ein Zimmer für ihn. Ein Einzelzimmer, und zwar pronto.«

Die Lawine kniff die Augen zusammen. »Sagen Sie mal, irgendwoher kenne ich Sie doch.«

Körber zuckte lässig mit den Schultern. »Wie schön für Sie, wir brauchen …«

»Jetzt hab ich's«, rief sie triumphierend. »Sie sind doch der, den der Sicherheitsdienst vor ein paar Monaten beim Rauchen auf dem Klo erwischt hat. Im Sommer war das, ich weiß es genau.«

Körber räusperte sich ausführlich, und auf Erics Gesicht breitete sich ein fettes Grinsen aus. *Das* Schmankerl kannte ich allerdings auch noch nicht.

»Sie müssen mich verwechseln. Aber das tut jetzt auch nichts zur Sache. Kriegen wir jetzt ein vernehmungsgeeignetes Zimmer oder müssen wir Chefarzt Dr. Sander …«

Die Lawine hob eine Hand und fuchtelte Körber mit dem ausgestreckten Zeigefinger vor der Nase herum. »Sie meinen wohl, Sie können mir mit dem aufgeblasenen Wichtigtuer drohen, wie? Da haben Sie sich aber geschnitten, Herr Kriminal-irgendwas. ICH habe keine Angst vor dem arroganten Knochenbrecher!«

Die quietschenden Schritte, die sich in den letzten Sekunden genähert hatten, hatte sie wohl nicht gehört.

»Ach, Schwester Alwine, schwärmen Sie wieder vom Kollegen Hackebruch?«, sagte Chefarzt Dr. Holger trocken, als er direkt hinter ihr stand.

Eins musste man ihr lassen – die Lawine zuckte nicht mal mit der Wimper. »Selbstverständlich, Dr. Sander, von wem sonst?«, log sie gekonnt und drehte sich geschmeidig um die eigene Achse. »Folgen Sie mir, Herr Kriminaloberkommissar – und wer auch immer zu Ihrem Hofstaat gehört. Wir hatten heute Nacht einen unerwarteten Exitus, ich gucke mal, ob das Zimmer schon frei ist. Sonst müssten Sie sich ein wenig arrangieren. Der Verstorbene wird schon nichts ausplaudern.«

Dankenswerterweise hatte jemand den Leichnam doch schon weggeräumt, und so drapierten wir uns in dem kleinen Einzelzimmer rund um Tahars Bett, um Kriegsrat zu halten. Ich stellte das Kopfende des Bettes hoch, so dass Tahar uns sehen konnte, ohne dabei seine Bauchmuskeln zu trainieren. Er war ein bisschen blass um die Nase, aber ansonsten schon wieder einigermaßen munter.

Ich fasste den medizinischen Stand der Dinge kurz für Körber und Eric zusammen und fragte dann: »Gibt es schon was Konkretes von der Unfallstelle?«

Alle Augen richteten sich auf Körber.

Der räusperte sich, zog das unvermeidliche Päckchen Kippen aus der Brusttasche seines Hemdes und steckte es dann seufzend wieder weg, als ihm einfiel, wo er war. »Die Kriminaltechnik hat den Wagen abgeschleppt, um eine genaue Untersuchung durchzuführen. Aber einer der Kollegen hat schon mal ein Auge draufgeworfen. Wie es aussieht, hat jemand die Leitung zum Bremskraftverstärker herausgerissen.«

Tahar und ich warfen uns einen Blick zu.

Volltreffer!

Körber fragte: »Kann es sein, dass du keinen sehr weiten Weg zurückgelegt hast und die Bremsen zuerst noch funktioniert haben?«

Tahar nickte und erzählte Körber und Eric, was passiert war.

»Das passt ins Bild«, knurrte Körber. »Das heißt aber auch, dass sich niemand bei Memento auf dem Parkplatz an dem Wagen zu schaffen gemacht hat, sondern es muss dir jemand gefolgt sein und das Auto manipuliert haben, während du bei deinem Kumpel warst. Wenn die Leitung schon bei Memento herausgerissen worden wäre, wärst du nie im Leben bis in die Moltkestraße gekommen. Sehr schade, auf dem Memento-Parkplatz hätte vielleicht eine der Außenkameras etwas Brauchbares geliefert. So wie die Dinge jetzt liegen, müssen wir in der Moltkestraße in der Nachbarschaft herumfragen, ob jemand zufällig was gesehen hat.«

»Da müssten wir schon viel Glück haben«, sagte Eric. »Die Moltkestraße ist nicht gerade eine Hauptverkehrsstraße, schon gar nicht Freitagnacht um die Uhrzeit. Aber gut, das Glück ist ja bekanntlich mit die Doofen.«

»Das kannst du aber laut sagen«, knurrte Körber. »Zwei Mordanschläge an einem Tag hab ich auch noch nicht erlebt.«

»Viel Feind, viel Ehr«, grinste Tahar.

»Wenn du nicht schon grün und blau wärst, würd ich dich jetzt verhauen«, schimpfte ich.

»Also das Grün nimmst du zurück, *non*? Ich kann nur Blau und Violett erkennön«, gab er zurück, während er sich kritisch in einem kleinen Spiegel betrachtete, den Lawine ihm auf Nachfrage gnädig gebracht hatte.

»Das Grüne kommt noch, glaub mir«, knarzte Körber.

»So ein Veilchön hattö ich seit mindestöns zwanzig Jahrön nicht mehr«, sagt Tahar.

»Aber das Mundwerk funktioniert noch einwandfrei«, brummte Körber. »Sag mal, Britta, kannst du mal Schmiere stehen? Dann können wir …« Körber wedelte mit seiner Kippen-Packung.

Ich rollte mit den Augen und zeigte wortlos auf die Rauchmelder. »Du möchtest sicher nicht wieder vom Sicherheitsdienst abgeführt werden?«

Körber zuckte mit den Schultern. »Letztes Mal haben wir unten noch zusammen eine geschmaucht. Die Jungs sind echt in Ordnung. Ich muss sowieso mit denen sprechen. Die müssen hier mal öfter nach dem Rechten sehen, solange Tahar hier ist. Irgendjemand ist wirklich wild entschlossen, dich in die Ewigen Jagdgründe zu schicken.«

»Falschö Metaphör, *monsieur le commissaire,* bei uns ITlörn heißt das ›die großö Cloud‹. Und wenn es geht, hättö ich gernö einö weiblichö Sicherheitsassistentin«, er klimperte unschuldig mit den Wimpern.

»Das kommt ja überhaupt nicht infrage«, schaltete ich mich kurzerhand ein. »Bei deinem Pheromon-Ausstoß hat die doch ihre Augen überall, nur nicht auf dem Attentäter. Obwohl …«, ich legte eine kleine Kunstpause ein, »ich könnte natürlich Cindy, Püppi und Co. Bescheid sagen. Die errichten mit ihren Kosmetikköfferchen doch sofort eine Wagenburg um dich herum und lassen dich nicht mehr aus den Augen. Da traut sich kein Attentäter rein.«

Tahar rief entrüstet: »Um Gottös willön! Du willst mich wohl vorzeitig ins Grab bringön!«

»Nein, nein, *ich* nicht«, kicherte ich ob Tahars entsetztem Gesichtsausdruck.

»Also, also, meine Herrschaften«, Eric klatschte in die Hände, »wenn ich denn mal um den nötigen Ernst bitten dürfte.«

In diesem Moment klingelte Körbers Handy in seiner Anzugtasche. Er zog es heraus, blickte kurz auf den Bildschirm und ging dann dran. »Hmpf«, meldete er sich.

Am anderen Ende hörte man aufgeregtes Gequake.

Körbers stets finsterer Blick verdusterte sich schlagartig noch weiter. »WAS hat er?!« Mehr aufgescheuchtes Gequake von der anderen Seite.

»Du sagst mir jetzt sofort, dass alle Kollegen um dich herumsitzen und ihr mich auf die Schippe nehmt.«

Kleinlautes Gequake.

Körber schloss kurz die Augen, atmete tief durch und brüllte: »IST DAS SEIN ERNST? So ein gottverdammter ARMLEUCHTER! Sag ihm, er soll sich zur nächsten Observation eine leere FLASCHE mitnehmen! Lernen die denn heute GAR NICHTS MEHR??? Heute Mittag, Punkt eins in meinem Büro, und der Idiot soll sich schon mal warm anziehen!«

Wütend stocherte er mit dem Finger auf dem Bildschirm herum, um das Gespräch zu beenden.

»Gutö Nachrichtön?«, fragte Tahar, der schon wieder den Schalk im Nacken sitzen hatte.

»Wie man's nimmt«, knurrte Körber, »wir brauchen wahrscheinlich nicht mehr groß herumzurätseln, wer sich an Tahars Auto zu schaffen gemacht hat.«

»Das ist ja großartig, wer denn?«, freute ich mich.

»Obersturmbannführer Kück«, brummte Körber. »Der war heute Nacht zwischen halb elf und drei Uhr morgens nämlich nicht zu Hause.«

»Ach, wie schön. Wo war er denn?«

»Das wissen wir nicht«, knarzte Körber.

»Äh …«

»Die schlechte Nachricht ist, dass der Kollege, der ihn überwachen sollte, austreten war. In der Zeit muss Kück sich davongemacht haben, denn der Kollege hat nicht schlecht gestaunt, als Kück morgens um drei Uhr fröhlich aus einem Taxi stieg, während der Kollege ihn friedlich im Ehebett wähnte.«

»Ich dachte, die sind immer zu zweit?«, fragte ich verblüfft.

»Waren sie auch. Der andere Kollege hat ein Nickerchen gemacht. Nummer zwei hat ihn nicht wie abgesprochen geweckt, als er pieseln musste, weil er dachte, in den paar Minuten passiere schon nichts.«

»Ich glaube, ab heute Mittag gibt es noch eine weitere Mordermittlung«, flüsterte Eric mir ins Ohr.

»Ich brauch 'ne Kippe«, knurrte Körber, und Tahar richtete sich interessiert auf. »Ich kommö mit!«

»Nix da, du bist frisch operiert. Du läufst jetzt nicht quer durchs Krankenhaus und stellst dich draußen in die Kälte«, schimpfte ich.

»Wer hat denn was von Laufön gösagt?«, strahlte er mich an.

»Wenn DU meinst, ich fahr dich noch mal mit dem Bett quer durchs ganze Haus, damit du dir draußen wegen so 'nem blöden Glimmstängel den Tod holen kannst, dann hast du dich aber gewaltig geschnitten«, schnaubte ich.

Tahar sah Körber hilfesuchend an, und der zuckte gelassen mit den Schultern. »Ein Mann muss tun, was ein Mann tun muss«, brummte er, stand auf und löste gekonnt die Feststellbremse an Tahars Bett.

Im Hinausrollen rief Tahar noch über seine unverletzte Schulter zurück: »Britta, guck doch schon mal, ob es in diesöm *établissement* irgöndwo WLAN gibt?«

Seufzend warf ich ihm meine Jacke hinterher, die Körber mit einer Hand auffing, während er mit der anderen das Bettenungetüm aus dem Zimmer manövrierte.

»Ganz schön kräftig, der Commissario«, sagte Eric anerkennend.

»Eine Dame genießt und schweigt«, grinste ich. »Ich mach mich dann mal auf und lass den Internetzugang für Tahar freischalten, sonst gibt es hier noch einen Volksauflauf.«

»Wieso das denn?«, fragte Eric leicht begriffsstutzig.

»Wenn ich nicht gehe und es mache, stiefelt Tahar auf eigene Faust durchs grüngelbe Gemäuer. Und da er momentan nur ein hinten offenes OP-Hemdchen trägt, wird es nicht lange dauern, bis er eine stetig anwachsende Frauenschar hinter sich herzieht.«

»Spätestens, wenn er an der Gynäkologie vorbeikommt«, gackerte Eric.

»Du hast es erfasst«, seufzte ich und machte mich auf den Weg.

* * *

Nachdem die Herren ihre Nikotingelüste ausreichend befriedigt hatten, brachte Körber das Bett samt Inhalt wieder zurück, und bis er bei uns ankam, war Tahar wieder selig eingeschlummert. Wir legten ihm sein Laptop samt Zugangscode strategisch günstig auf sein Nachtschränkchen, klemmten eine Nachricht daran fest, und als der von Körber angeforderte

Kollege in Uniform eintrudelte und von Körber den Auftrag bekam, in regelmäßigen Abständen vorbeizukommen und nach dem Rechten zu sehen, machten wir leise die Tür hinter uns zu.

Da ich Sammy nicht länger im Auto lassen wollte als nötig, ging ich schon mal zum Parkplatz, während Körber und Eric noch einen Umweg über die Cafeteria machten, um uns etwas Essbares und vor allem Kaffee zu besorgen.

Auf dem Parkplatz angekommen, ließ ich Sammy aus dem Auto, der sofort ins nächste Gestrüpp trippelte und sich seufzend erleichterte. Ich war in Gedanken noch bei Tahar und wollte gerade den Kofferraum aufmachen, als mein Blick aus dem Augenwinkel auf den linken Hinterreifen fiel. Ungläubig warf ich die Kofferraumklappe wieder zu und starrte genervt auf den platten Reifen. »Och nö, echt jetzt?«

Ich beguckte mir das Problem von allen Seiten, aber der Reifen blieb hartnäckig platt. »So eine verdammte Hasenkacke«, fluchte ich. »Ist das jetzt Pech oder wollen die Heiopeis mir jetzt etwa auch an die Wäsche?«

»Kann ich irgendwie behilflich sein?«, knurrte Körber hinter mir. Er trug zwei Brötchentüten unter dem Arm und in jeder Hand einen Coffee-to-go-Becher.

»Ja, danke, sehr gern«, sagte ich erfreut, zog meine Jacke aus und hängte sie ihm auf die Schulter. »Entweder wollte jemand mutwillig mein Fortkommen behindern, oder der Reifen ist einfach nur platt. Das werden wir feststellen, sobald der Reifen ab ist.«

»Ich hatte eigentlich weniger an Kleiderständer gedacht als an den Reifenwechsel selbst«, brummte Körber missgelaunt. Er lehnte sich ans nächstgelegene Auto (Erics), legte die Brötchentüten auf Erics Kofferraum und schlürfte genussvoll den heißen Kaffee. »Aber wenn du mich fragst – ich tippe auf einen Platten. Leute, die Bremskraftverstärker rausreißen, verlassen sich nicht auf einen plattgestochenen Reifen, wenn sie jemanden umlegen wollen.«

»Wir werden sehen«, brummte ich und wollte mich gerade an die Arbeit machen, als Erics Stimme ertönte.

»Gibt's was zu sehen?«

»Nicht du auch noch«, stöhnte ich.

»Aber woher denn«, tönte er wohlwollend, fast wie Roderich Müller-Schwan, »wir können doch nicht tatenlos zusehen, wenn eine hilflose, junge Frau«, Körber erlitt einen plötzlichen Erstickungsanfall, »so ganz auf sich gestellt, und diese großen Reifen, und überhaupt.« Erics Grinsen war inzwischen so breit, dass er nicht mehr weitersprechen konnte. Er lehnte sich neben Körber an sein Auto, und die beiden prosteten sich mit den Kaffeebechern zu.

Ich hatte inzwischen im Kofferraum-Chaos den Schraubenschlüssel für die Radmuttern gefunden und drehte mich langsam um. »Du meinst also, ich könnte keinen Reifen wechseln.«

»Doch, doch, selbstverständlich«, winkte Eric großmütig ab. »Mit tatkräftiger Hilfe von zwei strammen Mannsbildern kriegst du das schon hin.«

Macho.

Ich legte den Schraubenschlüssel neben dem kaputten Reifen bereit. »Wie wär's denn mit einer Wette?«, fragte ich freundlich.

Körber hatte offensichtlich vergessen, dass ich vor ein paar Tagen sein Auto wieder flottgemacht hatte, und hob entzückt die Augenbrauen. Er und Eric guckten sich an und sagten wie aus einem Munde: »Gebongt.«

Ich tauchte wieder in den Kofferraum ab, um den Wagenheber herauszuholen. Ich legte ihn neben den Schraubenschlüssel und drehte mich wieder zu den hochzufriedenen

Herren um. Die wähnten ihre Wette selbstverständlich schon gewonnen.

»Was bietet ihr denn für einen Wetteinsatz?«, fragte ich aufgeräumt.

Körber kratzte sich am verstrubbelten Kopf. »Kasten Bier?«

»Okay«, nickte ich. »Die Wette gilt.« Ich holte mein Handy aus der Hosentasche, wählte Jyotis Nummer und stellte auf Lautsprecher.

»Hallo, Britta, wie schaut's?«, erklang Jyotis Stimme, und Erics Gesicht überzog wie immer bei diesen Gelegenheiten ein zartes Rosa.

Da ist doch was im Busch.

»Ich hab hier 'ne Wette laufen, Jyoti, und ich brauche eine Sekundantin. Die Wettgegner sind zu zweit, und ich traue keinem von beiden über den Weg.«

Körber und Eric protestierten lauthals.

»Aha«, sagte Jyoti trocken. »Körber und Eric? Da brauchst du auf jeden Fall eine Sekundantin. Worum habt ihr denn gewettet?«

»Einen Kasten Bier.«

»Okay«, bestätigte Jyoti. »Ist offiziell notiert. Die Herren, bitte den Einsatz noch mal bestätigen.«

Zweifaches siegessicheres Gebrummel bestätigte den Wetteinsatz.

»Nicht, dass ich neugierig wäre, aber was habt ihr denn eigentlich gewettet?«, fragte Jyoti.

»Die Herren glauben, ich könnte keinen Reifen wechseln.«

Kurzes Schweigen. Dann brach Jyoti in schallendes Gelächter aus.

»Sag ich doch«, grinste ich.

Eric und Körber sahen sich an, die erste leichte Verunsicherung nicht zu verleugnen.

»Äh, Jyoti«, begann Eric zögerlich. »Was ist denn daran jetzt so …«

Jyoti schnaubte lachend durch die Nase. »Ach nichts, Eric, gar nichts. Schick am besten Körber schon mal das Bier holen. Britta, ich muss weitermachen. Ruf an, wenn du fertig bist, also in … drei Minuten?«

Den Gesichtsausdruck beider Herren konnte man inzwischen als alarmiert beschreiben.

Körber knurrte: »Sie wird doch nicht …«

Fröhlich pfeifend zog ich mir die Arbeitshandschuhe an, die ich im Kofferraum liegen hatte, und holte den Ersatzreifen heraus.

»Du hast noch einen echten Ersatzreifen?«, staunte Körber und zog an seiner Kippe.

»Na klar, was soll ich denn mit dieser komischen Gurke, die sie einem da jetzt serienmäßig reinlegen. Damit kommst du ja höchstens bis zur nächsten Werkstatt. Nur, was soll ich mit einer Werkstatt?« Körber und Eric wechselten einen besorgten Blick.

Ich löste die Radmuttern, brachte den Wagenheber in Position und begann, den Wagen so weit aufzubocken, dass das Rad gerade so in der Luft hing. Dann packte ich den Reifen und zog. Fehlanzeige. Ich zog noch mal – nichts.

Mist, verdammter.

»Wenn wir Ihnen vielleicht zur Hand gehen dürfen?« Eric klang inzwischen wieder deutlich siegessicherer.

»Nein, nein, nicht nötig«, flötete ich und begann den Reifen mit leichten Schlägen zu bearbeiten.

»Ach, Frau Sander, der Reifen kann doch nichts dafür.«

»Wenn du gleich den Schraubenschlüssel an den Kopf kriegst, kannst DU ganz viel dafür«, entgegnete ich trocken.

Ich ging wieder zum Kofferraum und musste eine Weile herumwühlen. »Ah ja, da ist er ja.«

Mit Gregors gutem alten Gummihammer bewaffnet, machte ich mich wieder ans Werk, und nach einigen gezielt platzierten Schlägen ließ sich der kaputte Reifen endlich abziehen.

Nachdem wir eine Weile gesucht hatten, war der Übeltäter schnell identifiziert – ein langer Nagel steckte tief im Reifen.

Ich sah die beiden Herren an. »Ich glaube, Körber hat recht. Wer weiß, wie man die Bremsen manipuliert, steckt einem keinen Nagel in den Reifen, wenn er einem ans Leder will. Ich hab eher die Baustelle um die Ecke in Verdacht. Da fliegt schon mal einiges auf der Straße herum, was da nicht hingehört.«

Der Rest war ein Kinderspiel. In Nullkommanichts stand der Wagen wieder mit allen vieren auf dem Boden, Werkzeug, Handschuhe und kaputter Reifen waren im Kofferraum verstaut, und ich drückte auf mein Handy. Jyoti meldete sich sofort.

»Mein Gott, Britta, du bist wohl aus der Übung, wie? Fünf Minuten? Was hat denn da so lange gedauert?«, witzelte sie.

»Ich musste zwischendurch immer wieder anhalten, um den Herren zu erklären, wie das geht«, feixte ich zurück.

Eric und Körber sahen sich resigniert an und zogen ihre Brieftaschen raus.

»Ihr könnt ja mit Schnick-Schnack-Schnuck entscheiden, wer zum Getränkemarkt fährt. Anlieferung jederzeit«, grinste ich. Ich pfiff nach Sammy, winkte den beiden Automobil-Matadoren zum Abschied zu, stieg in mein Auto und fuhr mit quietschenden Reifen davon.

MONTAG, 28. NOVEMBER

Geduld war bekanntermaßen noch nie meine Stärke, und so zog sich die Zeit von Samstagmittag bis Montagabend wie Kaugummi. Eric und ich verbrachten viel Zeit bei Tahar im Krankenhaus und wälzten Theorien hin und her, wie Kück und Leichtfuß – so sie denn die Maulwürfe waren – an die Forschungsergebnisse herangekommen sein könnten, die sie an die Konkurrenz verscherbelt hatten. Die wahrscheinlichste Theorie war für uns ein Verbündeter oder eine Verbündete unter den Forschern. Tahar konnte zwar nur mit einer Hand tippen, übertraf sich aber selbst in dem Versuch, durch automatische Suchen in den diversen Systemen Verbindungen herzustellen zwischen Kück/Hasenfuß und Mitgliedern der diversen Forscherteams bei Memento. Gab es E-Mail- oder Handykontakte? Gab es Messenger-Gruppen? Gab es in den sozialen Netzwerken Verknüpfungen, entweder direkt zwischen Memento-Mitarbeitern oder über Freunde von Freunden, Ehepartnern, Kind und Kegel?

Gab es Kollegen oder Kolleginnen, mit denen Kück und Hasenfuß häufig gleichzeitig ein- oder ausstempelten? Gab es einen Forschungsbereich, den die beiden deutlich öfter oder deutlich seltener aufsuchten als andere? Sosehr wir suchten und uns das Hirn zermarterten – was eindeutige Ergebnisse anging: Fehlanzeige.

Von Körber sah ich nicht viel, bis er Sonntagnacht um eins mit triumphierend funkelnden Augen und dem Wett-Kasten Bier in der Hand vor meiner Tür stand. Gemeinsam mit den Feldjägern hatte die Kripo herausgefunden, wer den Attentätern die Tore öffnen würde. Die vorübergehende Evakuierung der Flüchtlinge aus den Spaceboxen würde Montag in den frühen Morgenstunden stattfinden, ohne dass der Kasernen-Maulwurf es mitbekam. Statt der Flüchtlinge würden Aachener Polizeibeamte in Zivil und SEK-Einsatzkräfte in den Boxen auf die braune Feuerzeug-Brut warten. Den Kasernen-Maulwurf nahm man noch nicht hoch, um auch ihn für die Ausführung der Tat festnehmen zu können statt nur für die Planung. Es geht doch nichts über *in flagranti*.

Dass ich Sonntagnacht nicht viel Schlaf abbekommen hatte, merkte ich am nächsten Tag überhaupt nicht. Die Adrenalinproduktion setzte bereits mit dem Klingeln des Weckers ein und machte mich so hibbelig, dass ich echte Mühe hatte, Leichtfuß und den beiden Marketingkolleginnen die coole Franziska vorzuspielen. Natürlich hielten wir Hasenfuß und Kück den ganzen Tag im Blick, aber wie zu erwarten, gingen beide ihrem ganz normalen Tagesablauf nach, und Tahar meldete absolute Funkstille in der Verschwörer-Kommunikation. Jedenfalls so lange, bis Rädelsführer Kranitzky am Düsseldorfer Flughafen landete.

Ich hörte, wie Hasenfußens privates Handy klingelte und sich kurz darauf seine Bürotür schloss. Nicht einmal zwei Minuten später ging sie wieder auf. Tahar, der in seinem Krankenbett mithörte, schickte eine Messenger-Nachricht, dass Hasenfuß Kranitzky in drei Sätzen über die geänderten Pläne für »Operation Phoenix« informiert habe – und das Gespräch einfach beendete, als Kranitzky den vorprogrammierten Tobsuchtsanfall bekam. Es sei jedoch alles eingestielt, insofern könne Kranitzky nicht viel anderes tun, als sich so schnell wie möglich zurück nach Aachen zu begeben, damit er wenigstens das abgespeckte »Spektakel« miterleben könne.

Damit niemand merkte, dass an diesem Tag irgendetwas Besonderes geschah, schloss ich mich mittags wie üblich dem Tross in Richtung Bäckerei an und stellte fest, dass Kück und Hasenfuß in trauter Zweisamkeit am Bäckertresen standen und Kück sogar ausnahmsweise mal darauf verzichtete, die polnische Verkäuferin blöd von der Seite anzumachen. Der übliche Plausch mit Landmann am Springbrunnen brachte ebenfalls keine neuen Erkenntnisse, und so hangelte ich mich ungeduldig durch den Nachmittag.

Um kurz nach fünf verließ ich das Büro und fuhr nach Hause. Sammy würde die Nacht bei Pe und Gregor verbringen. Ich kletterte aus den verhassten Büroklamotten und zog mir was Bequemes an, eine dicke Jacke und meine Pudelmütze gegen die Kälte. Perücke und Brille stopfte ich zusammen mit einer Wasserflasche, zwei Schokoriegeln und einer Tüte Lakritz in einen Rucksack. Wer konnte wissen, wie lang die Nacht wurde, und man soll ja auf seine Ernährung achten.

Dann fuhr ich wie vereinbart zum Polizeipräsidium, wo Eric schon frierend auf mich wartete. Er hatte die Roderich-Brille abgenommen, trug statt des teuren Kamelhaarmantels, in dem Roderich immer herumlief, eine dicke Daunenjacke und eine schwarze Mütze mit Alemannia-Abzeichen, die definitiv bessere Tage gesehen hatte.

Passt ja zum Verein.

Wir wollten uns gerade an der Pforte melden, als Körber zum Haupteingang herauskam und sich eine Kippe ansteckte. »Pünktlich wie die Maurer«, knurrte er und bedeutete uns mit einer Kopfbewegung, ihm zu folgen. Statt seines üblichen, zerknitterten Anzugs trug er eine schwarze Jeans, einen dicken, dunklen Polizeipullover und eine Wollmütze. In der Weste, die er über dem Pullover trug, steckten ein Funkgerät, CS-Gas, Handschellen und mochte der liebe Himmel wissen, was noch alles.

»Sehr kleidsam, Herr Kommissar«, flachste Eric. »Du willst doch heute nicht etwa selbst Hand anlegen?«

»Damit eins klar ist«, knarzte Körber um die Kippe herum. »Euer Status heißt ›mit freundlicher Genehmigung von Körber‹. Ihr *sagt* nichts ungefragt, ihr *tut* nichts ungefragt und vor allem«, hier fixierte er mich mit verengten Augen, »keine *Alleingänge*! Ist das klar, Frau Sander?«

»Also, das ist jetzt aber ungerecht, wieso denn nur Frau Sander?«, protestierte ich entrüstet. »Eric darf Alleingänge, oder wie?«

Körber rollte mit den Augen. »Erbsenzählerin. Also schön, Herr Lautenschläger, auch von dir will ich keine Alleingänge sehen. Haben wir uns verstanden, die Herrschaften?!«

Eric und ich brummten unverbindlich etwas, das man als Zustimmung interpretieren konnte. Man soll sich nie zu früh festlegen.

»Schön. Dann sind wir uns ja einig«, brummte Körber und entriegelte das Auto, das er für den Einsatz aus dem Fuhrpark ausgecheckt hatte.

»Setz dich nach vorne«, sagte ich zu Eric. »Du hast die längeren Haxen.« Ich öffnete die rechte Hintertür und schob erst mal die beachtliche Gebirgskette an zerknüllten Fast-Food-Tüten, leeren Plastikflaschen und sonstigem Gerümpel zusammen. »Uffz, hier brauchst du ja eine Ballenpresse, bevor du einsteigen kannst«, stöhnte ich. Ich schob mich mühsam auf den Sitz, tastete unter purzelnden Getränkebechern nach dem Sicherheitsgurt, gab dieses Unterfangen aber sehr bald wieder auf.

Völlig aussichtslos.

»Sag mal, sehen Polizeifahrzeuge immer so aus?«, fragte ich, als ich mit dem Fuß auf eine leere Burger-Verpackung trat.

»Nö, nur wenn ich ein paar Tage damit herumfahre«, brummte Körber.

Als ich meinen Rucksack mit leicht erhöhter Gewaltanwendung in den Fußraum drückte, leuchtete mir etwas Quietschbuntes entgegen. *Nanu?* Neugierig fing ich an, das bunte Etwas auszugraben, während Körber den Motor startete und losfuhr.

Eric drehte sich auf dem Beifahrersitz um. »Obacht, Frau Sander. Wenn du hier solche tektonischen Plattenverschiebungen auslöst, kann das ungeahnte Konsequenzen haben. Wenn Körber gleich auf zwei Rädern um die Kurve fährt, weißt du, dass wir durch den Elchtest gefallen sind.«

»Ist ja nicht so, als sähe es bei Frau Sander im Wohnzimmer sehr viel anders aus«, knurrte Körber.

»Was zahlst du denn, damit ich *das hier* nicht deinen lieben Kollegen zeige, Körber«, grinste ich und hielt das weiße Einhorn mit Regenbogenschweif und -mähne hoch, das ich inzwischen aus der Gefangenschaft befreit hatte.

Körber warf einen Blick in den Rückspiegel und wirkte erfreut. »Ach *da* steckte das Ding. Da kann ich ja lange suchen. Emma wird sich freuen.«

»Und deine Kollegen erst«, feixte ich.

22:30 Uhr

Nach allem, was wir wussten, wollte die rassistische Rattenbande gegen zweiundzwanzig Uhr losschlagen. Sie gingen offenbar davon aus, dass bis dahin alle Flüchtlinge brav in ihren Betten liegen würden und auf dem Kasernenhof tote Hose das Motto sei.

Körbers Kollegen hatten im Schutz der Dunkelheit bereits um neunzehn Uhr ihre Stellungen bezogen. Die Damen und Herren Feldjäger hatten ihre Aufgabe, den Kasernen-Maulwurf von den Evakuierungsmaßnahmen abzulenken, offenbar erfolgreich absolviert, und die Spaceboxen waren mit SEK-Beamten und ein paar Kollegen von der Aachener Kripo besetzt, unter ihnen Körber, der sich nicht verkneifen konnte, beim Zugriff mitten im Getümmel zu stecken.

Und dann hieß es warten. Und warten. Und warten.

Körber hatte den Bundeswehr-Jungens in weiser Voraussicht zwei Nachtsichtgeräte abgeschwatzt, von denen er Eric und mir großmütig eins überließ. »Hach, das ist ja wie in alten Zeiten«, flüsterte Eric. Nur, dass wir früher selten im Trockenen gesessen haben.«

»Pscht«, zischte ich. »Ich glaub, es geht los. Zapperlot, die sind ja schon drin.« Von unserer Warte aus hatten wir den Kasernen-Maulwurf nicht gesehen, der aber das Tor geöffnet haben musste, denn mit Hilfe des Nachtsichtgeräts konnte ich sechs Gestalten entdecken, die den kurzen Weg bis zu den Spaceboxen schlichen. Alle trugen dunkle Klamotten, dunkle Mützen und hatten sich die Gesichter mit irgendetwas Schwarzem eingerieben.

Als ich Eric das Gerät überließ, flüsterte er nach einem ersten Blick: »Man könnte meinen, die würden beim Amateurtheater für die Rolle des Othello vorsprechen. Das ist bestimmt Schuhcreme.«

»Hab ich das richtig gesehen – jeder von denen trägt zwei Benzinkanister?«, wisperte ich.

Eric starrte angestrengt durch das Gerät. »Sieht ganz so aus. Ich hoffe nur, unsere Lockvögel sind wachsam. Das kann sonst ganz schnell ins Auge gehen.«

»Körber hat mir eben gesagt, dass in jedem Container auch ein Beamter mit Feuerlöscher auf der Lauer liegt. Und in einer Seitenstraße um die Ecke stehen drei Löschzüge versteckt.«

»Was du nicht wieder alles weißt.« Eric gab mir das Nachtsichtgerät zurück, und als ich wieder durchguckte, hatten sich unsere sechs Brandstifter schön verteilt und zügig damit begonnen, das mitgebrachte Benzin zu verschütten.

Die Leute in den Containern mussten Nerven wie Drahtseile haben. Nichts rührte sich auf dem ganzen Gelände, während die Eindringlinge ihrem schmutzigen Handwerk nachgingen. Als sie fertig geschüttet hatten, bauten sie sich in einigermaßen regelmäßigen Abständen auf, und wie auf Kommando entzündeten alle sechs gleichzeitig Zippo-Feuerzeuge. Unglücklicherweise konnten drei der sechs Attentäter ihre Feuerzeuge werfen, bevor gleichzeitig die Containertüren aufflogen und sich schwarze Gestalten der guten Seite mit Kampfgebrüll auf die schwarzen Gestalten der bösen Seite stürzten.

Drei Flammenherde züngelten gleichzeitig hoch und machten unser Nachtsichtgerät sehr schnell überflüssig. Mich schauderte kurz bei der Erinnerung an das Feuer, in dem ich vor ein paar Monaten fast ums Leben gekommen wäre, wenn es Sammy nicht gegeben hätte, schob aber die düsteren Gedanken schnell beiseite. Nützte ja keinem was, mir schon gar nicht.

Das Kampfgetümmel, das vor den Containern ausgebrochen war, während diese in Flammen aufgingen, war fast überall zügig beendet. Man hatte offenbar die kräftigsten Kollegen in den Ring geschickt, und die Kleiderschränke vom SEK brachen wahrscheinlich nicht mal in Schweiß aus, als sie die hühnerbrüstigen Möchtegern-Attentäter in Nullkommanichts außer Gefecht setzten.

Der Plan, die Flammen mit den Feuerlöschern in Schach zu halten, war allerdings nicht so brillant, denn sehr viel konnten die nicht ausrichten, und das Feuer breitete sich rasend schnell aus. Allerdings hörten wir schon die Sirenen der drei Löschzüge. Das Problem durfte sich dann schnell erledigt haben.

Vier der sechs Attentäter wurden mit unsanftem Polizeigriff aus der Gefahrenzone gebracht und durften sich dann, die Hände im Nacken, auf den kalten Betonboden legen. Ein zufriedenes Grinsen breitete sich auf meinem Gesicht aus, als ich sah, dass Hasenfuß tatsächlich darunter war.

Die anderen beiden Feuerteufel hatten allerdings den Glockenschlag noch nicht gehört. Einer war Kück, dem jemand die Balaklava vom Kopf gerupft hatte. Er hatte ein langes, gezacktes Messer in der Hand und wedelte hektisch damit herum.

»Der hat keine Ahnung, was er da macht«, flüsterte Eric mir ins Ohr.

»Ich glaube, du brauchst nicht mehr zu flüstern, Eric«, grinste ich. »Spätestens seit die Löschzüge in der Straße sind, hört uns bestimmt keiner mehr.«

»Klugscheißerin«, maulte Eric. Allerdings hatte er recht, was Kück anging. Während der einem kleinen, drahtigen Polizisten mit dem Messer vor der Nase herumfuhrwerkte, trat einer der SEK-Kleiderschränke völlig ungerührt von hinten an ihn heran. Er hakte Kück kurzerhand den linken Arm um den Hals, zog diesen ruppig an sich und verpasste Kücks

Unterarm einen solchen Schlag, dass der nicht nur das Messer fallen ließ, sondern noch lauter heulte als die drei Löschzugsirenen.

Der Kleiderschrank ließ sich davon natürlich nicht im Geringsten beeindrucken und zog Kück aus der Gefahrenzone. Dann brachte er ihn elegant zu Fall, tastete ihn unsanft ab und legte ihm schließlich Handschellen an. Wie einen Sack Mehl hob er Kück an einem Arm hoch und schleifte ihn über den Boden, um ihn neben seinen Mitverschwörern auf den Boden fallen zu lassen.

Der letzte Mohikaner – ich nahm an, es war Kranitzky – war allerdings von einem ganz anderen Kaliber. Da er vor dem immer noch lodernden Feuer zurückweichen musste, war es drei Polizisten gelungen, ihn fast einzukreisen. Statt jedoch kehrtzumachen und die Flucht zu ergreifen, beschloss Kranitzky, es doch noch ein bisschen krachen zu lassen – im wahrsten Sinne des Wortes.

Er griff in seine rechte Jackentasche und holte eine Handgranate daraus hervor.

»Scheiße«, fluchte Eric.

Kranitzkys Gegner wichen sofort einen Schritt zurück und hoben abwiegelnd die Hände. Einer von ihnen redete offenbar auf Kranitzky ein. Jemand bellte einen lauten Befehl quer über den Hof, und die Besatzungen der drei Löschzüge, die inzwischen auf den Hof gefahren waren, verschwanden hinter den großen Fahrzeugen. Da die Feuerlöscher inzwischen leer gesprüht waren, loderte das Feuer wieder auf und bildete eine unheimliche Kulisse um den Irren mit der Granate in der Hand. Kranitzky wich immer weiter zurück.

Ich sah mich unruhig um. »Wo ist eigentlich Körber?«

»O nein«, hauchte Eric, und in dem Moment sah ich, was er kurz vor mir entdeckt hatte. Mir blieb fast das Herz stehen.

Im Dunkeln hinter Kranitzky war ein wippendes, kleines, kreisrundes Glimmen aufgetaucht. »Denkst du, was ich gerade denke?« Jetzt war ich es, die völlig überflüssigerweise flüsterte.

»Ich fürchte«, begann Eric, als sich aus der Dunkelheit eine schwarze Silhouette löste, drei schnelle Schritte machte und Kranitzky mit vollem Körpereinsatz krachend zu Boden warf. Der Angreifer aus der Dunkelheit ließ sich mit seinem ganzen Gewicht auf Kranitzkys Rücken fallen, griff nach dessen Kopf und rummste diesen einmal kurz und bündig in den Betonboden, so dass Kranitzky sich nicht mehr rührte. Dann sprang der Schatten auf, nahm Kranitzky in aller Seelenruhe die Granate aus der Hand, unterzog sie einer kurzen Sichtung und hielt sie dann einem der drei Ex-Gegner Kranitzkys hin. Dann klopfte er sich seelenruhig die Hose ab, rückte die verrutschte Wollmütze zurecht – und zog ein letztes Mal an der Kippe, die er immer noch im Mundwinkel hatte. Er drehte sich in unsere Richtung und reckte den Daumen nach oben. Körber.

»Heute kocht der Chef persönlich«, grinste Eric.

»Wenn ich den in die Finger kriege«, schnaubte ich. »Der kann was erleben!«

»Ui, da reise ich vorher besser ab. Das gibt ja eine größere Druckwelle, als wenn uns Tihange um die Ohren fliegt.«

Körber wechselte noch ein paar Worte mit seinen Kollegen und den Feuerwehrleuten, die sich wieder an die Arbeit gemacht hatten, nachdem Körber Kranitzky außer Gefecht gesetzt hatte, und kam dann zügigen Schrittes auf unseren Beobachtungsposten zu. Auf dem Weg zündete er sich gleich die nächste Kippe an.

»Nanu, ihr seid ja noch da, wo ich euch zurückgelassen habe«, seine Augen funkelten, »dass ich das noch erleben darf.

Die Herrschaften Sander-Lautenschläger hören auf polizeiliche Anweisungen. Es geschehen noch Zeichen und Wunder.«

»Hier geschieht gleich noch was ganz anderes als Zeichen und Wunder!« Ich war wutentbrannt aufgesprungen. »Haben sie dich heute Morgen mit dem Klammerbeutel gepudert, oder was fällt dir ein, auf einen Irren mit einer HANDGRANATE loszugehen.«

Körber zog genüsslich an seiner Kippe. »Alles halb so wild, der hatte doch den Splint noch gar nicht gezogen.«

»Und das konntest du von deiner Position *hinter* ihm auch so gut sehen«, schimpfte ich.

»Na ja, ganz sicher war ich nicht«, gab Körber brummelnd zu, »aber fast.«

»Sag du noch mal *ein* Wort …«

»Okay, okay, okay«, seufzte Körber. »Ich sage nie wieder was, wenn du dich mal wieder gegen jegliche Vernunft kopfüber in lebensgefährliche Situationen wirfst. Zufrieden?«

»Hmpfm«, knurrte ich. »Bin gespannt, wie lange du das durchhältst.«

DIENSTAG, 29. NOVEMBER

03:05 Uhr

Wie genau er es drehte, wussten wir nicht, aber Körber setzte bei seinem Chef, Kriminalhauptkommissar Bienwald, durch, dass wir per Videoschaltung in einem der benachbarten Räume im Präsidium die Vernehmungen von Kück und Hasenfuß live mitverfolgen konnten. Man wusste schließlich nicht, was die beiden Herren im Zuge der Vernehmungen zu dem Anschlag auch über ihr Maulwurfdasein preisgeben würden.

Dummerweise hüllten sich die Hauptbeteiligten zwar nicht in Schweigen, aber doch in so massive Einsilbigkeit, dass ich wohl kurz weggenickt sein musste, denn als mein Handy mich mit den Klängen von *Supermassive Blackhole* aufschreckte, fiel ich fast vom Klappstuhl. Eric neben mir fuhr hoch wie von der Tarantel gestochen.

»Sag mal, gibt's bei euch im Lazarett keine vorgeschriebene Nachtruhe, so von siebzehn bis fünf Uhr?«, gähnte ich zur Begrüßung.

»Ich habö ein ganz komischös Gefühl«, sagte Tahar am anderen Ende der Leitung.

»Hab ich auch immer, wenn ich im Krankenhaus liege, das dauert, bis ich wieder draußen bin.«

»*Mais non*«, schimpfte Tahar, »ich meinö wegön Memento. Da ist was faul.«

»Ja, du Schlaumeier, das wissen wir ja schon seit ein paar Wochen – und wenn die Vernehmungen weiter so im Schneckentempo vorangehen, sind wir da auch noch ein paar Wochen dran«, seufzte ich. »Nur gut, dass wir die Handyprotokolle und so viele Augenzeugen von gestern Abend haben.«

»Nein, ich meinö jetzt und in diesör Sekundö ist bei Memento was faul, und zwar im Bereich F&E 1.«

»Wieso, was denn? Ich stell dich mal laut.« Sprach's und drückte den entsprechenden Knopf auf dem Bildschirm, damit Eric mithören konnte. »Also, schieß los.«

»Ich habö ja immör noch ein Augö auf die Anwesenheitön im Memento-Gebäudö, besondörs zu Zeitön, wo sich nur wenigö Personön auf dem Geländö befindön. Und heutö Abönd ist da aber mächtig was faul.«

»Warum?«, fragte Eric. »Ist jemand da, der nicht da sein sollte?«

»Nun ja, ganz so kann man das nicht sagön. Abör der Kollegö Jörg Eschönberg hat in den letztön drei Jahrön kein einzigös Mal übör Nacht göarbeitöt. Ich habö extra allös durschsucht. Er arbeitöt häufigör mal am Wochenendö, auch bis abönds, abör er ist, soweit ich das zurückverfolgön kann, noch nie übör Nacht gebliebön.«

»Und jetzt ist er noch da?« Ich war plötzlich hellwach, und auch Eric sah mit einem Mal sehr munter aus.

»Allerdings, beziehungsweisö ist er wiedör da. Er hat um kurz vor sechs abönds das Unternehmön verlassön, und dann ist er um kurz nach siebön wiedergekommön. Und seit viertöl nach siebön hat sich nicht mehr aus dem Sicherheitsböreich herausbewegt.«

»Und keiner ist reingegangen.«

»*C'est ça«,* bestätigte Tahar meine Vermutung, »wedör vor ihm noch nach ihm. Noch dazu hält er sich nicht in einöm der Labore in dem Bereich auf, sondern in einöm der Büros. Er hat die Barrierö zum Gesamtbereich passiert, abör keinö der beidön Schrankön, die in die Laborö führön. Bin ich der Einzigö, der das Ganzö seltsam findöt?«

Eric und ich sahen uns an. »Keinesfalls«, sagte Eric. »Kaum sind zwei Verschwörer und potenzielle Maulwürfe in Haft, da bleibt plötzlich eine dritte Person über Nacht im Unternehmen und dann auch noch in einem der Forschungsbereiche. So viel Zufall gibt's doch gar nicht.«

Ich nickte versonnen. »In der Tat, hat ja keiner gesagt, dass die Verschwörung bei Memento auf Kück und Hasenfuß beschränkt sein muss. Ich habe mich sowieso gefragt, wie die beiden ohne direkten Zugang zum Forschungs- und Entwicklungsbereich spioniert haben sollen. Womöglich haben wir jetzt unsere Antwort. Wir fahren sofort hin, Tahar, und melden uns, sobald wir dort sind.«

»Untersteht euch, auf dem Weg nicht hier vorbeizukommön«, rief Tahar entrüstet. »Ich bin selbstverständlich mit von der Partie.«

»Ist das klug?«, fragte Eric skeptisch.

»*Mais non,* natürlich nicht«, Tahars Grinsen konnte man geradezu hören, »abör wenn man seinö Schutzböfohlönön tagölang maßlosör Langöweilö aussetzt, darf man sich nicht wundörn, wenn sie stiftön gehön, nicht wahr?«

»Also schön, aber nur unter Protest«, seufzte ich. Wer den wutschnaubenden Körber am Telefon haben würde, sobald der entfleuchte Patient aufflog, war mir klar. »Wir sind in einer Viertelstunde da, wir gabeln dich am Haupteingang auf.«

Wir beschlossen, Körber nicht aus seiner Vernehmung zu holen – es wäre zu peinlich, falls Jörg Eschenberg einfach nur an seinem Arbeitsplatz eingenickt wäre. Falls nicht, hofften wir, den letzten Maulwurf auf frischer Tat zu ertappen – ein Aspekt der Ermittlungen, der für die Polizei sowieso eine untergeordnete Rolle spielte.

* * *

Eric bretterte in einem Affenzahn vom Polizeipräsidium zur A4, fuhr die kurze Strecke bis zur Abfahrt Laurensberg und von dort über die Kohlscheider Straße, den Toledo- und Pariser Ring zum Klinikum, wo Tahar schon frierend unter dem riesigen Hubschrauberlandeplatz auf uns wartete. Ich half ihm dabei, auf den Beifahrersitz zu kraxeln, warf die kleine Reisetasche und seine Laptoptasche auf den Rücksitz und kletterte hinterher. Ich hatte die Tür noch nicht ganz zu, als Eric bereits einen Rallyestart hinlegte und den gleichen Weg wieder zurückbretterte. Diesmal bog er aber nicht in Richtung Präsidium ab, sondern fuhr über den Prager und dann den Berliner Ring schnurstracks in Richtung Memento. Meine Bemühungen, meine blonde Perücke wieder einigermaßen ordentlich aufzusetzen, wurden durch Erics Cowboy-Fahrstil nicht gerade leichter gemacht. Half aber nichts – denn egal, was wir vorfinden würden, unsere Tarnung musste halten, bis wir den Maulwurf sicher in den Fingern hatten.

Tahar, der sich mit Mühe und schmerzverzerrtem Gesicht angeschnallt hatte, schnaufte. »Wenn zwischön Klinikum und Aachön-Zentrum irgendwo einö mobilö Blitzö stand, habön die dich gleich zweimal drauf. Gibt das eigentlich Mengönrabatt?«

Anstatt auf den Memento-Parkplatz einzubiegen, löschte Eric das Scheinwerferlicht und parkte auf der Straße. Auf leisen Sohlen schlichen wir uns zum Haupttor, das offen stand.

»Oh, oh«, unkte Tahar im Flüsterton. Der Letzte, der das Gebäude verließ, hatte das große Rolltor zu schließen und mit der elektronischen Karte zu verriegeln. Offenbar war Jörg Eschenberg tatsächlich noch im Haus.

»Wieso hat denn der Sicherheitsdienst das Tor nicht verriegelt? Ist das nicht deren Job, wenn die letzte Pappnase abends das vergisst?«, flüsterte ich.

»Die können per Fernleitung sehön, ob noch jemand im Haus ist«, flüsterte Tahar zurück. »Die Alarmanlagö wird ja auch erst aktiviert, wenn niemand mehr im Gebäudö ist. Da Eschönberg noch drin ist, haben sie nicht zugemacht.«

Auf leisen Sohlen schlichen wir zum Haupteingang und öffneten die Tür. Wenige Sekunden später standen wir vor dem Sicherheitsbereich, in dem das Büro lag, das Eschenberg sich mit den Kollegen seines Teams teilte.

Eric drückte auf den Klingelknopf für diesen Sicherheitsbereich, und das Klingeln war laut und deutlich zu hören. Nichts rührte sich.

Eric drückte noch einmal auf die Klingel, diesmal fester und länger.

Nichts.

»*Putain*, da ist doch was faul, *non*?«, flüsterte Tahar.

Eric klingelte noch ein drittes Mal, aber auch daraufhin ernteten wir nur Stille.

Ich hob eine Augenbraue. »Ich will ja nix sagen, aber ich glaube, wir gehen da besser mal rein.

»Seh ich auch so. Ich geh vor«, flüsterte Eric. »Wenn ich im Kugelhagel zu Boden gehe, will ich 'ne schöne Beerdigung.«

»Du alte Drama-Queen, dann lass mich halt«, flüsterte ich zurück und wollte vorgehen.

»Nichts da«, Eric schob mich mit einer großartigen Geste hinter sich. »Ein Offizier und Gentleman lässt doch in so einer Situation keine Dame vorgehen.«

Tahar schnorchelte belustigt durch die Nase. »Was denn für einö Damö?«

»Und ich sehe hier weder einen Offizier NOCH einen einzigen Gentleman«, gab ich ungerührt zurück.

»Also, das …«, flüsterten Tahar und Eric im entrüsteten Chor.

»Pssst«, zischte ich. »Wenn ihr weiter so einen Lärm macht, können wir uns auch gleich Kuhglocken umhängen.«

»Also«, entschied Eric. »Ich gehe vor, und ihr wartet auf mein Signal, klar?«

»*Oui, oui,* Geduld ist ja Franziskas Stärkö«, frotzelte Tahar.

Unverschämtheit.

Mein Rückwärtstritt gegen sein Schienbein bereitete seinem Gegluckse umgehend ein Ende.

»Kindergarten«, seufzte Eric, benutzte seine Joker-Zugangskarte und schlich sich auf leisen Sohlen in Richtung der F&E-1-Tür, hinter der wir Eschenberg vermuteten. Wir betraten hinter Eric den Flur und schlichen ihm ein Stück nach.

»Wir haben gar nichts, um dem Strolch eins überzuziehen«, flüsterte ich Tahar ins Ohr.

»*Oh là là,* da hast du recht«, wisperte Tahar.

»PSSSSSt«, machte es von vorne. »So KANN ich nicht arbeiten«, schimpfte Eric im Flüsterton.

Auf ganz leisen Sohlen bewegte er sich auf die F&E-1-Tür zu, lauschte kurz und drückte dann die Klinke vorsichtig herunter.

»Bumm«, sagte Tahar, und Eric machte einen Satz. Mit zusammengekniffenen Augen fixierte er Tahar, der mit Hingabe seine Fingernägel begutachtete.

Leise seufzend öffnete Eric die Tür einen Spalt und steckte die Nase in den Raum, der dahinterlag. Für einen kurzen Augenblick erstarrte er, und dann öffnete er die Tür ganz.

»Ihr könnt reinkommen. Hier stören wir niemanden mehr.«

Überrascht sahen Tahar und ich uns an und traten hinter Eric in den Raum in der Erwartung, dass dort niemand mehr sei. Während ich mich noch fragte, wie Eschenberg unbemerkt verschwunden sein mochte, brannte sich mir die Antwort schon in die Netzhaut.

An einem großen Haken in der Decke hing ein dickes Seil, und in einer Schlinge am Ende dieses Seils baumelte Jörg Eschenberg, der hochaufgeschossene, spindeldürre Kollege von Michael Landmann. Seltsamerweise trug er eine dicke Winterjacke, obwohl es im Gebäude alles andere als kalt war. Beeilen mussten wir uns jedenfalls nicht mehr – hier kam jede Hilfe zu spät.

Wir ließen unsere Blicke durch den Raum schweifen, um uns einen Überblick zu verschaffen, bevor wir Körber und seine Mannen anriefen. Eric griff gerade nach seinem Handy, als mir aufging, was hier nicht stimmte.

»Och nö, nicht schon wieder«, stöhnte ich.

»Äh, wie meinst du jetzt?«, fragte Eric irritiert.

»Nicht schon wieder ein vorgetäuschter Selbstmord, davon hatten wir im Sommer schon genug.«

Eric kratzte sich am Kopf. »Bist du jetzt unter die Hellseher gegangen oder woher weißt du, dass der vorgetäuscht ist?«

»Och Mönsch, Herr Lautenschläger. Jetzt guck doch mal hin. Wie soll der denn da hochgekommen sein?«

Eric und Tahar guckten sich verblüfft an und besahen sich dann den Toten und die Umstände der Aufhängung etwas genauer.

»Jetzt wo du's sagst«, Eric ging einen Schritt weiter auf den Toten zu. »Kein Stuhl, kein Tisch, kein Höckerchen, von dem er sich hätte abstoßen können.« Er sah sich um. »Wenn er Hochseilartist gewesen wäre, hätte er sich vielleicht von dem Schreibtisch da drüben … nein, ausgeschlossen. Und an der Wand wird er kaum hochgelaufen sein. Du hast recht, Britta. Der *hat* sich nicht aufgehängt, der *wurde* aufgehängt.«

»Und zwar von jemandem, der nicht viel Übung im Vertuschen von Morden hat«, ergänzte ich nachdenklich. »Ich würde jetzt fast mal behaupten, dass der Kollege, der da hängt, unserem Spion und jetzt auch Mörder empfindlich nahegekommen ist. Da fühlt sich ganz offensichtlich jemand bedroht.«

»Interessant, dass er einö dickö Jackö anhat«, murmelte Tahar. »Entwedör war er geradö auf dem Weg nach draußön, odör er kam unerwartöt rein, als sich hier jemand zu schafftön gemacht hat, der hier nichts zu suchön hat. Und wer auch immör überrascht wurdö, ist offenbar nicht zimperlich.«

»Dumm nur für den Kollegen«, sagte Eric bedauernd und betrachtete betrübt den baumelnden Leichnam. Dann legte er den Kopf schief.

»Was?«, fragte ich.

»Na ja, ich überlege gerade – von da oben kann er sich gar nicht die Radieschen von unten begucken.«

»Eric!«

»Ich mein ja nur«, murrte er. »Auf jeden Fall bedeutet das aber noch etwas anderes.«

»Dass Kück und Hasenfuß unmöglich die Mörder vom Kollegen Eschenberg hier sein können – und eigentlich müsste das auch bedeuten, dass sie nicht die Maulwürfe sind. Wer anders als der Maulwurf könnte ein Interesse daran haben, einen Mitarbeiter von F&E in dessen Labor zu ermorden?«

»Und vor allöm«, sagte Tahar grimmig, »wie zum Teuföl ist der hier reingekommön, ohnö vom System registriert zu werdön?«

Ich zuckte mit den Schultern. »Vielleicht hat Eschenberg ihn oder sie selbst reingelassen. Wir wissen ja, wie entspannt manche Kollegen mit dem Zugangssystem umgehen.«

»Dann muss er den Täter aber nicht nur hier in den Sicherheitsbereich, sondern auch ins Gebäude reingelassen haben. Und das wäre Eschenberg doch sicher seltsam vorgekommen – wenn er einen Kollegen oder eine Kollegin ins Gebäude reinlassen muss«, wandte Eric ein.

»Vielleicht war es ja keiner von Memento. Vielleicht ist Eschenberg selbst der Maulwurf und hat sich hier mit einem der Informationskäufer getroffen.«

»Nicht sehr wahrscheinlich, oder?«, sagte Eric.

»Nein, stimmt. Wenn die Käufer Eschenberg aus welchem Grund auch immer aus dem Weg räumen wollten, würden sie das doch sicher außerhalb der Memento-Mauern tun. Dass hier alles mit Kameras gesichert ist, muss denen doch klar sein.«

»Genau, was ist mit den Kameras?«, rief ich erfreut.

»Vergiss es«, schüttelte Tahar den Kopf. »Auch die Kameras werdön erst aktiviert, wenn der Letztö das Gebäudö verlässt – und das auch erst dursch die Aktivierung des Alarmsystems. Selbst wenn sich jemand von außön angeschlichön hat, werdön wir da nichts findön, weil Eschönberg ja noch im Gebäudö ist. Wie oft habö ich den Messnörs schon gesagt, was das für einö Schwachstellö ist – und jetzt habön wir den Salat«, knurrte er.

»Na ja, wie dem auch sei, informiert ihr die Messners, ich rufe Körber an«, seufzte ich, während ich schon mein Handy aus der Tasche zog.

»Hach, junge Liebe, wie schön«, säuselte Eric grinsend.

»Ich geb dir gleich …«

»Was gibst du mir gleich?«, kratzte Körbers rauchige Stimme aus dem Hörer.

* * *

Eine gute halbe Stunde später brauste Körber mit Karacho auf den Hof, ignorierte sämtliche Parkplatzschilder und stellte sich direkt vors Gebäude. Während Eric und Tahar leise mit Hartmut Messner diskutierten, der ungefähr zwei Minuten früher eingetroffen war, lauerte ich Körber vor der Eingangstür auf.

Körber stapfte schnurstracks auf mich zu, zeigte mir mit der Linken seinen Polizeiausweis und streckte die rechte Hand aus: »Guten Abend, Kriminaloberkommissar Körber, KK 11. Sie …«

»Ich bin's!«, zischte ich aus dem Mundwinkel und sah mich kurz um. Eric und Tahar hielten Messner noch beschäftigt.

Körber stutzte und sah mich irritiert an. »Äh, kennen wir uns?«

»Ich bin's«, flüsterte ich noch einmal.

Körber kniff die Augen zusammen, und plötzlich ging ihm ein ganzer Kronleuchter auf. »BRI …«

»Scht, nicht so laut! Wer denn sonst, ich hab dich doch angerufen. Du weißt doch, ich bin hier …«

»… undercover«, beendete Körber meinen Satz, und seine schwarzen Augen funkelten amüsiert. »Sicher weiß ich das, aber ich hab doch keine Ahnung, wie du in voller Inkognito-Montur aussiehst. Als Calimero gefällst du mir besser«, brummte er.

»Danke für die Blumen«, flüsterte ich, »aber ich stehe hier nicht, um mit dir mein Outfit zu diskutieren. Ich wollte vor allem sichergehen, dass du dich nicht verplapperst. Siehst du den Typen da drin bei Eric und Tahar?«

Körber warf einen dezenten Blick durch die Glasfront und nickte fast unmerklich.

»Das ist Hartmut Messner, einer der beiden Geschäftsführer. Der weiß natürlich, wer wir sind, weil er uns beauftragt hat, kennt aber nur unsere Decknamen, und über die Rassistenverschwörung weiß er nichts, genau wie wir das besprochen hatten. Und er weiß auch nicht, dass wir uns kennen. Also denk dran: Ich bin Franziska Decker und arbeite im Marketing, okay?«

Körber nickte kurz und starrte grimmig durch die Glasscheibe. »Wie ich sehe, ist Tahar auch hier. Weiß die Streife Bescheid, die nach ihm gucken sollte?«

»Äh, die Streife kann nichts dafür, das war … ehem … in der Eile …«

»Mpf«, grollte Körber.

Ich drehte mich schnell um und öffnete die Eingangstür.

»Nur herein in die gute Stube, Herr Kriminaloberkommissar«, sagte ich laut und marschierte, Körber im Schlepptau, auf die drei Herren zu.

»Darf ich vorstellen: Roderich Müller-Schwan, momentan als externer Unternehmensberater bei uns im Haus; Tahar Karim, IT-Administrator, und Hartmut Messner, einer unserer beiden Geschäftsführer.«

Körber schüttelte erst Roderich die Hand, dann Tahar. Gut, dass Messner kurz abgelenkt war, sonst hätte er den grimmigen Blick, den Körber Tahar zuwarf, sicher bemerkt. Tahar hatte sein bewährtes Ich-bin-die-Unschuld-vom-Lande-Gesicht aufgesetzt und tat so, als könnte er kein Wässerchen trüben.

»Sie haben also einen Todesfall mit ungeklärter Todesursache im Haus?«, fragte Körber in die Runde.

»So würdö ich das nicht nennön«, sagte Tahar vorlaut. »Die Todesursachö ist schon recht eindeutig. Jedönfalls hängt der Totö an einöm Seil von der Deckö. Da könnön wir wohl zumindöst Ertrinkön ausschließön, *non*?«

Körber seufzte. »Also Sie haben jemanden hier im Unternehmen tot aufgefunden, bei dem wir von einem nicht natürlichen Tod ausgehen müssen.«

»Genau so«, bestätigte Eric in seiner imposantesten Roderich-Stimme.

»Wer hat denn den Toten gefunden und wann?«, fragte Körber weiter.

Eric zeigte in eleganter Roderich-Manier auf Tahar, sich selbst und mich. »Wir drei von der Tankstelle, vor circa einer halben Stunde. Wir haben Sie sofort verständigt.«

»Hmpfm«, sagte Körber. »Sie haben hoffentlich nichts angefasst?«

Eric war entrüstet: »Also, das ist ... wir sind doch keine Ama...«

Ich unterbrach ihn mit einem dezenten Knuff in die Seite. »Also wirklich. Wir sind an der Tür stehen geblieben, und außer uns hat den ganzen Bereich seitdem auch niemand betreten.«

Körber brummte gnädig und sagte dann: »Na gut, dann zeigen Sie mir mal, wo der Tote ist. Mein Chef und die Kollegen von der Kriminaltechnik sind unterwegs.« Hartmut Messner wollte vorangehen und guckte mehr als pikiert, als Körber zu ihm sagte: »Ich habe es richtig verstanden, dass Sie nicht dabei waren, als der Tote aufgefunden wurde?«

Messner schüttelte den Kopf: »Aber das ist mein Unternehmen, und deshalb ...«

»... deshalb haben Sie leider trotzdem im Bereich des Leichenfundorts erst einmal nichts verloren. Bitte warten Sie hier und zeigen Sie dann bitte Kriminalhauptkommissar Bienwald und den Kollegen von der Kriminaltechnik den Weg, sobald sie eintreffen. Vielen Dank.« Sprach's, drehte sich auf dem Absatz um und ließ den verdatterten Messner einfach in der Eingangshalle stehen.

Zu viert machten wir uns wieder auf in Richtung F&E 1. Als wir außer Messners Hörweite waren, raunte Eric: »Also wirklich, Körber, deine *soft skills* – wie im Lehrbuch.«

Körber knurrte: »Ja nun, wenn der Hansel meint, er kann in meinem Leichenfundort herumhüpfen, nur weil er hier wichtig ist. Wo ist es denn jetzt, euer Mordopfer?«

»Gemach, gemach«, näselte Eric mit Roderichs Stimme. »Es ist genug für alle da.«

Als wir den Raum betraten, blieben wir an der Tür stehen, während Körber einen Schritt näher an den Toten herantrat und das Arrangement eingehend betrachtete.

»Wir haben es offenbar mit einem ziemlich dämlichen Mörder zu tun«, bemerkte er trocken.

»Na, umso besser, dann sind wir ja schnell fertig«, stellte Eric zufrieden fest.

Körber seufzte. »Dein Wort in Gottes Gehörgang.«

»Hättö er die Zeitung in den letztön Wochön gelesön, hättö er gewusst, dass er bei uns mit vorgetäuschtöm Selbstmord nicht durschkommt«, grinste Tahar.

»Jemand, der sich so blöd anstellt, liest auch keine Zeitung«, kommentierte Körber trocken. Er sah sich im Raum um, und etwas auf einem der Schreibtische weckte sein Interesse. Er zeigte auf einen der PCs. »Ist das zufällig der Arbeitsplatz des Toten?«

»*Oui, monsieur le commissaire*«, bestätigte Tahar.

»Da liegt was auf der Tastatur. Ich wette, das ist ein ›Abschiedsbrief‹.« Ungeduldig guckte er auf die Uhr und brummte unwirsch: »Meine Fresse, wo bleiben die denn?«

Er drehte sich zu uns um. »Hilft alles nichts, wir müssen auf die Kollegen mit den Ganzkörperkondomen warten. Vorher können wir hier nicht weitermachen. Wo kann man denn hier rauchen?«

Während Eric und Tahar dem verschnupften Hartmut Messner die Federn glatt strichen, gesellte ich mich zu Körber, der sich draußen eine ansteckte und so tief inhalierte, als wollte er seine Schuhsohlen auch noch mit Nikotin versorgen.

Los, Sander, bring's hinter dich, die Jungs von der Kriminaltechnik können jeden Moment hier sein.

»Ähm, Körber?«

»Hmm?«, brummte er, zufrieden in der Giftgaswolke schwelgend.

»Ich müsste dir da noch was …«

»M-hm?«

»Also, öhm, hier bei Memento«, ich räusperte mich ausgiebig, »denken alle, also wissen alle schon etwas … äh … länger als wir tatsächlich, ähm, dass Franziska, also ich … äh … also … du und ich, also besser gesagt, du und Franziska …«

Körber musterte mich unverwandt und hob nur eine Augenbraue.

»Na ja …«, stammelte ich, »also das war so, meine Tarnung, äh, also es musste schnell gehen, und da fiel mir nichts … öhm … Besseres ein als …«

Körber starrte mich finster an, während ich noch ein bisschen weiterstotterte. Irgendwann fiel mir allerdings ein leichtes Zucken in seinem Mundwinkel auf. Ich hielt in meinem Gestammel inne und verengte die Augen. »Du hast hier gerade einen Heidenspaß, wie?«

Ein Grinsen – ein noch sehr ungewohnter Anblick – machte sich auf Körbers Gesicht breit. »Wenn ich's nicht besser wüsste, Frau Decker, müsste ich annehmen, dass Sie es schon seit Wochen auf eine Romanze angelegt hatten und ich Ihnen völlig unbedarft ins Netz gestolpert bin.«

»UNBEDARFT? Davon wüsste ich aber was!«, gab ich entrüstet zurück.

Körber nahm noch mal einen tiefen Zug von seiner Kippe. »Außerdem hat mir Eric schon … du weißt, so unter Männern …«

»Du WUSSTEST das und lässt mich hier herumstottern?«

»Krminalhauptkommissar Bienwald wird sich freuen, wenn er offiziell herhalten muss. Wir beide kennen uns ja schließlich nicht.«

Während er genüsslich seine Kippe zertrat, sah ich mich kurz um – weit und breit keiner zu sehen –, um Körber dann ohne Umschweife die Schläge auf den Hinterkopf zu verpassen, die er sich redlich verdient hatte.

Glucksend duckte er sich und hob gespielt schützend die Arme über den Kopf. »Na, na, körperliche Züchtigung – aua – von Kriminalbeamten – aua – nur bei vor – aua – heriger – aua – Genehmigung. Obacht – aua – die Kollegen von der Kriminal – aua – technik rollen gerade – aua – auf den Hof.«

Ich musste mir inzwischen selbst das Lachen verbeißen. »Wie sprechen uns noch, Herr Kommissar. WIR sprechen uns noch.«

»Das will ich doch schwer hoffen, Frau Decker«, zwinkerte er mir unverschämt zu und machte sich daran, die Kollegen mit gewohnt bärbeißiger Körber-Miene zu begrüßen.

»Mein Gott, wo bleibt ihr denn?!«

Es dauerte nicht lange, bis Körbers Kollegen, dicht gefolgt von Hauptkommissar Bienwald, den Leichenfundort in Beschlag genommen und den vermuteten Abschiedsbrief so in Plastik verpackt hatten, dass wir einen Blick darauf werfen konnten. Dass es sich hier um eine Hinterlassenschaft des Mörders handelte, nicht des Opfers, war allen bewusst.

Der Brieftext war auf einem Computer geschrieben worden und lautete:

Liebe Kollegen,

ich muss mich entschuldigen, bei euch und bei der Geschäftsleitung. Man hat mich hier immer gut und fair behandelt, die Zusammenarbeit mit euch war ganz großartig. Ich habe mich hier immer mehr wie in einer Familie gefühlt als in einem Unternehmen.
Und doch habe ich euch alle hintergangen und einen wichtigen Teil unserer gemeinsamen Forschungsergebnisse an die Konkurrenz verkauft. Ich brauchte dringend Geld und habe keinen anderen Weg gesehen, es zu beschaffen.
Ich habe all das allein getan, außer mir wusste niemand von meinem Verrat. Jetzt, wo sich die Schlinge zuzieht, sehe ich für mich keinen anderen Ausweg mehr. Das Ende meiner beruflichen Karriere könnte ich niemals verkraften, und das Geld ist auch schon längst verbraucht.
Bitte verzeiht mir.

Jörg

»Hmpfm«, knurrte Körber, der nachdenklich auf einem Kuli herumkaute, während Tahar, Eric und ich ihm und Kommissar Bienwald beim Lesen über die Schulter guckten. »Wer auch immer ihn aufgeknüpft hat, wusste definitiv, dass es einen Maulwurf gibt, dass Forschungsergebnisse verkauft wurden – und dass offenbar eine Menge Geld dafür geflossen ist. Wir haben meiner bescheidenen Meinung nach zwei Möglichkeiten. Entweder der Mörder ist der Maulwurf und Eschenberg ist ihm – in welcher Form auch immer – zu dicht auf den Pelz gerückt. Eschenberg musste ausgeschaltet werden, und dabei konnte der Killer ihm auch gleich bequem die Maulwurftätigkeit in die Schuhe schieben, um von sich selbst abzulenken. Oder Eschenberg und der Mörder sind beide Maulwürfe, die zusammenarbeiten. Eschenberg verliert aus einem noch unbekannten Grund die Nerven und muss aus dem Verkehr gezogen werden. Dabei versucht man es so aussehen zu lassen, als gäbe es keinen Mittäter.«

»Es sagt uns nichts darüber, ob Kück und Hasenfuß mit zur Maulwurffraktion gehören – aber ganz sicher haben sie mit dem Mord nichts zu tun«, sagte ich.

»Das nennö ich doch mal ein bombensicherös Alibi«, grinste Tahar.

Körber drehte sich zu ihm um und knurrte: »Mit *dir* habe ich sowieso noch ein Hühnchen zu rupfen!«

In diesem Moment klopfte es hektisch von draußen an die Glasscheibe. Im Licht der Außenbeleuchtung stand Hugo Kuckelkorn, Tahars ganz persönlicher Schupo mit puterrotem Gesicht. Als er Körber und Bienwald sah, wandelte sich das sehr schnell in Bettlakenweiß.

»Ich muss jetzt weg«, flötete Tahar und wollte sich unauffällig verdrücken. Körbers Hand schoss nach hinten und packte, ohne hinzugucken, Tahar am gesunden Arm. »Du bleibst hier, Kollege.«

Eric ging eilig zur Tür und ließ den betretenen Schupo, Entschuldigung, Kollegen vom Wachdienst, rein, der wie ein getretener Hund auf Körber zuschlich. Bienwald verdrückte sich mit einem Schmunzeln und vertiefte sich in ein Gespräch mit dem Leiter der KT-Einheit.

»Lass mich raten, Kuckelkorn, du hast bei deiner letzten Kontrollrunde mit der Nachtschwester ein gemütliches Pläuschchen gehalten und nicht gemerkt, dass deine Schutzperson mit flatterndem OP-Hemdchen bekleidet hinter dir den Flur runterlief«, knurrte Körber.

»Ich habö abör kein OP…«

»DU hältst dich jetzt mal GANZ still«, knurrte Körber und fixierte weiter den armen Kuckelkorn mit stechendem Blick.

Tahar sprang ihm tapfer bei. »Also, ICH würdö mich nicht böwachön wollön«, grinste er. »Das wärö ja schlimmör als einen Sack Flöhö zu hütön. Nichts für ungut, eh, Hügo.«

»Komm schon, Körber«, ich knuffte ihn in den Rücken, »jetzt sei nicht so. Würdest du auf Tahar aufpassen wollen?«

»Den würde ich mir ans Bein ketten«, knurrte er und hob einen mahnenden Zeigefinger Richtung Tahar und Kuckelkorn. »Wenn ich bis zum Ende dieser Ermittlungen noch einmal einen von euch beiden sehe, ohne dass er weiß, wo der andere ist, werdet ihr nicht mehr wissen, ob ihr Männlein oder Weiblein seid, wenn ich mit euch fertig bin«, knarzte er, und Hugo sank vor Erleichterung fast in sich zusammen.

»Was ich nicht verstehe«, brachte Eric uns wieder zum eigentlichen Thema des Abends zurück, »ist, wie der Täter unbemerkt in den Sicherheitsbereich rein- und wieder rausgekommen ist. Selbst wenn Eschenberg ihn sowohl an der Haupteingangstür als auch an der Sicherheitsschranke reingelassen hätte, müssten wir Eschenbergs Bewegung aus dem Sicherheitsbereich heraus und wieder rein sehen. Und es müsste auch zu sehen sein, dass jemand – ob nun mit eigener oder Eschenbergs Karte – den Bereich verlassen hat. Im ganzen Gebäude ist aber laut System niemand mehr. Also wie zum Teufel bewegt sich der Täter durchs Gebäude, ohne vom System erfasst zu werden?«

»Das würdö mich allerdings auch brennönd interessierön«, sagte Tahar. »Ich habö ja ebön noch mal geguckt. Es ist nicht mal einö Spur einör Bewegung zu erkennön. Das heißt, entweder jemand hat das Zugangssystem manipuliert – allerdings weiß ich noch nicht wie – oder er hat sich auf eine Art und Weisö Zugang verschafft, die das Zugangssystem komplett umgeht. Dass die Methode mit der kopiertön Zugangskartö von Jupp Meulön nur einmal funktionierön würde, war dem Tätör wohl klar, und er hat sich etwas anderös einfallön lassön. Wenn ich nur wüsstö, was, *putain*!«

»Was ist denn mit den Fenstern?«, fragte Eric. »Immerhin ist der Bereich F&E 1 im Erdgeschoss. Vielleicht hat jemand das Fenster aufgehebelt und ist auf diesem Weg auch wieder verschwunden?«

Tahar schüttelte den Kopf. »Diesö Art von Sichörheitsfenstör kriegst du nur auf, indem du sie kaputtmachst. Das hättön wir sofort gesehön.«

Körber brummte: »Durchs Fenster ist da keiner gekommen und schon gar nicht wieder raus. Die waren vollkommen unversehrt und vor allem fest geschlossen. Ich habe Messner schon um die Baupläne des Gebäudes gebeten, und die Kollegen von der KT schwärmen gleich aus. Ich wette, es gibt irgendwo einen Lüftungsschacht, den keiner auf dem Radar hat. Entweder führt der direkt von außen in den Sicherheitsbereich, oder es gibt irgendwo eine Verbindung zwischen einem offenen Teil des Unternehmens und dem Sicherheitsbereich. Da sich laut System niemand im Gebäude aufgehalten hat, verwette ich meinen Allerwertesten darauf, dass es einen direkten Weg rein und raus gibt, den man vergessen hat, beim Sicherheitskonzept zu berücksichtigen.«

»Na Mahlzeit«, stöhnte Eric. »Vorne alles mit sieben Schlössern verrammeln und dann die Terrassentür auflassen. Da können wir ja IT-Systeme überwachen, wie wir wollen.«

Körber zuckte mit den Schultern. »Ohne IT geht nix mehr, aber man sollte die gute alte Offline-Ermittlung nicht unterschätzen. So, und jetzt muss ich erst mal eine qualmen.«

Eine gute Viertelstunde und drei Zigaretten später kreuzte Hartmut Messner mit den Plänen für das gesamte Gebäude auf, und wir breiteten sie kurzerhand auf dem Boden der Eingangshalle aus, während zwei der Kriminaltechniker draußen nach einem möglichen Ein- und Ausstieg suchten.

Während ich noch versuchte zu verstehen, wo auf den Plänen oben und unten war, schlug Argusauge Körber in Nullkommanichts zu.

»Da!« Er legte auf dem Plan des Erdgeschosses den Finger auf eine Stelle in einer der Außenwände. Fast wären wir mit den Köpfen aneinandergedonnert, als wir uns alle gleichzeitig darüber beugten.

»Potzblitz! Du hast recht, Körber. Das ist ein Lüftungsschacht, und der führt direkt von außen in den Bereich F&E 4!«, rief Eric.

Die Forschungs- und Entwicklungsbereiche 6, 7, 8 und 9 lagen alle im linken Erdgeschossflügel. Hatte sich jemand von außen Zugang zum Bereich neun verschafft, brauchte er bloß durch zwei ungesicherte Türen zu gehen und stand in Bereich 6. Zwischen den einzelnen Forschungseinheiten in diesem Flügel gab es keine weiteren Sicherheitsschranken.

Wir wollten natürlich direkt losstürmen, aber Körber pfiff uns zurück. »Nix da, hiergeblieben. Wenn da einer ein- und ausgestiegen ist, trampelt ihr mir mitten durch die Bodenspuren.« Er zog ein Funkgerät aus der Tasche und rief die beiden Herren im Ganzkörperkondom, die draußen nach einer Einstiegsmöglichkeit und Spuren suchten. Körber lotste die Kollegen an die richtige Stelle im Gebäude, und dann hieß es Warten.

Nach einigem Schnaufen und Ganzkörperkondom-Geraschel sahen wir draußen einen der beiden Kriminaltechniker zum Wagen laufen und mit einer Leiter wieder zurückjoggen. Dann hörten wir die passende Geräuschkulisse zum Aufstellen und Erklimmen einer Leiter. Kurz darauf quakte es aus dem Funkgerät: »Also wir müssen noch weitere Untersuchungen machen, um sicher zu sein, aber wenn du mich fragst, ist hier keiner rein- und/oder rausgeklettert. Das Gitter hat keinen Öffnungsmechanismus, es sitzt bombenfest, und es gibt keinerlei Kratzspuren oder sonst irgendetwas, das auf ein gewaltsames Öffnen schließen lassen würde. Ich geb den Kollegen noch durch, sie sollen sich das Ganze auch von innen ansehen, aber wenn du mich fragst, Körber, ist hier niemand durchgekommen.«

Körber brummte frustriert.

»Wir gehen noch alles hier draußen ab, aber bisher haben wir nichts gefunden, was auch nur ansatzweise infrage käme.«

»Danke, Richard«, knurrte Körber. »Meldet euch, wenn ihr doch noch was findet.«

* * *

Es war schon nach halb elf abends, als Körber und ich endlich dazu kamen, uns was zu essen zu besorgen. Die ganze Firma war in hellem Aufruhr gewesen, denn die Nachricht vom unfreiwilligen Ableben Jörg Eschenbergs hatte sich natürlich wie ein Lauffeuer verbreitet.

Die Kriminaltechnik hatte noch einen guten Teil des Tages mit der Spurensicherung verbracht, während Eschenberg so schnell wie möglich zur Obduktion nach Köln gebracht wurde. Das wichtigste Ergebnis für uns war das abschließende Urteil über den Zustand des Lüftungsschachts, der direkt in den Bürobereich von F&E führte. Nach Überzeugung der Kriminaltechniker hatte niemand diesen Schacht geöffnet – weder von innen noch von außen. Wir hatten also nach wie vor keinen Schimmer, wie der Mörder in den hermetisch abgeriegelten Sicherheitsbereich im Erdgeschoss hinein- und wieder herausgekommen war.

Bienwald und Körber vernahmen zusammen die Messners, die beide zur vermuteten Tatzeit noch in der Firma gewesen waren. Erwartungsgemäß konnten die Messners, die im zweiten Stock in ihren Büros gehockt hatten, nichts Erhellendes beitragen.

»Trotzdem müssen wir bei den beiden ein Auge offen halten. Was du mir über Rainer Messners Verhalten am Freitag erzählt hast, klingt wirklich seltsam, auch wenn uns niemand gern im Haus hat«, hatte Körber nachmittags gebrummt, als er mir in einem unbeobachteten Moment von den beiden Gesprächen erzählt hatte.

Nachdem die Mitarbeiter der beiden Forschungsbereiche im Erdgeschoss ebenfalls vernommen worden waren, wurde ihnen von den Messners für den Rest des Dienstags und den Mittwoch Zwangsurlaub verordnet, um – wie sie sagten – »über den Schreck hinwegzukommen«. Tatsächlich hatte das vermutlich eher praktische Gründe. Nach Abschluss der Spurensicherung würde nur noch der eigentliche Tatort, also der Bürobereich des kleinen Teams um Landmann und Eschenberg, abgeriegelt, so dass spätestens ab Donnerstag weitergearbeitet werden konnte. Und die Messners wollten ihre teuren Forscher nicht für mehr als einen Tag bezahlen, an dem nicht sinnvoll gearbeitet werden konnte.

Während wir auf den Pizzaboten warteten, gab Körber mir einen kurzen Abriss der Vernehmungen von Eschenbergs Kollegen. Angeblich hatte keiner im Vorfeld des Mordes irgendetwas bemerkt. Obwohl laut Zugangssystem niemand außer Eschenberg in diesem Sicherheitsbereich war, als er ermordet wurde, hatten Körber und seine Kollegen die Alibis aller direkten Kollegen erfragt – und im Laufe des Tages bereits überprüft.

»Wenn Eschenberg jemanden in den Bereich hereingelassen hat, ist doch die Wahrscheinlichkeit am höchsten, dass es ein direkter Kollege war, der einfach nur behaupten musste, er habe seine Karte vergessen. In der Situation würde sich Eschenberg doch denken, dass er sicher keinen Ärger bekommt, wenn er jemanden in den Bereich hineinlässt, der sowieso die Autorisierung dafür hat. Dass derjenige kommt, um ihn umzubringen, konnte er ja vermutlich nicht ahnen«, brummte er.

»Und? Irgendjemand ohne Fahrschein?«

Körber schüttelte den Kopf. »Leider nein. Bisher haben alle Alibis unserer Überprüfung standgehalten. Jedenfalls wenn wir die von Ehefrauen mitzählen. Landmann zum Beispiel hat nur ein Alibi von seiner Frau, dass er zu Hause gewesen sei. Bei den anderen waren es jeweils mehrere Personen. Trotzdem, irgendwas ist da nicht ganz koscher. Ich ...«

In dem Moment klingelte es an der Tür, und der Pizzabote kam mit dem heiß ersehnten Pizza-Wagenrad die Treppe hoch.

Körber und ich hatten uns gerade mit unserer dampfend heißen Beute auf der Couch niedergelassen, als mein Telefon klingelte. Sammy, der uns hoffnungsvoll von seiner strategischen Position vor dem Sofa anhimmelte, wuffte kurz.

»Hallöchen, meine Liebe. So spät noch bei der Arbeit?«, begrüßte ich meine Freundin Jyoti.

»Spaßvogel«, lachte Jyoti, »wem habe ich das wohl zu verdanken?«

Seit Aachen keine eigene Gerichtsmedizin mehr hatte, wurden alle Obduktionen in der Gerichtsmedizin Köln vorgenommen.

»Ist Körber zufällig da?«, fragte sie.

»Ja, der sitzt neben mir und versucht gerade, meine Hälfte der Pizza auch noch aufzufuttern. Ich stell dich mal auf Lautsprecher.«

Jyoti begrüßte Körber und kam dann ohne Umschweife zur Sache. »Körber, ihr kriegt den offiziellen Bericht morgen früh auf den Tisch, aber ich dachte mir, du willst die wichtigsten Ergebnisse vielleicht schon vorab wissen?«

»Endlich mal jemand, der mitdenkt«, brummte Körber erfreut und biss hungrig in das nächste Stück Pizza. »Mit Bienwald hast du schon gesprochen?«

»Ja, natürlich.«

»Okay, dann schieß los.« Sammys herzerweichendes Winseln überhörte er elegant. Ich streichelte Sammy über den Kopf, und er sah mich vorwurfsvoll an, weil er noch nichts abbekommen hatte.

Bleib eisern, Sander.

»Also, um es kurz zu machen: Wie von euch richtig vermutet, kann sich Eschenberg unmöglich selbst umgebracht haben. Einmal wird ja schon von den Tatortfotos deutlich, dass er da gar nicht hätte hochkommen können, aber vor allem ist er nicht durch Erhängen an einem Seil gestorben, sondern er ist mit etwas Schmalem, Metallenem erwürgt worden. Die Spuren des Erwürgens waren fast vollständig von dem dicken Seil verdeckt, deshalb habt ihr das nicht gesehen. Aber es gibt keinen Zweifel daran, dass er nicht erhängt, sondern erwürgt wurde. Wir vermuten, mit einer Garotte oder einem Stück Draht.«

»Sich selbst erhängen kann man, erwürgen aber nicht«, brummelte Körber in seinen Bart.

»Ganz genau«, bestätigte Jyoti. »Wenn du versuchst, dich selbst zu erwürgen, wirst du irgendwann ohnmächtig, der Druck lässt nach, Ende des Würgens. Außerdem wäre es schon eine rekordverdächtige Leistung, sich noch selbst an die Decke zu hängen, nachdem man sich bereits erwürgt hat«, kommentierte sie trocken.

»Kann man anhand der Würgemale auf die Statur des Täters schließen?«, brummte Körber. Seine Hälfte der Pizza war bereits verputzt, und er warf sehnsüchtige Blicke auf meine Hälfte. Seufzend schob ich ihm noch ein Stück rüber und nahm einen großen Schluck aus einer der Bierflaschen von der Autowette.

»Dazu wollte ich gerade kommen«, sagte Jyoti. »Anhand der Würgemale kann man nur vermuten, dass der Täter mit höherer Wahrscheinlichkeit Rechtshänder ist, das ist allerdings nicht sehr belastbar. Aber interessant ist, dass Eschenberg bäuchlings auf dem Boden gelegen haben muss, als er erwürgt wurde. Und da wir keinerlei Abwehrverletzungen gefunden haben, gehen wir davon aus, dass er bewusstlos war, als er mit dem Draht oder der Garotte angegriffen wurde.«

»Ich nehme an, er ist nicht einfach ohnmächtig umgefallen?«, fragte ich.

»Wie haben Sie das nur wieder erraten, Frau Sander? Nein, ist er natürlich nicht. Jemand hat ihm von hinten eins über den Schädel gezogen, aber frag nicht nach Sonnenschein. Aufgrund der Spuren in der Wunde gehen wir von einem Metallgegenstand aus. Vielleicht ein Hammer oder eine Zange oder so was. Was euch noch interessieren dürfte, ist, dass der Täter kleiner ist als Eschenberg.«

»Ach! Woher wisst ihr das?«

»Das Trauma am Hinterkopf kann ihm unmöglich jemand beigebracht haben, der gleich groß oder größer ist als er. Es sei denn, jemand wäre absichtlich in die Knie gegangen, um kleiner zu wirken, aber das ist unwahrscheinlich.«

»Allerdings bringt uns das nur bedingt weiter, denn Eschenberg war ziemlich groß. Also dürfte es sehr viele geben, die eher kleiner sind als er«, gab ich zu bedenken.

»Undankbares Volk«, lachte Jyoti.

»Allerdings wirft das ein noch interessanteres Licht auf die Frage, wie die Person es geschafft hat, Eschenberg oben an den Haken zu hängen«, brummte Körber. »Kleiner bedeutet nicht unbedingt schwach, macht es aber auch nicht unbedingt einfacher. Man braucht schon Kraft, um ihn da hochzuziehen oder gar zu heben.«

»Gab es irgendwelche Faserspuren von der Kleidung des Täters?«, fragte ich.

»Ja, sagte Jyoti. »Wir haben Fasern gefunden, aber die Analyse läuft noch. Die Ergebnisse gehen natürlich sofort raus, sobald sie da sind. Wenn ihr meine persönliche Meinung hören wollt …«

»Nur zu«, brummte Körber.

»Da hat zwar jemand in klarer Tötungsabsicht gehandelt, aber das war nicht geplant. Alles trägt die Handschrift einer Person, die überrascht wurde und improvisiert hat. Allein dieser stümperhafte Fehler, die Leiche so aufzuhängen, dass auf den ersten Blick klar ist, Eschenberg kann sich unmöglich selbst erhängt haben.«

»Das würde mich nicht überraschen«, knurrte Körber. »Immerhin waren um diese Uhrzeit die Messners noch im Gebäude. Das hat unser Killer wahrscheinlich gewusst, und man wird ja ungern in flagranti erwischt.«

Wir bedankten uns bei Jyoti und beendeten das Gespräch.

Ich nahm mir das letzte Stück Pizza und überlegte kauend: »Habt ihr inzwischen eigentlich mit Eschenbergs Frau gesprochen?«

Körber leerte seine Bierflasche mit einem kräftigen Zug. »Ja, sie hatte sich heute Nachmittag endlich so weit beruhigt, dass wir mit ihr sprechen konnten. Sie sagt, Eschenberg sei gegen halb sieben nach Hause gekommen, aber noch bevor er die Jacke aushatte, hat er gemerkt, dass er sein Laptop im Büro hatte stehen lassen. Wir wissen nicht, warum er es gestern Abend unbedingt brauchte, aber laut seiner Frau habe er ganz eindeutig gesagt, er wolle nur schnell zurückfahren, um es zu holen, und sei ganz fix wieder da.«

»Ich will ja nix sagen, aber ist die nicht mal auf die Idee gekommen, ihn anzurufen oder sich gar bei euch zu melden, wenn er sagt, er ist in einer Stunde wieder da und dann kommt er die ganze Nacht nicht nach Hause?«

Körber zuckte mit den Schultern. »Das habe ich sie natürlich auch gefragt. Hätte ja sein können, dass sie lügt und Eschenberg nicht alleine, sondern mit ihr im Schlepptau in die Firma gefahren ist und sie ihn da selbst abgemurkst hat. Aber wir konnten auf dem Telefondisplay sehen, dass sie in der Tat im Laufe des Abends ungefähr zehnmal von zu Hause angerufen hat, ebenso wie auf seinem Handy.«

»Und dass er nicht drangeht, fand sie nicht komisch?«, staunte ich.

»Offenbar war es nicht ganz so ungewöhnlich, wie man meinen sollte. Sie sagt, sie sei stinksauer gewesen, weil ihr Mann solche Stunts offenbar schon mal öfter abzieht.«

»Ich denke, der war nie über Nacht in der Firma?«

»Das nicht, aber offensichtlich hat er es schon ein paar Mal gebracht, dass er samstagmorgens ›nur mal schnell‹ in die Firma wollte, um ein Experiment anzustoßen – und dann kam er spät abends erst wieder. Sie sagte, wenn Eschenberg bei der Arbeit war, konnte ihn nichts und niemand ablenken. Und dass sie ihn am Telefon nicht erreichen konnte, hat sie auch nicht überrascht. Im Laborbereich gibt es kein Telefon, nur ein Notfallwarnsystem, und das Handy konnte er auch nicht mit ins Labor nehmen. Irgendwas mit elektromagnetischen Interferenzen. Im Endeffekt war sie einfach nur stinksauer, weil sie mit dem Essen zu Hause saß und er nicht zurückkam. Sie ist nach eigener Aussage um zehn wutschnaubend ins Bett gegangen. Und die Kollegen von der Streife haben ausgesagt, dass sie wirklich frisch aus dem Bett kam, als sie heute Morgen mit der traurigen Botschaft vor der Tür standen.«

»Für wie wahrscheinlich halten wir es denn, dass die Nummer mit dem vergessenen Laptop nur eine faule Ausrede war? Vielleicht hat er sich zu einem heimlichen Schäferstündchen getroffen, und dann ist mit der Liebsten irgendwas furchtbar schiefgelaufen?«

»Möglich ist das natürlich, aber wäre es dann nicht unauffälliger gewesen, gleich länger zu bleiben und zu sagen, er könne nicht weg?«, erwiderte Körber.

»Kommt drauf an, wie gut Eschenberg im Lügen war. Andererseits ist deren Büro nun wirklich nicht für romantische Stelldichein prädestiniert.«

»Eben. Und bei der Gehaltsklasse von Eschenberg treibt es mir jetzt noch die Tränen in die Augen«, brummte Körber. »Wenn der sich kein Hotel leisten konnte, fress ich 'nen Besen. Außerdem hat Tahar uns schöne Auszüge aus der Zeiterfassung geliefert und den Zugriff auf sein Laptop sehr erleichtert.« Er hustete rasselnd. »Eschenberg hat wirklich des Öfteren mal den Samstag oder Sonntag im Labor verbracht. Wir haben bei ein paar Stichproben Abgleiche gemacht, und er war wirklich in der Firma und hat im Labor und im Firmennetzwerk gearbeitet. Der Teil der Geschichte stimmt also.«

Wir schwiegen eine Weile und grübelten vor uns hin. »Vielleicht war Eschenberg ja doch der Maulwurf?«, überlegte ich schließlich.

»Warum meinst du?«, fragte Körber, warf den leer geputzten Pizzakarton auf den Boden hinter die Couch und rückte ein Stückchen näher.

»Na ja, wir wissen ja immer noch nicht, ob Hasenfuß und der Herr Obersturmbannführer in die Maulwurfgeschichte verwickelt sind. Aber eigentlich ist es ja ausgeschlossen, dass sie ohne Unterstützung durch einen der Wissenschaftler an die relevanten Forschungsergebnisse herankommen könnten. Ist doch ein bisschen seltsam, dass Eschenberg sich ausgerechnet an dem Abend noch mal in die Firma aufmacht, wo die braunen Kumpane am anderen Ende der Stadt einen Anschlag verüben. Unser zweiter Verdächtiger ist Michael Landmann – und Landmann und Eschenberg arbeiten sehr eng zusammen. Vielleicht sitzt auch da irgendwie der Hase im Pfeffer.«

»Richtig«, knurrte Körber. »Das wollte ich eben noch sagen, als der Pizzabote mich so rüde unterbrach. Irgendwas kommt mir bei diesem Landmann seltsam vor. Ich kann aber den Finger nicht genau drauflegen. Hilf mir mal aufs Fahrrad – warum war Landmann euch noch gleich maulwurfverdächtig?«, murmelte Körber, während er anfing, an meinem Ohrläppchen zu knabbern.

Sammy knurrte leise, hüpfte ungefragt auf meinen Schoß und machte sich breit. Wenn's schon keine Pizza gibt, sagte sein gekränkter Blick. Seufzend kraulte ich ihn unter dem Kinn.

»Landmann hat sich doch schon vom ersten Tag an gleich an mich rangeworfen.«

Körber brach seine Tätigkeit abrupt ab. »WAS hat der?«, knurrte er und blickte finster aus der Wäsche, also wie immer.

Ich seufzte. »Steck das Imponiergehabe wieder weg – nicht SO, alles ganz harmlos, aber eben nicht ganz unauffällig.«

Ich erzählte ihm von meiner ersten Begegnung mit Landmann gleich am ersten Tag bei Memento und davon, dass ich Landmann in fast jeder Mittagspause gesehen und immer den Eindruck gehabt hatte, dass er diese Begegnungen bewusst herbeiführe. Auch war uns allen ja Landmanns ausgeprägtes Interesse an meinem Werdegang schon von Anfang an sehr suspekt.

»Scheiße!«, rief ich plötzlich und setzte mich kerzengerade auf. Sammy quietschte entrüstet. »Ich bin ja morgen mit ihm zum Abendessen verabredet. Das hatte ich ja völlig vergessen!«

Jetzt saß Körber plötzlich kerzengerade. »Zum ABENDESSEN?«

Ich rollte mit den Augen. »Och Körber, Abendessen mit Frau und Kindern, sehr romantisch.«

Körber kniff die Augen zusammen. »Das könnte ein Vorwand sein.«

»Ist es bestimmt auch«, erwiderte ich seelenruhig. »Ich glaube, er versucht herauszufinden, ob ich ein Spion der Konkurrenz bin. Oder alternativ, falls er der Maulwurf ist, will er wissen, ob ich die bin, die ich zu sein vorgebe.« Ich grinste Körber an. « Aber abgesehen davon – hast du eigentlich eine Ahnung, wie *putzig* du bist, wenn du eifersüchtig bist?«, kicherte ich.

»Ich *bin* nicht putzig!«, gab er empört zurück, und Sammy bellte kurz zur Bestätigung.

MITTWOCH, 30. NOVEMBER

17:25 Uhr

Ein kurzer Blick auf die Uhr sagte mir, dass genug Zeit war, um wie geplant zu Fuß zu den Landmanns zu laufen. Sammy hatte den ganzen Tag beim Oberst verbracht und konnte genau wie ich ein bisschen Bewegung gut gebrauchen. Und wenn das Auto zu Hause blieb, konnte ich mir auch mehr als ein Bier genehmigen. Man konnte ja nie wissen, ob man jemanden unter den Tisch trinken musste.

Welche Verkleidung für den Abend die beste sein würde, war ein etwas größeres Problem. Brille und Perücke waren klar, aber was anziehen? Franziska konnte schlecht im Kostümchen zum gemütlichen Abendessen erscheinen, aber was eine meist aufgedonnerte Marketing-Tante in ihrer Freizeit anzog, wusste der liebe Himmel. Ich stand eine Weile ratlos im Schlafzimmer herum, während Sammy sich auf dem Bett niedergelassen hatte und mich mit schiefgelegtem Kopf hechelnd beobachtete.

»Du hast gut lachen – ein Fell, da brauchst du nie zu überlegen, was du anziehen sollst«, brummte ich missmutig, und Sammy nieste bestätigend.

»Ach, Scheiß doch der Hund drauf«, fluchte ich, zog die Bürobluse wieder an, dazu Jeans, Turnschuhe und eine

Strickjacke, die Jyoti vor einiger Zeit bei mir vergessen hatte.

Muss reichen.

»Komm, Sammy«, rief ich überflüssigerweise, denn kaum hatte ich den Flur betreten, als Sammy schon begeistert kläffend zur Wohnungstür fegte.

Über die Hohenstaufenallee, ein Stück Mozartstraße und die Reumontstraße gelangten wir zügigen Schrittes zum unteren Ende der Burtscheider Brücke, die wir tapfer hochkraxelten. Oben an der Kreuzung mit Kasinostraße und Krugenofen fiel mein Blick auf das Haus neben dem Matratzenladen, in dem ein paar Monate zuvor eins der Opfer der Mörderin Sybille Peters gefunden worden war. Es ärgerte mich immer noch, dass wir der Peters nicht schneller das Handwerk gelegt und deshalb den Mord an der vierfachen Mutter Beate Meyer nicht verhindert hatten.

In finstere Gedanken versunken, folgte ich dem glücklich hechelnden Sammy die steile Hauptstraße hinunter zum Burtscheider Markt. Sammy legte ungefähr die dreifache Strecke zurück, weil er immer wieder vorlief, um dann wild kläffend zu mir zurückzulaufen. Unten in der Fußgängerzone angekommen, warf ich ein paar Stöckchen für ihn, bevor wir unseren Weg am Marienhospital vorbei den Branderhofer Weg hoch fortsetzten. In Gedanken ging ich noch einmal alles durch, was ich über Michael Landmann, Jörg Eschenberg und den Mord an Eschenberg wusste. Viel war es nicht, denn im Laufe des Mittwochs hatte sich weder in der Causa Eschenberg etwas Neues ergeben noch hatten die Rassisten, die in Untersuchungshaft saßen, irgendetwas von sich gegeben, was uns im Maulwurffall oder mit Blick auf Eschenberg hätte weiterhelfen können. Ich hoffte inständig, dass dieser Abend neue Erkenntnisse bringen würde.

Bevor ich um kurz vor sieben am Haus Am Ziegelweiher 36a auf den Landmann'schen Klingelknopf drückte, sah ich Sammy von oben ermahnend an und sagte warnend: »Heute Abend nur bestes Benehmen, ist das klar? Kein Turnen über Tische und Bänke und immer schön Bitte und Danke sagen, ja?«

Sammy wedelte kurz mit dem Schwanz und guckte mal wieder, als könnte er kein Wässerchen trüben.

Wenn das mal gut geht.

Kaum hatte ich geklingelt, wurde die Haustür auch schon aufgerissen, und Michael Landmann strahlte mich erfreut an. »Pünktlich wie die Maurer!«

Gut, dass du Franziska eingeladen hast – Britta wär jetzt wahrscheinlich noch nicht da …

»Komm rein, Franziska, komm rein«, winkte Landmann mich ins Haus und beugte sich dann zu Sammy hinunter, der verdächtig brav hinter mir in den Hausflur trippelte. Er wuschelte ihm über den kleinen Kopf. »Na, und ich kenne mindestens drei Personen in diesem Haushalt, die sich schon besonders auf dich freuen, Kollege.«

Sammy himmelte Landmann mit Hingabe an, was sicher ausschließlich damit zu tun hatte, dass der eine Grillschürze trug und in der anderen Hand ein noch rohes Hüftsteak hielt.

»Grillsaison noch nicht beendet oder schon wieder eröffnet?«, fragte ich mit einem Blick auf das Steak.

»Bei uns gibt es nur eine Grillsaison, und die geht vom 1. Januar bis 31. Dezember«, grinste Landmann. »Man soll sich von Konventionen nicht so einschränken lassen. Hier kannst du dich aufhängen«, er wies mit dem Ellenbogen auf eine völlig überfüllte Garderobe, »und dann einfach der Nase nach. Ich muss mal eben meinen Pflichten als Grillmeister nachkommen.« Sprach's und verschwand, Sammy ihm direkt auf den Fersen.

Na, das kann ja heiter werden.

Etwas ratlos guckte ich mir das Chaos an der Garderobe an, zog meine Jacke aus und beförderte sie mit etwas Mühe schließlich oben auf die Hutablage, auf der sich nur zwei einsame Regenschirme tummelten. Ich zog meine Schuhe aus, überprüfte kurz, ob die blöde Perücke noch da saß, wo sie hingehörte, und ging dann den kurzen Hausflur entlang. Ich trat in eine große, offene Küche, die direkt in ein helles und freundlich eingerichtetes Wohnzimmer überging. Im Küchenbereich stand ein robuster, unlackierter Holztisch, an dem in fröhlichen Farben für sechs Personen gedeckt war. Offenbar hatte man auch an Sammy gedacht, denn direkt neben den Tisch hatte jemand fürsorglich zwei tiefe Kinderteller aus Plastik gestellt, von denen einer mit frischem Wasser gefüllt war.

Eine schlanke Frau mit langen, dunkelbraunen Haaren stand an einer der Arbeitsplatten und mischte einen Salat in einer riesigen Schüssel. Sie drehte sich um und kam lächelnd auf mich zu. »Hallo, Franziska, ich bin Christine.« Sie hatte einen angenehm kräftigen Händedruck und nahm die Pralinen, die ich mitgebracht hatte, erfreut entgegen. »Komm rein in die gute Stube. Der Chef macht sich draußen am Grill zu schaffen – und ich fürchte, dein Hund wurde bereits vollständig vereinnahmt.«

Auf der großen Sofalandschaft im Wohnzimmer lag Sammy, alle viere von sich gestreckt, umringt von drei kleinen Mädchen, die ihn mit Begeisterung hinter den Ohren und unter der Schnauze kraulten. Sammy hatte genießerisch die Augen geschlossen und das Schild *Bitte nicht stören* rausgehängt.

»Mädchen«, sagte Christine Landmann etwas lauter. »Wollt ihr euch vielleicht kurzfristig an eure Manieren erinnern und unseren anderen Gast auch begrüßen?« Die Mädchen winkten vom Sofa her, machten aber keine Anstalten, sich zu erheben.

Christine seufzte. »Also das sind drei meiner missratenen Töchter – Annie, die Zweitälteste, Larissa, Nummer drei, und Annabel, die Jüngste. Wenn die drei einen Hund zu packen kriegen …«, sie schüttelte amüsiert den Kopf, »gibt's kein Halten mehr. Unsere Älteste – Lea – übernachtet heute bei einer Freundin.«

»Keine Sorge, sobald was Essbares auf den Tisch kommt, werden sie keine Wahl haben, als hier rüberzukommen, denn Sammy ist garantiert der Erste, der unter dem Tisch sitzt«, grinste ich. »Aber mal 'ne blöde Frage: Hatte Michael nicht gesagt, ihr habt fünf Kinder?«

Christine Landmanns Gesicht versteinerte.

O weia, der erste Fettnapf nach nur drei Minuten. Rekordverdächtig, Sander.

»Michael hat fünf Kinder, ich nur vier. Seine älteste Tochter stammt aus einer früheren Beziehung. Sie ist bei ihrer Mutter aufgewachsen«, sagte sie frostig.

»Ah.« *Und ihr versteht euch offenbar blendend. Schnell, Sander, was Unverfängliches.* »Kann ich noch irgendwie helfen?«, fragte ich etwas lahm.

»Ja«, sagte Christine, während sie sich umdrehte und den Salat weiter mischte. »Im Kühlschrank ist kaltes Bier und Weißwein – wenn du lieber Roten trinkst, Michael hat irgendwo da drüben eine Flasche rausgestellt. Nimm dir, was du möchtest, und wenn du mir noch einen Weißwein eingießt, wäre das ganz fantastisch. Gläser sind da oben in dem Schrank.« Ihre Stimme war schon wieder etwas aufgetaut. *Puh.*

Ich machte mich ans Werk und kredenzte mir selbst ein Bier und Christine ein großes Glas Weißwein. Kurz darauf kam Landmann bibbernd von draußen herein und verkündete: »So, fünf Minuten noch, die Herrschaften, alle Mann zu Tisch.« Sammy öffnete ruckartig die Augen, als er das Wort Tisch hörte, sprang unter lautem Gekreische der Mädchen auf und flitzte mit klackernden Krallen in den Küchenbereich.

»Sag ich doch.« Ich zuckte mit den Schultern, und Christine Landmann stellte schmunzelnd den Salat auf den Tisch.

Die beiden jüngeren Mädchen galoppierten hurtig hinter Sammy her, gaben mir artig die Hand und sicherten sich dann schnell die Plätze rechts und links von Sammys Besuchernäpfen. Annie, die ich auf ungefähr sieben Jahre schätzte, erhob sich etwas bedächtiger und kam langsamer als ihre beiden Schwestern zu uns herüber. Sie bewegte sich sicher durch den Raum, aber als sie auf mich zukam und mir die Hand gab, hatte ich den Eindruck, dass sie nicht besonders gut sehen konnte. Als sie sich mit traumwandlerischer Sicherheit an den Tisch setzte, nahm ich an, dass ich mir das vielleicht nur eingebildet hatte.

Ich setzte mich auf den Platz, den Christine mir zuwies, und wurde sofort von den drei Mädchen mit Fragen zu Sammy bestürmt. Der saß derweil enttäuscht hechelnd vor seinem leeren Napf und guckte irritiert von einem zum anderen – es *hatte* doch jemand was von Essen gesagt?

Landmann verschwand wieder nach draußen und kam sogleich mit einem Teller voller Kinderwürstchen zurück. Sammys Miene hellte sich sofort wieder auf, vor allem als Landmann nach einem fragenden Blick in meine Richtung eins davon in seinen Napf plumpsen ließ.

Wochen der Erziehung wieder dahin. Was tut man nicht alles.

»Bleib sitzen«, sagte ich zu Christine Landmann, die sich gerade erst niedergelassen hatte und Anstalten machte, sofort wieder aufzuspringen.

Ich folgte Landmann nach draußen, um beim Tragen zu helfen, was mir einen Teller Folienkartoffeln links und eine Platte mit gegrilltem Gemüse rechts eintrug. Ich brachte alles nach drinnen und fragte: »Und was esst ihr?«

Unter lautem Protest und allgemeinem Gelächter ließ ich mir einen Teil meiner Beute wieder abschwatzen, und als Landmann schließlich mit einer Platte Steaks und Bratwürsten hereinkam, gab es ein großes Hallo.

Als er die Terrassentür hinter sich geschlossen und sich gesetzt hatte, griffen alle beherzt zu, und es herrschte fröhliches und allseits unbeschwertes Geplapper, so dass ich mich fast hätte wohlfühlen können – wenn ich nicht permanent auf der Hut hätte sein müssen. Sammy hingegen war im siebten Himmel. Immer wieder fanden kleine Leckerbissen »heimlich« ihren Weg in seinen kleinen Besuchernapf, und in regelmäßigen Abständen fand eins der Mädchen eine Ausrede, um aufzustehen und Sammy im Vorbeigehen kurz zu streicheln.

An ein Gespräch über ernstere Dinge war überhaupt nicht zu denken, und ich hatte den Eindruck, dass Landmanns Fröhlichkeit aufgesetzt und er etwas unruhig war.

Der kann es wahrscheinlich gar nicht abwarten, bis die Zwerge im Bett sind.

Und tatsächlich – kaum hatte die Letzte ihren Nachtischlöffel abgelegt, sprang Landmann auch schon auf. »So, Mädels, auf, auf, morgen früh um sechs ist die Nacht zu Ende. Räumt eure Schüsseln in die Spülmaschine, und dann ab nach oben, Zähne putzen und Schlafanzüge an, Marsch, Marsch.«

Die unvermeidliche Folge war lautes Gemaule, das sich aber schnell legte, als ich Sammy mit nach oben schickte. Der bellte begeistert, weil er schon weitere himmlische Genüsse in Form von illegalen Nahrungsmitteln sein Eigen wähnte.

Ich war überrascht, dass nicht Christine, sondern Michael Landmann mit den Mädels nach oben verschwand. Ich hatte gedacht, er würde die Abwesenheit der Familie nutzen, um unauffällig ein paar Fragen loszuwerden. Stattdessen zog er mit dem plappernden Tross nach oben, und ich half Christine, den Tisch abzuräumen.

»Dreimal darfst du raten, was nach diesem Abend auf mindestens drei von vier Weihnachtswunschzetteln stehen wird«, schmunzelte Christine Landmann. Nachdem sie mir ein frisches Bier gereicht hatte, öffnete sie eine neue Flasche Weißwein und goss sich ein weiteres großes Glas ein, als wir uns wieder setzten. Kaum waren die Schritte auf der Treppe verstummt und polternde Geräusche aus dem Obergeschoss zu hören, als ihr Lächeln langsam aber sicher aus ihrem Gesicht verschwand.

Oh, oh.

Sie blickte in ihr Weinglas, nahm einen Schluck und seufzte abgrundtief. »Es fällt mir jeden Tag schwerer, Frohsinn und Optimismus zu verbreiten«, sagte sie leise.

Da ich nicht sicher war, wovon sie sprach, sagte ich erst einmal gar nichts.

»Du weißt von Annie, oder?«

Ich hob die Schultern. »Ehrlich gesagt nur, was die Gerüchteküche verbreitet.«

»Dir ist nichts an ihr aufgefallen?«, fragte Christine, und sie wirkte ehrlich überrascht.

Ich schüttelte den Kopf. »Nichts Gravierendes. Ich hatte zwischendurch mal den Eindruck, dass sie nicht so gut sieht wie die anderen beiden, aber sonst …« Ich zuckte mit den Schultern. »Es stimmt also, dass sie schwer krank ist?«, fragte ich vorsichtig.

Christine Landmann starrte wieder in ihr Weinglas und nickte schließlich. Als sie mich wieder ansah, hatte sie Tränen in den Augen. Ärgerlich wischte sie sie mit dem Handrücken weg und trank noch einen Schluck Wein, bevor sie das Glas abstellte.

»Juvenile Neuronale Ceroid-Lipofuszinose oder auch Juvenile NCL«, sagte Christine bitter. Als sie meinen fragenden Blick sah, sprach sie weiter: »Du bist nicht die Einzige, die noch nie etwas davon gehört hat. Es ist eine Erbkrankheit – statistisch gesehen erkranken in Deutschland 0,7 von hunderttausend lebend geborenen Kindern, unsere Annie ist die 0,7te. Die Krankheit ist unheilbar und tödlich.« Sie bemühte sich offenbar um Haltung. »Es tut mir leid, Franziska, ich wollte dich nicht damit überfallen, wir kennen uns ja kaum. Aber wenn ich sie so glücklich sehe wie jetzt mit Sammy, ist das einfach manchmal zu viel …« Sie brach ab und unterdrückte einen Schluchzer.

Ich legte ihr vorsichtig die Hand auf den Arm. »Du brauchst dich nicht zu entschuldigen, Christine.«

»Und dabei haben wir noch so ein *Glück* gehabt.« Sie schüttelte den Kopf, und jetzt rannen ihr langsam die ersten Tränen übers Gesicht. »Alle Formen der NCL sind Erbkrankheiten, die autosomal rezessiv von den Eltern an die Kinder weitergegeben werden.«

»Das heißt, ein Kind erkrankt nur, wenn es von beiden Eltern jeweils ein krankes Gen bekommt«, sagte ich. »Die Eltern sind gesund, weil sie ein gesundes und ein krankes Gen haben und die Krankheit nur auftritt, wenn beide Gene mutiert sind.«

Christine sah mich überrascht an.

»Meine beste Freundin ist Ärztin, da schnappt man einiges auf«, sagte ich. »Das heißt, wenn du *Glück* sagst, meinst du, dass die anderen Mädels gesund sind?«

Christine atmete tief durch. »Mir läuft es immer noch kalt den Rücken herunter, wenn ich daran denke, dass wir fröhlich ein Kind nach dem anderen in die Welt gesetzt haben, ohne zu ahnen, was da in uns lauert. Zu dem Zeitpunkt, als Annie krank wurde, waren die beiden Kleinen schon auf der Welt.« Sie leerte ihr Glas und goss sich noch einmal ein. »Ich frage mich jeden Tag, ob ich Gott danken oder ihn verfluchen soll. Hasse ich ihn dafür, dass er Annie krank gemacht hat, oder bin ich dankbar, dass die anderen drei gesund sind?«

»Wie alt war Annie, als sie krank wurde?«, fragte ich. Theologische Diskussionen waren nicht meine Stärke.

»Uns ist das erste Mal an ihrem fünften Geburtstag aufgefallen, dass irgendetwas nicht stimmte«, sagte Michael Landmann, der unbemerkt wieder zur Tür hereingekommen war. Er schloss die Tür, setzte sich neben seine Frau und legte ihr den Arm um die Schultern.

»Wir hatten beide den Eindruck, dass sie schlechter sah, als sie sollte. Kinder mit dieser Krankheit entwickeln sich in den ersten drei Lebensjahren ganz normal. Das Ganze beginnt dann um das vierte Lebensjahr herum mit einem schleichenden Verlust der Sehfähigkeit, der bei vielen Kindern erst entdeckt wird, wenn sie in die Schule kommen. Wir hatten einfach ein Riesenglück mit unserem Augenarzt. Der hatte einige Jahre in der Augenklinik am Unikrankenhaus in Hamburg-Eppendorf gearbeitet, und dort gibt es eine Spezialabteilung, die sich mit allen Formen der NCL beschäftigt. Wenn der nicht so hartnäckig gewesen wäre, wäre es unserer Annie wahrscheinlich wie vielen anderen Kindern mit NCL gegangen – es hätte noch Jahre gedauert, bis man festgestellt hätte, was sie hat.«

»Und durch die frühe Diagnose konnte man noch was tun?«, fragte ich hoffnungsvoll.

Landmann schnaubte durch die Nase. »Schön wär's. Nein«, er schüttelte den Kopf, »es gibt keine Therapie, die Krankheit ist degenerativ und unheilbar. Annie sieht jetzt schon immer schlechter, spätestens in ein paar Jahren wird sie komplett erblindet sein. Und als ob das nicht schon schlimm genug wäre, werden in den nächsten ein bis zwei Jahren epileptische Anfälle hinzukommen, und …« hier versagte ihm kurz die Stimme, »wir erkennen bei ihr noch nichts, aber eigentlich hätte die Demenz bei ihr auch schon einsetzen müssen.«

»DEMENZ?«, fragte ich entsetzt.

»Du hast richtig gehört«, sagte Landmann bitter. »Sie wird langsam aber sicher ihre Konzentrations- und Lernfähigkeit verlieren und geistig immer weiter abbauen. Irgendwann in den frühen Teenagerjahren, wenn andere sich zum ersten Mal verlieben, wird Annie dazu noch Bewegungsstörungen entwickeln, bis sie irgendwann komplett im Rollstuhl sitzt. Sie wird Angstzustände mit Halluzinationen bekommen, mit der Zeit wird ihre Sprache immer undeutlicher werden. Irgendwann wird sie so große Probleme mit dem Schlucken bekommen, dass sie per Sonde ernährt werden muss. Ihre Lebenserwartung liegt zwischen zwanzig und, wenn sie Pech hat, vierzig Jahren.«

Ich schüttelte ungläubig den Kopf. »Das gibt's doch nicht. Und was genau steckt dahinter? Was löst die Symptome aus?«

Christine Landmann strich sich die Haare aus dem Gesicht. »Kein Mensch weiß derzeit, wie oder warum, aber ein Gen – bei der Juvenilen NCL ist es CLN3 – unterliegt einer Mutation, und das führt dazu, dass sich in allen Körperzellen extrem hohe Mengen an Lipopigmenten bilden und ablagern. Es sind alle Zellarten betroffen, aber aus genauso unbekannten Gründen erkranken nur die Nervenzellen, allen voran Nervenzellen in Gehirn und Netzhaut. Und weißt du, was das Schlimmste ist?«

Ich schüttelte stumm den Kopf.

»Weil es die Juvenile NCL ist, setzen die Symptome in einem Alter ein, in dem Annie den Verlust all ihrer Fähigkeiten bewusst erlebt und genau versteht, was mit ihr passiert.«

Landmann stand auf und sagte grimmig: »Zeit für was Stärkeres, glaube ich.« Er stand auf und holte aus einem Wandschrank eine große Flasche Sliwowitz und drei Gläser.

»Und man kann wirklich überhaupt nichts tun?«, fragte ich fassungslos, während Landmann uns allen einschenkte.

Christine schüttelte den Kopf. »Es gibt natürlich ein paar Möglichkeiten, Symptome wie epileptische Anfälle etwas abzumildern, aber alles, was sie tun können, ist rein palliativ.«

»Außer Druidenzauber haben wir nicht mehr viele Optionen«, fügte Landmann sarkastisch hinzu.

Ich dachte an etwas, was Jyoti mir schon mehrfach erzählt hatte. »Gibt es denn keine experimentellen Therapien? Es hört sich vielleicht krass an, aber viel zu verlieren hat Annie nicht, oder?«

Christine Landmann lächelte traurig. »Du hast völlig recht, Franziska, wenn man weiß, was auf sie zukommt, wäre man tatsächlich bereit, einiges an Risiken zu akzeptieren – denn man fragt sich wirklich, was sie groß zu verlieren hat. Wir hatten die Hoffnung, dass es hier Möglichkeiten geben würde. Zum Beispiel gibt es wohl unterschiedliche Formen, in der eine Nervenzelle absterben kann, und die Nervenzellen, die aufgrund einer NCL absterben, sind wohl alle von einer bestimmten Art von Zelltod namens Apoptose betroffen. Und gegen diese Art von Zelltod gibt es wohl Medikamente …« Christine Landmann hörte auf zu sprechen.

Michael übernahm nahtlos. »… mit so genannter Apoptose-hemmender Wirkung.« Er breitete hilflos die Hände aus. »Aber weil noch völlig unklar ist, welche *genaue* Rolle das kranke Gen spielt, müssen auch die angedachten experimentellen Therapien noch erforscht werden. Es gibt in den USA ein paar eher fragwürde Experimente, die bereits laufen, aber Christine …«, er zögerte fast unmerklich, »Christine und ich … wir glauben nicht, dass das eine gute Idee ist. Abgesehen davon muss man offenbar horrende Summen bezahlen, um ein Kind dort unterzubringen, und das können wir uns einfach nicht leisten. Also sitzen wir hier und bereiten uns auf den Tag vor, an dem Annie endgültig ein Pflegefall sein wird.«

Es kommt nicht oft vor, aber ich wusste nicht, was ich sagen sollte. Ich hatte die kleine Annie gerade mal vor ein paar Stunden kennengelernt und beim Essen mit ihr und ihren Schwestern hauptsächlich über Sammy geplaudert, aber das kleine, aufgeweckte Mädchen war mir dabei so sympathisch, dass das volle Ausmaß des Horrors, der ihr bevorstand, mich traf wie ein Schlag in die Magengrube. An die drei Orgelpfeifen durfte ich in diesem Zusammenhang gar nicht denken. Gleichzeitig war mir natürlich klar, dass Michael Landmann mir eben zwei mögliche Gründe geliefert hatte, weswegen er sehr motiviert sein könnte, Forschungsgeheimnisse an die Konkurrenz zu verkaufen, um damit viel Geld zu verdienen. Es hatte sich für mich so angehört, als sähe Landmann die experimentellen Therapien, die es gab, nicht ganz so skeptisch wie seine Frau – oder vielleicht war er einfach bereit, ein höheres Risiko einzugehen. Wenn die Quacksalber in den Staaten horrende Summen verlangten, um ein Kind in das Programm aufzunehmen, setzte man vermutlich als verzweifelter Vater einiges aufs Spiel, um noch den kleinsten Strohhalm zu ergreifen.

Und selbst wenn das nicht der Fall sein sollte – ein pflegebedürftiges Kind oder später eine pflegebedürftige Erwachsene kosteten einen Haufen Geld. Und obwohl wir uns eins der teuersten Gesundheitssysteme der Welt leisteten, hatte ich meine Zweifel, ob wirklich alle Kosten von der Kranken- und Pflegeversicherung übernommen werden würden. Rein experimentelle Therapien in den USA sicher nicht. Aber würde Landmann dafür seinen langjährigen Kollegen Jörg Eschenberg umbringen?

Während mir diese Gedanken durch den Kopf schossen, hatte Landmann seinen Sliwowitz runtergekippt und sich einen neuen eingegossen. Ich tat es ihm gleich.

Vielleicht kommt er ins Plaudern, wenn der Alkoholpegel steigt.

»Ich weiß wirklich nicht, was ich sagen soll«, gestand ich, und Christine lächelte mich unter Tränen an.

»Da gibt es auch nicht viel zu sagen, Franziska. Annie hat bei der Erb-Lotterie ganz viel Pech gehabt und ihre Schwestern alles Glück der Welt.«

»Das einzig Positive, das sich aus dieser Scheißsituation ergeben hat, ist, dass meine älteste Tochter jetzt Kontakt zu ihren kleinen Schwestern hat. Als Christine und ich damals geheiratet haben, war das alles nicht einfach für sie, und erst recht nicht, als dann unsere Kinder geboren wurden. Sie war verletzt und eifersüchtig.«

Mehr als verständlich.

»Aber als sie von Annies Krankheit erfahren hat, hat sie gezeigt, was wirklich in ihr steckt, nicht wahr, Tine?«

Christine Landmann guckte eher grimmig, nickte dann aber etwas widerwillig.

Landmann sprach weiter: »Sobald sie von der Diagnose gehört hat, hat sie angefangen, sich rührend um Annie zu sorgen. Sie kommt jetzt viel öfter zu Besuch, geht mit Annie in den Zoo oder schwimmen – eben alles, was Annie gerne macht. Solange sie es noch machen kann. Und dadurch hat sie auch langsam eine Beziehung zu ihren anderen Schwestern aufgebaut. Aber die, die wirklich für sie zählt, ist Annie. Sie hat mir sogar alles angeboten, was sie auf dem Sparkonto hat, um Annie zu helfen. So richtig akzeptiert sie, glaube ich, immer noch nicht, dass es kaum Hoffnung gibt.«

Christine wollte das Gespräch möglichst schnell wieder von der offensichtlich ungeliebten Stieftochter wegmanövrieren. »Wir können nur versuchen, Annie das Leben so angenehm und später so erträglich wie möglich zu machen. Seit ich sie eben mit Sammy gesehen habe«, sie wendete sich halb zu Michael Landmann um, »glaube ich, wir sollten die Entscheidung mit dem Hund noch mal überdenken.«

Landmann seufzte. »Und wer geht dann bei Wind und Wetter mit dem armen Viech nach draußen?«

»Na, du selbstverständlich«, schmunzelte Christine und leerte ihren Sliwowitz auf einen Zug.

Nachdem sich das befreiende Gelächter gelegt hatte, kam die Sprache – jetzt wo die Kinder außer Hörweite waren – sehr schnell auf den Mord an Jörg Eschenberg. Ich hatte Landmann seit Montag nicht mehr gesehen, und so hatte er natürlich allen Grund, einen Haufen Fragen zu stellen. Dummerweise konnte ich trotz allen Bemühens nicht ausmachen, ob hier der langjährige Arbeitskollege fragte oder der Mörder, der herauskriegen wollte, was ich wusste.

Dass Eric, Tahar und ich diejenigen waren, die Eschenberg gefunden hatten, hatte sich leider nicht vertuschen lassen, aber wir hatten es immerhin so hinbiegen können, dass wir alle drei – rein zufällig – ganz früh am Morgen zur Arbeit gekommen waren und nach Hinweis von Tahar auf Eschenbergs Leiche gestoßen waren. Dass wir Eschenberg tatsächlich bereits einige Stunden vorher gefunden hatten, musste ja die Allgemeinheit nicht wissen.

Ich stellte mich natürlich deutlich unwissender, als ich war, und ich hatte definitiv den Eindruck, dass auch Christine Landmann sich wunderte, wie genau ihr Mann bei jedem

Detail nachhakte, obwohl ich deutlich machte, dass ich nicht viel wusste.

Irgendwann nach elf musste ich zwischendurch mal den Raum verlassen, um das ganze Bier wegzubringen, und Christine nutzte die Gelegenheit, kurz nach den Kindern und Sammy zu sehen. Als ich vom Klo zurückkam, schlich ich mich so leise wie möglich zur Küchentür zurück und öffnete sie langsam und geräuschlos. Zur Belohnung sah ich, wie Landmann sein volles Sliwowitz-Glas vermeintlich unauffällig in einen Blumentopf leerte und kurz darauf mein Glas wieder vollmachte. Als ich das Zimmer betrat und mich räusperte, zuckte er schuldbewusst zusammen und schenkte sich wieder ein.

Na, da schau mal einer an, Herr Landmann. Wie viele von deinen Gläsern hast du denn schon dem Blumentopf anvertraut?

Landmann glaubte offensichtlich, von mir mehr in Erfahrung bringen zu können, als ich preisgeben wollte, indem er schön abwartete, bis ich mich selbst, eventuell noch mit Hilfe seiner Gattin, unter den Tisch getrunken hatte. Ich grinste innerlich.

Netter Versuch, aber da kannst du lange warten.

Zwei Dinge im Zusammenhang mit alkoholischen Getränken kamen mir heute Abend einmal mehr zugute. Erstens – Männer rechnen immer damit, dass eine Frau schneller betrunken ist als sie. Nach reichlichem Training in meinen Teenagerjahren hatte ich dieses Problem dankenswerterweise nicht. Natürlich gab es Menschen, die mich unter den Tisch trinken konnten, aber nicht viele. Und zweitens – gehörte ich Gott sei Dank nicht zu den Menschen, die redselig werden, wenn sie etwas zu viel getrunken haben. Ich schlief einfach ein, wenn ein bestimmter Pegel erreicht war. Nicht immer praktisch, aber wenigstens bestand in einer Situation wie dieser keine Gefahr, dass ich irgendetwas ausplauderte, was nicht ausgeplaudert gehörte.

Ich fütterte also Landmann mit winzig kleinen Mikroteilen von Informationen, die keine waren, und versuchte gleichzeitig, mehr über Jörg Eschenberg, seine Arbeit und vor allem die Zusammenarbeit der beiden zu erfahren.

Landmann war so sparsam wie möglich, aber während er und ich uns freundlich belauerten und umkreisten, hatte Christine keinerlei Hemmungen, mir zu erzählen, wo Eschenberg und Landmann sich kennengelernt hatten (im Studium), wie lange sie schon zusammenarbeiteten (seit dem Studium, erst bei einer anderen Firma, dann bei Memento) und wie eng die beiden Männer befreundet waren, obwohl sich Christine Landmann mit Eschenbergs Frau überhaupt nicht verstand.

Sie selbst hatte mit dem etwas steifen und drögen Nordlicht auch nicht viel anfangen können, habe sich aber Landmann zuliebe immer Mühe gegeben, weil sie wusste, dass er ihrem Mann so wichtig war.

Bringt man einen so langjährigen Freund einfach um? Wahrscheinlich schon, wenn es vermeintlich um Wohl und Wehe des eigenen Kindes geht.

Als ich um kurz vor eins Sammy leise aus einem der Kinderzimmer holte und Landmann mich zur Haustür brachte, sagte er leise: »Es tut mir leid, dass wir dich mit unserem ganzen Elend überfallen haben. Das ist sonst eigentlich nicht unsere Art, aber … du hast ja gesehen, dass Christine im Moment ein bisschen zu viel trinkt, und dann bricht es schon mal aus ihr raus«, sagte er bekümmert.

»Es gibt wirklich nichts, wofür du dich entschuldigen müsstest, Michael.« *Es sei denn, du hast deinen Kollegen Eschenberg auf dem Gewissen.* »Und ganz ehrlich – wenn es meine Tochter wäre, würde ich wahrscheinlich noch viel tiefer ins Glas gucken, als Christine das tut.« Ich klopfte ihm auf die Schulter, und als Sammy und ich uns auf den Rückweg machten, hatte ich für den langen Fußmarsch viel zum Nachdenken.

DONNERSTAG, 01. DEZEMBER

06:30 Uhr

Als der Wecker klingelte, zog ich mir stöhnend die Decke über den dröhnenden Schädel. Nur weil man beim Saufen nicht unter den Tisch fällt, heißt das nicht, dass man keinen Kater kriegt, wenn man vergisst, viel Wasser zum Schnaps zu trinken.

Selbst schuld, Schnapsnase, los, raus aus den Federn.

Ächzend wälzte ich mich aus dem Bett. Mit halb geschlossenen Augen tappte ich erst zur Kaffeemaschine, warf sie an und leerte dann eine halbe Flasche Wasser auf einen Zug. Sammy war mir hoffnungsfroh in die Küche hinterhergetrippelt. »Das kann sich doch wirklich nur um einen Scherz handeln, Sammy. Bei dem, was du gestern Abend alles vertilgt hast, hast du schon wieder Hunger?« Sammy hechelte fröhlich weiter und warf einen bedeutungsvollen Blick auf seinen leeren Futternapf.

»Nix da, Kamerad, sonst bist du bald so breit wie lang«, sagte ich streng und entzog mich Sammys Blick der Marke »hier werden arme kleine Hundewelpen gequält« durch ein beherztes Hüpfen unter eine eiskalte Dusche. Die Schreie hörte man wahrscheinlich bis raus auf die Straße.

Nachdem ich mir die Zeitung und einen halben Liter Kaffee zu Gemüte geführt hatte, lieferte ich Sammy bei Oberst

a. D. Krause ab und machte mich durch den morgendlichen Höllenverkehr auf den Weg zu Memento. Wie nicht anders zu erwarten, lungerten Tahar und Eric schon »ganz unauffällig« an der Kaffeestation im ersten Stock, quasi direkt vor der Marketing-Haustür herum.

»Sagt mal, geht's noch?«, zischte ich. »Wollt ihr euch vielleicht gleich noch ein Schild um den Hals hängen: *Wir ermitteln undercover*?«

»Wieso – ist doch noch keiner da«, protestierte Eric flüsternd. »Und Hasenfuß kommt auch heute bestimmt nicht mehr.«

»Los, ab in den Putzkeller, ich komm gleich nach«, flüsterte ich. »Denise muss jeden Moment hier sein.«

Brummelnd trollten sich die Herren. Ich ging in unser Gemeinschaftsbüro und knipste das Licht an. Nachdem ich meine Jacke und das verhasste Handtäschchen auf meinen Bürostuhl geworfen hatte, fuhr ich das Memento-Laptop hoch und machte mich dann schnell auf den Weg in den Putzkeller, bevor meine Kolleginnen auftauchten.

»Sag mal, ist dir die Nachtcreme ausgegangen? So ganz taufrisch …«

Ich warf Eric einen vernichtenden Blick zu, der ihn umgehend verstummen ließ, und Tahar kicherte: »*Ah bon, Monsieur Eric,* Sie haben noch viel zu lernön, was das weiblichö Geschlecht angeht, *non*? Wahrheitön übör das tatsächlichö Aussehön am Morgön behält man bessör für sich.«

»Also das ist ja wohl das Hinterletzte. Da kämpft man tapfer mit den Spätfolgen eines Einsatzes für König und Vaterland, und das ist dann der Dank.«

»Soso, der Einsatz für König und Vaterland beinhaltete also eine erhöhte Alkoholzufuhr? Gab's wenigstens was Leckeres?« grinste Eric.

»Sliwowitz«, stöhnte ich.

»Ei weia, ich glaube, ich weiß, wie du dich fühlst. Davon mal abgesehen: Jetzt *erzähl* schon!«

Tahar reichte mir mit mitleidigem Blick seinen XXL-Kaffeebecher, und ich ließ mich seufzend auf dem Riesenberg Klopapier nieder, um aufs Allerkleinste vom vergangenen Abend zu berichten.

Eric und Tahar lauschten aufmerksam und warfen sich hin und wieder einen Blick zu.

»Donnerwettör«, sagte Tahar, als ich fertig war.

»In der Tat, mein lieber Herr Gesangsverein. Das nenn ich doch mal ein ordentliches Motiv. Welcher Vater würde nicht Himmel und Hölle in Bewegung setzen, um sein Kind zu retten, und im Notfall über Leichen gehen.«

»Meiner«, sagte ich trocken. »Obwohl, über Leichen wahrscheinlich schon …«

Eric sah mich verdutzt an.

»Du kennst nur den netten Teil meiner Familie«, erklärte ich.

»Wenn Chefarzt Dr. Holger noch zum netten Teil der Familie gehört, möchte ich den Rest wirklich lieber nicht kennenlernen«, frotzelte Eric.

»Meine Herrschaftön, ein bisschön mehr Konzentration, wenn ich bittön darf. Mann, ist das lästig, wenn man nicht in die Händö klatschön kann, da hört einöm ja keinör mehr zu«, beschwerte sich Tahar.

»Tja, wenn einem die natürliche Autorität nicht gegeben ist …«, säuselte Eric in feinstem Roderich.

Tahar rollte theatralisch mit den Augen und ignorierte Eric. »Als Motiv ist das natürlich ganz wunderbar, und ich kann mir auch vorstellön, dass man für seinö Kindör auch einön langjährigön Freund abmurkst – nur leidör löst das immör noch nicht unsör Problem, wie er denn zum Teuföl in den Sicherheitsbereich hineingökommön ist.«

»Na ja, eigentlich aber schon. Erstens ist es doch sehr viel wahrscheinlicher, dass ausgerechnet Jörg Eschenberg seinem Kollegen Landmann auf die Spur kommt – womöglich nur durch einen dummen Zufall«, sagte ich. »Wenn ich Christine richtig verstanden habe, haben die beiden nicht nur im gleichen Fachgebiet gearbeitet, sondern waren auch an einigen Projekten gemeinsam beteiligt. Wenn Eschenberg nicht merkt, dass Landmann Forschungsdetails verkauft, wer dann? Und für Landmann wäre es mit Sicherheit am einfachsten gewesen, Eschenberg davon zu überzeugen, ihn mit in den Sicherheitsbereich reinzunehmen. Das Risiko war ja gleich null – Landmann hat ja die Berechtigung, sich dort aufzuhalten, also kann er ihn auch reinlassen.«

Eric rieb sich die Nase wie Wickie von den starken Männern. »Das passt allerdings. Was, wenn Eschenberg Landmann zu gefährlich geworden ist? Vielleicht ist Landmann Eschenberg gefolgt, um einen günstigen Moment zu erwischen, und konnte sein Glück kaum fassen, als Eschenberg schnurstracks ins Büro zurückfuhr. Landmann brauchte ihn bloß ›ganz zufällig‹ auf dem Parkplatz zu treffen – und schwupps sind beide drin, aber nur einer im System zu sehen.«

Tahar guckte immer noch skeptisch. »Ich würdö meinön wohlgeformtön Allerwertestön verwettön, dass das nicht die Erklärung ist, abör so langö ich nichts Bessörös beizutragön habö, arbeitön wir am bestön mit diesör Theorie weitör. Hast du Körbör schon Bericht erstattöt?«

»Ja, heute Morgen im Auto …«

»Ach du lieber Himmel, habt ihr denn kein Zuhause, dass ihr am frühen Morgen im Auto …« grinste Eric wie ein Honigkuchenperd.«

»Über die *Frei-Sprech-Anlage*«, gab ich zurück.

»Ach was«, Eric machte runde Augen. »Die Technik kenne ich noch gar nicht. Ich muss unbedingt mal mit Körber …«

»Kindergarten«, schimpfte ich. »Körber und Bienwald bestellen Landmann später noch mal ein und fühlen ihm auf den Zahn. Immerhin ist Landmann der Einzige, dessen Alibi ausschließlich von seiner Frau stammt. Alle anderen Alibis sind von mehreren Personen. Und keiner der anderen stand Eschenberg so nah – weder privat noch arbeitstechnisch. Tahar, Körber lässt fragen, ob du auf dem kleinen Dienstweg schon mal gucken kannst, ob es sich lohnt, Landmanns Laptop einzukassieren. Er will ihn nicht aufscheuchen, wenn da eh nichts zu finden ist.«

Tahar grinste erfreut. »*Oh là là, monsieur le commissaire* begibt sich auf die dunklö Seitö der Macht. Stets zu Dienstön, einö meinör leichtestön Übungön – und er ist nicht mal Schuld, denn das hättö ich nach deinöm Bericht von gestörn Abönd sowieso gleich gemacht.«

»Also, dann hopp, hopp, ich muss wieder nach oben. Ich glaube, es fällt langsam auf, wenn ich ständig verschwinde.«

»Und ich spreche mit den Herren Messner, ob ich nicht den Bereich Nanobiotechnologie prioritär prozessoptimieren soll. Wer weiß, was einem da alles vor die Füße fällt. Ein Wespennest, in das jemand hineingepiekt hat, ist mit Sicherheit nichts dagegen.«

* * *

Als ich gegen neun Uhr ins Marketing-Gemeinschaftsbüro kam, war dort zu meiner großen Überraschung niemand. An den Taschen und Jacken sah ich, dass Denise und Miriam allerdings schon im Haus waren.

Ich ging zu meinem Schreibtisch – und stutzte. Ich war mir zu einhundert Prozent sicher, dass der Reißverschluss des verhassten Handtäschchens ganz geschlossen gewesen war, als ich es heute Morgen auf den Stuhl gedonnert hatte. Jetzt stand er ein Stückchen auf. Auch die dicke Winterjacke lag fast, aber nicht ganz genauso da, wie ich sie hingeklatscht hatte. Ich sah mich um, aber natürlich war niemand im Raum. Hasenfußens Büro war dunkel.

Ich legte die Jacke zur Seite und zog den Reißverschluss der Handtasche auf. Ein Blick sagte mir, dass tatsächlich jemand die Tasche durchsucht hatte. Die Person war offenbar sehr vorsichtig vorgegangen, aber nicht vorsichtig genug. Plötzlich hörte ich, wie jemand hinter mir durch den Flur rannte. Ich fuhr herum, aber da war die Person schon an unserer Tür vorbei. Ich spurtete die paar Schritte zur Tür, aber als ich auf dem Flur ankam, war da niemand mehr. Auch als ich bis zur Kaffeestation vorne weiterlief und ins Treppenhaus lugte, Fehlanzeige. *Verdammt, verdammt, verdammt.* Wer auch immer meine Tasche durchwühlt hatte, hatte mich kommen hören, den Reißverschluss hektisch zugezogen und sich dann in Hasenfußens Büro versteckt. Als ich mit der Nase in der Tasche steckte, hatte er oder sie sich von dannen gemacht. Dass es nicht lange dauern konnte, bis Denise oder Miriam zurückkamen, wusste die Person sicher, denn es bestand kein Zweifel daran, dass es ein Mitarbeiter oder eine Mitarbeiterin von Memento gewesen sein musste – kein Besucher wurde in den heiligen Hallen alleine gelassen. Oder war die Person Miriam oder Denise gewesen? Nein, das ergab keinen Sinn. Warum sollten die sich verstecken, wenn sie meine Tasche durchsucht hätten? Ein paar Schritte in Richtung ihres Schreibtisches hätten ja genügt.

Nachdenklich wanderte ich zu meinem Schreibtisch zurück, setzte mich hin und ging die Tasche noch einmal in Ruhe vollständig durch. In dem Moment kam Denise mit einem Becher Kaffee und einem Teller mit zwei halben Brötchen herein. »Guten Morgen«, sagte sie fröhlich. »Ist das nicht eine himmlische Ruhe hier ohne Hasenfuß?«

»Guten Morgen. Ja, allerdings. Und so schnell werden wir den auch nicht wiedersehen.«

»Was steht denn eigentlich auf so was? Flüchtlingen die Hütte anzünden?«, fragte sie und biss in eine der Brötchenhälften.

»In letzter Zeit sind ja einige wegen so was verknackt worden, und die Gerichte haben zwischen vier und acht Jahren verhängt. Das waren aber, glaube ich, alles Fälle, bei denen die Flüchtlinge noch gar nicht eingezogen waren. Unsere Herrschaften hingegen mussten ja davon ausgehen, dass die Container voll besetzt waren. Das könnte man als Mordversuch auslegen, wenn man wollte. Würde ich tun, wenn ich Staatsanwältin wär.« Ich machte eine kurze Pause. »Und vielleicht haben wir Glück, und die landen in einem Gefängnistrakt, in dem viele Insassen Migrationshintergrund haben. Da sind bestimmt ein paar dabei, die ihre Heimat nicht freiwillig verlassen haben und es gar nicht lustig finden, was die Herren sich da überlegt hatten.«

»Oder sie landen in einem Trakt mit Neonazis und werden wie Helden begrüßt«, unkte Denise grimmig.

»Ich weiß nicht, was mit den anderen Schwachköpfen ist, aber kannst du dir vorstellen, dass *irgendjemand* Vollpfosten wie Hasenfuß und Kück wie Helden begrüßt? So einen niedrigen IQ gibt's doch gar nicht«, knurrte ich, während ich mit der Durchsuchung meiner Handtasche weitermachte.

»Hast du was verloren?«, fragte Denise.

»Ich hoffe nicht«, sagte ich schnell. »Ich kann nur meinen Hausschlüssel nicht finden. Mist, ich hab den bestimmt wieder innen stecken lassen.« Unauffällig schob ich meinen Hausschlüssel nach ganz unten, damit er heute im Laufe des Tages nicht irgendwo unbequem aufblitzte. Soweit ich sehen konnte, fehlte nichts. Aber die Person, die durch meine Tasche gegangen war, hatte definitiv mein Franziska-Portemonnaie durchsucht. Ich zog den Reißverschluss nie ganz zu, und jetzt war er bis ins letzte Glied eingerastet. Da wollte also jemand wissen, ob ich die war, die ich zu sein vorgab. Definitiv der Killer. Pech gehabt, denn genau für solche Fälle leisteten wir uns ja all die Kreditkarten, Bonuskarten und sonstigen Dokumente im Portemonnaie, die auf den Undercovernamen lauteten. Ich hoffte nur, dass Körber nie fragte, woher der Perso und der Führerschein stammten …

Mein Handy hatte ich immer bei mir, und auch beide Memento-Zugangskarten steckten Gott sei Dank immer in meiner Anzugjackentasche. Hier hatte also niemand die Finger drangehabt.

Die gute Nachricht war, dass der Killer aufgeschreckt war. Die schlechten Nachrichten waren, dass er mich im Visier hatte und wir nach wie vor keine Ahnung hatten, wer es war.

Ich zog mein Handy aus der Jackentasche und schrieb eine kurze Warnmeldung an Eric und Tahar. Wer konnte wissen, wessen Habseligkeiten der Mörder als Nächstes durchsuchen würde? Außerdem konnte Tahar durch einen Blick ins Zeiterfassungssystem erstens sehen, wer im Gebäude war, und zweitens, wer sich in einem zugangsgesicherten Bereich aufhielt und deshalb zu diesem Zeitpunkt nicht im Marketingbüro gewesen sein konnte, um meine Tasche zu durchwühlen. Mühsam ernährt sich das Eichhörnchen.

»Deine Zugangskarte ist dir runtergefallen«, sagte Miriam, die inzwischen auch wieder aufgetaucht war. Ich dankte ihr und guckte unter meinen Stuhl. Es war die geheime Super-Karte, die mir aus der Tasche gefallen sein musste, als ich das Handy herauszog. Ich hatte immer eine der Karten in der rechten und die andere in der linken Jackentasche, damit nie beide gleichzeitig herausfallen oder herausgezogen werden konnten. Versonnen drehte ich die Karte in der Hand hin und her. Was, wenn wir nicht die Einzigen waren, die zwei Karten hatten? Die Person, die versucht hatte, Tahar den Wasserspeier auf den Kopf zu werfen, hatte ja nicht die eigene Zugangskarte benutzt, sondern entweder Jupp Meulens Original oder eine Kopie davon. Was, wenn die Meulen'sche Karte nicht die einzige kopierte Karte war? Der Täter würde sich immer noch vorsehen müssen, damit er die Kopie nie gleichzeitig mit dem wirklichen Karteninhaber einsetzte, aber das würde ihm sehr viel mehr Bewegungsfreiheit verschaffen. Und was, wenn es ihm gelungen war, in den Besitz einer Masterkarte zu gelangen? Oder ganz regulär Besitzer einer Masterkarte *war*.

Ich überlegte kurz, ein erneutes Treffen im Putzkeller einzuberufen, wollte aber nicht gleich wieder verschwinden. Irgendwann musste das mal auffallen. Ich tipperte also zur Tarnung ein bisschen auf meiner Tastatur herum und versuchte, meine Gedanken zu sortieren, bevor ich sie Eric und Tahar etwas später präsentieren würde. Gute zwei Stunden vergingen, in denen Denise, Miriam und ich fleißig und schweigend vor uns hin arbeiteten.

»Ach, guck mal«, sagte Miriam plötzlich erfreut. »Die haben ja endlich die Steckdosenleiste repariert! Das wurde aber auch echt mal Zeit. Ich bin denen jetzt schon vier Wochen hinterhergelaufen damit.«

Miriams Worte trafen mich wie der Blitz. Meine Tasche wird durchwühlt, und plötzlich sind Miriams Steckdosen repariert. Wer reparierte hier Steckdosen? Jupp Meulen. Was, wenn wir Meulen zu früh ausgeschlossen hatten? Was, wenn er doch selbst auf dem Dach gewesen war?

Ich fuhr von meinem Stuhl hoch. Durch den Schwung schoss der Bürostuhl auf seinen Rollen nach hinten weg.

»Hoppla, Franzi, alles okay?«, fragte Denise besorgt.

Großartig, Sander. Undercover heißt unauffällig.

»Äh, ja klar, also nein, eigentlich nicht.« Fieberhaft überlegte ich, wie ich aus der Nummer wieder rauskam. »Ich glaub, ich krieg schon wieder Durchfall.« Je unappetitlicher, desto weniger Fragen.

»Och herm«, sagte Denise mit echter Anteilnahme. »Übelkeit?«

Ich schüttelte wahrheitsgemäß den Kopf.

»Vielleicht hast du eine Lebensmittelunverträglichkeit entwickelt, von der du noch nichts weißt?«

»Gut möglich, da bin ich noch gar nicht drauf gekommen«, sagte ich dankbar. Denise war wirklich mit Geld nicht zu bezahlen. »Ich bin dann mal weg«, sagte ich seufzend und machte mich eiligen Schrittes auf den Weg.

Im Aufzug tippte ich schnell eine Nachricht an Eric und Tahar, um sie in den Putzkeller zu berufen. Eine Sekunde später pingte mein Handy mit einer Nachricht von Tahar: »Zwei Doofe, ein Gedanke. Ich hab was Schönes für euch.«

Oha. Hatte sich Meulen nun doch verraten?

11:10 Uhr

Ungeduldig wanderte ich im Putzkeller auf und ab. Die Tür flog auf, und Tahar – dicht gefolgt von Eric – stürmte mit einem triumphierenden Gesichtsausdruck und einem Laptop unter dem Arm zur Tür herein.

»Du zuerst«, sagte Tahar galant. Seine Augen funkelten. Da hatte jemand eine wahrlich große Entdeckung gemacht.

Ich brauchte nicht lange, um meinen Gedankengang darzulegen.

Tahar nickte. »Da könnte was dran sein. Tahar? Was hast du?«

»Die Lösung«, sagte er stolz.

»Du weißt, wer es war?« rief ich.

»Pssst, nicht so laut! Nein, ich weiß nicht, *wer* es war, aber endlich bin ich drauf gekommön, *wie*!«

»Wie was?«, fragte ich begriffsstutzig.

»Wie der Mördör ohne Spuren im EDV-System in den Nanotechnologiebereich gekommön ist. Und überall sonst, wo er reinwolltö, auch.« Er klappte das mitgebrachte Laptop auf. »Du liegst mit deinör zweitön Kartö genau richtig, Britta. Abör was dahintörsteckt, ist viel perfidör.« Er tippte kurz auf der Tastatur herum und sah uns dann an. »Habt ihr Harry Pottör gelesön?«

»Äääh«, sagte Eric, »ja sicher. Britta, du?«

Ich nickte, hatte aber keinen blassen Schimmer, was das mit unserem Killer zu tun haben könnte.

»Dann sagt euch die *Maurauder's Map* etwas?«

»Ja klar«, sagte ich. »Die Karte des Rumtreibers, die das ganze Gebäude, alle Geheimgänge und die genaue Position von Personen anzeigt.«

»Und zwar immer mit ihrer wahren Identität, egal, ob sie verkleidet, verzaubert oder sonst etwas sind«, ergänzte Eric.

»An der Identitätsanzeigö arbeitö ich noch, abör ansonstön …«, er drehte den Laptopbildschirm um, so dass wir ihn sehen konnten. Der Bildschirm zeigte eine Reihe kleiner Grafiken mit weißem Hintergrund. Bei genauerem Hinsehen erkannte man an den hellgrauen Linien, dass es sich um die

Grundrisse der Memento-Stockwerke handelte. Darüber war auf jedem einzelnen Bild eine spinnennetzartige Grafik zu sehen. Manche dieser Netze ähnelten sich sehr. Andere wiederum waren einzigartig.

Eric beugte sich fasziniert näher an den Bildschirm heran. »Was *ist* das?«

»Das, meinö sehr verehrten Damön und Herrön, sind die Bewegungsprofilö unserös Mördörs aus den letztön sechs Tagön«, sagte Tahar stolz.

»Aber wer es ist, weißt du nicht zufällig?«, fragte ich.

»Also so was Undankbarös hat die Welt noch nicht gesehön!«, schimpfte Tahar wie ein französischer Rohrspatz. »Anstatt ...«

»Schon gut, schon gut«, beschwichtigte ich ihn. »Jetzt erzähl schon!«

Tahar parkte seinen Bobbes auf dem Klopapierstapel. »*Alors*, es hat mir einfach keinö Ruhö gelassön, dass angeblich niemand in dem Raum gewesön sein soll, in dem Eschenberg sich aufhielt, obwohl jemand drin gewesön sein muss, nämlich sein Mördör. Die einzigö Möglichkeit, ohnö fremdö Hilfö hineinzugelangön, nämlich den Lüftungsschacht – hat die Polizei ja überzeugönd ausgeschlossön. Dass Eschönberg seinön Mördör mit hineingenommön hat, ist natürlich einö Option, abör außer Landmann gäbe es wahrscheinlich nicht vielö, die er ungefragt mit reinnehmen würdö. Und Landmann hat immerhin ein Alibi von seinör Frau, *non*?«

Ich nickte.

»Die Geschichtö mit dem Wasserspeiör konnten wir uns ja noch durch eine Kopie der Kartö von Jupp Meulön erklärön, abör das hilft beim Mord an Eschönberg nicht weitör. Und es fehltö mir auch noch ein *konkretör* Grund, warum man mich aus dem Weg habön wolltö.«

»Was meinst du mit konkretem Grund?«, fragte Eric, der genau wie ich gebannt zuhörte.

»Na ja, grundsätzlich ist es ja immör einö gutö Idee, wenn man Üblös plant und der Admin ist aus dem Weg. Abör normalörweisö hat man ja einön triftigön Grund, ehö man jemandöm einön Stein auf den Kopf schmeißt. Also ist doch die Wahrscheinlichkeit sehr hoch, dass etwas passiert, sobald ich nicht mehr da bin.«

»Und?« Ich hielt es fast nicht mehr aus vor Spannung.

»Ich Idiot habö die ganzö Zeit in die falschö Richtung geguckt.«

»Aha«, sagte Eric ratlos.

»Ich habö die ganzö Zeit nach Angriffön von außön gesucht.«

Jetzt verstand ich endlich. »Aber der Angriff kam von innen.«

»Ja und nein«, sagte Tahar. »Das Schadprogramm, das ich ebön gefundön habö, kam garantiert von außön. Niemand hier ist in der Lagö, so ein Programm zu schreiben, da bin ich mir absolut sichör.«

»Aber jemand Internes hat es installiert, während du im Krankenhaus lagst«, sagte Eric.

»*Exactement,* und zwar am Samstagmittag um elf Uhr dreißig. Unsör Kandidat heißt Klaus Schreibör.«

»Der fest angestellte IT-Admin«, sagte Eric grimmig.

»Ganz gönau der«, erwiderte Tahar, und seine schwarzen Augen glommen wie zwei Todessterne.

»Heißt das, dass er unser Mörder ist?«, fragte ich, und Tahar schüttelte den Kopf.

»Nein, ich fürchtö, das heißt, er ist der erstö Opför unsörös Mörders.«

»Du hast ihn irgendwo gefunden?«, rief Eric.

»Nein, das nicht, abör seit er das Programm installiert hat, ist er nicht mehr zur Arbeit erschienön. Im Personalsystem ist er als krank eingetragön, abör zumindöst, wenn das System auf dem aktuellön Stand ist, liegt noch keinö Arbeitsunfähigkeitsböscheinigung von einem Arzt vor – die hättö er ja ab dem drittön Tag einreichön müssön. Ich fürchtö, wenn wir gleich Körbör anrufen, wird er eine weiterö Leichö findön. Eschenberg war vermutlich nicht das erstö Opför, sondörn bereits das zweitö. Der Mördör hat Schreibör benutzt und ihn dann entsorgt wie einön altön Handschuh.«

»Ich rufe gleich Körber an, aber was um Himmels willen macht denn dieses Schadprogramm genau? Sesam öffne dich – und alle Türen tun sich auf?«

»Erstöns das, abör zweitöns noch etwas viel Genialerös. Es muss einö speziell präpariertö Kartö gebön. Nicht nur kommt man mit diesör Kartö überall hinein – und ich meine üborall. Nein, das wirklich Genialö ist, dass jedör Eintrag beim Durschschreitön einör Sicherheitsschrankö im Bruchteil einör Sekundö wiedör gelöscht wird. *Génial*, odör?«

»Das heißt, der Besitzer dieser Karte kommt überall rein, und im System ist keine dieser Bewegungen zu erkennen?«

»Bis eben schon – jetzt nicht mehr. Also ich meinö, die Kartö erlaubt immör noch Zugang zu allön Bereichön, das habö ich so gelassön, damit unsör Mördör nicht merkt, dass wir seinön kleinön Trick bemerkt habön. Abör die Einträgö werdön nicht mehr gelöscht, und die altön Einträgö konntö ich wiedör sichtbar machön. Wir können also sehön, wo unsör Mördör sich bisher mit der Kartö herumgötriebön hat, und vor allöm live und in Farbö mitverfolgön, wenn die Kartö eingesetzt wird.«

»Ich nehme an, im Moment ist sie nicht im Einsatz? Sonst würden wir nicht hier sitzen.«

»Genau«, nickte Tahar. »Abör wenigstöns kann ich jetzt wiedör schlafön. Das hat mir einfach keinö Ruhö gölassön.«

»Mehr als verständlich, saubere Arbeit, Tahar« nickte Eric und schlug Tahar auf die Schulter. Leider auf die mit dem Arm in der Schlinge.

»*Aaaaaiiiiiiiiiih*«, quiekte Tahar mit schmerzverzerrtem Gesicht.

»Oh Gott, Tahar, ich bin so ein Volltrottel, sorry!« Eric war knallrot angelaufen.

»Warum sich nicht gegenseitig aus dem Weg räumen? Macht dem Mörder das Leben leichter«, seufzte ich, zog mein Handy aus der Tasche und wählte Körbers Nummer.

12:00 Uhr

Damit wir mit unseren Putzkeller-Meetings nicht auffielen, trennten wir uns zügig, nachdem ich Körber über Tahars Verdacht informiert hatte. Der stieß eine Kette von Flüchen aus, die jeden Seemann vor Neid hätte erblassen lassen, und versprach, uns sobald wie möglich in Kenntnis zu setzen, ob Klaus Schreiber wirklich ermordet worden war.

Tahar würde Eric und mir die Bewegungsprofile des Mörders sowie frisch erstellte von Jörg Eschenberg von Samstag bis Montag schicken. Um sie zu analysieren, mussten wir nicht unbedingt zusammensitzen. Und da Miriam und Denise meinen Bildschirm nicht sehen konnten, musste ich nur darauf achten, dass nicht jemand unerwartet zur Tür hereinspazierte und sich neben mich stellte.

Im Flur vor dem Marketingbüro stutzte ich. Dort lag auf dem Fußboden ein zerrissenes, pinkes Haargummi.

Habe ich das eben übersehen? Muss wohl.

Ich sah mich kurz um und hob es auf. Miriam mit ihren kurzen Haaren brauchte genauso wenig Haargummis wie ich. Denise hatte ich bisher ausschließlich mit offenen Haaren gesehen, und Jupp Meulen trug garantiert keine Haargummis – genauso wenig Michael Landmann, der auf unserer Verdächtigenliste ja ebenfalls einen der Spitzenplätze belegte.

Versonnen betrachtete ich das kleine Gummiwürstchen. Ich hatte mir bisher noch keine Gedanken darüber gemacht, aber als ich mir jetzt noch einmal die Schritte vom frühen Vormittag ins Gedächtnis rief, hätte ich schwören können, dass es die Schritte einer Frau waren, nicht die eines Mannes. Jupp Meulen war ziemlich beleibt und würde beim Laufen mit Sicherheit trampelnder und schwerer auftreten als eine Frau. Und je mehr ich drüber nachdachte, desto skeptischer wurde ich, dass Jupp Meulen mir so schnell hätte entwischen können.

Das hätte dir auch schon was früher einfallen können, Sander.

Ich runzelte die Stirn. Aber was war mit der reparierten Steckdosenleiste? Reiner Zufall?

Versuchen wir's mal mit Frontalangriff.

Ich setzte ein Grinsen auf, marschierte in unser Gemeinschaftsbüro und hielt das pinke Etwas hoch. »Sagt mal, wer von euch trägt denn heimlich *so was*!«

Denise und Miriam drehten sich um und lachten, als sie das kleine Würstchen in meiner Hand sahen.

»Och, da könnte ich dir aber aus dem Stehgreif eine lange Liste aufstellen: Cindy, Kathi, Püppi, Lindi, Moni ...«, zählte Denise an ihrer rechten Hand ab.

Mist, an den verdammten Harem habe ich ja überhaupt nicht gedacht.

»Hm, sollte mich wundern, wenn du Roderich Müller-Dingsbums oder Tahar mit einem pinken Haarband beeindrucken könntest. Aber ein Versuch ist wahrscheinlich legitim.« Ich tat so, als würde ich das Gummi in den Mülleimer werfen. Tatsächlich steckte ich es in die Anzugjacke und setzte mich wieder an meinen Platz.

Da ich nicht schon wieder verschwinden wollte, schrieb ich Eric und Tahar eine Nachricht mit meiner Entdeckung. Wenn die Mörderin eine Frau war, konnte das erklären, warum der Killer kleiner war als der hoch aufgeschossene Jörg Eschenberg. Allerdings blieb in diesem Fall noch unklarer, wie die Mörderin Eschenberg mal eben so an die Decke gehängt hatte. Das hätte auch für einen kräftigen Mann eine Herausforderung dargestellt.

Ich vertiefte mich in die Bewegungsprofile des Killers, beginnend mit dem Montagabend, an dem Eschenberg ins Jenseits befördert worden war. Vielleicht würden wir hier Antworten finden.

Die Bewegungen und Uhrzeiten ergaben sehr schnell ein Bild dessen, was am Montagabend passiert war.

Der Killer hatte um 18:37 Uhr das Gebäude durch den Haupteingang betreten. Solange der Empfang besetzt war – also meist zwischen acht und siebzehn Uhr –, war die Haupteingangstür offen, und es wurde vom System nicht registriert, wer durch diese Tür ein- und ausging. In dieser Zeit wurde man erst registriert, wenn man die Zugangsbarriere neben dem Empfangstresen passierte. Sobald der Empfang unbeweibt war, wurde der Haupteingang verriegelt, und es war nur noch mit einer Memento-Zugangskarte möglich, das Gebäude zu betreten.

Der Killer war schnurstracks durch die Hauptzugangsbarriere in den Sicherheitsbereich der Nanobiotechnologie gegangen. Da kannte sich jemand ganz ohne Zweifel aus. Wo er sich innerhalb des Bereichs aufgehalten hatte, war nicht zu sehen. Allerdings war er zu keinem Zeitpunkt in die Labore gegangen.

Um 19:03 Uhr hatte Eschenberg das Gebäude betreten und war genauso schnurstracks in die Nanobiotechnologie gestiefelt. Was auch immer der geheimnisvolle Eindringling in der Nanobiotechnologie getrieben hatte – Jörg Eschenberg hatte ihn (oder sie) eiskalt erwischt. Entweder hatte es sich um jemanden gehandelt, der dort nichts zu suchen hatte, oder falls es sich um jemanden handelte, der sich dort aufhalten durfte, hatte Eschenberg diese Person bei etwas überrascht, was niemand sehen sollte.

Dann tat sich eine Weile gar nichts. Um 19:35 Uhr hatte der Killer den Sicherheitsbereich verlassen und wurde um 19:49 Uhr im Keller beim Passieren der ersten Zugangsbarriere des rechten Gebäudeflügels registriert. Zwischen dieser und der zweiten Barriere in diesem Gebäudeteil lagen der Heizungskeller sowie Jupp Meulens Werkstatt, in der auch alles gelagert wurde, was man für interne Reparaturarbeiten so brauchte. Die Frage war, ob Eschenberg zu diesem Zeitpunkt schon tot oder nur bewusstlos gewesen war. Wäre er bei Bewusstsein gewesen, hätte der Killer ihn wohl kaum alleine gelassen, und Fesselspuren waren bei der Obduktion nicht gefunden worden. Ich vermutete, der Killer hatte sich ein Seil, einen Draht oder beides geholt, um Eschenbergs Selbstmord vorzutäuschen. Bedeutete das, der Killer wusste, dass er diese Dinge in der Werkstatt finden würde, oder hatte er den kleinen Ausflug auf gut Glück gemacht? Wo die Werkstatt war, wussten alle bei Memento – aber nicht, was man dort alles finden konnte.

Fünf Minuten später war der Killer wieder auf dem Rückweg und betrat um 19:58 Uhr wieder die Nanobiotechnologie. Um 20:23 Uhr hatte er sein schmutziges Handwerk offenbar erledigt, denn er verließ den Sicherheitsbereich. Interessanterweise begab er sich allerdings nicht schnurstracks zum Haupteingang, sondern ging noch einmal zurück in die Werkstatt, hielt sich dort keine drei Minuten auf und verließ erst dann das Gebäude.

Was auch immer du dir aus der Werkstatt geholt hast – du hast es nach dem Mord wieder dorthin zurückgelegt.

Ich stand auf. Miriam warf mir einen mitleidigen Blick zu.

»Oje, schon wieder?«

Ich zuckte mit den Schultern und seufzte, bevor ich mich verdrückte. Diesmal ging ich aber wirklich nur bis zum Klo, checkte die beiden Kabinen und rief vom Vorraum per Konferenzanruf Eric und Tahar an.

»Habt ihr das Gleiche gesehen wie ich?«, flüsterte ich.

»Ja«, flüsterten beide gleichzeitig zurück.

»Die Frage ist nur, ob wir selbst gucken gehen oder nicht besser gleich Körber mit der Kriminaltechnik rufen.«

»Wenn ich mit Klaus Schreibör recht habö, habön die im Moment allö Händö voll zu tun. Da untön ist ja auch der Backup-Serverraum. Ich kann mich also unauffällig mal da untön umsehön. Wenn mich Jupp Meulön erwischt, sagö ich einfach, ich hättö was für einö Reparatur gesucht.«

»Aber sei vorsichtig. Wenn Meulen doch der Killer ist …«

»Keinö Sorgö, mit dem werdö ich schon fertig.«

Mit einem Arm?

Es half aber nichts. Wir konnten nicht alle drei die Werkstatt durchsuchen. Tahar war der Einzige, der eine gute Ausrede hatte, wenn er hinter dieser speziellen Zugangsschranke erwischt wurde. Und da es auf ein Uhr zuging, die Standard-Mittagspausenzeit, war gerade sicher ein ganz guter Zeitpunkt.

Ich trollte mich an meinen Schreibtisch, ließ Denise und Miriam alleine in die Mittagspause gehen (wie praktisch vermeintlicher Durchfall doch sein kann) und checkte ungefähr jede dritte Sekunde meine Nachrichten.

Zwanzig Minuten später war es endlich so weit. Mein Handy vibrierte kurz. Tahar.

Ihr werdet es nicht glauben – ich weiß nicht, was der Killer sonst noch alles aus der Werkstatt geholt hat. Es gibt unter anderem Draht und auch noch ein paar Seile. Aber ich glaube, ich weiß, was er wieder zurückgebracht hat: einen Flaschenzug!!!

Damit hätte so gut wie jeder Eschenberg an die Decke hieven können, auch eine zierliche Frau. Ich wollte gerade antworten, als mein Handy klingelte. Körber.

»Hallo, Liebling«, säuselte ich in den Hörer, nur für den Fall, dass jemand in Hörweite war.

»Liebling?«, knurrte Körber.

»Warte 'ne Minute«, zischte ich und verschwand mal wieder im Damenklo, da Denise und Miriam jede Minute aus der Pause zurückkommen konnten. Gott sei Dank waren auch diesmal beide Kabinen leer.

»Tarnung, Körber. Also, was hast du für uns?«, flüsterte ich.

»Hmpfm«, brummte er. »Tahar hatte recht. Klaus Schreiber ist tot, und so wie es aussieht, liegt der auch schon seit ein paar Tagen da. Wir warten noch auf den Rechtsmediziner, aber so wie sein Hinterkopf aussieht, verwette ich meine letzte Packung Kippen, dass er an dieser Verletzung gestorben ist. Es hat ihm jemand von hinten kräftig eins über die Rübe gezogen, wahrscheinlich mehrmals.«

»Weißt du, womit?«

»Nein, ich hoffe, dass uns die Obduktion das verrät, aber wenn du mich fragst, so eingedötscht, wie der Schädel ist, tippe ich auf etwas schweres Metallenes.«

»So was wie einen Hammer oder eine schwere Zange?«

»Könnte sein. Du meinst, weil es wahrscheinlich der gleiche Täter wie bei Eschenberg ist?« Die Gerichtsmedizin hatte ja auch bei Eschenberg den Einsatz eines Hammers oder einer Rohrzange vermutet.

»Nicht nur.« Ich gab ihm flüsternd die Kurzversion unserer Entdeckungen im Werkzeugkeller und den Verdacht, den das pinke Haargummi nahelegte.

»Interessant, das würde passen«, sagte er, und ich hörte, wie er sich eine Zigarette anzündete.

»Wozu passen?«

»Wir hatten bisher noch nicht viel Zeit, etwas herauszufinden, aber ich habe eben zumindest schon mal mit seiner direkten Nachbarin gesprochen. Schreiber ist frisch geschieden. Die Gattin ist mit den Kindern im ehelichen Haus geblieben und Schreiber vor sechs oder sieben Monaten hier in die Ein-Zimmer-Wohnung eingezogen. Ziemliches Loch. Die Nachbarin sagt, er habe sich vor ein paar Wochen mal bei ihrem Mann ausgeweint. Seit der Scheidung zahlte er sich an Unterhalt dumm und dämlich. Die Frau arbeitet nicht, und die Kinder sind zwei, vier und fünf Jahre alt. Von seinem Gehalt blieb ihm kaum was, und gleichzeitig versuchte die Ex-Gattin zum Dank scheinbar alles, um die Kinder von ihm fernzuhalten. Sie haben ihn ein- oder zweimal zum Abendessen eingeladen, weil er so einsam wirkte.«

»Wenn er unter permanentem Geldmangel gelitten hat, könnte das natürlich erklären, warum er für jemand anderen das Schadprogramm installiert hat. Und diese Person hat ihn direkt im Anschluss ermordet, damit er nichts ausplaudern kann.«

»So wie es aussieht, scheint er Vorkasse oder zumindest eine Anzahlung verlangt zu haben. Im Wohnzimmer steht ein nagelneuer Flachbildfernseher. So neu, dass der Karton noch danebensteht; eine Xbox, die er noch nicht mal ausgepackt hatte, und in der Küche eine von diesen sündhaft teuren Höllen... öhm, Kaffeemaschinen. Er muss also irgendwie zu Geld gekommen sein. Aber noch viel interessanter ist – und da sind wir wieder bei deinem pinken Haargummi –, dass die Nachbarin am Samstag jemanden im Treppenhaus gesehen hat.«

Ich war wie elektrisiert. »Wirklich? Wen?«

»Wen genau, wissen wir nicht, aber sie sagt, sie habe Schreibers Tür um ungefähr halb vier nachmittags zuklappen gehört, als sie gerade in ihrer Diele stand, um den Müll runterzubringen. Als sie ihre Wohnungstür aufgemacht hat, sah sie gerade noch eine recht kleine und zierliche Person in einem Affenzahn die Treppe runterlaufen.«

»Konnte sie irgendwas erkennen?«

»Nein, die Person hatte eine Kapuze auf. Sie trug Jeans, Schuhe mit Absätzen und eine lila Funktionsjacke von Jack Wolfskin.«

»Sie hat von hinten gesehen, dass die Jacke von Jack Wolfskin war?«

»Das hat mich auch gewundert, aber sie sagt, die Jacke hatte auf dem linken Ärmel das Wolfskin-Emblem.«

»Ach, du meinst, diesen Pfoten-Abdruck?«

»Genau. Ich habe eben kurz gegoogelt. Ich weiß nicht, ob es bei allen Jacken so ist, aber es gibt definitiv Funktionsjacken mit dem Pfoten-Emblem auf dem Ärmel. Und am allerwichtigsten – die Nachbarin ist sich absolut sicher, dass es eine Frau war.«

»Interessant«, sagte ich trocken. »Ich dachte, fünfundsiebzig Prozent aller Straftaten würden von Männern begangen. Und wir haben es jetzt innerhalb von ein paar Monaten schon wieder mit einer Frau zu tun, die meuchelt.«

»Immerhin sind die Opfer diesmal Männer«, konterte Körber trocken.

»Dann hoffen wir mal, dass die Dame zum Mord an Klaus Schreiber ihre Lieblingsjacke anhatte und diese auch weiter fleißig zur Arbeit anzieht.«

»Unwahrscheinlich«, unkte Körber. »So viel Blut, wie hier gespritzt ist, da dürfte die Jacke nicht mehr für feinere Gesellschaft taugen. Entweder hatte sie sie an, als sie Schreiber erschlagen hat, und hat außen Blutspritzer abbekommen oder sie hat sie nach dem Mord angezogen und hat vermutlich jetzt innen an der Jacke Blutspuren.«

»Ich dachte, die Dinger sind feuchtigkeitsabweisend oder sogar wasserdicht?«

»Das schon, aber bei Blut sieht es meist anders aus als bei anderen Flüssigkeiten. Sollte mich wundern, wenn man das nicht mehr nachweisen könnte. Unsere Mörderin mag einiges sein, aber dumm ganz bestimmt nicht.«

»Wahrscheinlich hast du recht. Wenn die Aussage der Nachbarin stimmt, muss Schreiber ja schon seit Samstagnachmittag tot in seiner Wohnung liegen. Und ich nehme an, die Mörderin wollte, dass er so spät wie möglich gefunden wird. Da frage ich mich doch, was sie unternommen hat, damit im Unternehmen keine unangenehmen Fragen gestellt werden – zum Beispiel, warum Schreiber einfach nicht zur Arbeit erscheint. Wenn er einfach so weggeblieben wäre, hätten wir das mit Sicherheit mitbekommen. Also muss sie entweder vor seinem Ableben sichergestellt haben, dass er Urlaub einreicht – oder sie muss ihn krankgemeldet haben.«

»Da ist was dran. Macht euch am besten dran, hierauf eine Antwort zu finden. Vielleicht liefert uns das schon die Täterin auf dem Silbertablett. Und riegelt die Werkstatt ab. Ich schicke nachher zwei Leute von der Kriminaltechnik. Weiß der Geier, wann ich hier wegkomme.«

»Okay, machen wir.« Ich beendete das Gespräch, und anstatt in unser Büro zurückzugehen, kletterte ich durchs Treppenhaus in den zweiten Stock. Kurz darauf klopfte ich beim Habicht an die Tür und betete, dass sie bereits aus der Pause zurück wäre.

»Herrrrein!«, schnarrte es.

Ich schlüpfte durch die Tür ins Büro der Personalleiterin.

»Was kann ich für Sie tun?«, knarrte der alte Haudegen.

»Ich brauche dringend eine Auskunft, Frau Nieland.«

»Und zwar?« Ihre stahlharten Augen musterten mich.

»Ich weiß nicht, ob es Ihnen schon aufgefallen ist, aber Klaus Schreiber ist seit Montag nicht mehr hier gewesen.«

Sie hob eine Augenbraue. »Er ist ja auch krank.«

»Genau genommen ist er tot, aber das tut in der Sekunde erst mal nichts zur Sache …«

»Was meinen Sie, das tut hier erst einmal nichts zur Sache? Sind Sie noch ganz bei Trost?«, fragt der Habicht empört.

»Scht, nicht so laut! Die Polizei hat Klaus Schreiber heute Nachmittag tot in seiner Wohnung aufgefunden – mit einem schweren Gegenstand erschlagen.«

Der Habicht verzog keine Miene.

Haudegen, sag ich doch.

»Eschenberg war also nicht das erste Opfer, und wir haben allen Grund zu der Annahme, dass der Mörder oder die Mörderin der Maulwurf ist und verzweifelt versucht, sein oder ihr schmutziges Geheimnis zu vertuschen. Deshalb muss ich unbedingt wissen, *wer* Klaus Schreiber krankgemeldet hat und wie.«

»Soweit ich weiß, hat Herr Schreiber sich selbst telefonisch krankgemeldet, und zwar gleich am Montagmorgen. Er hat recht früh angerufen, und weil er hier noch niemanden erreichen konnte, hat er bei Frau Schaffrath am Empfang angerufen, und die hat wiederum uns informiert.«

Die Obduktionsergebnisse standen noch aus, aber nach dem, was wir wussten, war es extrem unwahrscheinlich, dass Schreiber Montagmorgen noch gelebt hatte und in der Lage war, sich telefonisch krankzumelden.

»Weitere Nachrichten gab es nicht?«

Die alte Fregatte konsultierte ihren Computer und schüttelte kurz darauf den Kopf. »Nein, seitdem nichts mehr. Die Krankschreibung ist überfällig.«

Dass ich das schon wusste, behielt ich für mich. »Vielen Dank, Frau Nieland, Sie waren mir eine große Hilfe.«

»Ich hoffe, Sie und Herr Müller-Schwan sind uns auch bald eine große Hilfe und legen dieser Person das Handwerk«, sagte sie sarkastisch.

Ja danke, Sie mich auch.

Es wäre vermutlich schlauer gewesen, Eric und Tahar zu informieren, aber mich hatte das Jagdfieber gepackt. So schnell ich konnte, ohne durch zu viel Hektik aufzufallen, eilte ich ins Erdgeschoss zum Empfangstresen.

Jana Schaffrath, klein und zierlich, immer mit einem freundlichen Lächeln auf dem Gesicht, saß an ihrem Platz, tipperte eifrig auf ihrer Tastatur herum und biss ab und zu in ein mitgebrachtes Butterbrot.

»Hallo, Jana«, grüßte ich freundlich und hoffte, meine Geschichte war nicht so dünn, wie sie sich anfühlte. »Sag mal, du hast doch am Montag mit Klaus Schreiber gesprochen, als er sich krankgemeldet hat?«

»Ja, warum?«, fragte sie, und ich führte innerlich einen Freudentanz auf.

Hab ich dich, du kleines Miststück. Du hast Schreiber am Samstag umgelegt und tust jetzt so, als hätte er dich am Montagmorgen angerufen und sich krankgemeldet.

»Hat er irgendwas gesagt, wann er meint, wieder auf den Beinen zu sein?«, fragte ich scheinheilig.

Sie schüttelte den Kopf. »Nein, leider nicht. Kann dir Tahar nicht helfen? Der ist doch da.«

Dreist ist sie, das muss man ihr lassen.

Ich seufzte theatralisch und ließ mein Sprüchlein ab, das ich vorbereitet hatte. »Ich hatte doch diesen Computervirus auf meinem Laptop. Tahar hat ihn zwar schon entfernen können, aber damit wirklich alles wieder rundläuft, muss er den Rechner eigentlich ganz neu aufsetzen.«

Jana lächelte künstlich und kaute auf ihrem Kaugummi herum. Ihre Augen sagten: Und wieso erzählst du das nicht deinem Friseur?

»Um das tun zu können, braucht er aber die Windows-Lizenznummer. Die ist im Stahlschrank eingeschlossen, und den Schlüssel für den Stahlschrank hat Klaus Schreiber.«

»Und wir haben keinen Ersatzschlüssel?«, fragte Jana ungläubig.

Ich zuckte mit den Schultern. »Tahar sagt, er habe schon alle gefragt und keiner wisse was. Notfalls müssen wir das Schloss aufbrechen, aber das muss ja nicht sein, wenn wir wissen, wann Klaus mit dem Schlüssel wiederkommt.«

Dass Tahar und ich so ziemlich jedes Schloss mit zwei Büroklammern aufkriegen, musst du ja nicht wissen. Aber auf deine Antwort bin ich gespannt.

Jana kratzte sich am Kopf. *Schwarzes Haargummi, nicht pink.* »Puh, das ist ja schon wieder ein paar Tage her. Was hat er noch gleich gesagt?«

Unglaublich, das Hasi vom Empfang verkauft mir hier echt, sie hätte sich am Montag mit einem Toten unterhalten. Echt jetzt?

»Nein, also soweit ich mich erinnern kann, hat er dazu gar nichts gesagt. Er hat nur gesagt, er habe sich einen Magen-Darm-Virus eingefangen – wahrscheinlich diesen heftigen Noro-Virus – und er wisse noch nicht, wann er wieder auf den Beinen sei.«

Dreist kommt weiter.

Um ganz sicherzugehen, fragte ich noch einmal nach. »Und du hast mit Schreiber selbst gesprochen?«

»Ja, sicher, meinst du, ich hab Halluzinationen, oder was?«

Ich schenkte ihr mein bezauberndstes Lächeln und sagte: »Nein, nein, natürlich nicht. Und für Demenz bist du noch bissi jung, wie?«

Sie stimmte in mein falsches Lachen ein und schwenkte plötzlich auf freundlich um. »Braucht ihr denn Hilfe? Ich kann mir das Schloss gerne mal angucken.« Sie schob ihren Bürostuhl auf den Rollen zurück und zog unter dem Empfangstresen einen knallpinken Werkzeugkasten hervor. »Es gibt fast nichts, was ich nicht aufkriege.«

Ich fall in Ohnmacht. Die hat ihre Mordwerkzeuge unter dem SCHREIBTISCH? Hammer, Rohrzange, Tupfer. Ruhig, Sander, verlier jetzt bloß nicht die Nerven. Es sind an die zweihundert Leute im Gebäude, und die Alte ist hochgefährlich.

Fieberhaft überlegte ich, wie ich Eric und Tahar warnen konnte, und sagte mit falscher Bewunderung: »Wow, wo hast du *den* denn her? Spezialanfertigung bei OBI?«

Sie hob ihn stolz hoch. »Du kannst dir nicht vorstellen, wie lange ich danach gesucht habe.«

O doch, kann ich. Den stellt doch jeder Baumarkt, der was auf sich hält, in die hinterletzte Ecke!

»Früher hab ich immer den von Jupp benutzt, aber das war mir irgendwann zu blöd. Der ist so unordentlich, nix findet man bei dem, und alles so verdreckt.« Sie schüttelte sich.

»Das heißt, du machst hier den Reparaturdienst?«

»Zuerst war das nur in Vertretung, wenn Jupp Urlaub hatte oder krank war, aber in letzter Zeit gab es so viele Probleme, dass Jupp alleine nicht mehr hinterhergekommen ist«, erzählte sie vermeintlich treuherzig. Die Diskrepanz zwischen ihren kalten Augen und dem freundlichen Lächeln war nicht zu übersehen. »Wenn du mich fragst, das Meiste davon sind Probleme, die man nicht hätte, wenn Patriarchin Edelgard beim Bauen nicht so geizig gewesen wäre. Na ja, egal, jedenfalls haben die mich dann irgendwann gefragt, ob ich statt nur Urlaubsvertretung Jupp auch regulär unterstützen würde, und da ich das ganz gerne mache …«, sie zuckte mit den Schultern.

Hast du auch immer gleich 'ne Rohrzange zur Hand, wenn es mal wieder gilt, jemanden ums Eck zu bringen.

Sie lehnte sich vertraulich zu mir herüber: »Du kannst dir nicht vorstellen, wie sterbenslangweilig es ist, den ganzen Tag am Empfang zu sitzen.«

»Doch, das glaube ich sofort, und gut zu wissen, dass es noch eine zweite Anlaufstelle gibt, wenn mal wieder was kaputt ist. Wenn wir dich gleich angesprochen hätten, hätte Miriam wohl nicht vier Wochen auf die Steckdosenreparatur warten müssen.«

Sie verengte leicht die Augen und sagte nichts.

Die hat dich in Verdacht, Sander. Deshalb sagt sie jetzt nicht, dass sie heute Morgen bei euch im Büro war.

»Soll ich mir den Schrank jetzt angucken oder nicht?«, fragte sie ungeduldig. *Nee, ist klar, ich geh ganz bestimmt alleine mit dir in den dunklen Serverraum. Erst mal weg hier, Sander. Du musst die anderen warnen.*

»Du, warte mal noch damit. Tahar holt sich sicher besser erst mal ein Okay von oben, bevor wir anfangen, Schränke mit wichtigen Dokumenten aufzubrechen.«

»Okay«, sie schob den Werkzeugkasten wieder unter den Tisch und setzte sich. »Sagt einfach Bescheid.«

»Machen wir«, ich winkte ihr zu und machte mich wieder auf die Socken. Ich drehte mich nicht mehr um, aber ich wäre jede Wette eingegangen, dass sie mir hinterherstarrte. Wenn sie mich schon so stark in Verdacht hatte, dass sie meine Tasche durchwühlte, würde ich einen Besen fressen, wenn sie mir meine dünne Windows-Lizenzgeschichte abgekauft hatte.

Als ich an der Kaffeestation vorbeikam, sah ich gerade noch jemanden um die Ecke verschwinden. Ganz eindeutig Michael Landmann.

Was zum Teufel ist hier eigentlich los? Eine mordende Empfangsdame mit pinkem Werkzeugkasten, ein Forscher, der sich in Ecken herumdrückt und Gespräche belauscht. Stecken die womöglich unter einer Decke, und die kleine Schlange war nicht alleine?

Ich huschte im Erdgeschoss ins Damenklo, schloss mich in einer Kabine ein und wartete ungeduldig, bis die andere Kabine frei wurde, die Dame sich die Hände gewaschen, die Nase gepudert und weiß der liebe Himmel was noch alles gemacht und sich endlich getrollt hatte. Zwischendurch war die Tür einmal auf- und wieder zugegangen, aber jetzt schien die Luft rein. Ich öffnete die Kabinentür, schlüpfte in den Vorraum und rief ein weiteres Mal Eric und Tahar per Konferenzruf an. Im Eiltempo brachte ich sie auf den neuesten Stand.

»Tahar, komm sofort aus der Werkstatt raus. Die Alte ist gefährlich, hat ihre Mordwerkzeuge bei sich, und du hast nur einen Arm, um dich zu wehren. Eric, wo bist du?«

»In der Nanobiotechnologie, Frau Kraxelmann, faszinierendes Umfeld, mal etwas ganz Neues für einen Unternehmensberater«, dröhnte Roderich, um uns wissen zu lassen, dass er nicht alleine war.

»Okay, schau dich mal um, ob du Michael Landmann irgendwo siehst. Der hat eben das Gespräch zwischen Jana Schaffrath und mir belauscht und sich dann schnell um die Ecke verdrückt. Womöglich stecken die beiden unter einer Decke!«

»Selbstverständlich, liebend gerne, Frau Kraxelmann, wird sofort erledigt.«

Mein Fehler war, dass ich beim Telefonieren unbewusst der Tür den Rücken zugedreht hatte. Die Tür ging plötzlich auf, und ehe ich mich umdrehen konnte, bekam ich einen heftigen Schlag auf den Kopf … und alles wurde schwarz.

* * *

Als ich wieder wach wurde, fand ich mich auf der Liege im Erste-Hilfe-Raum im Erdgeschoss wieder. Ich schoss hoch, was ich mit einem dröhnenden Hämmern im Hinterkopf bezahlte, also ließ ich mich erst mal wieder nieder.

»Unkraut vergeht nicht«, sagte Tahar. »Willkommön zurück.«

Ich setzte mich diesmal etwas vorsichtiger auf und drehte mich zu ihm um. »Wie spät ist es?«

Tahar guckte auf seine Uhr und sagte: »Zwanzig nach fünf«, als die Tür aufging.

»Wir müssen sofort …«

»Du musst jetzt hier erst mal gar nichts mehr«, knurrte Körber, der in der Tür stand. »Was macht die Rübe?«

Ich tastete vorsichtig nach meinem Hinterkopf. Kein Blut, nur eine fette Beule. »Geht. Was ist passiert?«

»Mehr, als man denken sollte, ich muss wieder raus«, brummte Körber. »Wenn die Herren vielleicht ...« Die Tür ging wieder zu.

Ich sah Eric und Tahar erwartungsvoll an.

»Die Kurzversion: Wir gehen davon aus, dass Jana Schaffrath dir eins über den Schädel gezogen hat«, sagte Eric. »Sie muss in eurem Gespräch Verdacht geschöpft haben und hat dir eine verpasst. Wir haben ja mitgehört, mussten aber erst mal suchen, wo du überhaupt warst. Bis wir dich gefunden hatten, war die natürlich über alle Berge. Dein Handy war weg – und da du gerade telefoniert hast, als es der Schaffrath in die Hände fiel, kam sie an alles dran, inklusive der Liste der letzten Anrufe. Und dann war ihr wahrscheinlich klar, dass du nicht die Einzige bist, die von ihrem schmutzigen Geheimnis weiß.«

»Da Körber hier ist, nehme ich an, sie ist inzwischen verhaftet?«

»Nicht ganz«, druckste Eric herum.

»Wie? Nicht ganz?«

Tahar räusperte sich und kratzte sich am Arm, den er in der Schlinge trug. »Sie hat sich mit Michael Landmann in der Nanobiotechnologie verschanzt.«

Mir fiel die Kinnlade herunter. »Die hat WAS? Ja ist die denn vollkommen durchgeknallt?«

»Sieht so aus«, antwortete Eric. »Kein Mensch weiß, was sie damit erreichen will, sie hat auch noch keine Forderungen aufgemacht – und wir wissen auch noch nicht, ob Landmann eine Geisel ist oder ob die beiden Bonnie und Clyde spielen.«

Ich stöhnte. »Wahrscheinlich melden die sich nachher und verlangen ein Fluchtauto, freies Geleit zum Düsseldorfer Flughafen und einen Flug auf die Bahamas. Und ich Idiot bin's auch noch schuld.«

»Unsinn, nichts bist du schuld. Ohne dich würden wir immer noch hinter Meulen und Landmann herschnüffeln, und dass die dir am helllichten Tag im Unternehmen einen über den Dassel zieht – da muss man auch erst mal drauf kommen.«

»Hmpfm«, brummte ich. »Und was läuft da draußen gerade ab?«

»Körber, Bienwald und deren Kollegen waren in Nullkommanichts hier, nachdem wir Körber alarmiert hatten. Im Moment sind sie noch dabei, das Gebäude zu räumen, damit Madame nicht auf die Idee kommt, sich mit noch mehr Geiseln abzusichern. Gott sei Dank hat sie nur Landmann eingesackt, die anderen aus dem Bereich da unten sind alle draußen.

»Los, kommt«, ich hüpfte von der Liege. »Wir müssen da raus. Vielleicht können wir irgendetwas tun.«

17:45 Uhr

Es dauerte noch fast eine halbe Stunde, bis das Gebäude endgültig geräumt war. Die Messners lieferten sich fast einen Ringkampf mit den uniformierten Polizisten, die sie nach draußen komplimentieren sollten, was ihnen aber nicht weiterhalf, denn Bienwald hatte verfügt, das gesamte Gelände zu räumen und das Einfahrtstor zu schließen. So drängelten sich die Schaulustigen vor dem Tor zum Firmengelände, wo sie hoffentlich außerhalb der Gefahrenzone waren.

»Ihr drei bleibt besser hier«, brummte Körber. »Tahar, wir brauchen vielleicht deine IT-Unterstützung. Britta, du kennst Landmann gut – wir wissen ja im Moment noch nicht, ob er wirklich eine Geisel ist oder mit der Schaffrath unter einer

Decke steckt. Falls Letzteres der Fall ist, findest du vielleicht einen anderen Zugang zu ihm.«

»Und ich?«, fragte Eric entrüstet, als Körber sich wegdrehte, um wieder an die Arbeit zu gehen. Der drehte sich noch einmal halb um. »Sammy ist nicht hier, und einer muss ja auf den kleinen Tiger hier aufpassen«, bemerkte er ungerührt mit einer Kopfbewegung in meine Richtung.

Na warte!

Wir setzten uns auf die Stühle in der Wartezone direkt neben der Eingangstür. So standen wir nicht im Weg, kriegten aber das Meiste mit und waren abrufbereit, falls wir gebraucht würden. Einer von Körbers uniformierten Kollegen reichte mir mit mitleidigem Blick ein Icepack für meinen Hinterkopf. Tahars erster Job war der Versuch, die Kameras im Bereich F&E 1 remote zu aktivieren, damit Bienwald und Körber sich unauffällig einen Überblick über die Situation verschaffen konnten. Normalerweise sprangen die Kameras nur zu Zeiten an, zu denen das Alarmsystem scharfgeschaltet war, und auch dann nur, wenn einer der Bewegungsmelder ausgelöst wurde. Da es digitale Kameras waren, konnten sie aber auch jederzeit über das IT-Netzwerk aktiviert werden – es sei denn, sie waren beschädigt. Auf den Gedanken war Jana Schaffrath allerdings auch schon gekommen, denn die Kameras waren allesamt tot. Die kleine Schlange hatte sie offenbar außer Gefecht gesetzt.

Körber war von Bienwald zum Kontaktmann für den Einsatzleiter vom Präsidium Köln und die SEK-Einsatzzentrale in Duisburg bestimmt worden. Momentan war er damit beschäftigt, alles für die Verhandlungen mit der Geiselnehmerin vorzubereiten, denn als solche wurde sie derzeit behandelt, auch wenn die Schaffrath noch keine Forderungen aufgestellt hatte. Körber führte ein Telefonat nach dem anderen. Offenbar gab es Probleme bei der Anreise der Spezialeinsatzkommandos – welche, konnten wir nicht hören.

»Vielleicht habön die Betriebsausflug«, kalauerte Tahar, der auf seiner Laptoptastatur herumhämmerte.

»Oder 'nen Platten«, feixte Eric. »Immerhin müssen die aus Köln anreisen, oder?«

»Nicht unbedingt«, sagte ich. »Die Einsatzleitung untersteht der Polizeiführung in Köln, weil es eine Geiselnahme ist. Und die Koordinierungsstelle für die SEKs sitzt in Duisburg. Ich nehme an, dass eine Verhandlungsgruppe unterwegs ist, um mit der blöden Alten zu feilschen, und die schweren Jungs mit den dicken Knarren und den schwarzen Strümpfen auf dem Kopf. Vielleicht schicken sie wieder dieselben wie beim Brandanschlag. Die kennen immerhin schon den Weg.«

»Ach, Bienwald und Körber dürfen also nicht alleine …?«

Ich zuckte mit den Schultern. »Wie gesagt, den Hut hat Köln auf, aber da Bienwald vor Ort ist, wird der natürlich de facto entscheiden, was zu tun ist, bis die Spezialisten ankommen. Und wie es aussieht, hat er eine ganze Reihe von Dingen an Körber delegiert. Ich wünschte nur, die würden mal ein bisschen dalli machen. Wenn ihr mich fragt, ist die alte völlig durchgeknallt, und wenn Landmann *nicht* mit ihr unter einer Decke steckt, kann ich mir nicht vorstellen, dass die lange fackelt.«

»Wenn sie ihn umbringt, hat sie aber kein Druckmittel mehr in der Hand«, wandte Eric ein.

»Was erst einmal eine ganze Zeit lang niemand mitbekommt, weil wir im Moment auf allen Augen blind sind«, gab ich zurück.

»Oh«, sagte Eric.

»Genau. Hier muss was passieren, und zwar ganz schnell. Nur was?«

Tahar starrte gebannt auf seinen Laptopbildschirm. »Ich glaubö, ich habö geradö mal wiedör einö genialö Idee – jedenfalls, wenn das SEK nicht bald aus den Puschn kommt, und danach sieht es ja nicht aus.«

»Eric, mach mal das Fenster auf, bei so viel Eigenlob kriegt man ja Atembeschwerden.«

»*Oui, oui,* ich weiß schon. Der Prophet gilt nichts im eigenön Landö«, maulte Tahar und schwieg beleidigt.

Ich knuffte ihn freundschaftlich in die Seite. »Nun sag schon und spiel nicht die beleidigte Leberwurst.«

Tahar drehte das Laptop zu uns um. »Was seht ihr?«

»Den Gebäudeplan, Erdgeschoss«, sagte Eric, »kennen wir doch. Und?«

Tahar rollte mit den Augen. »Und was wissen wir über das Erdgeschoss?«

Eric und ich hatten scheinbar beide einen auf der Leitung stehen.

Tahar seufzte und zeigte auf ein winziges Element in einer der Außenwände. »Der Lüftungsschacht?«

Jetzt verstand ich, worauf er hinauswollte. »Der einzige Weg von außen direkt in den Bereich Nanobiotechnologie.«

»Genau«, bestätigte Tahar zufrieden.

Eric beugte sich näher an die Zeichnung heran. »Wenn das maßstabsgetreu ist, ist der Schacht aber nicht sehr weit.«

»Stimmt«, sagte Tahar mit bedeutsamem Blick. »Die Kantön vom SEK passön da im Leben nicht durch.«

Ich warf einen Blick zu Körber, der schon wieder telefonierte. Der pummelige Bienwald war mit ein paar anderen Kollegen über einen der Gebäudepläne gebeugt.

»Im günstigstön Fall hat Bienwald schon Kontakt zu der blödön Altön aufgenommön, dann ist sie abgelenkt, wenn du durch den Schacht kommst. Odör die Verhandlungsgruppö ist bis dahin da und lenkt sie ab.«

»Wenn ICH durch den Schacht komme?«

»Pssst«, zischten Eric und Tahar im Chor.

»Wer denn sonst?«, flüsterte Eric.

Ein Blick auf meine beiden Komplizen zeigte mir, dass er natürlich recht hatte. Eric mit seinen zwei Metern und angemessen breiten Schultern hätte keinerlei Chance, durch den Schacht zu kommen. Tahar war zwar kaum größer als ich, aber kräftiger gebaut – außerdem hatte er nach wie vor nur einen Arm, den er hätte einsetzen können. Wenn hier einer eine Chance hätte, durch den Schacht zu krabbeln, dann war ich das.

Jetzt bloß nicht an deine Platzangst denken, Sander.

Ich schluckte und gab mir einen Ruck. »Na gut, dann müssen wir ja nur noch unauffällig bis zum Lüftungsschacht kommen, bevor das ganze Gelände abgeriegelt und das Gebäude umstellt ist – und vor allem, bevor das SEK hier aufschlägt. Also nix wie los, ich möchte ungern einem der Präzisionsschützen vor die Flinte laufen.«

»Stop!«, zischte Eric. »Sagt mal, wart ihr nicht bei den Pfadfindern? Allzeit bereit? Und vor allem allzeit *vorbereitet*?«

Auf unsere verständnislosen Blicke sagte er seufzend: »Erstens – wie wollt ihr denn da ohne Leiter hochkommen? Der Schacht sitzt ziemlich weit oben in der Wand. Und zweitens – wie wollt ihr das Gitter aufkriegen? Das ist laut Kriminaltechnik noch nie geöffnet worden und sitzt bombenfest.«

»Bei deiner Körpergröße bist du der ideale Kandidat für den unteren Teil der Räuberleiter«, sagte ich grinsend. »Aber mit dem Gitter muss ich dir leider recht geben. Das kriegen wir mit den Fingernägeln wahrscheinlich nicht auf.« Ich überlegte kurz. »Ich glaube aber, dass ich in meiner Werkzeugkiste im Auto was habe, das wir benutzen können.«

»Viel zu auffällig«, flüsterte Tahar. »Es wird schon schwierig genug, ums Gebäude herumzuschleichön. Wenn du vorher noch zu deinöm Auto gehst, steigön nur die Chancön, dass dich jemand aufhält.«

Wir guckten uns ein wenig ratlos an. Plötzlich ging ein Strahlen über Tahars Gesicht. »Ich weiß was. Die Werkstatt!«

Ich warf einen skeptischen Blick auf die herumwuselnde Masse an Polizisten. »Wie willst du denn da unentdeckt runterkommen?«

»Man nennt mich auch den Tarnkappenbombör«, Tahar wackelte mit den Augenbrauen.

»Nee, ist klar«, grinste ich. »Und was ist mit der Kriminaltechnik? Sind die nicht da unten zugange?«

»Eher unwahrscheinlich«, sagte Eric. »Bevor Körber die überhaupt losschicken konnte, kam ja schon die Nachricht, dass wir wissen, wer es war, und ich kann mir nicht vorstellen, dass die Beweisaufnahme da unten oberste Priorität hat. Und Tahar ist der Einzige, der eh schon dort drin war.«

»*Bon*, dann machö ich mich direkt auf den Weg, solangö Bienwald und Körbör noch so schön beschäftigt sind.«

Bienwald beriet sich mit einem uniformierten Kollegen, der ihm aufgeregt fuchtelnd etwas erzählte, und Körber brüllte gerade wieder in sein Handy. Irgendwas schien absolut nicht nach Plan zu laufen. Tahar schlenderte auf die Zugangsbarriere zu, wisperte dem Uniformierten, der dort Wache schob, etwas ins Ohr und wurde tatsächlich durchgelassen. Wahrscheinlich erzählte er ihm, er müsse dringend was aus dem Serverraum holen. Ich betete, dass der Kollege nicht wusste, dass dieser auf der entgegengesetzten Gebäudeseite lag.

Weniger als fünf Minuten später war Tahar mit leeren Händen wieder da.

»Nichts?«, fragte ich enttäuscht.

»Doch, doch«, flüsterte Tahar, »aber um das Stemmeisön herauszuholön, müsste ich die Hosö runterlassen, was für die Tarnung etwas ungünstig wärö, *non*?«

Eric hatte sichtlich Mühe, sich das Lachen zu verkneifen. »Dann müssen wir es jetzt einfach mal machen wie die Damen und zu zweit aufs Klo gehen …«

»Aber Herr Lautenschlägör, ich hattö ja keinö Ahnung …«, grinste Tahar unverschämt.

»… bevor du hier wieder Stellung beziehst und ich mit Britta um die Häuser schleiche.«

»Was soll das denn heißön?«, fragte Tahar empört. »Ich soll nicht etwa hierbleibön?«

»Ja sicher musst du hierbleiben. Erstens brauchen die womöglich deine IT-Expertise. Bei dir würde es also am schnellsten auffallen, wenn du plötzlich verschwunden wärst. Zweitens muss einer hierbleiben, um im Zweifelsfall Körber und Bienwald über unser kleines … ähem … Manöver zu unterrichten. Also falls sie fragen sollten. Oder falls das SEK schneller auftaucht als gedacht und reingehen will, um alles zu erschießen, was sich bewegt. Wär doch schade um die Kollegin.«

»Also ich weiß nicht, ob ich mich trauö, Körbör wirklich zu sagen, wo Britta ist. Das überschreitet, glaubö ich, das Budget meinör Krankönversicherung«, flachste Tahar.

»Mehr als verständlich, mein Lieber, mehr als verständlich.« Auch bei mir löste der Gedanke, wie Körber angesichts unseres Himmelfahrtskommandos reagieren würde, nicht gerade Begeisterung aus. »Aber Eric hat recht. Außerdem kannst du mit dem einen Arm dahinten eh nicht viel ausrichten – und zu zweit haben wir bessere Chancen, ungesehen übers Gelände zu huschen. Wenn Körber uns nämlich in die Finger bekommt, bevor ich drin bin, war's das mit unserem schönen Plan zur Rettung der Menschheit. Also los jetzt, ab aufs Klo mit euch zum Stemmeisenaustausch. Ich lungere derweil ein bischen dekorativ hier rum. Wenn das SEK nicht da ist, bis ihr zurück seid, legen wir los.«

»Also avanti, dilettanti!«

Gesagt, getan. Dumm nur, dass die gesamte Front des Eingangsbereichs verglast war. Wir mussten also nicht nur unbemerkt durch die Tür kommen, sondern auch an dieser Glasfront vorbei. Es war zwar stockdunkel draußen, aber aufgrund der Tatsache, dass auch draußen einige Polizisten hin und her liefen, war die gesamte Außenbeleuchtung an, und es war auch nicht davon auszugehen, dass sie in nächster Zeit wieder ausgehen würde.

»Ich hoffö, ihr wisst, wie man mit der Tapetö verschmilzt?«, flüsterte Tahar.

»Hier gibt es keine Tapete, Tahar«, flüsterte ich zurück.

»Du darfst nicht immör so in den realön Gegebönheitön gefangön sein!«

»Wir haben nur eine Chance«, schaltete Eric sich wispernd ein. Wir müssen beide gleichzeitig gehen und so tun, als wären wir in offiziellem Auftrag unterwegs. Wenn wir uns nacheinander aufmachen, fällt das mehr auf, als wenn wir zusammen gehen und so tun, als hätte das alles seine Richtigkeit. Also, auf geht's.«

Eric und ich bewegten uns möglichst unauffällig durch die Eingangstür. So weit so gut. Draußen gingen wir sehr zügig und bemühten uns, äußerst zielstrebig auszusehen, damit Körbers Kollegen, die hier draußen herumwuselten, dächten, wie seien mit offiziellem Auftrag unterwegs. Klappte auch. Fast.

Wir bogen gerade um die rettende Ecke, als Hugo Kuckelkorn, Tahars ganz persönlicher Schupo in Uniform, uns mit stark gerötetem Gesicht ansprach: »Aha, und was glaubt ihr zwei Grazien wohl, was ›das Gelände vollständig räumen‹ bedeutet, hm?« Er hatte die Hände in die beachtlichen Hüften gestemmt und beäugte uns misstrauisch.

Eric schaltete in Nullkommanichts auf Roderich. »Ach, wie gut, dass wir Sie treffen, mein sehr verehrter Herr Kuckelkorn. Wir sind in äußerst delikater Mission für Kriminaloberkommissar Körber unterwegs«, hier senkte er seine Stimme verschwörerisch, so dass Kuckelkorn nähertreten musste, um ihn zu verstehen. »Ich hatte schon befürchtet, wir wären hier ganz auf uns gestellt, aber vielleicht könnten Sie …«

»*Körber* hat Sie geschickt, sagen Sie? Dann nichts für ungut.« Er hob beide Hände und trat umgehend den Rückzug an. Gut für uns.

»Einen Ruf wie Donnerhall, der Herr Oberkommissar, was?«, flüsterte Eric. »Vielleicht sollte ich mir auch mal so einen finsteren Blick zulegen. Dann *hört* vielleicht endlich mal jemand auf mich.«

Wir schlichen weiter und kamen unbehelligt an der gesuchten Außenmauer an.

Eric guckte sich um, öffnete dann seine Hose und zog ein beachtliches Stemmeisen daraus hervor. »Holla die Waldfee«, grinste er. »Es kommt ja mehr auf die Technik an als auf die Größe, aber das ist ja … alle Achtung, finden Sie nicht auch, Frau Sander?«

»Sag mal, bin ich hier mit einem hormongequälten Teenager unterwegs?«, beschwerte ich mich. »Los, los, stell dich an die Wand, es kann jeden Moment jemand kommen, dann sind wir geliefert.«

Mir liefen bei dem Gedanken an den engen, kohlrabenschwarzen Schacht schon die ersten Schweißperlen von der Stirn. Platzangst allererster Güte, schon immer gehabt.

Eric nahm mit den Augen Maß. »Also, wenn du dich ein bisschen streckst, sollte das mit der Räuberleiter tatsächlich gerade so hinkommen.« Ohne viel Federlesens positionierte er sich mit dem Rücken zur Wand, faltete seine Hände und hielt sie so vor seinen Körper, dass ich sie als Steigbügel nutzen konnte.

Besser nicht lange nachdenken.

Ich zog meinen Pullover aus, stellte den Fuß meines unversehrten Beins in Erics Hände und zog mich an seinen Schultern hoch.

»Reicht nicht ganz«, flüsterte ich.

»Dann stell dich auf meine Schultern«, presste Eric zwischen zusammengebissenen Zähnen hervor. »Sag mal, hast du Backsteine in den Taschen?«

Unverschämtheit.

Nur gut, dass die Wand nicht ganz glatt war. Ich schaffte es irgendwie, mit einem verzweifelten Festkrallen an minimalen Einkerbungen in der Wand, erst einen Fuß auf Erics rechte Schulter zu stellen und mich dann hochzuziehen, bis der zweite Fuß auf der anderen Schulter stand. Das Ganze war so wackelig, dass ich keinen Gedanken an meine Platzangst verschwenden konnte.

Eric reichte mir von unten das Stemmeisen an. Ich balancierte mich noch mal aus und setzte das Eisen an. Nichts rührte sich. Ich probierte es noch mal mit mehr Gewalt, und das Gitter sprang mit einem Knall an einer Seite auf. Fast hätte ich das Gleichgewicht verloren, konnte mich aber gerade noch fangen, und Eric ertrug mein Gezappel unter mannhaftem Stöhnen. Ich rupfte das Gitter ab und warf es auf den Rasen hinter mir.

Jetzt reichten meine Hände bis in den Schacht. Ich schob das Stemmeisen so weit ich konnte in den Schacht, und mit einer gewaltigen Kraftanstrengung zog ich mich nach oben. Schon rollte die erste Panikwelle über mich hinweg. Stockduster und tierisch eng, genau das Richtige für jemanden mit Klaustrophobie.

Kaum lag ich ausgestreckt drin im Schacht, brach mir der Schweiß am ganzen Körper aus. In meinen Ohren hörte ich das Blut rauschen, das Herz schlug mir bis zum Hals, und die aufsteigende Panik drohte mich vollständig zu lähmen.

Reiß dich zusammen, Sander. Das ist nicht weit, du spürst den Luftzug, also voran jetzt.

Es kam natürlich, wie es kommen musste. Ich blieb stecken.

Ruhig bleiben, Sander, ruhig bleiben.

Verzweifelt kämpfte ich gegen die immer weiter aufsteigende Panik an.

Atmen, Sander, atmen. Ein – aus. Ein – aus.

Ob es daran lag, dass ich irgendwann einfach mehrmals tief ausatmete, oder daran, dass ich mehr Kraft in den Armen hatte, weil die Panik etwas nachließ – irgendwie flutschte ich schließlich durch die enge Röhre, die eigentlich viel zu schmal für mich war. Das Brecheisen fiel mit einem lauten Krachen aus der Schachtöffnung.

Meinen eigenen Ausstieg beschreibe ich lieber nicht. Nur so viel – mit Eleganz und Grazie hatte dieser Abgang kopfüber rein gar nichts zu tun.

»Aua!«, fluchte ich, als ich unsanft und mit lautem Gepolter auf einem der Schreibtische von F&E 4 landete.

Ich erstarrte und lauschte fieberhaft, aber nichts rührte sich.

Puh.

Ich wartete sicherheitshalber noch ein wenig ab, aber es tat sich wirklich rein gar nichts. Also glitt ich von dem unseligen Schreibtisch herunter und pirschte zur Tür. Ich lauschte eine

Weile, aber die Luft schien rein. Vorsichtig öffnete ich die Tür einen Spalt und lugte hindurch. Weit und breit nichts zu sehen, aber jetzt, wo die Tür offen war, hörte ich aufgebrachte Stimmen. Eine männliche – vermutlich Michael Landmann – und eine weibliche Stimme, das musste Jana Schaffrath sein.

Ich schlich auf den Flur und schloss die Tür zu F&E 4 leise hinter mir. Durch den Schacht gab es einen Luftzug, und knallende Türen konnte ich jetzt weiß Gott nicht gebrauchen.

Ich hob das Stemmeisen auf und pirschte auf Zehenspitzen in Richtung der Tür zu F&E 1, hinter der die Stimmen immer lauter wurden.

»Jana, jetzt überleg doch mal«, flehte Michael Landmann gerade eindringlich, »du hast doch keine Chance, hier heil raus- und auch noch davonzukommen. Die Polizei hat mit Sicherheit längst das Gebäude umstellt, und es kann nicht mehr lange dauern, bis die sich einen Weg hier reinbahnen.«

»Der Kommissar am Telefon hat gesagt, sie würden nichts tun, was dein Leben gefährdet. Ich solle meine Bedingungen nennen. Die warten jetzt, bis ich denen gesagt habe, was ich will.« Jana Schaffraths Stimme klang trotzig, aber auch zu allem entschlossen.

Irgendwie konnte ich es immer noch nicht glauben. Das kleine, zierliche, immer freundliche Mädel vom Empfang, das uns jeden Morgen fröhlich gewunken hatte. Das Mädel, an dem alle ständig vorbeigehen und das keiner so richtig zur Kenntnis nimmt.

Ich lehnte mich mit dem Rücken an die Wand neben der Tür, um mich nicht durch einen Schatten auf dem Milchglas zu verraten, und lauschte erst einmal weiter. Je mehr ich über die Situation wusste, desto besser konnte ich agieren. Und momentan hörte es sich noch nicht so an, als wollte sie Michael Landmann sofort ans Fell.

»Ich verstehe immer noch nicht, was das alles hier soll, Jana. Was ist denn bloß in dich gefahren?«

Jana Schaffraths Stimme klang richtig erbost, als sie sagte: »Was in mich gefahren ist, *Papa*?

PAPA?

»Meine kleine Schwester ist in mich gefahren. Irgendjemand musste ja was tun, wo du und Christine nur blöd dagestanden habt und hilflos mit den Schultern gezuckt habt, als Annie ihre Diagnose gekriegt hat. Da kann man doch nicht einfach ZUGUCKEN und NICHTS tun!«, rief sie aufgebracht. »Sie ist meine SCHWESTER!«

Verdammt und zugenäht, Jana Schaffrath ist Michael Landmanns älteste Tochter. Dass sie ihr eigenes Geld verdient, hat er mir gesagt, aber nicht wo und vor allem nicht womit.

»Und sie ist meine Tochter, genau wie du, Jana«, sagte Landmann leise. »*Du* warst es, die früher nichts von deinen kleinen Geschwistern wissen wollte. *Du* warst es, die mit mir nichts mehr zu tun haben wollte. Du wolltest ja nicht mal, dass die Kollegen hier erfahren, dass du meine Tochter bist.«

Wenn die Nieland wusste, dass die beiden verwandt sind, und nichts gesagt hat, erschlag ich sie!

»Dass ich mit dir nicht mehr als unbedingt nötig zu tun haben will, ist auch immer noch so. Du hast Mama damals einfach sitzen lassen, als sie mit mir schwanger war, du Bastard! Aber ich hab eingesehen, dass meine kleinen Schwestern ja nichts dafür können. Die waren ja damals noch nicht mal geboren. Und seit Annie krank geworden ist, ist sowieso alles anders!«, sagte sie entrüstet.

»Das weiß ich doch, Jana. Wie oft habe ich dir gesagt, wie froh es mich macht, dass du dich so rührend um deine kleine Schwester kümmerst und dass du mit den anderen dreien auch langsam warm wurdest. Du kannst dir nicht vorstellen, wie schwer es für mich war, die ganzen Jahre …« Seine Stimme klang tränenerstickt.

»Ach, jetzt hör schon auf mit dem Gewinsel», fauchte Jana. »Typisch Mann! Immer geht es nur darum, wie schwer alles für *dich* ist. Es ist Annie, die stirbt, nicht du! Es wäre DEIN Job gewesen, Therapiemöglichkeiten zu finden und das Geld dafür aufzutreiben! Ich habe euch ja sogar noch das Geld angeboten, als ich es einmal hatte. Aber nein, du lehnst es großspurig ab. Was machst du stattdessen? Rumheulen, wie schwer das alles für dich und dein Madame ist, und nichts tun! Stattdessen muss ICH Annies Rettung organisieren und das viele Geld dafür auftreiben. Was bist du nur für ein miserabler Vater!«

»Was denn für eine Therapie und was für Geld?« Michael Landmann verstand offenbar nur Bahnhof.

»Das Geld, das ich mit den Forschungsergebnissen verdient habe, die ich bei dir so reichlich gefunden habe.«

»Bei MIR?« Michael Landmann klang so entsetzt, dass er unmöglich eingeweiht gewesen sein konnte.

»Ja, was glaubst du denn, warum ich euch in den letzten zwei Jahren so oft besucht habe?«

»Ich dachte, du wolltest Annie besuchen.« Landmann klang, als würde gerade eine ganze Welt für ihn zusammenbrechen.

»Natürlich wollte ich Annie besuchen, aber sie war auch die Einzige, die ich wirklich sehen wollte. Deine Alte konnte ich noch nie leiden, und die drei verzogenen Gören, die alles kriegen, was sie wollen, sind auch nur nervig.«

Och komm, das ist jetzt aber echt unfair. Die drei sind doch total putzig,

»Nein«, fuhr Jana fort. »Wenn ich nur Annie hätte sehen wollen, hätte ich sie einfach abgeholt und mir nicht den ganzen Familienzirkus angetan. Was ich brauchte, war Zugang zu deinem Laptop. Und das lässt du ja glücklicherweise immer offen rumstehen. Jedenfalls offen genug, wenn man die Augen aufhält.« Sie machte eine kleine Kunstpause. »Vielleicht solltest du auch mal dein Passwort ändern. Annie123 ist nun wirklich kein Hindernis, wenn jemand an deinen Computer ranwill. Es war ein Kinderspiel, die Infos, die ich brauchte, einfach auf einen Stick zu ziehen.«

Da brat mir doch einer 'nen Storch. Annie123? So ein Idiot! Das kommt davon, wenn man die Sicherheitsvorschriften nicht einhält. Wie war das mit »Keine Forschungsdaten verlassen das Unternehmen«?

Michael Landmann schien es zunächst die Sprache verschlagen zu haben, und ich konnte es ihm nicht mal verdenken. Schließlich sagte er: »Das heißt, du hast seit zwei Jahren regelmäßig mein Laptop durchsucht, Forschungsergebnisse kopiert und dann verkauft? DU bist der Maulwurf, nach dem wir alle so verzweifelt gesucht haben? Wie zum Teufel bist du denn auf DIE Idee gekommen?«

Jana klang inzwischen fast mitleidig. »Vor ein paar Jahren, als ich noch in der Ausbildung war, hat mich auf der Messe jemand von der Konkurrenz angesprochen. Ob ich mir nicht was dazuverdienen wolle. Ich habe damals ganz entrüstet abgelehnt, aber als Annie diese furchtbare Diagnose bekommen hat und ich gemerkt habe, dass mir meine kleine Schwester viel mehr bedeutet, als ich dachte, habe ich angefangen zu recherchieren. Und dabei wurde mir sehr schnell klar, dass wir sicher einiges an Geld brauchen würden. Für Therapien, vielleicht Reisen in andere Länder oder zu Spezialkliniken oder – wenn wirklich nichts zu machen war – für Annies Pflege. Und dann fiel mir dieser Typ wieder ein, der mich auf der Messe angequatscht hatte. Der war natürlich hocherfreut, dass ich mich gemeldet habe, und als der mir gesagt hat, wie *viel* Geld ich damit verdienen konnte, wusste ich, das war unsere Chance. Ich wusste ja, wie ich an die Forschungsergebnisse herankomme.«

So viel Selbstzufriedenheit verdient echt geohrfeigt.

»Aber woher wusstest du, was du kopieren musstest? Du hast doch überhaupt keine Ahnung von meiner Arbeit, und wir haben auch nie drüber gesprochen.«

»Nicht im Detail, nein, aber ich habe genug aufgeschnappt, um zu verstehen, worauf du spezialisiert bist – und wonach ich genau gucken musste, haben mir die Leute von Schaefer dann gesagt. Aber als ich dann das erste Geld hatte, war ich einer Lösung für Annie ja immer noch keinen Schritt näher. Es hat noch eine gefühlte Ewigkeit gedauert, bis ich endlich auf die Website von Professor Sayers gestoßen bin.«

»Wer ist denn Professor Sayers?« Michael Landmann klang inzwischen nur noch resigniert.

»Ich habe ihn über ein Internetforum für betroffene Eltern in den USA gefunden, die haben ein Medikamnt entwickelt, mit dem es sehr gute Heilungschancen für Annie gibt.«

»Jana«, sagte Landmann eindringlich. »Es *gibt* kein solches Medikament. Vielleicht gibt es in ein paar Jahren die ersten experimentellen Therapien, aber momentan forschen die noch, wie genau die Therapien aussehen können. So weit, dass es schon ein Medikament gäbe, ist man noch nicht. Ganz zu schweigen von einem Medikament, das man schon beim Menschen einsetzen könnte – experimentell hin oder her.«

»Doch! Du willst nur nicht wahrhaben, dass ich das gefunden habe und nicht du! Das Medikament verabreicht man ähnlich wie eine Chemotherapie, und es verspricht ähnlich gute Heilungschancen. Es ist noch in der ganz frühen Testphase, also natürlich noch nicht zugelassen. Aber Professor

Sayers hat mir versichert, dass sie nicht mit signifikanten Nebenwirkungen rechnen und er von der Wirksamkeit einhundertprozentig überzeugt ist.«

Soso, da lehnt sich ja Professor Sayers ganz schön weit aus dem Fenster.

»Jana, du weißt doch, dass ich aufgrund meines Forschungsgebietes sehr viele Kontakte zu Ärzten und anderen Forschern habe. Glaubst du wirklich, ich hätte in den letzten zwei Jahren nur dagesessen und Däumchen gedreht? Ich habe mit jedem Mediziner und Forscher gesprochen, der auch nur eine hauchdünne Verbindung zum Thema Juvenile NCL hat. Und es ist leider glasklar. Es gibt nichts. Annies Krankheit ist unheilbar. Irgendwann wird sie das vielleicht nicht mehr sein, und vielleicht erleben wir das sogar noch. Aber im Moment gibt es nichts. Rein gar nichts außer palliativer Behandlung.« Er atmete tief durch. »Wie viel Geld hast du diesem Quacksalber gegeben?«

»Zwanzigtausend Euro. Das war allerdings nur die Anzahlung. Wenn ich die Medikamente ausgehändigt bekomme, sind noch mal dreißigtausend fällig.«

»Ich hätte niemals gedacht, dass du zu so was hier in der Lage bist«, sagte Landmann leise. »Du hast auch Jörg Eschenberg auf dem Gewissen, hab ich recht?«

»Ja.«

Wenn sie das so offenherzig zugab, konnte das nur bedeuten, dass sie nicht vorhatte, Landmann am Leben zu lassen.

Aber immerhin, ein Geständnis nimmt uns allen einen Haufen nerviger Arbeit ab.

Ich ärgerte mich maßlos, dass ich mein Handy nicht hatte – das war sicher in Janas Tasche. Also keine bequeme Aufnahme.

Sander, sperr die Löffel auf, es kommt auf jedes Detail an.

»Der Blödmann ist Montagabend unerwartet noch mal zurückgekommen. Ich hatte extra gewartet, bis ihr alle weg wart. Ich dachte, dass du vielleicht dein Laptop mal über Nacht hiergelassen hättest. In den letzten Wochen hatte sich keine Gelegenheit ergeben, bei euch zu Hause an neue Informationen zu kommen, also dachte ich, ich versuche es mal in der Firma. Schaefer wird langsam ungeduldig, und die haben gedroht, mir den Geldhahn zuzudrehen. Und dann stand Eschenberg plötzlich in der Tür. Ich hatte zwar zur Tarnung meinen Werkzeugkasten dabei, aber der hat mir für keine zwei Sekunden geglaubt, dass ich wegen einer Reparatur da drin war. Der hat sofort zum Hörer gegriffen und wollte die Messners anrufen, da hab ich ihm eins verpasst. Ich könnte mich immer noch darüber ärgern, was ich alles falsch gemacht habe, nur weil ich keine Zeit hatte, alles in Ruhe zu planen.«

»Was meinst du?«

Ich wusste nicht, ob Landmann sich absichtlich dumm stellte oder ob er es wirklich so genau wissen wollte, aber er erkaufte uns Zeit, und das war in dieser Situation das Wertvollste. Ich hoffte, das SEK würde bald aufkreuzen. Wenn es nicht anders ging, würde ich da mit meinem Stemmeisen reingehen, aber die Jungs mit den dicken Knarren und den schusssicheren Westen waren doch die deutlich elegantere Lösung. Ob Körber Tahar schon gefragt hatte, wo ich war? Falls ja, röstete Tahar wahrscheinlich gerade irgendwo über einem offenen Feuer.

»Mein Gott, du weißt doch genau, dass die sofort gemerkt haben, dass es kein Selbstmord war, weil ich nicht daran gedacht habe, dass jemand, der sich erhängt, auch etwas braucht, womit er überhaupt in die Position kommt, sich aufzuhängen. Saublöder Fehler.«

Hihi.

»Und dabei war ich so stolz auf meine Idee mit dem Flaschenzug.«

»Flaschenzug?«, echote Landmann.

»Ja sicher, ein Flaschenzug. Wie hätte ich denn so viel Gewicht anders da hochhieven sollen?«

»Wie bist du denn überhaupt hier hereingekommen?«, fragte Landmann.

Jana erzählte ihm, wie sie sich im Darknet jemanden gesucht habe, der das Schadprogramm für sie geschrieben habe, und wie sie Klaus Schreiber mit großzügigen Geldgeschenken dazu gebracht habe, das Programm für sie zu installieren. Und wie faszinierend es doch sei, was man heutzutage alles über das Darknet käuflich erwerben könne.

Landmann schwieg eine Weile und sagte dann: »Schreiber ist gar nicht krank, oder?«

»Nein«, sagte Jana mit so viel Stolz, dass es mir körperliche Übelkeit verursachte. »Das Risiko war zu groß, dass er mich irgendwann verrät, und ich hatte keine Lust, ihn den Rest meines Lebens zu bestechen.«

Och herm. Mir kommen gleich die Tränen.

»Das heißt, du warst es auch, die versucht hat, Tahar Karim umzubringen? Erst mit dem Wasserspeier und dann die Bremsen an seinem Auto?«

»Der war eine härtere Nuss, als ich dachte, aber der musste auf jeden Fall weg. Die Gefahr war zu groß, dass er merken würde, was wir da installiert hatten. Ihn eine Zeit lang außer Gefecht zu setzen, war das absolute Minimum. Den hätte ich aber auch irgendwann noch erwischt.«

Über meine tote Leiche, du kleine Schlampe.

»Das ist ja wirklich interessant«, Landmanns Stimme klang plötzlich schmeichelnd, wie ich verdutzt feststellte. Er versprach sich wahrscheinlich den meisten Zeitgewinn, wenn er ihr den bewundernden Papa vorspielte und sie am Reden hielt. Leider ging sein Plan nicht auf.

»Und jetzt, wo ich dir das alles erzählt habe«, fuhr Jana freundlich fort, »müssen wir unsere Plauderei leider beenden. Es dauert sicher nicht mehr lange, bis das SEK eintrifft. Über kurz oder lang werden die hier die Bude stürmen. Und wenn es so weit ist, finden sie mich als verheulte Geisel, der es gelungen ist, ihrem Kidnapper die Knarre zu entreißen und ihn in Notwehr zu erschießen. Ich werde dir alles schön anhängen und das verschreckte Hasi spielen. Funktioniert immer.«

Wenn du dich da mal nicht täuschst, du kleines Miststück.

»Aber bevor ich dich erlöse – was genau hat es mit dieser neuen Marketing-Tusnelda auf sich? Irgendwas ist an der doch faul.«

TUSNELDA???

»Ich weiß es auch nicht genau, aber ich war auch von Anfang an misstrauisch. Dass die Messners urplötzlich die Stelle von Natalie besetzen? Die alten Geizknochen? Deshalb hab ich mich ja gleich ab dem ersten Tag an sie rangemacht. Dass wir ein Maulwurfproblem haben, haben wir bei F&E alle vermutet. Als die Decker aufgetaucht ist, dachte ich, die Konkurrenz wäre inzwischen oberdreist und wollte uns noch einen Maulwurf ins Nest setzen oder dem bereits vorhandenen Unterstützung schicken. Wer soll denn ahnen, dass du die ganze Zeit …«, seine Stimme brach.

»Ich vermute eher, dass die Messners die angeheuert haben, um mich aufzuspüren. Als sie heute vor mir stand und mich fragte, was Klaus Schreiber denn bei seiner Krankmeldung am Telefon gesagt hätte, ist mir erst mal so der Schreck in die Glieder gefahren, dass ich ihr einfach mit dem Erstbesten geantwortet habe, das mir eingefallen ist. Und kaum hatte die sich umgedreht, ging mir auf, dass ich mich damit ans Messer geliefert hatte. Sobald Schreiber gefunden wurde, würden sie seinen Todeszeitpunkt bestimmen können, und dann würden sie wissen, dass ich gelogen habe. Da blieb keine Zeit mehr zum Planen. Jetzt aber endgültig genug geplaudert.«

Das Geräusch des Durchladens einer automatischen Pistole war unmissverständlich, also blieb mir keine Wahl. Ich musste eingreifen.

Hatte die die Knarre auch schon die ganze Zeit in ihrem pinken Werkzeugkasten? Von wegen »allzeit bereit«.

Mit einem tiefen Seufzer öffnete ich die Tür zu F&E 1. »Ein paar Fragen hätte ich da allerdings noch, Jana.«

Mir war klar, dass sie sofort losballern würde, sobald sie sich umgedreht hatte, also hechtete ich ohne Rücksicht auf Verluste direkt nach unten und versuchte, ihre Beine zu erwischen, um sie zu Fall zu bringen. Zu meinem großen Glück stand sie etwas näher an der Tür, als ich gedacht hatte, so dass ich in der Tat mit Schmackes gegen ihre Beine krachte, diese umklammerte und sie mit meinem Schwung tatsächlich rücklings zu Fall brachte. Dabei musste ich das Stemmeisen fallen lassen, aber ein bisschen Verschnitt ist ja immer. Der erste Schuss pfiff durch die Tür auf den Flur, der zweite ging in die Decke, und bevor sie ein drittes Mal feuerte, krallte sie ihre Hand in meine Haare. Sie wollte wohl meinen Kopf nach hinten biegen, um mir die Mündung direkt auf die Stirn zu setzen.

Pech für Jana, denn alles, was sie in der Hand hielt, war meine Perücke. Während sie noch ungläubig auf die blonde Matte starrte, nutzte ich die Gunst der Stunde und rammte ihr meinen linken Ellenbogen direkt auf die Nase. Ein sehr zufriedenstellendes Knirschen vermeldete, dass die Nase ordnungsgemäß brach. Jana ließ die Knarre und die dusselige Perücke fallen und packte sich mit beiden Händen ins Gesicht. Das Blut schoss ihr in einem wahren Sturzbach aus der Nase, während sich aus der Pistole ein letzter Schuss löste, der Gott sei Dank wieder nur in die Decke ging.

Ich hechtete hinter der Pistole her, klaubte sie vom Boden auf und sicherte sie erst mal, bevor der nächste Schuss womöglich saß.

Während Jana noch mit ihrer ramponierten Nase beschäftigt war, saß Michael Landmann regungslos auf seinem Stuhl und starrte ungläubig auf die Szene, die sich ihm bot.

Ich stemmte wütend beide Hände in die Hüften. »Sag mal, kannst du dich vielleicht mal von deinem Hintern erheben und die Alte fesseln?«

»Ja wie denn?« Michael ruckte mit seltsamen Bewegungen auf seinem Stuhl herum. Er war gefesselt.

Alles muss man selber machen! Wutschnaubend stapfte ich zu Jana zurück und wollte mich gerade über sie beugen, als hinter mir ein ohrenbetäubendes Krachen ertönte, dicht gefolgt von vielen Füßen in Kampfstiefeln.

»POLIZEI! SOFORT ALLE WAFFEN FALLEN LASSEN UND DIE HÄNDE HOCH!«

Das SEK schien doch noch eingetroffen zu sein und hatte beim Klang der Schüsse offenbar alle Türen eingetreten. Freudig überrascht drehte ich mich um und wollte sagen: »Das wird aber auch Zei…«

Weiter kam ich allerdings nicht, denn da hatten sich schon drei der Strumpfgesichter auf mich geworfen und mich zu Boden gerissen.

»TATVERDÄCHTIGE IN GEWAHRSAM«, brüllte einer direkt neben meinem Ohr.

Aua, nicht so laut!

»Aber ich bin doch gar nicht ...«, versuchte ich herauszuquetschen, was gar nicht so einfach war, denn einer von den Hampelmännern drückte mir das Gesicht in den harten Linoleumboden.

»SCHNAUZE!«, brüllte das andere Strumpfgesicht.

»Überprüf die beiden Geiseln, ob die unverletzt sind.«

Das glaub ich doch jetzt einfach nicht.

»Ich überlege ernsthaft, ob ich ihnen jetzt schon sage, dass sie die Falsche haben, oder ob Britta ihren verdienten Lohn noch ein bisschen genießen darf«, knarzte Körbers Reibeisenstimme von der Tür her.

»Nun ja, *monsieur le commissaire*, das kommt ganz darauf an, ob du nur mit einem zerkratztön Gesicht Weihnachtön feiörn willst oder im Ganzkörpör-Gips. Ich persönlich ...«

»Also ein Bild von Frau Decker in der grünen Minna wäre doch genau das Richtige für Ihren ganz persönlichen Jahreskalender mit Impressionen Ihrer Liebsten«, schnurrte Roderich Müller-Schwan. Er hielt kurz inne. »Heißt das eigentlich noch grüne Minna? Die sind doch jetzt blau.«

»Ich weiß noch was ganz anderes, was hier blau ist, wenn nicht SOFORT jemand diesen Clowns hier sagt, dass sie ihre Griffel von mir nehmen sollen«, presste ich mühsam hervor, denn einer der Clowns stützte sich inzwischen bequem auf meiner Schulter ab.

»Also Kollegen«, knarzte Körber, »ich sag's nur ungern, aber ihr habt die falsche Zielperson in Gewahrsam genommen. Die Mörderin sitzt hinter euch und tupft sich die Nase. Aber ich glaube, ab hier kommen wir dann auch wieder klar ...«

So einfach ließ sich das SEK dann aber doch nicht abfertigen.

»Was soll das heißen, wir haben die falsche Zielperson in Gewahrsam genommen?«, fragte eins der drei Strumpfgesichter irritiert, aber immerhin stützte sich keiner mehr auf mir ab. »Eine blutende Person, eine gefesselte und eine mit einer Schusswaffe – was soll denn da …«

»Also, das ist so …«, wollte ich erklärend eingreifen, als sich jemand wieder mit seinem vollen Gewicht auf mich stützte.

»SIE halten sich jetzt erst mal komplett geschlossen«, schnauzte mich eins der Strumpfgesichter an.

»Das wird ihm noch leidtun«, hörte ich Tahar leise feixen.

Körber seufzte, und ich hörte kurz darauf das befriedigende Geräusch klickender Handschellen. »Die Person, die ihr da in Gewahrsam habt, ist Britta Sander, die hier im Unternehmen undercover ermittelt. Und ich nehme an, der Grund, warum die Mörderin statt einer geladenen Waffe eine blutende Nase ihr Eigen nennt.«

Ich grunzte zustimmend, zu mehr reichte die Luft nicht.

Zögerlich hob sich das Gewicht, das mir die Luft abdrückte, und ich hörte, wie sich die drei Strumpfgesichter aufrappelten und zwei davon sich verlegen räusperten. »Ähm, junge Frau, Sie könnten dann jetzt aufstehen.«

Als ich nicht sofort reagierte, sondern japsend nach Luft schnappte, packten mich plötzlich zwei Hände und hievten mich mühelos auf die Füße. In meinem Blickfeld sah ich nur das Polizeiwappen auf der breiten Brust des Strumpfgesichts. Um ihm in die Augen zu gucken, musste ich den Kopf in den Nacken legen.

»Alles in Ordnung bei Ihnen?«, fragte der Kleiderschrank etwas zögerlich.

Ich kniff die Augen zusammen und funkelte ihn an. »Was glauben Sie wohl? Vor zwei Minuten sind drei Kleiderschränke mit ihrem vollen Gewicht auf mir gelandet. Mir geht's BLENDEND!« Ich stellte mich kurz auf die Zehenspitzen, um meiner Aussage ein wenig mehr Nachdruck zu verleihen. Die stahlblauen Augen hinter der Strumpfmaske funkelten amüsiert. »Wer noch so laut meckern kann, hat keine bleibenden Schäden erlitten, würd ich mal sagen.«

»Wenn unser schwarz gewandeter Freund so weitermacht, lernt er gleich die wahre Bedeutung von bleibenden Schäden kennen«, hörte ich Eric flüstern.

»Sie nehmen jetzt erst mal Ihre blöde Maske ab, Sie Grobian. Ich will wenigstens wissen, wer mich hier beinahe in eine Flunder verwandelt hätte.«

In dem Moment fühlte ich, wie jemand mich am Ellenbogen packte und begann, mich aus dem Raum zu schieben. Körber.

»Ich nehm die Zeugin dann schon mal mit zur Vernehmung«, knurrte er. »Ihr macht hier fertig, Kollegen, ja?«

Ohne ein Wort schob er mich durch die eingetretenen Zugangsbarrieren in den großen Empfangsbereich. Dort wuselten auch Leute herum, aber es war nicht so voll wie im F&E 1. Körber zog mich herum, bis er mir direkt in die Augen gucken konnte, und bellte dann: »BIST DU EIGENTLICH VON ALLEN GUTEN GEISTERN VERLASSEN???«

Ich hob eine Augenbraue. »Ich freu mich auch, dich unversehrt wiederzusehen, Körber.«

»WER VON EUCH DREI SCHNAPSNASEN IST DENN AUF DIESE VÖLLIG BEHÄMMERTE IDEE GEKOMMEN?«

»Tahar«, sagte ich wahrheitsgemäß und grinste, was Körbers Puls noch ein wenig in die Höhe trieb. Also mein Grinsen, nicht Tahars Name.

»Und euch ist nicht ZUFÄLLIG in den Sinn gekommen, uns mal BESCHEID ZU SAGEN?«

»Na jaa, sagen wir mal so, wir haben ja Tahar dagelassen, damit der im Falle des Falles … öhm … du warst wahrscheinlich zu beschäftigt, da wollte er bestimmt nicht …«

»BESCHÄFTIGT? Ja, WOMIT waren wir denn nur beschäftigt, lass mich nachdenken … ach ja, die Kidnapperin zum AUFGEBEN zu bewegen, während du einfach durch den Schacht kletterst und mitten reinpurzelst in die Geiselnahme …«

»… also ganz so …«

»RED dich nicht raus«, schnaubte Körber wutentbrannt, »und wo sind überhaupt deine Mitganoven hin verschwunden?! Die waren doch eben noch da!« Er sah sich suchend um.

In Deckung, wette ich.

Tahar und Eric hatten offenbar beschlossen, uns nicht nach draußen zu folgen.

Feiglinge. Ich hätt's ganz genauso gemacht.

»Also das Schlimmste war meine Platzangst in dem Schacht, ehrlich.«

Körber schnaufte noch einmal wutentbrannt und zog mich dann völlig unerwartet und mit geballter Kraft an sich. Meine Arme schlangen sich wie von alleine um ihn, und der inzwischen vertraute Geruch nach Körber und Zigaretten hüllte mich wohlig ein. Ich schloss die Augen und merkte, wie die Anspannung der letzten Stunde langsam anfing von mir abzufallen.

»Wie war das eigentlich mit: ›Ich rege mich nicht mehr auf, wenn du dich waghalsig in lebensgefährliche Situationen begibst‹?«, murmelte ich.

Körber seufzte und brummte mir ins Ohr: »Du hast recht, das bringt sowieso nichts. Ich sehe wirklich nur einen Ausweg. Ich beantrage gleich morgen eine Fußfessel für dich.«

EPILOG

Erster Weihnachtsfeiertag

»Ein bisschen mehr nach rechts, sonst hängt er schief«, dirigierte Pe aus ein paar Metern Entfernung, während Gregor den Bauchteil des gemeinsamen Schneemanns fachmännisch an die richtige Stelle hievte. Felix und Emma waren dabei, den Kopf im Schnee größer zu rollen, Finn hielt Zweige, eine große Möhre, einen roten Schal und einen alten Hut bereit. Und Pip steckte eifrig Kastanien vorne in die Bauchkugel, wozu er sich richtig strecken musste. Als Kamera-Beauftragte war ich dabei, alles auf meiner Handycam festzuhalten, während Körber lässig an seinem Auto lehnte und eine rauchte. Ab und zu warf er den vollgesabberten, grünen Tennisball, und Sammy tobte glücklich hechelnd durch den Schnee, um ihn dann treuherzig zu Körber zurückzutragen.

Felix und Emma setzen mit Gregors Hilfe den Kopf auf den Schneemann, und von Finn bekam er Arme, Mund, Nase und Augen sowie einen Schal und seinen Schlapphut.

»Muss das nicht ein Zylinder sein?«, fragte ich skeptisch.

»Nix«, zwinkerte Gregor, »das ist doch ein Schneemann-Spion. Ergo der Schlapphut.« Ich sah Körber an, und der zuckte mit den Schultern. »Also was ich bisher von den Geheimdiensten gesehen habe, kommt das schon grob hin.«

Zufrieden betrachteten die Künstler ihre Schöpfung, bis Pip auf einmal sagte: »Und was machen wir jeeetzt?«

Pe stöhnte. »Aufmerksamkeitsspanne wie ein Goldhamster. Wobei ich dabei wahrscheinlich noch dem Goldhamster unrecht tue.«

»Och, ich hab da schon eine Idee«, grinste Gregor. Er bückte sich, schaufelte ordentlich Schnee in die Hand und rollte ihn zu einem beachtlichen Ball zusammen. Er nahm kurz Maß und pfefferte den Schneeball direkt in meine Richtung. Ich bückte mich blitzschnell, und als ich mich umdrehte, sah ich, dass die Granate ungefähr zwei Millimeter neben Körbers Ellenbogen auf die Autoscheibe geplatscht war.

Körber kniff die Augen zusammen, betrachtete den Schaden und trat dann in aller Seelenruhe seine Kippe aus. Er bückte sich, formte gemütlich einen perfekten Schneeball und feuerte ihn mit einem gezielten Wurf auf Gregor. Mitten auf die Zwölf.

Gregor blinzelte kurz, wischte sich den Schnee aus den Augen und brach in sein dröhnendes Lachen aus. Es hatte wieder angefangen zu schneien, und in Sekundenschnelle formierten sich aufgrund der strategischen Positionierung zwei Teams – Gregor und die vier Zwerge gegen Pe, Körber und mich, und der weiße Kugelhagel hätte einem Schneeballteam aus Alaska alle Ehre gemacht.

Sammy konnte sein Glück nicht fassen und versuchte, emsig hechelnd, jeden einzelnen Schneeball noch in der Luft zu fangen – was unweigerlich zur Folge hatte, dass er von diversen Granaten in der Luft getroffen wurde. Statt sich winselnd in eine Ecke zu verkriechen, kläffte er glücklich und hob sofort wieder ab, um die nächste Schneekugel zu erwischen.

Körber und ich taten unser Bestes, um Gregor in Schach zu halten, während Pe ihre Sprösslinge und Emma abwechselnd mit etwas milderen Granätchen bombardierte. Pip hing die Mütze schief über einem Auge, Felix' Anorak war nicht mehr blau, sondern weiß, Emmas Zöpfe befanden sich in einem Zustand fortgeschrittener Auflösung, und Finn versuchte, an seinem Vater hochzuklettern, um ihm Schnee in den Kragen zu schieben.

Gregor war kurz abgelenkt, als er versuchte, seinen mittleren Sprössling von dessen Vorhaben abzubringen, und Körber landete einen zweiten Volltreffer auf Gregors Ohr. Gregor packte Finn sanft an beiden Armen, stellte ihn zu uns gewandt auf den Boden und klatschte in die Hände. Alle Schlachtteilnehmer verharrten verblüfft, sogar Sammy blieb stehen und sah verwirrt von einem Team zum anderen.

»Zweites Bataillon!«, donnerte Gregor und zeigte auf Körber. »Da ist der Hauptfeind, alle Mann und Mädels zuuuGLEICH!«

Körber stand noch verdattert mit seinem letzten Schneeball in der Hand da, als sich eine Kindermeute plus kleinem schwarzen Fellknäuel auf ihn stürzte und rücklings im weichen Schnee zu Fall brachte. Und während er wild mit den Armen rudernd unter der Horde versank, hörte ich meinen knurrigen Kommissar das erste Mal lauthals lachen.

DANKE!

Wollte man alle Menschen nennen, die einem Buch auf die Welt helfen, würde das fast jeden Rahmen sprengen. Deshalb seien hier nur einige ganz besondere Menschen genannt – aber ich vergesse niemanden, egal, wie die Unterstützung oder Hilfe genau ausgesehen hat. Versprochen!

Geoff Davis, Marcel Emonds und Petra Taschbach, den ersten drei Testlesern von *Aachener Intrigen*, sei für ihre zahlreichen Hinweise und Verbesserungsvorschläge herzlich gedankt. Ihr habt ein besseres Buch draus gemacht! Und Petra ganz besonders für die Nachhilfe in Oecher Platt bzw. die Annäherung, für die wir uns bei Jupp Meulen entschieden haben, damit auch Nicht-Oecher verstehen können, was der Hausmeister zu sagen hat und was Britta vor sich hin nuschelt, während sie in Kücks Vorgarten herumkrabbelt.

Kriminalhauptkommissar Reinhard Pitz von der Polizei Aachen hat durch seine geduldigen Erklärungen sehr viel dazu beigetragen, dass sich echte Polizisten oder Mitglieder der Spezialeinsatzkommandos der Polizei NRW hoffentlich nicht vor Verzweiflung die Haare raufen müssen, falls sie lesen sollten, was ihre fiktiven Gegenparts so alles anstellen. Alles, was nicht zur Realität passt, ist auf meinem Mist gewachsen

– Figuren in einem Krimi müssen manchmal Dinge tun, die sich echte Polizisten nicht erlauben würden.

Ich möchte auch den Lesern/Leserinnen des ersten Bandes danken, die mir durch ihre Begeisterung für den ersten Band und ihre Ungeduld beim Warten auf Band zwei quasi Flügel beim Schreiben verliehen haben. Es gibt nichts Schöneres für eine Autorin, als zu hören: »Mach voran, ich will endlich wissen, wie es weitergeht!«

Ralf Kramp und dem ganzen Team bei KBV – es ist schön, eine verlegerische Heimat gefunden zu haben, in der man nicht nur sehr gut aufgehoben und beraten ist, sondern sich ab dem ersten Moment wie zu Hause fühlt.

Meinen lieben Eltern fürs Marmeladekochen (so was darf man keinesfalls unterschätzen!) und all die anderen kleinen und großen Dinge, die ihr immer wieder für uns tut. Und schließlich meinem Partner Geoff. *Life without you is unimaginable.*

Ingrid Davis
Aachen, Februar 2018